Diogenes Taschenbuch 21179

Patricia Highsmith

Keiner von uns

Elf Geschichten
Aus dem Amerikanischen
von Anne Uhde

Diogenes

Titel der Originalausgabe:
›The Black House‹
Heinemann, London 1981

›Something the Cat Dragged in‹ erschien erstmals
in ›Verdict of Thirteen‹, A Detection Club Anthology,
Faber & Faber, London 1979.
›The Adventuress‹ erschien unter dem Titel ›When in Rome‹
erstmals in ›Ellery Queen's Mystery Magazine‹, New York,
Oktober 1978.

Die deutsche Erstausgabe erschien 1982 im Diogenes Verlag.

›Dein Leben widert mich an‹ wurde von Ulla Neckenauer übersetzt.
Der Text des Plakats S. 125 entstand anläßlich des
›14. Esslinger Gesprächs‹, veranstaltet vom
Verband deutschsprachiger Übersetzer, in einer Arbeitsgruppe.

Umschlagzeichnung von
Tomi Ungerer

Veröffentlicht als Diogenes Taschenbuch, 1984

150/84/8/1
ISBN 3 257 21179 1

Für Charles Latimer

Inhalt

Was die Katze hereinschleppte

Die Sekunden abwägenden Schweigens beim Scrabble-Spiel wurden vom Plastik-Rascheln der Katzentür unterbrochen: Portland Bill kam wieder herein. Niemand achtete darauf. Michael und Gladys Herbert waren im Vorsprung, Gladys noch etwas besser als ihr Mann. Die Herberts spielten oft Scrabble und kannten alle Kniffe. Colonel Edward Phelps, ein Nachbar und guter Freund, hielt einigermaßen Schritt, und seine amerikanische Nichte Phyllis, neunzehn Jahre alt, hatte gut gespielt, aber in den letzten zehn Minuten das Interesse verloren. Es war bald Teezeit. Der Colonel war schläfrig und sah auch so aus.

»Quack«, sagte der Colonel nachdenklich und drückte den Zeigefinger auf den Schnurrbart à la Kipling. »Schade – ich hatte an ›earthquake‹ gedacht.«

»Wenn du ›quack‹ hast, Onkel Eddie«, sagte Phyllis, »wie willst du dann ›quake‹ daraus machen?«

Wieder machte der Kater ein Geräusch bei der Tür, diesmal anhaltender, und den schwarzen Schwanz und das getigerte Hinterteil schon im Haus bewegte er sich jetzt rückwärts und zog etwas durch die ovale Plastik-Klappe. Was er hereingeschleppt hatte, sah weißlich aus und war gut zehn Zentimeter lang.

»Schon wieder 'n Vogel«, sagte Michael, ungeduldig auf Eddies nächsten Zug wartend, um selber etwas Raffiniertes anzubringen, bevor ihm jemand zuvorkam.

»Sieht aus wie noch ’n Gänsefuß«, sagte Gladys, die kaum hinsah. »Ääh.«

Der Colonel bequemte sich endlich und fügte dem Wort SUM ein P hinzu. Jetzt war Michael dran und entlockte Phyllis einen Seufzer der Bewunderung, als er INI an GEM anhängte und das N davon für ein DAWN verwendete.

Portland Bill warf seine Beute in die Luft, und sie plumpste auf den Teppich.

»Mausetot, Taube, sowas«, bemerkte der Colonel, der dem Kater am nächsten saß, aber nicht die besten Augen hatte. »Rübe«, sagte er Phyllis zuliebe. »Runkel. Oder eine komisch geformte Karotte«, fügte er hinzu, guckte und gluckste. »Ich hab schon die verrücktesten Formen von Karotten gesehen. Einmal –«

»Das hier ist weiß«, sagte Phyllis und stand auf, um nachzusehen, da Gladys vor ihr dran war. Phyllis, in Slacks und Pullover, beugte sich vor, die Hände auf den Knien. »Allmäch – Oh! Onkel Eddie!« Sie richtete sich auf und hielt sich den Mund zu, als habe sie etwas Schreckliches gesagt.

Michael Herbert hatte sich halb aus seinem Stuhl erhoben. »Was ist los?«

»Es sind *Menschenfinger*!« sagte Phyllis. »Schaut!«

Alle schauten, kamen langsam und ungläubig vom Kartentisch heran. Der Kater sah stolz hinauf zu den Gesichtern der vier Menschen, die hinunterschauten. Gladys hielt den Atem an.

Die beiden Finger waren leichenweiß und gedunsen, ohne eine Spur von Blut selbst an der Fingerwurzel, die noch ein paar Zentimeter dessen aufwies, was einmal die Hand gewesen war. Was das Ding unzweifelhaft als den dritten und vierten Finger einer Menschenhand kennzeichnete, waren die beiden Nägel, gelblich und kurz, klein wirkend, weil das Fleisch so angeschwollen war.

»Was sollen wir machen, Michael?« Gladys war praktisch, ließ aber gern ihren Mann die Entscheidungen treffen.

»Das ist mindestens seit zwei Wochen tot«, murmelte der Colonel, der einige Erfahrungen aus dem Krieg hatte.

»Kann es von einem Krankenhaus in der Nähe stammen?« fragte Phyllis.

»Krankenhaus, das solche Amputationen macht?« erwiderte ihr Onkel mit leisem Lachen.

»Das nächste Krankenhaus ist zwanzig Meilen von hier«, sagte Gladys.

»Laß es ja nicht Edna sehen.« Michael warf einen Blick auf seine Uhr. »Wir müssen natürlich, glaub ich –«

»Vielleicht die Polizei rufen?« fragte Gladys.

»Daran dachte ich gerade. Ich –« Michaels Zögern wurde unterbrochen von Edna, der Haushälterin und Köchin, die eben in einer entfernten Ecke des großen Wohnraums gegen die Tür stieß. Das Tablett mit dem Tee war da. Unauffällig bewegten sich die anderen auf den niedrigen Tisch vor dem Kamin zu, während Michael Herbert wie von ungefähr stehen blieb. Die Finger lagen direkt hinter seinen Schuhen. Michael zog eine Pfeife aus der Jackentasche, spielte damit herum und blies in den Stiel. Seine Hände zitterten ein wenig. Mit einem Fuß bugsierte er Portland Bill etwas weiter weg.

Edna verteilte endlich Teller und Servietten und sagte dann: »Guten Appetit!« Sie war eine Frau aus dem Ort, Mitte fünfzig, eine verläßliche Seele, doch ihre Gedanken waren meistens bei Kindern und Enkelkindern – Gottseidank, unter diesen Umständen, dachte Michael. Sie erschien morgens um halb acht auf ihrem Fahrrad und verließ das Haus, wann sie wollte, es mußte nur etwas zum Abendessen im Haus sein. Die Herberts waren nicht pingelig.

Gladys sah unruhig zu Michael hinüber. »Geh doch *weg*, Bill!«

»Müssen was damit machen, erstmal«, murmelte Michael. Entschlossen trat er an den Zeitungskorb neben dem Kamin, schüttelte eine Seite der *Times* heraus und ging zurück zu den Fingern, die sich Portland Bill gerade wieder schnappen wollte. Michael kam ihm zuvor und bedeckte die Finger mit dem Zeitungspapier. Die anderen hatten sich nicht hingesetzt. Michael forderte sie mit einer Handbewegung dazu auf, schloß das Zeitungspapier um die Finger, rollte und faltete es zusammen. »Was wir tun müssen, meine ich«, sagte Michael, »ist, die Polizei benachrichtigen. Es kann ja sein, daß irgendwo was – faul ist.«

»Oder vielleicht ist es«, begann der Colonel und schüttelte seine Serviette zurecht, »aus einem Krankenwagen oder einem Abfallbehälter rausgefallen? Vielleicht war irgendwo ein Unfall.«

»Oder sollen wir es einfach dabei bewenden lassen – und es irgendwo loswerden?« sagte Gladys. »Ich brauch jetzt erstmal Tee.« Sie hatte Tee eingeschenkt und begann jetzt ihren schluckweise zu trinken.

Niemand hatte eine Antwort auf ihren Vorschlag. Es war, als seien die drei anderen betäubt oder als hypnotisierten sie sich gegenseitig durch ihre bloße Präsenz und erwarteten voneinander vage eine Reaktion, die nicht kam.

»Loswerden – wo?« fragte Phyllis. »Auf den Müll? *Vergraben*«, fügte sie hinzu, als beantworte sie die eigene Frage.

»Ich glaube, das wäre nicht recht«, sagte Michael.

»Michael, trink doch erstmal Tee«, sagte seine Frau.

»Irgendwo müssen wir es aber hintun – über Nacht.« Michael hielt immer noch das kleine Päckchen in der Hand. »Außer wenn wir die Polizei jetzt gleich anrufen. Es ist schon fünf und außerdem Sonntag.«

»Ist das in England der Polizei nicht egal, ob es Sonntag ist oder nicht?« fragte Phyllis.

Michael ging auf den Schrank neben der Eingangstür zu mit der Absicht, das Ding obendrauf zu legen, neben einige Hutschachteln, aber der Kater folgte ihm, und Michael wußte, daß der Kater, wenn der Anreiz groß genug war, hinaufspringen konnte.

»Ich glaube, ich hab genau das Richtige«, sagte der Colonel, erfreut über seinen Einfall, aber äußerlich gelassen, falls Edna noch einmal erschien. »Gestern hab ich in der High Street ein Paar Pantoffeln gekauft, die Schachtel hab ich noch. Die hol ich mal, wenn's erlaubt ist.« Er ging auf die Treppe zu, wandte sich dann um und sagte halblaut: »Wir machen einen Bindfaden drum. So kann der Kater nicht dran.« Der Colonel stieg die Treppe hinauf.

»Aufbewahren – bei wem im Zimmer?« fragte Phyllis mit nervösem Kichern.

Die Herberts antworteten nicht. Michael stand immer noch und hielt das Ding in der rechten Hand. Portland Bill saß da, die weißen Vorderpfoten hübsch nebeneinander, betrachtete Michael und wartete, was dieser damit tun werde.

Colonel Phelps kam mit seinem weißen Schuhkarton herunter. Das kleine Päckchen paßte gut hinein, und Michael ließ den Colonel den Karton halten, während er in die Toilette bei der Eingangstür ging, um sich die Hände abzuspülen. Als Michael zurückkam, strich Portland Bill immer noch herum und gab ein hoffnungsvolles »Miauu?« von sich.

»Fürs erste legen wir's mal ins Buffet«, sagte Michael und nahm Eddie den Karton ab. Der Karton war zumindest einigermaßen sauber, fand Michael und stellte ihn neben einen Stapel großer und selten benutzter Eßteller, dann schloß er die Schranktür, in der ein Schlüssel steckte. Phyllis biß in einen Keks und sagte: »Der eine Finger hatte eine Einkerbung, hab ich bemerkt. Wenn da ein Ring drin ist, hätte man vielleicht einen Anhaltspunkt.«

Michael tauschte einen Blick mit Eddie, der leicht nickte. Die Kerbe hatten sie alle bemerkt. Stillschweigend kamen die Männer überein, sich später darum zu kümmern.

»Noch Tee, meine Liebe«, sagte Gladys und füllte Phyllis' Tasse nach.

»M-wiau«, sagte der Kater in enttäuschtem Ton. Er saß jetzt vor dem Buffet und blickte über die Schulter.

Michael wechselte das Thema: sie sprachen über den Fortschritt der Renovationsarbeiten im Hause des Colonel. Die Schlafzimmer im ersten Stock wurden frisch gestrichen, das war der Hauptgrund, warum der Colonel und seine Nichte bei den Herberts zu Besuch waren. Aber das war ganz uninteressant verglichen mit Phyllis' Frage an Michael:

»Sollten Sie nicht nachfragen, ob in der Gegend hier jemand verschwunden ist? Die Finger könnten ja von einem *Mord* stammen.«

Gladys schüttelte leicht den Kopf und sagte nichts. Warum hatten Amerikaner immer so gewalttätiges Zeug im Kopf? Immerhin, was konnte eine Hand so abgetrennt haben? Eine Explosion? Eine Axt?

Ein heftiges Kratzen brachte Michael auf die Füße.

»Bill, hör sofort auf!« Michael ging auf den Kater zu und scheuchte ihn weg. Bill hatte versucht, die Schranktür zu öffnen.

Sie blieben nicht so lange beim Tee sitzen wie sonst. Michael stand neben dem Buffet, während Edna abräumte.

»Wann siehst du dir den Ring an, Onkel Eddie?« fragte Phyllis. Sie trug eine runde Brille und war ziemlich kurzsichtig.

»Meine Liebe, ich glaube, Michael und ich sind uns noch nicht ganz im klaren, was wir tun sollen«, sagte ihr Onkel.

»Kommen Sie, Phyllis, wir gehen rüber in die Bibliothek«, sagte Gladys. »Sie wollten ja noch Fotos ansehen, hatten Sie gesagt.«

Das hatte Phyllis allerdings gesagt. Es gab da Fotos von Phyllis' Mutter und von dem Haus, in dem ihre Mutter geboren war und in dem Onkel Eddie jetzt lebte. Eddie war fünfzehn Jahre älter als ihre Mutter. Phyllis wünschte jetzt, sie hätte nicht darum gebeten, die Fotos zu sehen, denn die Männer unternahmen jetzt irgendwas mit den *Fingern*, und das hätte Phyllis gern mit angesehen. Schließlich sezierte sie im zoologischen Labor ja auch Frösche und Hundshaie. Aber bevor sie aus New York abreiste, hatte ihre Mutter sie ermahnt, auf ihre Manieren zu achten und nicht »plump und unsensibel« zu sein, das waren die normalen Adjektive ihrer Mutter für Amerikaner. Phyllis saß also da und besah sich pflichtbewußt Fotos, die mindestens fünfzehn bis zwanzig Jahre alt waren.

»Komm, wir nehmen es in die Garage«, sagte Michael zu Eddie. »Ich hab da nämlich eine Werkbank.«

Über einen Kiesweg gingen die beiden Männer in die Doppelgarage, wo Michael hinten eine Werkstatt hatte mit Hämmern und Sägen, Meißeln und elektrischen Bohrern, plus einem Vorrat an Hölzern und Brettern für Reparaturen im Haus, oder wenn er mal Lust hatte, etwas zu machen. Michael war freier Journalist und Buchrezensent, aber manuelle Arbeit machte ihm Spaß. Hier fühlte er sich irgendwie wohler mit dem gräßlichen Karton. Er konnte ihn auf die handfeste Werkbank stellen, wie ein Chirurg, der einen Körper bereitlegte, oder eine Leiche.

»Verdammt, kannst du dir einen Reim darauf machen?« fragte Michael, der das Zeitungspapier nur am einen Rand festhielt, so daß die Finger herauskollerten und auf das abgeschabte Holz der Werkbank plumpsten, diesmal mit der Handflächenseite nach oben. Das weiße Fleisch war an der Schnittfläche gezackt, und im starken Strahl der Lampe, die über der Werkbank hing, sahen sie zwei kleine Teilchen des Mittelhandknochens, die – ebenfalls gezackt – aus dem Fleisch hervorstanden. Mit der Spitze eines Schraubenziehers drehte Michael die Finger um, drehte dann die Schraubenzieherspitze und spreizte das Fleisch so weit, daß er einen Schimmer von Gold sehen konnte.

»Goldring«, sagte Eddie. »Aber es war ein Arbeiter oder sowas, meinst du nicht? Sieh mal die Fingernägel – kurz und dick, und noch etwas Erde drunter – jedenfalls schmutzig.«

»Ich dachte gerade – wenn wir es der Polizei melden, müssen wir dann nicht alles so lassen, wie es ist? Und nicht versuchen, den Ring anzusehen?«

»Willst du es denn der Polizei melden?« fragte Eddie lächelnd und zündete sich eine kleine Zigarre an. »Willst du dir denn was aufhalsen?«

»Aufhalsen? Ich sag denen, die Katze hat es hereingeschleppt. Was soll ich mir denn damit aufhalsen? – Der Ring macht mich neugierig. Vielleicht gibt uns der einen Anhaltspunkt.«

Colonel Phelps warf einen Blick auf die Garagentür, die Michael zugemacht, aber nicht abgeschlossen hatte. Auch ihn machte der Ring neugierig. Wenn es die Hand eines Gentleman gewesen wäre, dachte Eddie, dann hätten sie sie wohl schon der Polizei übergeben. »Gibt's hier noch viele Landarbeiter in der Gegend?« überlegte der Colonel.

»Denke schon.«

Nervös zuckte Michael die Achseln. »Was meinst du zu dem Ring?«

»Laß uns mal nachsehen.« Heiter stieß der Colonel eine Rauchwolke aus und betrachtete Michaels Werkzeuggestell.

»Ich weiß, was wir brauchen.« Michael langte nach einem Stanley-Messer, das er normalerweise zum Schneiden von Pappe benutzte, schob die Klinge mit dem Daumen heraus und hielt mit den Fingerspitzen den verquollenen Rest des Handballens fest. Er machte einen Schnitt erst oberhalb und dann unterhalb des Ringes.

Eddie Phelps beugte sich vor, um ihm zuzusehen. »Überhaupt kein Blut. Ausgeblutet. Genau wie damals im Krieg.«

Ist doch nur ein Gänsefuß, sagte sich Michael, um nicht ohnmächtig zu werden. Michael wiederholte die Schnitte auf der Fingeroberseite. Am liebsten hätte er Eddie gefragt, ob der die Sache zu Ende bringen wollte, aber Michael meinte, das wäre vielleicht feige.

»Ach du liebes bißchen«, murmelte Eddie, wenig hilfreich.

Michael mußte ein paar Streifen Fleisch abschneiden und dann mit beiden Händen fest zupacken, um den Ehering loszukriegen. Es war eindeutig ein Ehering, schlicht, aus Gold, nicht sehr dick oder breit, aber passend für einen Mann. Michael spülte den Ring unter dem Kaltwasserhahn am Ausguß links von ihm ab. Als er ihn dann nahe an die Lampe hielt, wurden die Initialen lesbar: *W. R. - M. T.*

Eddie sah genauer hin. »Da haben wir unseren Anhaltspunkt!«

Michael hörte, wie der Kater an der Garagentür kratzte, dann kam ein Miau-u. Michael legte die drei Fleischstreifen, die er abgeschnitten hatte, in einen Stoffetzen, wickelte ihn zusammen und sagte zu Eddie, er werde gleich zurück sein. Er öffnete die Garagentür, entmutigte Bill mit einem »Sch-scht!« und stopfte das Päckchen in einen Mülleimer, dessen Verschluß eine Katze nicht öffnen konnte. Michael hatte sich einen Plan zurechtgelegt, den er Eddie vorschlagen wollte, aber als er zurückkam – Eddie war wieder dabei, den Ring zu untersuchen –, war er zu mitgenommen, um zu sprechen. Er hatte etwas von »diskretem Rumhorchen« sagen wollen. Stattdessen sagte er mit hohl gewordener Stimme:

»Komm, laß es genug sein – wenn uns nicht heute abend noch eine glänzende Idee kommt. Den Karton lassen wir hier. Die Katze kann nicht rein.«

Selbst auf seiner Werkbank wollte Michael den Karton nicht stehen lassen. Er legte den Ring zu den Fingern und stellte den Karton oben auf die Plastikkanister, die an der Wand standen. Seine Werkstatt war sogar rattensicher, bisher jedenfalls. Nichts konnte hereinkommen und an dem Karton herumnagen.

Als Michael abends ins Bett kam, sagte Gladys: »Wenn wir es der Polizei nicht melden, müssen wir es einfach wo vergraben.«

»Ja«, sagte Michael vage. Es kam ihm irgendwie kriminell vor, Menschenfinger zu vergraben. Er hatte Gladys von dem Ring erzählt. Die Initialen hatten ihr auch nichts gesagt.

Colonel Edward Phelps schlief ganz friedlich ein, nachdem er sich daran erinnert hatte, daß er 1941 sehr viel Schlimmeres gesehen hatte.

Phyllis hatte beim Dinner ihren Onkel und Michael mit Fragen nach dem Ring gelöchert. Vielleicht wurde morgen schon alles geklärt und stellte sich – irgendwie – als einfach und harmlos heraus. Trotzdem, sie hatte damit eine prima Story, die sie ihren Kollegen im College erzählen konnte. Und ihrer Mutter! So war das also im ruhig-ländlichen England!

Da der nächste Tag ein Montag und damit die Post geöffnet war, beschloß Michael, bei Mary Jeffrey nachzufragen; sie arbeitete dort gleichzeitig als Postangestellte und Lebensmittelhändlerin. Michael kaufte ein paar Briefmarken und fragte dann nebenbei:

»Übrigens, Mary, ist letzthin mal jemand vermißt worden, hier in der Gegend?«

Mary, ein waches Mädchen mit schwarzen welligen Haaren, sah erstaunt aus. »Vermißt – wie meinen Sie das?«

»Verschwunden«, sagte Michael und lächelte.

Mary schüttelte den Kopf. »Nein, nicht daß ich wüßte. Warum fragen Sie?«

Michael hatte versucht, sich darauf vorzubereiten. »Ich hab irgendwo in der Zeitung gelesen, daß Leute manchmal – einfach verschwinden, sogar in kleinen Dörfern wie diesem hier. Verlieren sich, ändern den Namen oder sowas. Und keiner weiß, wo sie hingehen.« Michael verlor sich jetzt ebenfalls. Nicht sehr geschickt, aber er hatte die Frage gestellt.

Er ging die Viertelmeile nach Haus zurück und wünschte, er hätte den Mut gehabt, Mary zu fragen, ob jemand in der Gegend die linke Hand verbunden trage, oder ob sie von einem solchen Unfall gehört habe. Mary hatte Freunde, die jeweils in die Kneipe am Ort gingen. Mary wußte vielleicht schon jetzt von einem Mann mit einer verbundenen Hand, aber Michael konnte ihr nicht gut erzählen, daß die fehlenden Finger in seiner Garage lagen.

Die Frage, was mit den Fingern zu tun sei, wurde für diesen Vormittag beiseite gelassen, denn die Herberts hatten mit einer Fahrt nach Cambridge aufgewartet; danach sollte ein Mittagessen im Hause eines Universitäts-Dozenten folgen, mit dem die Herberts befreundet waren. Undenkbar, das abzusagen, weil man etwas mit der Polizei zu tun hatte; so tauchten also an diesem Morgen die Finger in der Unterhaltung nicht mehr auf. Während der Fahrt wurde von allem möglichen anderen gesprochen. Bevor sie nach Cambridge losfuhren, hatten Michael und Gladys und Eddie beschlossen, in Phyllis' Gegenwart nicht mehr über die Finger zu reden, sondern die Sache möglichst einschlafen zu lassen. Am Mittwoch nachmittag, übermorgen, sollten Eddie und Phyllis sich verabschieden, und bis dahin mochte der Fall aufgeklärt oder in den Händen der Polizei sein.

Gladys hatte Phyllis auch sanft ermahnt, »die Sache mit der Katze« im Hause des Dozenten nicht zu erwähnen, was sie denn auch nicht tat. Alles verlief gut und heiter, und gegen vier waren die Herberts und Eddie und Phyllis zurück im Hause Herbert. Edna sagte Gladys, sie habe eben bemerkt, daß nicht genug Butter im Haus sei, und da sie einen Kuchen im Ofen habe . . . Worauf Michael, der mit Eddie im Wohnzimmer war und dies hörte, sich erbot, zum Kaufmann zu gehen.

Michael kaufte die Butter, zwei Päckchen Zigaretten, eine Schachtel Toffees, die hübsch aussah, und Mary bediente ihn, wie immer bescheiden und höflich. Er hatte Neuigkeiten von ihr erhofft. Michael hatte das Kleingeld eingesteckt und ging nun zur Tür, als Mary ausrief: »Oh, Mr. Herbert!«

Michael wandte sich um.

»Grad heute mittag hab ich von jemand gehört, der verschwunden ist«, sagte Mary und lehnte sich über den Tresen zu Michael hinüber. Sie lächelte jetzt. »Bill Reeves – der wohnt doch auf dem Grundstück von Mr. Dickenson. Er hat da ein kleines Haus. Arbeitet auf dem Land – oder hat da gearbeitet.«

Michael kannte Bill Reeves nicht, aber er wußte natürlich, wo das Dickensonsche Grundstück lag, ein enormer Besitz im Nordwesten des Dorfs. Bill Reeves' Initialen paßten zu den Buchstaben W. R. auf dem Ring. »Ja? Und der ist verschwunden?«

»Vor ungefähr zwei Wochen, sagt Mr. Vickers. Mr. Vickers hat doch die Tankstelle nahe bei dem Grundstück von Dickenson. Er kam heute rein, und ich dachte, ich könnte ihn ja mal fragen.« Wieder lächelte sie, befriedigt über ihren Beitrag zu Michaels kleiner Denkaufgabe.

Michael kannte die Tankstelle und wußte einigermaßen,

wie Vickers aussah. »Interessant. Weiß Mr. Vickers denn, warum er verschwand?«

»Nein. Mr. Vickers sagt, es ist ein Rätsel. Bill Reeves' Frau hat auch vor ein paar Tagen das Haus verlassen, aber da wissen alle, daß sie nach Manchester gegangen ist, zu ihrer Schwester.«

Michael nickte. »Na, na. Sehen Sie, sowas kann sogar hier passieren, was? Leute verschwinden.« Er lächelte und ging hinaus.

Als nächstes sollte man jetzt wohl Tom Dickenson anrufen, dachte Michael, und fragen, was er wußte. Michael nannte ihn nicht beim Vornamen, er hatte ihn nur ein paarmal bei politischen Versammlungen im Ort und dergleichen getroffen. Dickenson war etwa dreißig, verheiratet, hatte geerbt und führte jetzt das Leben eines Großgrundbesitzers, wie sich Michael erinnerte. Die Familie gehörte zur Wollindustrie, besaß Fabriken im Norden und war seit Generationen hier ansässig.

Als er nach Hause kam, bat Michael Eddie zu sich nach oben in sein Arbeitszimmer, forderte Phyllis, trotz ihrer Neugierde, aber nicht zum Mitkommen auf. Michael berichtete Eddie, was Mary ihm erzählt hatte vom Verschwinden eines Landarbeiters namens Bill Reeves vor zwei Wochen. Eddie fand auch, sie könnten Dickenson anrufen.

»Die Initialen auf dem Ring könnten Zufall sein«, sagte Eddie. »Du sagst ja, die Dickensons wohnen fünfzehn Meilen von hier.«

»Ja, aber ich denke doch, ich ruf ihn mal an.« Michael sah die Nummer nach im Telefonbuch auf seinem Schreibtisch. Es gab zwei Nummern. Er versuchte es mit der ersten.

Ein Dienstbote antwortete, oder jedenfalls jemand, der sich wie ein Dienstbote anhörte; er fragte nach Michaels Namen und sagte dann, er werde Mr. Dickenson rufen. Michael wartete eine gute Minute. Eddie wartete ebenfalls.

»Hallo, Mr. Dickenson. Ich bin einer Ihrer Nachbarn, Michael Herbert . . . Ja, ich weiß, das haben wir – ja, ein paarmal. Schauen Sie, ich hab da eine Frage, die Ihnen vielleicht etwas abwegig vorkommt, aber – ich höre, daß Sie einen Arbeiter oder Pächter namens Bill Reeves auf Ihrem Grundstück hatten?«

»Ja-a?« erwiderte Tom Dickenson.

»Und wo ist er jetzt? Ich frage, weil mir gesagt wurde, er sei vor zwei Wochen verschwunden.«

»Ja, das stimmt. Warum fragen Sie?«

»Wissen Sie, wo er hingegangen ist?«

»Keine Ahnung«, erwiderte Dickenson. »Hatten Sie irgendwie mit ihm zu tun?«

»Nein. Können Sie mir sagen, wie seine Frau mit Vornamen heißt?«

»Marjorie.«

Das paßte zu dem ersten Buchstaben. »Und wissen Sie zufällig ihren Mädchennamen?«

Tom Dickenson lachte. »Leider nicht, nein.«

Michael blickte zu Eddie hinüber, der ihn beobachtete. »Wissen Sie, ob er einen Ehering trug?«

»Nein. Ich hab ihn nie sonderlich beachtet. Warum?«

Ja, warum? Michael rutschte hin und her. Wenn er jetzt

Schluß machte mit dem Gespräch, dann hatte er nicht viel erfahren. »Weil – ich hab was gefunden, das vielleicht einen Anhaltspunkt gibt in Bezug auf Bill Reeves. Ich nehme doch an, er wird gesucht, wenn niemand weiß, wo er ist.«

»Ich suche ihn nicht«, sagte Tom Dickenson leichthin. »Ich bezweifle auch, daß seine Frau ihn sucht. Sie ist vor einer Woche ausgezogen. Darf ich fragen, was Sie gefunden haben?«

»Das möchte ich lieber nicht am Telefon sagen. Könnte ich vielleicht zu Ihnen kommen? Oder Sie zu uns?«

Nach einem Augenblick des Schweigens sagte Dickenson: »Also ehrlich gesagt, Reeves interessiert mich nicht. Ich glaube nicht, daß er Schulden hinterlassen hat, soviel ich weiß, das will ich ihm zugutehalten. Aber wenn ich offen sein darf: es ist mir egal, was aus ihm geworden ist.«

»Aha, so. Dann entschuldigen Sie bitte die Störung, Mr. Dickenson.«

Sie legten auf.

Michael wandte sich zu Eddie Phelps und sagte: »Das meiste hast du wohl mitgekriegt. Dickenson ist nicht interessiert.«

»Tja – man kann wohl nicht erwarten, daß er sich Gedanken macht über einen verschwundenen Arbeiter. Sagte er nicht, daß die Frau auch fort ist?«

»Ich dachte, das hätte ich dir gesagt. Sie ist nach Manchester, zu ihrer Schwester, hat mir Mary gesagt.« Michael nahm eine Pfeife aus dem Ständer auf dem Schreibtisch und begann sie zu stopfen. »Die Frau heißt Marjorie. Paßt zu der Initiale auf dem Ring.«

»Stimmt«, sagte der Colonel. »Aber es gibt 'ne Menge Marys und Margarets auf der Welt.«

»Ihren Mädchennamen wußte Dickenson nicht. Hör mal, Eddie, da uns Dickenson nicht weiterhilft, meine ich, wir sollten nun doch die Polizei anrufen und die Sache hinter uns bringen. Ich weiß, ich bring's nicht über mich, das – Ding zu begraben. Es würde mir im Traum erscheinen. Ich würde immer denken, daß vielleicht ein Hund es ausgräbt, auch wenn's nur noch Knochen sind oder nicht einmal mehr das. Die Polizei müßte die Suche mit noch jemand außer mir beginnen, und mit einer Spur, die nicht mehr so frisch wäre.«

»Du denkst immer noch, daß etwas faul ist? Ich hab da eine einfachere Idee«, sagte Eddie mit betonter Gelassenheit und Logik. »Gladys sagt, zwanzig Meilen von hier ist ein Krankenhaus, ich nehme an in Colchester. Wir könnten dort anfragen, ob sie in den letzten beiden Wochen oder so einen Unfall hatten, mit dem Verlust des dritten und vierten Fingers einer linken männlichen Hand. Den Namen müßen sie ja haben. Es sieht doch nach einem Unfall aus, und zwar einem, wie er nicht alle Tage vorkommt.«

Michael wollte sich eben dazu bereit erklären – die Polizei konnte man dann immer noch anrufen –, als das Telefon klingelte. Michael nahm ab und stellte fest, daß Gladys unten bereits abgenommen hatte und mit einem Mann sprach, der sich wie Dickenson anhörte. »Ich nehm's, Gladys.«

Tom Dickenson sagte hallo zu Michael und dann: »Ich habe – ich dachte, wenn Sie mich tatsächlich gern sprechen würden –«

»Ja, sehr gerne.«

»Ich würde lieber mit Ihnen allein sprechen, wenn das geht.«

Michael versicherte ihm, das ginge, und Dickenson sagte, er könne in etwa zwanzig Minuten herüberkommen. Mit einem Gefühl der Erleichterung legte Michael den Hörer auf und sagte zu Eddie: »Er kommt jetzt rüber und will mit mir allein reden. Das ist wirklich das beste.«

»Ja.« Eddie erhob sich von Michaels Sofa, er war enttäuscht. »Er wird offener reden, wenn er was zu sagen hat. Willst du ihm das von den Fingern sagen?« Er sah Michael von der Seite an, die buschigen Augenbrauen waren hochgezogen.

»Dazu kommt's vielleicht gar nicht. Ich will erstmal sehen, was er zu sagen hat.«

»Er wird dich fragen, was du gefunden hast.«

Das wußte Michael. Sie gingen nach unten. Michael sah Phyllis im Hintergarten, wo sie ganz allein einen Croquetball vorwärtsschlug, und hörte Gladys' Stimme in der Küche. Er teilte Gladys, außerhalb von Ednas Hörweite, mit, daß Tom Dickenson gleich da sein werde, und erklärte ihr warum: Mary habe berichtet, daß ein gewisser Bill Reeves verschwunden sei, der auf dem Grundstück von Dickenson gearbeitet habe. Gladys erkannte sofort, daß die Initialen paßten.

Und schon fuhr Dickensons Wagen vor, ein schwarzes Triumph Coupé, das wieder einmal gewaschen werden sollte. Michael ging hinaus, um Dickenson zu begrüßen. Tag – Tag, und wir-kennen-uns-doch. Vage entsann sich einer des anderen. Michael führte Dickenson ins Haus, bevor Phyllis herüberkommen und eine Vorstellung erzwingen konnte.

Tom Dickenson war groß und blond, er trug eine Lederjacke, Cordhosen und grüne Gummistiefel, die nicht schmutzig waren, wie er Michael versicherte. Er hatte gerade draußen gearbeitet und sich nicht die Zeit zum Umziehen genommen.

»Gehen wir nach oben«, sagte Michael und ging voran zur Treppe.

Michael bot Dickenson einen bequemen Stuhl an und setzte sich auf sein altes Sofa. »Sie sagten – Bill Reeves' Frau sei auch fortgegangen?«

Dickenson lächelte ein wenig, und die blau-grauen Augen blickten Michael ruhig an. »Ja, seine Frau ist fort. Aber das war, nachdem Reeves verschwunden war. Marjorie ist nach Manchester gegangen, wie ich hörte. Sie hat dort eine Schwester. Die Reeves kamen nicht sehr gut miteinander aus. Beide um die fünfundzwanzig – Reeves trinkt öfter mal was. Offen gesagt, ich werde Reeves mit Freuden ersetzen. Nicht weiter schwer.«

Michael wartete auf Weiteres. Es kam nicht. Michael fragte sich, warum Dickenson bereit war, zu ihm zu kommen wegen eines Landarbeiters, den er nicht besonders mochte.

»Warum interessiert Sie das?« fragte Dickenson. Dann brach er in ein Lachen aus, das ihn jünger und froher erscheinen ließ. »Hat sich Reeves etwa bei Ihnen um eine Stellung beworben – unter anderem Namen?«

»Nein, gar nicht.« Auch Michael lächelte. »Ich könnte gar nirgends einen Arbeiter unterbringen. Nein.«

»Aber Sie sagten, Sie hätten etwas gefunden?« Tom Dickensons Augenbrauen hoben sich höflich fragend.

Michael schaute zu Boden, dann blickte er auf und sagte: »Ich habe zwei Finger einer linken Männerhand gefunden – mit einem Ehering an dem einen Finger. Die Initialen auf dem Ring könnten William Reeves bedeuten. Die anderen Initialen sind M. T., das könnte Marjorie Soundso heißen. Deshalb dachte ich, ich sollte Sie anrufen.«

War Dickensons Gesicht etwas blaß geworden, oder bildete Michael sich das ein? Dickensons Lippen waren leicht geöffnet, die Augen unsicher. »Mein Gott – gefunden, wo?«

»Unsere Katze hat es hereingeschleppt – stellen Sie sich das vor. Drum mußte ich es meiner Frau sagen, denn die Katze brachte es ins Wohnzimmer, vor uns allen.« Irgendwie war es für Michael eine enorme Erleichterung, die Worte herauszubringen. »Mein alter Freund Eddie Phelps und seine amerikanische Nichte sind gerade bei uns. Die haben es auch gesehen.« Michael erhob sich. Er brauchte jetzt eine Zigarette, holte die Schachtel von seinem Schreibtisch und bot sie Dickenson an.

Dickenson sagte, er habe das Rauchen gerade erst aufgegeben, aber er würde gern eine rauchen.

»Es war ein ziemlicher Schock«, fuhr Michael fort, »und so dachte ich, ich wollte erstmal in der Nachbarschaft Erkundigungen einziehen, bevor ich zur Polizei gehe. Ich meine, eine Meldung bei der Polizei wäre das richtige. Finden Sie nicht?«

Dickenson antwortete nicht gleich.

»Ich mußte etwas von dem Finger wegschneiden, um den

Ring herunterzukriegen – mit Eddies Hilfe, gestern abend.« Dickenson sagte immer noch nichts, er zog nur mit gerunzelter Stirn an seiner Zigarette. »Ich dachte, der Ring gäbe vielleicht einen Anhaltspunkt, was er auch tut, obgleich er vielleicht mit diesem Bill Reeves überhaupt nichts zu tun hat. Sie wissen anscheinend auch nicht, ob er einen Ehering trug, und Sie kennen auch Marjories Mädchennamen nicht.«

»Oh, der läßt sich feststellen.« Dickensons Stimme klang anders, heiserer als zuvor.

»Was meinen Sie, sollten wir das tun? Oder wissen Sie vielleicht, wo Reeves Eltern wohnen. Oder Marjories Eltern? Vielleicht ist Reeves bei seinen oder ihren Eltern.«

»Nicht bei den Eltern seiner Frau, da möchte ich wetten«, sagte Dickenson mit nervösem Lächeln. »Sie hat ihn satt.«

»Ja, dann – was meinen Sie? Soll ich's der Polizei melden? . . . Möchten Sie den Ring sehen?«

»Nein. Ich glaub's Ihnen so.«

»Dann meld ich mich morgen mal bei der Polizei. Oder heute abend – je früher, desto besser, glaub ich.« Michael merkte, wie Dickenson sich im Zimmer umschaute, als erwarte er, die Finger auf einem Bücherbord liegen zu sehen.

Die Tür zum Arbeitszimmer bewegte sich, und Portland Bill schritt herein. Michael machte seine Tür nie ganz zu, und Bill ging mit Türen sehr bestimmt um: er hob etwas die Vorderbeine und gab den Türen einen Stoß.

Dickenson sah den Kater blinzelnd an, dann sagte er mit fester Stimme zu Michael: »Ich könnte einen Whisky vertragen. Darf ich?«

Michael ging nach unten und kam zurück mit der Flasche und zwei Gläsern. Es war niemand im Wohnzimmer gewesen. Michael schenkte ein, dann schloß er die Tür des Arbeitszimmers.

Dickenson nahm gut zwei Zentimeter seines Drinks gleich mit dem ersten Schluck. »Ich kann es Ihnen auch jetzt sagen: ich habe Reeves getötet.«

Ein Zittern lief über Michaels Schultern, doch er sagte sich, daß er das ja die ganze Zeit schon gewußt hatte – jedenfalls seit Dickensons Anruf. »Ja –?« sagte Michael.

»Reeves hatte es . . . mit meiner Frau versucht. Eine Affäre will ich es nicht nennen, das ist es nicht wert. Meine Frau ist schuld – dumm rumzuflirten mit Reeves. Ein grobschlächtiger Bauernlümmel, wenn Sie mich fragen. Hübsch und dumm. Seine Frau wußte Bescheid, und sie haßte ihn deshalb.« Dickenson tat den letzten Zug an seiner Zigarette, und Michael holte wieder die Schachtel. Dickenson nahm eine. »Reeves wurde immer anmaßender. Ich wollte ihn feuern, ihn wegschicken, aber das ging nicht, wegen seines Mietvertrags für das Haus, und ich wollte nicht, daß die Sache mit meiner Frau ans Licht kam – ich meine vor Gericht, als Begründung.«

»Und wie lange ging das so?«

Dickenson mußte nachdenken. »Vielleicht etwa einen Monat.«

»Und Ihre Frau – jetzt?«

Tom Dickenson seufzte und rieb sich die Augen. Er saß mit hängenden Schultern in seinem Sessel. »Wir kitten das wieder. Wir sind seit knapp einem Jahr verheiratet.«

»Und sie weiß, daß Sie Reeves umgebracht haben?

Jetzt lehnte sich Dickenson zurück, legte einen grünen Stiefel auf ein Knie und trommelte mit den Fingern der einen Hand auf der Sessellehne. »Ich weiß nicht. Vielleicht glaubt sie, ich hätte ihn einfach rausgeschmissen. Sie hat nie was gefragt.«

Michael konnte sich das vorstellen, und er sah auch, daß es Dickenson lieber wäre, wenn seine Frau es nie erfuhr. Michael war klar, daß er sich entschließen mußte: Dickenson der Polizei übergeben oder nicht. Oder war es Dikkenson sogar lieber, festgenommen zu werden? Michael hörte sich das Geständnis eines Mannes an, der seit mehr als zwei Wochen ein Verbrechen auf dem Gewissen und es fest in sich verschlossen hatte, so nahm Michael jedenfalls an. Und wie hatte Dickenson ihn getötet? »Weiß es sonst noch jemand?« fragte Michael vorsichtig.

»Na ja – das kann ich Ihnen ja sagen. Muß ich wohl. Ja.« Dickensons Stimme war wieder heiser, sein Whisky alle.

Michael erhob sich und füllte Dickensons Glas nach.

Dickenson nippte daran und starrte auf die Wand neben Michael.

Portland Bill saß in einiger Entfernung von Michael und betrachtete Dickenson so aufmerksam, als verstände er jedes Wort und warte auf die Fortsetzung.

»Ich hab Reeves gesagt, er solle aufhören mit meiner Frau rumzuspielen, sonst müsse er mein Grundstück verlassen, mit *seiner* Frau, aber er sprach vom Mietvertrag – und warum ich nicht mit *meiner* Frau mal ein Wort redete. Arrogant, eben, und höchst zufrieden mit sich, daß die Frau des Gutsherrn geruht hatte, ihn anzusehen und –« Dickenson fing noch einmal an. »Dienstags und freitags fahre ich immer nach London, um mich um die Firma zu kümmern. Ein paarmal sagte Diane, sie habe keine Lust, nach London mitzukommen, oder sie sei anderweitig besetzt. Reeves konnte es immer so einrichten, daß er an diesen Tagen irgendeine kleine Arbeit nahe beim Haus fand, da bin ich sicher. Und dann – gab es ein zweites Opfer – wie ich.«

»Opfer? Wie meinen Sie das?«

»Peter.« Dickenson rollte jetzt sein Glas zwischen den Händen, die Zigarette ragte aus den Lippen hervor, er starrte auf die Wand neben Michael und sprach, als lese er vor, was er dort auf einer Leinwand sah. »Wir waren dabei, unten im Feld die Hecken zu stutzen und auch ein paar Pfähle zurechtzuhauen für die neuen Markierungen. Reeves und ich. Äxte und Vorschlaghämmer. Peter war ein ganzes Stück weiter weg und schlug die Pfähle ein. Peter ist auch ein Arbeiter wie Reeves, aber schon länger bei mir. Ich hatte das Gefühl, Reeves könnte mich anfallen und dann behaupten, es sei ein Unfall gewesen oder sowas. Es war Nachmittag, und zu Mittag hatte er ein paar Halbe getrunken. Er hatte ein Beil. Ich hab ihm nie den Rücken zugekehrt, und irgendwie kam mir die Wut hoch. Er hatte so ein schmieriges Grinsen, und er schwang sein Beil, als wollte er mich am Schenkel erwischen, obgleich er nicht nahe genug stand. Dann drehte er mir – arrogant – den Rücken zu, und ich schlug ihm den großen Hammer auf den Kopf. Als er fiel, schlug ich noch einmal zu, aber das traf ihn am Rücken. Ich wußte nicht, daß Peter so nahe war, oder ich hab nicht dran gedacht. Peter kam angelaufen, mit der Axt. Er sagte: ›Gut! Der verdammte Schweinehund!‹ oder sowas, und –« Dickenson blieb stecken, schien nach Worten zu suchen, blickte auf den Boden und dann auf den Kater.

»Und dann? . . . Reeves war tot.«

»Ja. Das alles ging sekundenschnell. Richtig aus war es, als Peter Reeves mit der Axt auf den Kopf schlug. Wir waren ganz in der Nähe eines Walds – meines Walds. Peter sagte: ›Kommen Sie, wir vergraben das Schwein. Dann sind wir ihn *los!* Peter tobte vor Wut, und ich war völlig außer mir, aus anderen Gründen, vielleicht durch den Schock, aber Peter sagte, Reeves habe es auch mit seiner Frau getrieben, oder versucht, und er wisse auch Bescheid wegen Reeves und Diane. Peter und ich gruben dann ein Grab im Wald, wir haben beide wie die Verrückten gearbeitet, auf die Baumwurzeln losgehackt und die Erde mit den Händen rausgeschmissen. Ganz zuletzt, eben bevor wir ihn reinwarfen, nahm Peter sein Beil und sagte – irgendwas von Reeves' Ehering, und er hackte mit dem Beil ein paarmal auf Reeves' Hand los.«

Michael war nicht so wohl. Er beugte sich vor, hauptsächlich um den Kopf zu senken, und streichelte den starken Rücken des Katers, der sich immer noch auf Dickenson konzentrierte.

»Dann – haben wir es begraben, beide in Schweiß gebadet. Peter hat gesagt: ›Von mir erfährt keiner ein Wort, Sir. Der Schweinehund hat's verdient, weiß Gott.‹ Wir sind auf dem Grab herumgetrampelt, und Peter hat noch draufgespuckt. Peter ist ein Mann, das muß man ihm lassen.«

»Ein Mann . . . Und Sie?«

»Weiß nicht.« Dickensons Augen waren ernst, als er jetzt sprach. »Es war einer der Tage, wo Diane zum Tee verabredet ist, in einem Frauenklub bei uns im Dorf. Und am selben Nachmittag fiel mir auf einmal ein: mein Gott, die Finger! Vielleicht liegen sie da noch auf der Erde, denn ich konnte mich nicht erinnern, daß Peter oder ich sie ins Grab geworfen hatte. Ich ging also nochmal hin. Ich fand sie. Ich hätte noch ein Loch graben können, bloß hatte ich nichts zum Graben dabei, und außerdem wollte ich nichts mehr . . . von Reeves auf meinem Land. Ich setzte mich in den Wagen und fuhr los, egal wohin, ich achtete nicht darauf, wo ich war, und als ich einen Wald sah, stieg ich aus und schmiß das Ding so weit weg, wie ich konnte.«

Michael sagte: »Muß innerhalb einer halben Meile von diesem Haus gewesen sein. Weiter wagt sich Portland Bill gar nicht, glaube ich. Man hat ihm die Flügel gestutzt, dem armen Bill.« Der Kater hörte seinen Namen und blickte auf. »Haben Sie Vertrauen zu diesem Peter?«

»Ja. Ich habe schon seinen Vater gekannt, und mein Vater kannte ihn auch. Und wenn man mich fragte – ich weiß nicht, ob ich sagen könnte, wer Reeves den tödlichen Schlag versetzt hat, ich oder Peter. Aber um korrekt zu sein, würde *ich* die Verantwortung auf mich nehmen, weil ich zweimal mit dem Hammer zugeschlagen habe. Ich kann auch keine Notwehr geltend machen, denn Reeves hatte mich nicht angegriffen.«

Korrekt. Seltsames Wort, dachte Michael. Aber Dikkenson war der Typ, dem daran lag, korrekt zu sein. »Und was schlagen Sie jetzt vor?

»Vorschlagen? Ich?« Dickensons Seufzer war fast ein

Japsen. »Weiß nicht. Ich hab's gestanden. Es liegt nun – gewissermaßen in Ihrer Hand, oder –« Er wies mit einer Handbewegung nach dem unteren Stock. »Peter würde ich gern verschonen – raushalten –, wenn ich kann. Das werden Sie verstehen, denke ich. Zu Ihnen kann ich reden. Sie sind ein Mann wie ich.«

Davon war Michael nicht ganz überzeugt, aber er hatte versucht, sich in Dickensons Lage zu versetzen, sich – zwanzig Jahre jünger – in den gleichen Umständen vorzustellen. Reeves war ein Schwein gewesen, auch seiner eigenen Frau gegenüber, ein Charakterlump; sollte ein junger Mann wie Dickenson sein Leben, oder den besten Teil davon, ruinieren wegen eines Mannes wie Reeves? »Und Reeves' Frau – was ist mit ihr?«

Dickenson schüttelte den Kopf und runzelte die Stirn. »Ich weiß, sie hat ihn verabscheut. Wenn er sang- und klanglos weg ist, wette ich, daß sie nie auch nur einen Versuch machen wird, ihn zu finden. Sie ist froh, ihn los zu sein, da bin ich sicher.«

Ein Schweigen begann und wuchs. Portland Bill gähnte, machte einen Buckel und streckte sich. Dickenson beobachtete den Kater, als ob der etwas sagen würde: schließlich hatte der Kater die Finger entdeckt. Doch der Kater sagte nichts. Dickenson brach das Schweigen, unbeholfen, doch in höflichem Ton:

»Übrigens – wo sind die Finger?«

»Hinten in meiner Garage – sie ist abgeschlossen. Sie sind in einem Schuhkarton.« Michael hatte das Gefühl die Fassung verloren zu haben. »Hören Sie, ich habe zwei Gäste im Haus.«

Tom Dickenson erhob sich sofort. »Ich weiß. Tut mir leid.«

»Keine Ursache, aber ich muß ihnen wirklich was *sagen*, denn der Colonel – mein alter Freund Eddie – weiß, daß ich Sie angerufen habe wegen der Initialen auf dem Ring und daß Sie uns – mich – sehen wollten. Vielleicht hat er den anderen etwas gesagt.«

»Selbstverständlich. Ich verstehe.«

»Könnten Sie ein paar Minuten hierbleiben, während ich mit den Leuten unten spreche? Bedienen Sie sich mit dem Whisky.«

»Danke.« Seine Augen wichen nicht aus.

Michael ging nach unten. Phyllis kniete neben dem Plattenspieler und wollte gerade eine Platte auflegen. Eddie Phelps saß in einer Sofaecke und las Zeitung. »Wo ist Gladys?« fragte Michael.

Gladys war dabei, welke Rosen abzuschneiden. Michael rief zu ihr hinüber. Sie trug Gummistiefel wie Dickenson, doch ihre waren kleiner und hellrot. Michael sah nach, ob Edna hinter der Küchentür war. Gladys sagte, Edna sei fortgegangen, um im Lebensmittelgeschäft etwas zu kaufen. Michael erzählte Dickensons Geschichte und bemühte sich, sie kurz und klar wiederzugeben. Phyllis fiel mehrmals die Kinnlade hinunter. Eddie Phelps hielt weise das Kinn und gab ab und zu ein »Mh-hm« von sich.

»Ich habe wirklich keine Lust, ihn der Polizei auszuliefern oder auch nur mit denen zu reden«, ließ sich Michael kaum lauter als mit einem Flüstern noch einmal vernehmen. Keiner hatte nach seinem Bericht etwas gesagt, und Michael hatte mehrere Sekunden gewartet. »Ich sehe nicht ein, warum wir nicht einfach Gras drüber wachsen lassen können. Was macht das schon?«

»Was macht das schon, ja, ja«, sagte Eddie Phelps, aber mehr als ein gedankenloses Echo nützte das Michael auch nicht.

»Ich hab schon von solchen Sachen gehört – unter primitiven Völkern«, sagte Phyllis ernst, als fände sie Tom Dickensons Tat dadurch gerechtfertigt.

Michael hatte in seinem Bericht natürlich auch den anderen Landarbeiter, Peter, erwähnt. War Dickensons Schlag mit dem Hammer tödlich gewesen, oder Peters Schlag mit der Axt? »Es geht mir hier nicht um die Ethik der Primitiven«, sagte Michael und war sofort ganz durcheinander. Bei Tom Dickenson ging es gerade um das Gegenteil der Primitiven.

»Aber worum denn sonst?« fragte Phyllis.

»Ja, ja«, sagte der Colonel mit dem Blick zur Decke.

»Eddie«, sagte Michael, »also du bist wirklich keine große Hilfe.«

»Ich würde gar nichts sagen. Die Finger irgendwo vergraben – mit dem Ring. Oder vielleicht den Ring woanders, sicherheitshalber. Ja.« Der Colonel murmelte, fast nur für sich, doch er sah Michael dabei an.

»Ich weiß nicht recht«, sagte Gladys und runzelte nachdenklich die Stirn.

»Ich bin derselben Meinung wie Onkel Eddie«, sagte Phyllis, die sich klar darüber war, daß Dickenson oben auf seinen Urteilsspruch wartete. »Mr. Dickenson war provoziert worden – *schwerwiegend* –, und der Mann, der getötet wurde, war offenbar eine miese Type.«

»Das Gesetz sieht das aber anders«, sagte Michael mit schiefem Lächeln. »Viele Leute werden schwerwiegend provoziert. Und ein Menschenleben ist ein Menschenleben.«

»*Wir* sind nicht das Gesetz«, sagte Phyllis, als ob sie in diesem Augenblick über dem Gesetz ständen.

Genau das hatte sich Michael gesagt: sie waren nicht das Gesetz, aber sie verhielten sich so. Er war geneigt, sich Phyllis – und Eddie – anzuschließen. »Also: ich habe keine Lust, Anzeige zu erstatten, unter den gegebenen Umständen.«

Aber Gladys blieb dabei. Sie war sich nicht sicher. Michael kannte seine Frau gut genug, um annehmen zu können, dies werde nicht ein Streitpunkt zwischen ihnen bleiben, auch wenn sie – im Moment – verschiedener Meinung waren. So sagte Michael: »Du bist eine gegen drei, Glad. Willst du allen Ernstes das Leben eines jungen Mannes ruinieren wegen sowas?«

»Stimmt, wir müssen abstimmen, wie Geschworene«, sagte Eddie.

Gladys sah den springenden Punkt. Sie gab nach. Kaum eine Minute später stieg Michael die Treppe zu seinem Arbeitszimmer hinauf, wo die erste Fassung einer Buchbesprechung sich um die Walze seiner Schreibmaschine rollte – unangetastet seit vorgestern. Zum Glück konnte er es bis zum Drucktermin noch schaffen, ohne sich umzubringen.

»Wir wollen keine Anzeige erstatten bei der Polizei«, sagte Michael.

Dickenson war aufgestanden und nickte ernst, als habe

er seinen Urteilsspruch vernommen. Er hätte auf die gleiche Art genickt, wenn man ihm das Gegenteil mitgeteilt hätte, dachte Michael.

»Ich werde die Finger loswerden«, murmelte Michael und beugte sich vor, um etwas Pfeifentabak zu nehmen.

»Das ist wirklich meine Sache. Lassen Sie, ich vergrabe die irgendwo – mit dem Ring.«

Es war tatsächlich Dickensons Sache, und Michael war froh, darum herumzukommen. »Gut. Ja dann – sollen wir nach unten gehen? Möchten Sie meine Frau und meinen Freund, Colonel –«

»Nein, danke. Nicht jetzt«, unterbrach ihn Dickenson. »Ein andermal. Aber würden Sie ihnen meinen – Dank aussprechen?«

Sie gingen eine andere Treppe am Ende des Korridors hinunter und hinaus zur Garage, deren Schlüssel Michael im Schlüsseletui hatte. Einen Augenblick dachte er, der Schuhkarton sei vielleicht auf geheimnisvolle Weise verschwunden, wie in einer Detektivgeschichte, aber er stand genau dort, wo er ihn gelassen hatte, oben auf den alten Kanistern. Er gab ihn Dickenson, und dann fuhr Dickenson in seinem staubigen Triumph nordwärts davon. Michael ging durch die Vordertür ins Haus.

Die anderen waren schon bei einem Drink. Michael fühlte sich plötzlich erleichtert, und er lächelte. »Ich finde, der gute Portland sollte zur Cocktailzeit mal was Besonderes haben, nicht?« sagte Michael, vor allem zu Gladys gewandt.

Portland Bill betrachtete ohne viel Interesse ein Schüsselchen mit Eiswürfeln. Nur Phyllis sagte begeistert: *»Ja!«*

Michael ging in die Küche und fragte Edna, die gerade Mehl auf ein Brett stäubte: »Ist noch Räucherlachs übrig vom Mittagessen?«

»Eine Scheibe, Sir«, sagte Edna, als lohne es nicht, die jemandem zu servieren, während sie selber aus lauter Tugendhaftigkeit nicht darangegangen war, obwohl sie gekonnt hätte.

»Kann ich sie haben, für den alten Bill? Er liebt Lachs über alles.«

Als Michael mit der rosa Lachsscheibe auf einer Untertasse ins Wohnzimmer zurückkam, sagte Phyllis:

»Mr. Dickenson fährt jetzt bestimmt seinen Wagen zu Schrott, auf dem Heimweg. Das ist oft so.« Dann plötzlich, als ihr das mit den Manieren wieder einfiel, murmelte sie: »Weil er sich *schuldig* fühlt.«

Portland Bill verschlang seinen Lachs mit kurzem, aber intensivem Entzücken.

Tom Dickenson fuhr seinen Wagen nicht zu Schrott.

Keiner von uns

Es war nicht allein, daß Edmund Quasthoff mit dem Rauchen ganz und dem Trinken fast ganz aufgehört hatte, was ihn veränderte, ihn ein bißchen saubermännisch und deshalb leicht unsympathisch machte. Da war noch etwas anderes. Was?

Das war das Thema der Unterhaltung in Lucienne Gauss' Wohnung an den East Eighties eines Abends gegen sieben, zur Stunde der Drinks. Julian Markus, ein Rechtsanwalt, war mit seiner Frau Frieda gekommen, ferner Peter Tomlin, ein Journalist von achtundzwanzig und in diesem Kreis der jüngste. Zu dem Kreis gehörten sieben oder acht, die Edmund gut kannten, und das hieß bei den meisten etwa acht Jahre. Die anderen Anwesenden waren Tom Strathmore, ein Soziologe, Charles Forbes mit seiner Frau – Charles war Leitender Redakteur in einem Verlagshaus – und Anita Ketchum, Bibliothekarin in einem New Yorker Kunstmuseum. Bei Lucienne trafen sie sich häufiger als bei den anderen, weil Lucienne gern Gäste bei sich sah; und da sie Malerin war und selbständig arbeitete, war ihre Zeit flexibel.

Lucienne war dreiunddreißig, unverheiratet und recht hübsch mit weichem rötlichem Haar, glatter blasser Haut und einem zarten intelligenten Mund. Sie trug gern teure Kleider, war Kundin in einem guten Schönheitssalon, und sie hatte Stil. Die anderen in der Gruppe nannten sie, hinter ihrem Rücken, eine Lady, wobei sie sogar unter sich das Wort leicht geniert gebrauchten (der Soziologe Tom hatte es benutzt), vielleicht weil es ein altmodisches oder snobistisches Wort war.

Edmund Quasthoff, Steuerberater in einer Anwaltsfirma, war vor einem Jahr geschieden worden, weil seine Frau mit einem anderen Mann fortgelaufen war und dann um die Scheidung gebeten hatte. Edmund war vierzig, hochgewachsen, braunhaarig und ruhig, weder gutaussehend noch unansehnlich, nur fehlte ihm der Funke, der selbst einen häßlichen Menschen anziehend machen kann. Lucienne und ihre Gruppe hatten nach der Scheidung geäußert: »Kein Wunder – Edmund ist nun mal ziemlich langweilig.«

An diesem Abend bei Lucienne sagte jemand unvermittelt: »Edmund war doch früher nicht so langweilig – oder?«

»Doch, ich glaube schon. Ja!« schrie Lucienne aus der Küche, denn sie hatte in diesem Moment den Wasserhahn am Spülstein aufgedreht, um die Eiswürfel aus dem Metalltablett zu lösen. Sie hörte jemanden lachen. Lucienne ging mit dem Eisbehälter zurück ins Wohnzimmer. Sie erwarteten Edmund jeden Augenblick. Lucienne war es plötzlich klargeworden, daß sie Edmund aus ihrem Kreis herauswünschte, daß sie ihn nicht leiden konnte.

»Ja – was ist das bloß mit Edmund?« fragte Charles Forbes und lächelte Lucienne verschmitzt zu. Charles war rundlich, sein Hemd spannte sich an den Knöpfen, und wenn er saß, sah man oft ein Stück Bein zwischen Socke und Hosenaufschlag; aber in der Gruppe war er sehr beliebt, denn er war gutherzig und intelligent, und er konnte trinken wie ein Fisch, ohne daß man ihm etwas anmerkte. »Vielleicht sind wir alle bloß eifersüchtig, weil er das Rauchen aufgegeben hat«, sagte Charles. Er drückte seine Zigarette aus und griff nach der nächsten.

»Ich bin eifersüchtig, das geb ich zu«, sagte Peter Tomlin mit breitem Grinsen. »Ich weiß, ich müßte aufhören und kann einfach nicht. Zweimal hab ich's versucht, im letzten Jahr.«

Peters Einzelheiten über seine Anstrengungen waren nicht weiter interessant. Edmund und seine neue Ehefrau mußten gleich kommen, und die anderen redeten weiter, solange es ging.

»Vielleicht liegt's an seiner Frau?« flüsterte Anita Ketchum aufgeregt; sie wußte, die anderen würden mit Lachen reagieren und weitere Bemerkungen ermutigen. Was auch geschah.

»Viel schlimmer als die erste!« beteuerte Charles.

»Ja, Lillian war gar nicht so übel, das meine ich auch«, sagte Lucienne. Sie stand noch und reichte Peter die Flasche Vat 69, damit er sein Glas so vollschenken konnte, wie er es gern hatte. »Es stimmt schon, Magda ist kein Pluspunkt. Die –« Lucienne war im Begriff gewesen, etwas sehr Unfreundliches zu sagen über den ängstlichen und doch distanzierten Ausdruck, der oft auf Magdas Zügen zu sehen war.

»Also Heirat im Nachfassen«, sagte Tom Strathmore nachdenklich.

»Ganz bestimmt, das war es«, sagte Frieda Markus. »Das muß man ihm vielleicht verzeihen. Es heißt doch immer, daß Männer stärker als Frauen darunter leiden, wenn ihnen ihre Partner davonlaufen. Ihr Ego leidet mehr, sagt man.«

»Meins würde allerdings unter Magda leiden«, sagte Tom.

Anita lachte. »Überhaupt, was für ein Name, Magda! Ich muß dabei immer an eine Glühbirne oder sowas denken.«

Es klingelte an der Haustür.

»Das muß Edmund sein.« Lucienne ging hinaus, um auf den Auslöser zu drücken. Sie hatte Edmund und Magda gebeten, zum Dinner zu bleiben, aber sie wollten heute abend ins Theater. Zum Dinner blieben nur drei, die beiden Markus und Peter Tomlin.

»Er hat aber doch seine Stellung gewechselt, vergiß das nicht«, sagte Peter, als Lucienne ins Zimmer zurückkam. »Man kann nicht sagen, daß er unbedingt so maulfaul zu sein hat – ich meine so heimlichtuerisch. Daran liegt es nicht.« Wie die anderen, suchte Peter nach einem Wort oder Ausdruck, um Edmunds Unbeliebtheit zu beschreiben.

»Er ist eben vermufft«, sagte Anita Ketchum und verzog die Lippen mit einem Ausdruck des Widerwillens.

Sekundenlanges Schweigen folgte. Gleich mußte es an der Wohnungstür klingeln.

»Glaubt ihr, er ist glücklich?« fragte Charles mit Flüsterstimme.

Das war genug, um allgemeines Lachen zu erregen. Die Vorstellung, daß Edmund Glücklichsein ausstrahlte, selbst nach zwei Monaten Ehe, war wirklich urkomisch.

»Er ist eben überhaupt noch nie glücklich gewesen«, sagte Lucienne, gerade als es klingelte, und sie wandte sich zur Tür.

»Hoffentlich nicht zu spät, liebe Lucienne«, sagte Edmund im Eintreten und beugte sich zu Lucienne herab, um sie auf die Wange zu küssen, hielt aber ein paar Zentimeter vorher an.

»Nein, nein. Ich hab ja Zeit und ihr nicht. Wie geht's dir, Magda?« fragte Lucienne so bewußt herzlich, als sei es ihr wirklich wichtig, wie es Magda ging.

»Danke schön, sehr gut, und dir?« Magda war wieder in Braun, das hell-und-dunkelbraune Cottonkleid hatte einen braunen Seidenschal am Ausschnitt.

Braun und langweilig sahen sie beide aus, dachte Lucienne, als sie sie ins Wohnzimmer führte. Die Begrüßungen klangen warm und freundlich.

»Nein, bitte nur Tonic. Na schön, eine Kleinigkeit Gin«, sagte Edmund zu Charles, der die Honneurs machte. »Ein Scheibchen Zitrone, ja, danke.« Wie immer machte Edmund den Eindruck, als säße er auf der Kante seines Sessels.

Auf dem Sofa unterhielt sich Anita pflichtgemäß mit Magda.

»Wie gefällt es dir in der neuen Stellung, Edmund?« fragte Lucienne. Edmund hatte mehrere Jahre in der Finanzabteilung der Vereinten Nationen gearbeitet; aber sein neuer Job – so kombinierte Lucienne – war besser bezahlt und lange nicht so isoliert, denn es gab fast jeden Tag geschäftliche Essen.

»Ach-ch –«, begann Edmund, »ganz andere Leute,

soviel ist sicher.« Er versuchte zu lächeln. Ein Lächeln wirkte bei Edmund immer wie eine Anstrengung. »Immer dieser Alkohol beim Lunch –« Er schüttelte den Kopf. »Ich glaube, sie sehen es sogar ungern, daß ich nicht rauche. Man soll eben genau so sein wie sie, weißt du.«

»Wer sind *sie*?« fragte Charles Forbes.

»Die Klienten der Agentur und oft auch deren Steuerberater«, erklärte Edmund. »Das Geschäftliche besprechen sie alle lieber beim Essen als mit mir in meinem Büro. Komisch.« Edmund rieb sich mit dem Zeigefinger seitlich an der Nase entlang. »Ich muß dann einen oder zwei Drinks mit ihnen nehmen – mein Restaurant versteht sich darauf, sie schwach zu machen –, sonst denken unsere Klienten, sie haben es mit Mephiskus höchstpersönlich zu tun, dem Ehrlichkeit wichtiger ist als Tüchtigkeit.« Wieder verzog sich Edmunds Gesicht zu einem Lächeln, das nicht lange anhielt.

Der Arme, dachte Lucienne, und fast hätte sie es ausgesprochen. Ein seltsam mitleidiges Wort in diesem Zusammenhang, denn sie fühlte kein Mitleid mit Edmund. Lucienne wechselte einen Blick mit Charles und dann mit Tom Strathmore, der grinste.

»Und sie rufen mich auch noch mitten in der Nacht an. Offenbar denken sie in Kalifornien gar nicht an den Zeitunter –«

»Nimm doch einfach den Hörer nachts von der Gabel«, sagte Ellen, Charles' Frau.

»Oh, das können wir uns nicht leisten«, erwiderte Edmund. »Heilige Kühe sind das, diese Klienten mit ihren Sorgen. Manchmal kommen sie mit Fragen, die ein

Taschenrechner beantworten könnte. Aber für Babcock & Holt ist Höflichkeit oberstes Gebot, da komme ich eben weiterhin um meinen Schlaf ... Nein danke, Peter«, sagte er, als Peter ihm erneut einschenken wollte. Edmund schob auch den fast vollen Aschenbecher vorsichtig beiseite, dessen Geruch ihn vielleicht irritierte.

Normalerweise hätte Lucienne den Aschenbecher ausgeleert, jetzt tat sie es nicht. Und Magda? Magda warf, als Lucienne zu ihr hinübersah, einen Blick auf ihre Uhr, obgleich sie sich jetzt mit Charles unterhielt, der links von ihr saß. Achtundzwanzig war sie, beneidenswert jung, gewiß, aber was für eine Tranfunzel! Schlechte Haut. Kein Wunder, daß sie vorher noch nicht verheiratet gewesen war. Ihre Stellung hatte sie noch behalten, hatte Edmund gesagt, irgendwas mit Computern. Sie konnte auch gut stricken, ihre Eltern waren Mormonen, Magda aber nicht. Wirklich nicht? dachte Lucienne.

Einen Augenblick später, nachdem sie auch Tomaten- und Orangensaft abgelehnt hatte, sagte Magda sanft zu ihrem Mann: »Darling –« und klopfte auf ihr Uhrglas.

Edmund stellte sofort sein Glas hin, und die altmodischen braunen Schuhe mit dem Flügelmuster auf den Spitzen hoben sich ein wenig vom Boden ab, bevor er sich emporhievte. Edmund sah jetzt schon müde aus, und dabei war es kaum acht Uhr. »Ah ja, das Theater – Vielen Dank, Lucienne. War hübsch bei dir, wie immer.«

»Aber so kurz!« sagte Lucienne.

Als Edmund und Magda gegangen waren, gab es ein allgemeines »Ffhuh!« und ein paar kleine Lacher, aber sie klangen eher bitter amüsiert als nachsichtig.

»Mit sowas möchte ich weiß Gott nicht verheiratet sein«, sagte Peter Tomlin, der unverheiratet war, und fügte hinzu: »Offen gestanden.« Peter kannte Edmund, seit er, Peter, zweiundzwanzig war und Charles Forbes, bei dessen Verlag er sich (ohne Erfolg) beworben hatte, sie miteinander bekannt machte. Charles, der ältere, mochte Peter gern und hatte ihn bei einigen seiner Freunde eingeführt, darunter auch Lucienne und Edmund. Peter erinnerte sich noch an seinen ersten guten Eindruck von Edmund Quasthoff – den eines ernsthaften und zuverlässigen Mannes –, doch was immer Peter damals an guten Eigenschaften in Edmund gesehen hatte, war jetzt irgendwie nicht mehr da, so als ob der erste Eindruck ein Irrtum gewesen wäre. Edmund war irgendwie mit dem Leben nicht ganz zurechtgekommen. Er hatte etwas Verkrampftes an sich, und Magda war geradezu die personifizierte Verkrampftheit. Oder lag es etwa daran, daß Edmund im Grunde die Freunde nicht mochte?

»Vielleicht hat er Magda verdient!« sagte Anita, und die anderen lachten.

»Vielleicht mag er uns auch nicht«, sagte Peter.

»Oh doch, er mag uns«, sagte Lucienne. »Weißt du noch, Charles, wie er sich damals gefreut hat, als wir ihn – als wir ihn sozusagen akzeptierten, bei der ersten Dinnerparty, zu der ich Edmund und Lillian hier zur mir eingeladen hatte? Eine Party zu meinem Geburtstag, das weiß ich noch. Edmund und Lillian strahlten, weil sie zu unserem Zauberkreis zugelassen wurden.« Luciennes etwas geringschätziges Lachen betraf sowohl den Freundeskreis wie Edmund.

»Ja, bemüht hat er sich«, sagte Charles.

»Aber sogar seine Kleidung ist langweilig«, sagte Anita.

»Ja, stimmt. Kann ihm nicht mal einer einen Tip geben? Du, Julian.« Lucienne warf einen Blick auf Julians adretten Cottonanzug. »Du bist doch immer so schick.«

»Ich –?« Julian zog sein Jackett auf den Schultern zurecht. »Also ehrlich gesagt, ich glaube, Männer hören eher auf das, was Frauen sagen. Warum sollte ich ihm was sagen?«

»Magda hat mir erzählt, daß Edmund einen Wagen kaufen will«, sagte Ellen.

»Kann er denn fahren?« fragte Peter.

»Darf ich, Lucienne?« Tom Strathmore streckte die Hand nach der Whiskyflasche aus, die auf einem Tablett stand. »Was Edmund vielleicht mal nötig hat, ist eine ordentliche Besäufnis. Kann sogar sein, daß Magda ihn dann verlassen würde.«

»Du – wir haben die Quasthoffs gerade zum Dinner zu uns eingeladen, für Freitag abend«, verkündete Charles. »Vielleicht kann Edmund sich dann wirklich mal besaufen. Wer möchte sonst noch kommen? Lucienne?«

Lucienne zögerte, sie rechnete mit einem langweiligen Abend. Aber vielleicht wurde es gar nicht langweilig. »Ja, warum nicht? Vielen Dank, Charles – und Ellen.«

Peter Tomlin konnte nicht, denn Freitag abend war Redaktionsschluß. Anita sagte, sie werde gern kommen. Auch Tom Strathmore war frei, nicht aber die beiden Markus, denn Julians Mutter hatte Geburtstag.

Es war eine denkwürdige Party in der großen Küche der Forbes, die als Eßzimmer diente. Magda kannte die

Penthouse-Wohnung noch nicht. Sie betrachtete höflich die recht gute Sammlung von gerahmten Zeichnungen zeitgenössischer Künstler, schien aber Angst davor zu haben, sich zu äußern. Magda trug ihr bestes Benehmen zur Schau, während die andern, wie auf wortlose Übereinkunft, sich ungewöhnlich formlos und heiter gaben. Teilweise geschah es, das erkannte Lucienne, um Magda aus ihrem fröhlichen Kreis auszuschließen und sich über ihr steifes Verhalten lustig zu machen, auch wenn sich tatsächlich jeder große Mühe gab, um Edmund und Magda an der lustigen Stimmung teilhaben zu lassen. Dazu gehörte es, wie Lucienne sah, daß Charles sehr reichlich Gin in Edmunds Tonicglas einschenkte. Bei Tisch tat Ellen das gleiche mit dem Wein. Es war besonders guter Wein, ein alter Margaux, der herrlich zu den in heißem Öl gekochten Fleischstücken paßte,die in einen Topf in der Mitte des runden Tisches gedippt wurden. Dazu gab es warmes gebuttertes Knoblauchbrot und Papierservietten zum Abwischen der fettigen Finger.

»Na komm schon, du arbeitest ja morgen nicht«, sagte Tom ermunternd und füllte Edmunds Weinglas von neuem.

»Oh doch, ich ar – arbeite morgen«, erwiderte Edmund und lächelte. »Muß sein. Jeden Samstag.«

Magdas Blick war starr auf Edmund gerichtet, was er jedoch nicht merkte, weil er nicht zu ihr hinüberblickte.

Nach dem Dinner gingen sie in den langen Wohnraum, an den sich eine Terrasse anschloß. Mit dem Kaffee gab es Drambuie, Bénédictine oder Brandy für alle, die es wollten. Lucienne wußte, daß Edmund für Süßes zu haben war, und sie sah, daß es Charles ohne Mühe gelang, Edmund zu einem Gläschen Drambuie zu überreden. Dann wurde Darts gespielt.

»Darts ist alles, was ich an Sport treibe«, sagte Charles und stellte sich zurecht. Der erste Schuß traf mitten ins Ziel.

Nacheinander kamen auch die anderen dran. Ellen schrieb an.

Unbeholfen nahm Edmund seinen Platz ein und versuchte, amüsiert auszusehen, wie alle wußten; aber er bemühte sich immerhin, richtig zu zielen. Er war alles andere als geschickt und straff. Sein erster Schuß traf die Wand drei Fuß entfernt von der Scheibe, und zwar seitlich, der Pfeil blieb nicht stecken und fiel zu Boden. Auch Edmund fiel um, er hatte sich irgendwie auf dem linken Fuß umgedreht und das Gleichgewicht verloren.

Bravorufe und fröhliches Lachen.

Peter streckte die Hand aus und zog Edmund hoch. »Weh getan?«

Edmund sah erschrocken aus und lachte nicht, als er aufstand. Er zog sich das Jackett zurecht. »Ich glaube – ich habe das bestimmte Gefühl ––« Mit leicht schwimmenden Augen blickte er um sich, während die anderen zuhörten und warteten. »Ich habe das Gefühl, ich bin hier nicht gerade beliebt, deshalb ––«

»Oh-h, Edmund!« sagte Lucienne.

»Was redest du denn, Edmund?« fragte Ellen.

Ein Drambuie wurde Edmund in die Hand gedrückt, obgleich Magda vorsichtig versuchte, die Hand, die ihm das Glas reichte, zurückzuhalten. Edmund war beruhigt, aber nicht sehr. Das Dart-Spiel ging weiter. Edmund war nüchtern genug zur Einsicht, daß ein plötzlich beleidigter Abgang ihn nur lächerlich machen würde, aber er war betrunken genug, um sein instinktives Gefühl, wie verschwommen auch immer, hochkommen zu lassen, daß die Leute um ihn herum nicht seine Freunde waren und ihn im Grunde nicht mochten. Magda überredete ihn, noch etwas mehr Kaffee zu nehmen.

Eine Viertelstunde später gingen die Quasthoffs.

Alle waren sofort spürbar erleichtert.

»Geben wir's zu, sie ist wirklich das Letzte«, sagte Anita und warf einen Pfeil auf die Scheibe.

»Na, jedenfalls haben wir ihn besoffen gekriegt«, sagte Tom Strathmore. »Es ist also möglich.«

Irgendwie hatten alle Blut geleckt, als sie Edmund so komisch auf dem Boden hatten liegen sehen.

Lucienne hatte an diesem Abend mehr getrunken als sonst, vor allem in Form von zwei reichlichen Brandies nach dem Dinner, und so rief sie um vier Uhr morgens Edmund an, um zu fragen, wie es ihm gehe. Aber sie wußte, sie rief ihn auch an, um ihn im Schlaf zu stören. Nach fünfmaligem Läuten, als sich Edmund mit verschlafener Stimme meldete, stellte Lucienne fest, daß sie nichts zu sagen wußte.

»Hallo –? Hallo? Hier ist Qu – Quasthoff . . .«

Als sie morgens erwachte, sah die Welt anders aus – erregender und mit schärferen Konturen. Es war nicht die leichte Nervosität, die ein Kater hätte hervorrufen können. Lucienne fühlte sich sogar sehr wohl nach ihrem normalen Frühstück mit Orangensaft, englischem Tee und Toast; und zwei Stunden lang malte sie recht gut. Es war ihr klar, daß sie Edmund unentwegt verabscheute. Lächerlich, aber so war es. Wie vielen ihrer Freunde es wohl heute morgen mit Edmund ebenso ging?

Kurz nach Mittag ging das Telefon, es war Anita Ketchum. »Hoffentlich störe ich dich nicht gerade mitten in einem meisterhaften Strich.«

»Nein, nein! Was gibt's?«

»Na ja – Ellen hat mich heute morgen angerufen und gesagt, daß Edmunds Geburtstagsparty abgesagt ist.«

»Ich wußte gar nicht, daß sie angesagt war.«

Anita erklärte. Magda hatte gestern abend Charles und Ellen zu einer Dinnerparty zu Edmunds Geburtstag eingeladen, die in neun Tagen in ihrer und Edmunds Wohnung stattfinden sollte, und hatte zu Ellen gesagt, sie werde »alle« einladen und dazu noch ein paar Freunde, die vielleicht noch nicht jeder kannte; es sollte eine Stehparty mit Buffet werden. Und heute morgen hatte Magda – ohne irgendeine Erklärung, etwa daß sie oder Edmund krank wären und bis dahin nicht wieder wohlauf sein würden – nur mitgeteilt, es tue ihr leid, sie habe sich »gegen eine Party entschieden«.

»Vielleicht hat sie Angst, daß Edmund wieder sauer wird«, sagte Lucienne, aber sie wußte, das war nicht alles.

»Ich bin sicher, sie meint, wir mögen sie – oder Edmund nicht sehr, was ja leider stimmt.«

»Was können wir bloß tun?« fragte Lucienne und tat bekümmert.

»Außenseiter der Gesellschaft sind wir, was? Ha-ha. Ich muß aufhören, Lucienne, jemand wartet auf mich.«

Das kleine Malheur mit der abgesagten Party kam Lucienne sowohl albern wie feindselig vor. Innerhalb eines Tages erfuhr die ganze Gruppe davon, obgleich sie wohl noch gar nicht alle eingeladen worden waren.

»Einladen und ausladen können wir auch«, sagte Julian Markus lachend am Telefon zu Lucienne. »Was für ein kindischer Trick – und nicht mal irgendeine Ausrede, Geschäftsreise oder sowas.«

»Nein, gar keine Ausrede. Na, ich werd mir was Lustiges ausdenken, lieber Julian.«

»Was meinst du?«

»Eine kleine Revanche. Findest du nicht, die haben sie verdient?«

»Ja, meine Gute.«

Luciennes erster Gedanke war einfach. Sie und Tom Strathmore würden Edmund an seinem Geburtstag zum Lunch einladen und ihn so betrunken machen, daß er nicht mehr imstande war, nachmittags ins Büro zurückzukehren. Tom war einverstanden. Und Edmund schien dankbar, als ihn Lucienne anrief und die Einladung vorbrachte, ohne Magdas Namen zu nennen.

Lucienne bestellte einen Tisch in einem recht teuren französischen Restaurant in den East Sixties. Sie und Tom und drei trockene Martinis erwarteten Edmund, der mit unsicherem Lächeln eintrat, aber offensichtlich froh war, seine alten Freunde an einem kleinen Tisch wiederzusehen. Sie schwatzten munter, und es gelang Lucienne, ein paar Komplimente über Magda anzubringen.

»Sie hat eine gewisse Würde«, sagte Lucienne.

»Wenn sie nur nicht so schüchtern wäre!« erwiderte

Edmund sofort. »Ich versuche immer, sie mehr aus sich herauszuziehen.«

Noch eine Runde Drinks. Lucienne zögerte die Bestellung des Menus dadurch hinaus, daß sie gerade telefonieren mußte, als es Tom gelang, eine dritte Runde zu bestellen, um die Zeit zu überbrücken, bis Lucienne zurückkam. Dann wurde das Essen bestellt, zusammen mit Weißwein, dem ein Rotwein folgte. Beim ersten Glas Weißwein sangen Tom und Lucienne leise den Refrain von »Happy Birthday to You« und tranken Edmund zu. Lucienne hatte Anita angerufen, deren Arbeitsplatz nur drei Straßen entfernt war, und Anita erschien, als das Lunch kurz nach drei mit einem Drambuie – für Edmund – beendet war; Lucienne und Tom hatten verzichtet. Edmund murmelte immer wieder etwas von einer Drei-Uhr-Verabredung, die er vielleicht auch fahren lassen könne, da es sich nicht um eine Verabredung auf höchster Ebene handelte. Anita und die anderen sagten, an seinem Geburtstag wäre das gewiß entschuldbar.

»Ich habe gerade noch eine halbe Stunde«, sagte Anita, als sie alle zusammen das Restaurant verließen, wo Anita nichts verzehrt hatte. »Aber ich wollte dich doch sehen an diesem besonderen Tag, mein alter Edmund. Und jetzt lade ich dich noch zu einem Drink oder einem Bier ein – doch, ich bestehe darauf.«

Die anderen küßten Edmund auf die Wange und gingen. Anita lotste Edmund über die Straße in ein Ecklokal mit Phantasieaufmachung, das sich als altirische Kneipe ausgab. Edmund fiel beinahe in seinen Sessel, nachdem er gerade vorher fast auf den Sägespänen ausgerutscht war.

Es war eigentlich erstaunlich, daß er überhaupt bedient wurde, dachte Anita, aber sie war ja dabei und ganz nüchtern, und so wurden sie bedient. Von diesem Lokal aus rief Anita Peter Tomlin an und erklärte ihm die Lage, die Peter sehr komisch fand, und er erklärte sich bereit, zu kommen und sie für ein paar Minuten abzulösen. Peter erschien. Edmund trank noch ein Bier und bestand auch auf Kaffee, der bestellt wurde, aber beides zusammen schien ihm nicht zu bekommen. Anita war vor ein paar Minuten gegangen. Peter wartete geduldig und schwatzte Unsinn mit Edmund; er fragte sich nur, ob Edmund jetzt erbrechen oder unter den Tisch rutschen werde.

»Mag hat Leute eingeladen, für sechs Uhr«, murmelte Edmund. »Muß vorher – zu Haus sein – sonst – –« Er bemühte sich vergeblich, auf seiner Uhr die Zeit abzulesen.

»Mag nennst du sie? – Na komm, Alter, trink dein Bier aus.« Peter hob sein erstes Glas Bier, das er fast geleert hatte. »Also – hoch das Bein und alles Gute zum Geburtstag!«

Sie leerten die Gläser.

Um sechs Uhr fünfundzwanzig lieferte Peter Edmund an seiner Wohnungstür ab und machte sich eilig davon. Bei Magda und Edmund war eine Cocktailparty im Gang, das hörte Peter an dem Stimmengewirr hinter der geschlossenen Tür. Edmund hatte davon gesprochen, daß sein Chef dabeisein werde, und ebenso einige wichtige Klienten. Peter lächelte in sich hinein, als er im Fahrstuhl nach unten fuhr. Er ging nach Hause, erstattete Lucienne ausführlich Bericht, machte sich eine Tasse Pulverkaffee und setzte sich dann wieder an die Schreibmaschine. Wirklich ulkig! Armer alter Edmund! Doch es war Magda, über die sich Peter noch mehr amüsierte. Magda war die Vermuffte, das eigentliche Ziel, dachte Peter.

In weniger als zwei Wochen sollte Peter Tomlin seine Ansicht ändern. Mit Erstaunen und wachsender Unruhe sah er, wie sich der Angriff, geführt vor allem von Lucienne, weniger von Anita, auf Edmund konzentrierte. Zehn Tage nachdem sie ihn so betrunken gemacht hatten, schaute Peter eines Abends bei Julian und Frieda Markus vorbei, um ein paar entliehene Bücher zurückzubringen. Beide berichteten hämisch von Edmunds letztem Pech. Edmund hatte seine Stellung bei Babcock & Holt verloren, er war jetzt in der Psychiatrischen Klinik von Payne-Whitney, um trockengestellt zu werden.

»Was –?« sagte Peter. »Davon hatte ich kein Wort gehört.«

»Wir haben es auch erst heute rausgefunden«, sagte Frieda. »Lucienne hat mich angerufen, sie sagte, sie wollte heute morgen Edmund im Büro anrufen, da wurde ihr gesagt, er sei auf Urlaub, aber sie bestand darauf zu erfahren, wo er war, es handele sich um eine dringende Familienangelegenheit – du weißt ja, wie gut sie sowas kann. Und da sagte man ihr, er sei in der Payne-Whitney-Klinik, und sie rief dort an und sprach mit Edmund selber. Er hat auch noch einen Unfall mit seinem Wagen gehabt, sagte er, aber zum Glück wurde weder er noch sonst jemand verletzt.«

»Du liebes bißchen!« sagte Peter.

»Er hat immer eine Schwäche für die Flasche gehabt«,

sagte Julian, »und vertragen kann er kaum einen Schluck. Vor vier Jahren mußte er schon mal trocken leben, weißt du noch, Frieda? Vielleicht hast du ihn damals noch nicht gekannt, Peter. Aber es war so, bloß hat er es nicht lange durchgehalten. Und als Lillian ihn verließ, wurde es noch schlimmer. Aber nun diese Stellung –«

Frieda Markus kicherte. »Diese Stellung! – Und Lucienne hat ihm auch nicht gerade beigestanden, das weißt du doch. Sie hat ihn ein paarmal zu sich eingeladen und ganz schön vollaufen lassen. Hat ihn von seinen Schwierigkeiten mit Mag reden lassen.«

Schwierigkeiten. Peter fühlte einen Stich wider Willen, daß Edmund, kaum drei Monate oder so verheiratet, über »Schwierigkeiten« gesprochen hatte. Hatte nicht jeder Mensch Schwierigkeiten? Mußte man seine Freunde damit anöden? »Er hat's vielleicht verdient«, murmelte Peter.

»In gewisser Hinsicht ja«, sagte Julian sehr bestimmt und griff nach einer Zigarette. Aus Julians aggressiver Haltung ging hervor, daß der Anti-Edmund-Feldzug noch nicht beendet war. »Er ist eben schwach«, fügte Julian noch hinzu.

Peter dankte Julian für die beiden geborgten Bücher und verabschiedete sich. Er mußte auch heute abend wieder arbeiten und konnte deshalb nicht noch zu einem Drink bleiben. Zu Hause schwankte Peter, ob er Lucienne oder Anita anrufen sollte, entschied sich für Lucienne, die sich aber nicht meldete, und versuchte es deshalb bei Anita. Anita war zu Hause und Lucienne war bei ihr. Beide sprachen mit Peter, und beide schienen sehr munter. Peter fragte Lucienne nach Edmund.

»Oh, der wird in acht Tagen oder so entlassen, hat er gesagt. Aber ich glaube, er wird nicht derselbe Mann sein, wenn er rauskommt.«

»Wie meinst du das?«

»Na ja, er hat doch seine Stellung verloren, und diese Geschichte wird's ihm auch nicht gerade leichter machen, eine neue zu finden. Und Magda ist er wahrscheinlich auch los, er hat mir gesagt, sie wollte ihn verlassen, wenn sie nicht von New York wegziehen.«

»Hmm – vielleicht ziehen sie dann aber doch weg«, sagte Peter. »Und er sagte, er hätte seine Stellung unwiderruflich verloren?

»Oh ja. In seinem Büro nennen sie es Urlaub, aber Edmund gab zu, daß sie ihn nicht wieder einstellen.« Lucienne lachte kurz und schrill auf. »Weiter nicht schade, wenn sie aus New York wegziehen. Du weißt doch, Magda haßt uns. Und offen gesagt, Edmund war nie einer von uns. Da ist es irgendwie schon verständlich.«

War es verständlich? fragte sich Peter, als er sich an seine Arbeit setzte. Die ganze Sache hatte etwas Bösartiges an sich, auch von ihm war es bösartig gewesen, als er damals Edmund mit Bier vollpumpte. Merkwürdig war jetzt nur, daß Peter gar kein Mitgefühl für Edmund aufbrachte.

Man hätte annehmen können, daß die Gruppe Edmund nun in Ruhe lassen oder sich sogar bemühen würde, ihn (ohne Alkohol) ein wenig aufzumuntern, als er aus der Klinik kam; doch wie Peter sah, geschah das Gegenteil. Anita Ketchum lud Edmund zu einem kleinen Dinner zu sich ein und bat auch Peter dazu. Sie drängte Edmund die Drinks nicht auf, aber mindestens drei trank er von selber.

Edmund war in trüber Stimmung, die nicht besser wurde, als Anita über Magda herzog. Sie gab ihm praktisch zu verstehen, er könne wirklich besser fahren als mit Magda und sollte das auch so schnell wie möglich versuchen. Peter mußte ihr beistimmen.

»Mir scheint, sie macht dich nicht sehr glücklich, Ed.« Peter sprach im Mann-zu-Mann-Ton. »Und wie ich höre, will sie jetzt auch noch, daß ihr aus New York wegzieht.«

»Ja, das stimmt«, sagte Edmund. »Und dabei weiß ich gar nicht, wo sonst ich wieder zu einem anständigen Job kommen soll.«

Sie redeten weiter, bis es spät war, ohne im Grunde etwas zu erreichen. Peter ging früher als Edmund. Peter fand, daß die Erinnerung an Edmund ihn deprimierte: eine hochgewachsene gebückte Gestalt in schlaffer Kleidung, den Blick auf den Boden gerichtet, so war er, ein Glas in der Hand, in Anitas Wohnzimmer umhergewandert.

Lucienne war zu Hause im Bett und las, als um ein Uhr morgens das Telefon klingelte. Es war Edmund. Er sagte, er wolle sich von Mag scheiden lassen.

»Sie ist eben davongelaufen – gerade jetzt.« Edmunds Stimme klang glücklich, aber leicht betrunken. »Sagt, sie will heute im Hotel übernachten. Ich weiß nicht mal wo.«

Lucienne merkte, er wartete auf ein Wort des Lobes oder auf eine Gratulation von ihr. »Ja, lieber Edmund – vielleicht ist es so das beste. Ich hoffe, es wird sich alles gütlich regeln lassen. Ihre wart ja noch nicht lange verheiratet.«

»Nein. Ich glaube, ich habe – ich meine, sie hat das Richtige getan«, sagte Edmund mit schwerer Zunge.

Lucienne versicherte ihm, sie nehme das auch an.

Nun mußte sich Edmund nach einer neuen Stellung umsehen. Daß Mag wegen der Scheidung Schwierigkeiten machen werde, glaubte er nicht, weder finanziell noch sonstwie. »Sie ist eine junge Frau, die gern für sich ist. Erstaunlich – unabhängig, weißt du?« Edmund hatte den Schluckauf.

Lucienne lächelte. Unabhängigkeit von Edmund würde sich wohl jede Frau wünschen, dachte sie. »Wir alle werden dir Glück wünschen, Edmund. Sag uns nur Bescheid, wenn du meinst, wir könnten irgendwelche Drähte ziehen.«

Etwas später gingen Charles Forbes und Julian Markus eines Abends zu Edmund in die Wohnung, um geschäftliche Dinge zu besprechen, wie Charles nachher Lucienne erzählte. Charles hatte da eine Idee, daß Edmund vielleicht als freier Steuerberater arbeiten könne, und genau so einen Mann brauchte man jetzt in Charles' Verlag. Sie tranken kaum etwas, wie Charles berichtete, aber sie blieben sehr lange. Edmund war trüber Stimmung gewesen und hatte um Mitternacht den Pegel der Whiskyflasche um einige Zentimeter gesenkt.

Das war an einem Donnerstag abend, und am Dienstag morgen war Edmund tot. Die Putzfrau hatte mit ihrem Schlüssel die Wohnung aufgeschlossen und um neun Uhr Edmund, wie sie dachte, schlafend im Bett gefunden. Erst gegen Mittag hatte sie es begriffen und dann die Polizei gerufen. Die Polizei konnte Magda nicht auffinden; es hatte viel Zeit gekostet, jemanden zu benachrichtigen, und so wurde es Mittwoch abend, bevor es einer aus der

Gruppe erfuhr: Peter Tomlin fand eine Notiz in seiner eigenen Zeitung und rief daraufhin Lucienne an.

»Eine Mischung von Schlaftabletten und Alkohol, aber Selbstmord nehmen sie nicht an«, sagte Peter.

Auch Lucienne nahm Selbstmord nicht an. »Was für ein Ende«, sagte sie mit einem Seufzer. »Und was nun?« Sie fühlte gar keinen Schock, sie dachte nur vage an die anderen der Gruppe, die die Nachricht hörten oder gerade jetzt lasen.

»Die Trauerfeier ist morgen in einem – einem Beerdigungsinstitut in Long Island, das steht da.«

Peter und Lucienne beschlossen hinzugehen.

Die Freunde aus der Gruppe, Lucienne Gauss, Peter Tomlin, die Ehepaare Markus und Forbes, Tom Strathmore, Anita Ketchum, waren alle erschienen und machten mindestens die Hälfte der kleinen Versammlung aus. Vielleicht waren auch einige von Edmunds Verwandten gekommen, doch die Gruppe war da nicht sicher, denn Edmunds Familie lebte in der Umgebung von Chicago, und keiner hatte sie je kennengelernt. Magda war da, in Grau mit dünnem schwarzem Schleier. Sie stand für sich und nickte Lucienne und den anderen kaum zu. Es war eine konfessionsfreie Trauerrede, Lucienne achtete gar nicht darauf und glaubte auch nicht, daß die Freunde darauf achteten, außer daß sie die Worte als rein mechanisches Ritual erkannten und nicht hinhörten. Nachher sagten Lucienne und Charles, sie wollten dem Sarg nicht bis zum Grabe folgen, und auch die anderen wollten das nicht.

Anitas Mund sah steinern aus, obgleich ein ganz schwaches nachdenkliches Lächeln darauf lag. Draußen warteten Taxis, und sie schlenderten darauf zu. Tom Strathmore ging mit gesenktem Kopf. Charles Forbes blickte zum Spätsommerhimmel auf. Charles ging zwischen Ellen, seiner Frau, und Lucienne, und plötzlich sagte er zu Lucienne:

»Du, Lucienne – ich hab Edmund ein paarmal nachts angerufen – nur um ihn zu stören. Das muß ich zugeben. Ellen weiß es.«

»Ach ja –?« sagte Lucienne ruhig.

Tom, der hinter ihnen ging, hatte die Bemerkung gehört. Mit leicht zuckendem Lächeln sagte er: »Ich hab noch was Schlimmeres getan. Ich hab zu Edmund gesagt, er könnte seine Stellung verlieren, wenn er anfinge, Magda zu seinen geschäftlichen Lunchverabredungen mitzunehmen.«

Ellen lachte. »Ach, das ist doch nicht so schlimm, Tom. Das ist –« Aber sie sprach nicht weiter.

Wir haben ihn umgebracht, dachte Lucienne. Sie dachten es alle, und keiner hatte den Mut, es auszusprechen. Jeder von ihnen hätte sagen können: Ihr wißt doch, wir haben ihn umgebracht, aber keiner sagte es. »Er wird uns fehlen«, sagte Lucienne schließlich, als ob es ihr ernst sei.

»Ja«, erwiderte jemand ebenso feierlich.

Sie stiegen in drei Taxis und versprachen, einander bald wieder zu treffen.

Die Schrecken des Korbflechtens

Dianes Schrecken begannen ganz harmlos und zufällig. Sie und ihr Mann, Reg, wohnten in Manhattan, aber sie hatten ein Cottage an der Küste von Massachusetts in der Nähe von Truro, und dort verbrachten sie die meisten Wochenenden. Diane war Pressereferentin in einer Werbeagentur, die Retting hieß. Reg war Rechtsanwalt. Sie waren beide achtunddreißig, freiwillig kinderlos, und beide hatten ein gutes Gehalt.

Sie machten gern Spaziergänge am Strand entlang, und gewöhnlich gingen sie allein, nicht gemeinsam. Diane machte es Freude, nach hübschen Steinen zu suchen, nach interessanten Muscheln, Flaschen verschiedener Größe und Farbe, nach Holzstücken, die Sand und Wind glattgerieben hatten. Die brachte sie heim in das ungestrichene graue Cottage, das sie »Hütte« nannten, lebte ein paar Wochen oder Monate damit, und dann warf sie fast alles wieder weg, denn sie wollte die Hütte nicht zu einem Elsternnest werden lassen. An einem Sonntag morgen fand sie einen Weidenkorb, fast weiß gebleicht und mit eingedrücktem Boden, doch der Rahmen und die Seiten waren noch ganz heil. Er sah aus wie ein altmodischer Tragekorb für ein Baby, denn das eine Ende war höher als das andere, der Fußteil lief etwas spitz zu, und für ein Neugeborenes oder ein Baby von ein paar Monaten war es gerade die richtige Größe.

Es war die Art, die man Moseskörbchen nannte, dachte Diane.

War es überhaupt ein amerikanischer Korb? Es war amüsant, sich vorzustellen, daß er vielleicht, alt und zerbrochen, von einem vorbeifahrenden italienischen Tanker oder einem anderen ausländischen Schiff, auf dem eine Frau und ein Kind mitfuhren, über Bord gefallen oder geworfen worden war. Jedenfalls beschloß Diane, ihn mit nach Hause zu nehmen, und sie stellte ihn vorerst auf eine Bank auf der Seitenveranda der Hütte, wo schon farbige Steine und Kiesel und Glasscherben aus dem Meer lagen. Vielleicht konnte sie versuchen, den Korb zu reparieren, nur aus Spaß, denn in seinem jetzigen Zustand war er nutzlos. Reg war gerade dabei, mit einer Schneeschaufel Sand von der einen Seite der hölzernen Vortreppe wegzuschaffen; er wollte noch mehr Strandhafer aus den Dünen holen und es wie eine zweite Truppenreihe zwischen dem Cottage und dem Meer anpflanzen, um den Sand im Boden festzuhalten. Sein Fleiß, der, wie Diane wußte, noch eine Stunde oder so anhalten würde bis zur Essenszeit – und kalter Hummer und Kartoffelsalat waren bereits im Kühlschrank –, trieb sie dazu an, es mit dem Korb sogleich zu versuchen.

Vor ein paar Minuten war ihr eingefallen, daß die Art schlanke Zweige, die sie brauchte, in einem Messingzylinder neben ihrem kleinen Kamin standen. Weidenruten – das Wort hörte sich hübsch an im Kopf – waren vielleicht geeigneter, aber andererseits würden die Zweige den Boden des Korbes noch stärker machen, den sie zum Beispiel als Behälter für kleine Topfpflanzen benutzen konnte. Es ließen sich dann mehrere Töpfe gleichzeitig im Korb in die Sonne rücken – wenn sie den Korb ausbessern konnte.

Diane nahm die Gartenschere und schnitt fünf lange Enden von den rötlichbraunen Zweigen zurecht – sie waren liegengeblieben, als ein Nachbar seinen Apfelbaum ausschnitt, das fiel ihr jetzt ein – und dann noch neun kürzere Stücke für die Querlage. Neun, so schätzte sie, würde sie brauchen. Ein Knäuel Bindfaden hockte griffbereit auf einem Regal, und Diane machte sich sofort an die Arbeit. Was noch an abgebrochenen Stücken im Korb steckte, zog sie heraus und nahm dann eins ihrer langen Enden in die Hand. Die etwas spitz zulaufenden Enden – den Winkel hatte die Schere verursacht – schoben sich mühelos zwischen die kräftigen Weidenruten, die den unteren Rand bildeten. Sie nahm ein zweites und dann ein drittes Zweigende. Bevor Diane dann versuchte, die langen Enden zu befestigen, schob sie die kürzeren im rechten Winkel über und unter die längeren und verflocht so beide miteinander. Die Zweige waren gerade so flexibel, daß man sie handhaben konnte, und steif genug, um auch stark zu sein. Kein Ende stand zu weit vor. Sie hatte genau die richtigen Längen geschnitten, obgleich sie nur mit Auge und Daumen gemessen hatte, bevor sie sie abschnitt. Dann der Bindfaden.

Oben drüber und unten drunter, rund um die Zweigenden am Rand und durch die Ruten, die dort schon hübsch dekorativ umgebogen waren, und dann ein fester Knoten. An einigen Stellen konnte sie den Bindfaden zum nächsten Zweig weiterführen, so daß sie nicht an jedem

Querstrang einen Knoten zu machen brauchte. Und plötzlich war, zu ihrer Überraschung, der Korb fertig repariert, und er sah wunderhübsch aus.

Im ersten warmen Gefühl des Stolzes warf Diane schnell einen Blick auf ihre Uhr. Kaum fünfzehn Minuten waren vergangen, seit sie ins Haus gekommen war! Wie hatte sie das gemacht? Sie hielt das vordere Ende des Korbs hoch und drückte den rechten Handballen gegen den Korbboden. Er gab quietschende Laute von sich, die sich fest und solide anhörten. Er hatte Spannkraft. Und Zähigkeit. Sie starrte auf den sauber befestigten Bindfaden, auf die korrekt auf-und-ab verflochtenen Stücke, die alle etwa den Durchmesser von Bleistiften hatten; und wieder fragte sie sich, wie sie das geschafft hatte.

Das war der Augenblick, da der Schrecken in ihr hochzukriechen begann, zuerst wie ein schwacher Verdacht, eine Ahnung oder Frage. Hatte sie in nicht allzu ferner Vergangenheit einen Verwandten oder Vorfahren, der ein besonders guter Korbflechter gewesen war? Nein – soweit sie wußte, hatte sie keinen, und bei dem Gedanken daran mußte sie amüsiert lächeln. Großmütter und Urgroßmütter, die häkelten und Stepparbeiten machten, zählten nicht. Das hier war primitiver.

Ja, hatten die Menschen nicht schon Jahrtausende, vielleicht Jahrmillionen vor Christi Geburt Körbe geflochten? Korbflechten war vielleicht älter als Töpferarbeit.

Die Antwort darauf, wie sie es geschafft hatte, lag vielleicht darin, daß die alte Kunst des Korbflechtens so lange in und von der Menschenrasse weitervererbt worden war, daß sie an diesem Sonntagmorgen gegen Ende des zwanzigsten Jahrhunderts in ihr wieder ans Licht kam. Diane fand diesen Gedanken recht unheimlich.

Als sie den Tisch zum Mittagessen deckte, stieß sie ein Weinglas um, doch das Glas war leer und zerbrach nicht. Reg war noch immer beim Schaufeln, aber es ging schon langsamer, er war fast fertig. Zum Essen war es noch zu früh; Diane hatte den Tisch schon decken und die Salatsauce in der Holzschale fertigmachen wollen, bevor sie die Arbeit, die sie aus dem Büro mitgebracht hatte, in Angriff nahm. Endlich saß sie da, den gelben Schreibblock und Bleistift vor sich, und schlug den plastikgeschützten Ordner auf, der den Namen RETTING trug und dazu ihren eigenen Namen, Diane Clarke, in kleineren Buchstaben unten. Dreihundert Worte sollte sie schreiben, über ein Küchengerät, das aus verschlossenen Plastikbeuteln mit Äpfeln, Orangen, Kartoffeln undsoweiter die Luft extrahierte. War die Luft extrahiert, so konnten die Beutel wie üblich im Kühlschrank aufbewahrt werden, aber die Sachen hielten sich dann viel länger und nahmen weniger Platz in Anspruch, weil der Beutel keine Luft mehr enthielt. Sie hatte im Büro gesehen, wie das Gerät funktionierte, und hatte auch ein Foto bei sich. Es war ein Schlauch von etwa vierzig Zentimeter Länge, den man in der Küche am Kaltwasserhahn befestigte. Das Wasser in der Leitung floß ab, aber die Wasserkraft setzte in dem Schlauch eine Turbine in Bewegung, die, nachdem man mit einer hohlen Nadel in den verschlossenen Beutel gestochen hatte, ein Vakuum hervorrief. Diane verstand den Vorgang durchaus, doch ein seltsames Gefühl der Verwirrung stieg in ihr auf.

Es war seltsam, in einem Cottage zu sitzen, das vor mehr als hundert Jahren in simplem Stil erbaut worden war, gerade einen Korb genau so repariert zu haben, wie die Menschen Körbe vor Jahrtausenden flochten oder reparierten, und im Begriff zu sein, einen Satz über ein Gerät zusammenzustellen, dessen Existenz abhängig war von moderner Installation, luftdichter Verpackung, maschinellem Transport von Früchten oder Gemüsen, die hunderte (vielleicht tausende) von Meilen entfernt von dem Ort gezogen worden waren, wo sie schließlich verbraucht wurden. Wäre das nicht so, dann könnten die Menschen Früchte und Gemüse einfach in einem Sack vom Felde nach Hause tragen, oder in Körben wie dem, den sie eben repariert hatte.

Diane legte den Bleistift hin, nahm einen Kugelschreiber, zündete sich eine Zigarette an und schrieb die ersten Worte. »Platznot im Kühlschrank? Sind Sie es leid, im Supermarkt stets mehr Zitronen kaufen zu müssen als Sie im nächsten Monat brauchen können? Hier ist ein preiswertes Gerät, das Sie vielleicht interessiert.« Besonders preiswert war es gar nicht, aber das machte nichts. Für dieses Gerät würden eine Menge Leute schließlich doch tausende von Dollars ausgeben. Auch sie selber erhielt einen größeren Betrag, das heißt einen bestimmten Teil ihres Gehaltes dafür, daß sie darüber schrieb. Sie arbeitete weiter und hatte dabei eine Vision ihres Babykörbchens vor sich und fand den Korb – an sich, als einen Nutzgegenstand – viel wichtiger als das Küchengerät. Aber es war ja wohl ganz normal, einen Korb für wichtiger oder nützlicher zu halten, und zwar aus dem einfachen Grunde, weil ein Korb wirklich nützlicher war.

»Schönen Gang gemacht heute morgen?« fragte Reg, der sich mit einem Glas kalten Weißwein vor dem Essen von der Arbeit erholte. Er stand im niedrigen Wohnzimmer in Shorts, nicht-zugeknöpftem Hemd und Sandalen. Sein Gesicht war noch brauner geworden, und die Haut über den Wangenknochen sah rötlich aus.

»Ja. Einen Korb hab ich gefunden. Möchtest du ihn sehen?«

»Klar.«

Sie ging voran auf die Seitenveranda und zeigte auf den Korb auf dem Holztisch. »Der Boden war ganz kaputt, den hab ich geflickt.«

»*Du* hast ihn geflickt?« Bewundernd beugte sich Reg darüber. »Ja, ich seh's. Prima gemacht, Di.«

Sie fühlte ein leichtes Zittern, etwas wie Beschämung. Oder war es Angst? Ihr war ungut zumute, als Reg den Korb aufnahm und die Unterseite betrachtete. »Vielleicht nett zu gebrauchen für Kleinholz, oder auch für Zeitungen«, sagte sie. »Wenn wir ihn nicht mehr mögen, können wir ihn immer noch wegwerfen.«

»Wegwerfen – nein! Der ist doch lustig – in der Form wie ein Babykörbchen oder sowas.«

»Ja, das dachte ich auch – daß er mal für ein Baby gemacht worden ist.« Sie ging zurück ins Wohnzimmer und wünschte, Reg würde aufhören, den Korb zu untersuchen.

»Ich wußte gar nicht, daß du solche Talente hast, Di. Reste aus der Pfadfinderzeit?«

Diane lachte kurz auf. Reg wußte, sie war nie Pfadfinderin gewesen. »Du, vergiß nicht, die Gartners kommen um halb acht.«

»Hm-m. Ja, danke dir. Ich hatt's nicht vergessen. Was gibt's zum Dinner? Haben wir alles, was wir brauchen?«

Ja, sagte Diane, sie hatten alles. Die Gartners wollten Himbeeren aus ihrem Garten mitbringen, plus Sahne. Reg hatte gemeint, er sei bereit, in die Stadt zu fahren, falls sie noch etwas anderes einzukaufen hatten.

Die Gartners kamen kurz vor acht, und Reg machte Daiquiris. Es gab auch Scotch, wenn jemand das lieber wollte, und Olivia Gartner wollte gern. Sie trank ernsthaft, aber vertrug es auch. Sie war Investment-Berater, und ihr Ehemann Pete war Professor für Mathematik an der Columbia Universität.

Diane war um etwa vier Uhr schwimmen gegangen und hatte danach aus den Dünen ein paar trockene Halme mitgebracht; dazwischen hatte sie einige langstielige blühende Unkräuter und wilde Blumen gesteckt, blau und rosa und gelb-orange. Das alles hatte sie in das Körbchen gelegt, das auf dem Fußboden am Kamin stand.

»Wie hübsch das ist!« sagte Olivia beim zweiten Scotch, als habe ihr der Drink erst die Augen geöffnet. Sie meinte das Blumengesteck, aber Reg sagte sofort:

»Und schau dir mal den Korb an, Olivia! Diane hat ihn heute am Strand gefunden und gleich repariert.« Reg hob den Korb so hoch wie sein Kopf, damit Olivia und Pete die Unterseite bewundern konnten.

Olivia lachte. »Phantastisch, Diane! Wunderhübsch! Wie lange hast du gebraucht dazu? Ein reizender Korb ist das.«

»Das ist gerade das Komische«, begann Diane, die es drängte, sich mitzuteilen. »Ich hab ungefähr zwölf Minuten gebraucht.«

»Schaut mal, wie stolz sie darauf ist!« sagte Reg lächelnd.

Pete fuhr mit dem Daumen über die Apfelbaumzweige am Korbboden und nickte beifällig.

»Ja, es war beinahe erschreckend«, fuhr Diane fort.

»Erschreckend?« Pete hob die Augenbrauen.

»Ich drücke mich nicht gut aus.« Auf Dianes Gesicht stand ein höfliches Lächeln, obgleich sie ganz ernst war. »Mir war zumute, als wäre ich plötzlich auf ein verborgenes Talent oder Wissen gestoßen. Ich hatte ein so sicheres Gefühl bei allem, was ich tat. Ich war ganz erstaunt.«

»Sieht auch stabil aus«, sagte Pete und stellte den Korb wieder an seinen Platz.

Sie sprachen dann über anderes. Die Heizungskosten, wenn sie ihre Cottages im kommenden Winter überhaupt benutzen wollten. Diane hatte gehofft, das Gespräch über den Korb werde etwas länger dauern. Eine weitere Runde Drinks folgte, während Diane das kalte Abendessen auf den Tisch stellte. Schälchen mit gelierter Bouillon und einer Scheibe Zitrone zum Auftakt. Sie nahmen Platz. Diane war innerlich unbefriedigt. Oder war es ein Gefühl der Unruhe? Unruhe weswegen? Weil sie die Sache mit dem Korb nicht weiter verfolgt hatten? Warum hätten sie das tun sollen? Für die anderen war es nichts als ein Korb, repariert auf eine Art, wie ihn jeder hätte reparieren können. Oder stimmte das nicht – hätte ihn gar nicht jeder so gut reparieren können? Diane saß zufällig am

Tischende, so daß der Korb kaum vier Fuß von ihr entfernt war, rechts hinter ihr. Irgendwie störte sogar die Nähe des Korbes sie. Sehr merkwürdig war das. Sie mußte wieder festen Boden unter die Füße bekommen. Boden – komisch, wenn sie an den reparierten Korb dachte – aber jetzt war nicht die Zeit dafür, wo drei andere Leute redeten und ihre eigenen Gedanken zur Hälfte auf das Wohl ihrer Gäste konzentriert waren.

Beim Kaffee zündete Diane drei Kerzen und die Petroleumlampe an, und sie hörten sich eine Schallplatte mit Mozart-*Divertimenti* an. Zuhören taten sie nicht, die Platte diente als Hintergrundmusik für die Unterhaltung. Diane lauschte der Musik. Sie klang gewandt, sogar modern, und überaus zivilisiert. Diane genoß ihren Brandy. Auch der Brandy erschien ihr wie der Inbegriff menschlicher Geschicklichkeit, Sorgfalt, Erfahrung. Nicht wie ein Korb, den jedes Kind zusammenfügen konnte. Vielleicht nicht ein Kind an Lebensjahren, wohl aber ein Kind im Rahmen der Evolutionsstufen der Menschheit vermochte einen Korb zu flechten.

Ob sich der Alkohol bei ihr bemerkbar machte? Diane zog ihren langen Cottonrock weiter über die Knie herunter. Das Gespräch drehte sich jetzt um Lobbies, die Unfähigkeit aller Präsidenten, selbst des Kongresses ihnen gegenüber.

Am frühen Montagmorgen flogen Diane und Reg mit dem Helikopter zurück nach New York. Sie brauchten beide nicht vor elf an ihrem Arbeitsplatz zu sein. Diane hatte gemeint, New York und die Arbeit werde ihr die quälenden Gedanken über den Korb aus dem Kopf treiben, aber dem war nicht so. New York schien noch zu unterstreichen, was sie oben in der Hütte gefühlt hatte, wenngleich der Ausgangspunkt ihrer Gefühle in der Hütte zurückgeblieben war. Was waren überhaupt ihre Gefühle? Diane mochte keine Verschwommenheit, sie war daran gewöhnt, ihre Emotionen mit Namen zu benennen, Eifersucht, Groll, Argwohn oder sonstwas, auch wenn das für sie nicht gerade schmeichelhaft war. Aber dieses hier?

Es war ganz gewiß kein Schuldgefühl, obgleich es ähnlich peinlich und beunruhigend war. Auch kein Neid, jedenfalls nicht in dem Sinne, daß sie sich wünschte, ein Meister im Korbflechten zu sein und einen wirklich großen Korb herstellen zu können, was immer das sein mochte. Sie hatte Korbflechten immer als eine Beschäftigung für Einfältige betrachtet, und es war ja auch zum Symbol dessen geworden, was Psychiater oft gestörten Menschen als Beschäftigung anrieten. Nein, das war es absolut nicht.

Diane kam sich verloren vor. Seit der Reparatur dieses Korbes war sie nicht mehr Diane Clarke, jedenfalls nicht mehr ganz. Ebensowenig war sie natürlich jemand anderes. Es war nicht so, daß sie das Gefühl hatte, sie habe die Identität, wenn auch nur teilweise, eines entfernten Vorfahren angenommen. Wie weit entfernt überhaupt? Nein. Eher war ihr, als lebe sie mit einer großen Anzahl Menschen aus der Vergangenheit, als wohnten diese in ihrem Gehirn oder in ihren Gedanken (an eine Seele glaubte Diane nicht, und die Idee eines kollektiven Unbewußten war ihr zu vage, um wichtig zu sein) und als seien

Menschen aus längst vergangenen Zeiten mit ihr verbunden, beeinflußten sie und kontrollierten sie genauso stark, wie sie sich bisher selber kontrolliert hatte. Dieser Gedanke war keineswegs tröstlich, aber er war vielleicht wenigstens eine teilweise Erklärung für die Unruhe, die sie durchlebte. Sie wußte, es war nicht mal eine Erklärung, als vielmehr eine Beschreibung ihrer Gefühle.

Sie wollte mit Reg darüber sprechen und tat es nicht, weil sie meinte, alles, was sie über das Thema zu sagen versuchte, würde sich entweder unsinnig oder verschwommen anhören. Fünf Tage waren nun vergangen, seit sie oben in Truro den Korb repariert hatte, und dieses Wochenende wollten sie wieder zur Hütte hinauffahren. Die fünf Arbeitstage im Büro waren für Diane ebenso vergangen wie viele andere Wochen. Sie hatte mit Jan Heyningen, dem Art Director, am Mittwoch eine Auseinandersetzung gehabt und war nahe daran gewesen, ihm ihre Meinung über seinen Starrsinn und seinen schlechten Geschmack zu sagen, aber sie hatte es dann doch nicht getan. Sie hatte nur ingrimmig geschwiegen. Das war schon früher vorgekommen. Am Donnerstag waren sie und Reg zum Dinner bei Freunden eingeladen gewesen. Alles wie üblich, nach außen hin.

Unüblich war die schizoide Atmosphäre in ihrem Kopf. War es das – zwei Persönlichkeiten? Mit dieser Möglichkeit spielte Diane den ganzen Freitagnachmittag im Büro, während sie neues Material durchlas, das zum Texten bereit war. Bildete sie sich einfach ein, daß ein paar hundert prähistorische Vorfahren in ihr wohnten? Nein, ehrlich, so war es nicht. Diese Vorstellung war noch weniger annehmbar als Jungs kollektives Unbewußte. Und plötzlich tat sie auch die simple Idee oder Erklärung von Schizophrenie ab. Das war ein Schwammbegriff, so hatte sie gehört, für viele Störungen, die anders nicht definiert werden konnten. Sie kam sich jedenfalls nicht schizoid vor, nicht wie zwei oder drei oder noch mehr Menschen in einem. Sie war einfach beklommen, auf unerklärliche Weise angsterfüllt. Aber in dieser Woche passierte nur einmal etwas, das ein wenig sonderbar war: sie hatte auf der Terrasse die eine Seite des Salatschwenkers aus der Hand rutschen lassen, so daß die Salatblätter überall herumflogen, an den eingetopften Bambusstauden hängenblieben, von Rosendornen festgehalten wurden, frisch und sauber auf dem roten Fliesenboden und auf dem Sitz der Hollywoodschaukel liegenblieben. Diane hatte gelacht, obgleich nun kein Salat mehr im Hause war. Sie war vermutlich nervös und deshalb ungeschickt. So ein kleines Malheur konnte jederzeit passieren.

Auf dem Flug zum Cape hatte Diane einen glücklichen Einfall: sie wollte den Korb nicht nur für Blumenarrangements benutzen, sondern zum Einsammeln weiterer *objets trouvés* am Strand, oder noch lieber für Kartoffeln und Zwiebeln in der Küche. Genau wie jeden anderen alten Korb wollte sie ihn behandeln. Das würde ihm die Mystik nehmen und den Schrecken. Sich erschreckt zu haben, das war schon absurd.

Als daher Reg am Samstagmorgen an der nicht-elektrischen Schreibmaschine saß, die sie in der Hütte stehen hatten, ging Diane mit dem Korb auf einen Spaziergang zum Strand. In den Korb hatte sie ein Stück Zeitungspapier gelegt, und sie fand mehr als sonst an farbigen Kieseln, ein paar größere glatte Steine – einer war orangefarben, fast ein *trompe d'oeil* für eine Mango – und ein interessantes Stück Holz, morsch vom Seewasser, das aussah wie ein Bumerang. Wäre es nicht merkwürdig, dachte sie, wenn es wirklich ein alter Bumerang wäre, kürzer und dünner verschlissen, bis nur der Bogen unverändert geblieben war? Auf dem Rückweg zur Hütte gab der Korb schwachquietschende Töne von sich, die sich ihren Schritten anpaßten. Der Korb war so schwer, daß sie ihn mit beiden Händen tragen und auf die Hüfte stützen mußte, aber sie hatte nicht einen Moment Angst, daß das Zweiggeflecht des Bodens etwa nachgeben werde. *Ihre Arbeit.*

Hör auf damit, sagte sie sich.

Als sie sich daran machte, den Korb auf den Holztisch der Veranda auszuleeren, sah sie, daß sie zu viele Steine mitgebracht hatte, suchte deshalb schnell die weniger interessanten aus und kippte reichlich die Hälfte der Steine über das Geländer der Veranda in den Sand. Zuletzt schüttelte sie den Sand aus dem Zeitungspapier und wollte es dann in den Korb zurücklegen. Sonnenlicht fiel auf die schimmernden rotbraunen Apfelbaumruten. Drüber und drunter, nicht jede mit Bindfaden befestigt, denn bei einigen war es nicht nötig gewesen. Neue Arbeit, und doch -- Diane merkte, wie die Angst sie von neuem überkam, drückte eilig das Zeitungspapier in den Korb zurück, preßte es nach unten an den beiden Enden, so daß nun ihr ganzes Werk verborgen war. Dann warf sie den Korb achtlos auf den Boden. Sie hätte Kartoffeln aus einer braunen Papiertüte hineinfüllen können, aber sie wollte jetzt loskommen von dem Korb.

Etwa eine Stunde später, als sie und Reg mit dem Mittagessen fast fertig waren – Reg lachte gerade und wollte sich eine Zigarette anzünden –, fühlte Diane im Innern einen Stoß, als ob – was? Bewußt entspannte sie sich und richtete die Aufmerksamkeit noch besser auf das, was Reg sagte. Aber es war, als sei der Ton eines Fernsehgerätes abgeschaltet. Sie sah ihn, aber sie hörte nicht hin, sie hörte ihn nicht. Sie blinzelte und zwang sich, zuzuhören. Reg sprach davon, einen Traktor zu mieten, um einen Teil des Sandes wegzuschaffen, von einer Terrassenanlage, und wie sie ihr Grundstück durch Anpflanzen sichern könnten. Sie hatten schon vor Wochen einen einfachen Plan aufgestellt, das wußte Diane noch. Doch wieder war ihr jetzt zumute, als sei sie gar nicht sie selber, als habe sie sich in Millionen von Menschen verloren, wie sich ein einzelner in einer riesigen Menschenmenge verlieren kann. Nein, das war zu einfach, dachte sie. Sie versuchte immer noch, Trost in Worten zu finden. Oder scheute sie gar vor etwas zurück? Wenn ja, wovor?

»Was?« fragte Reg, der sich jetzt im Stuhl zurücklehnte.

»Gar nichts. Warum?«

»Du warst in Gedanken verloren.«

Diane hätte erwidern können, ihr sei gerade eine bessere Idee für ein laufendes Retting-Projekt gekommen, hätte verschiedenes sagen können, aber sie sagte plötzlich: »Ich denke daran, um Urlaub zu bitten. Vielleicht vier Wochen. Ich glaube, Retting wäre einverstanden, und mir würde es guttun.«

Reg sah etwas erstaunt aus. »Meinst du, du bist müde? In letzter Zeit?«

»Nein. Mir ist irgendwie unruhig. Umgedreht – ich weiß auch nicht. Ich dachte, wenn ich mal einen Monat nicht ins Büro müßte –« Aber Arbeit war doch angeblich gerade gut in einer Lage wie der ihren. Arbeit hinderte die Menschen daran, über ihre Probleme nachzugrübeln. Bloß war es bei ihr gar kein Problem, eher ein Geisteszustand.

»Na – ja«, sagte Reg. »Vermutlich geht dir Heyningen auf die Nerven.«

Diane rutschte auf ihrem Stuhl. Es wäre leicht, jetzt einfach zu sagen, ja, das war es. Sie nahm eine Zigarette, und Reg zündete sie an. »Danke. Du wirst jetzt lachen, Reg, aber dieser Korb da – der beunruhigt mich.« Sie blickte ihn an, leicht beschämt und seltsam verteidigungsbereit.

»Den du letztes Wochenende gefunden hast? Du meinst, daß vielleicht ein Kind darin ertrunken ist – auf See verschwunden?« Reg lächelte wie über einen kleinen Scherz, den er gerade gemacht hatte.

»Nein, keineswegs. Sowas überhaupt nicht. Ich sagte es dir ja schon, letztes Wochenende. Es beunruhigt mich einfach, weil mir das Flicken so leicht fiel. So – das ist alles. Du kannst jetzt sagen, ich bin durchgedreht, das ist mir egal.«

»Also ich – ich verstehe nicht ganz, was du meinst.«

»Es gab mir irgendwie ein Gefühl, als ob ich – prähistorisch sei. Und sonderbar. Und so ist mir immer noch.«

Reg schüttelte den Kopf. »Verstehen kann ich das

irgendwie. Ehrlich. Bloß – man kann es auch so sehen, Di, daß man sich klarmacht: es ist wirklich eine sehr einfache Sache, einen Korb zu reparieren oder auch neu zu flechten. Ich will damit nicht sagen, daß ich die saubere Arbeit nicht bewundere, die du gemacht hast, aber es ist nicht dasselbe wie – sich hinzusetzen und zum Beispiel Beethovens Klavierkonzert Nummer Fünf zu spielen, wenn man noch nie eine Klavierstunde gehabt hat.«

»Nein.« Sie hatte noch nie eine Unterrichtsstunde im Korbflechten gehabt, hätte sie sagen können. Sie schwieg und überlegte, ob sie am Montag ihr Urlaubsgesuch vorbringen sollte, als Geste, als eine Art Beschwichtigung der Unsicherheit, die sie fühlte. Emotionen verlangten Gesten, hatte sie irgendwo gelesen, um überwunden zu werden. Aber glaubte sie es wirklich?

»Also Di, der Urlaub, das ist eine Sache für sich, aber dieser Korb da – Es ist ein interessanter Korb, gewiß, weil er nicht maschinell gemacht ist und man diese Form sonst gar nicht mehr findet. Ich hab ja gesehen, wie du dich manchmal begeisterst für Steine, die du gefunden hast. Das verstehe ich auch; sie sind schön. Aber sich nun so aufzuregen über –«

»Steine – das ist was anderes«, unterbrach sie ihn. »Die kann ich bewundern. Sie regen mich nicht auf. Ich sagte dir doch, ich hab das Gefühl, nicht ganz ich selber zu sein – nicht mehr. Ich komme mir so verloren vor. Meine Identität, meine ich«, sagte sie eilig, als Reg zum Sprechen ansetzte.

»Oh, Di!« Er stand auf. »Was heißt das, du hast es mir gesagt? Nichts hast du mir gesagt.«

»Na, dann hab ich's jetzt. Mir ist so – als ob in mir noch eine ganze Menge andere Menschen wären, außer mir selber. Und deshalb komme ich mir so verloren vor. Verstehst du das?«

Reg zögerte. »Ich verstehe die Worte, das schon. Aber das Gefühl nicht.«

Das war ja schon etwas. Diane war dankbar und erleichtert, daß sie so viel zu ihm gesagt hatte.

»Das mit dem Urlaub, das mach nur, Darling. Du – ich wollte auch nicht so kurz sein zu dir.«

Diane drückte ihre Zigarette aus. »Ich werd's mir überlegen.« Sie erhob sich, um Kaffee zu machen.

Als Diane am Nachmittag die Küche aufgeräumt hatte, legte sie ein neues Zeitungspapier in den Korb und schüttete dann die Kartoffeln aus der Tüte hinein, plus drei oder vier Zwiebeln – vertraute und zeitgenössische Dinge. Und auch verderbliche. Sie zwang sich, den Rest des Tages nicht mehr an den Korb und auch nicht an den Urlaub zu denken. Gegen halb acht fuhren sie und Reg nach Truro, wo eine ökologische Gruppe ein Straßenfest organisiert hatte. Wein und Bier und alkoholfreie Drinks, Hot-dogs und Musik aus einer Box. Sie trafen die Gartners dort und noch einige andere Nachbarn. Der Wein war ungenießbar, die Atmosphäre wunderbar. Diane tanzte mit zwei fröhlichen Fremden und war ein paar Stunden lang glücklich.

Vier Wochen Urlaub, dachte sie abends, als sie unter der Dusche stand, das war absurd und unnötig. Temporäre Geistesverwirrung, daß sie das ins Auge gefaßt hatte. Wenn der Korb – ein völlig simpler Gegenstand, wie Reg gesagt hatte – sie so sehr beunruhigte, dann war es das nächstliegende, ihn zu vernichten. Verbrennen.

Sonntagmorgen nahm Reg den Wagen und brachte seine Black-&-Decker-Bohrmaschine oder irgendwelche Zubehörteile zu den Gartners, die acht Meilen entfernt wohnten. Sobald er fort war, trat Diane auf die Seitenveranda, füllte die Kartoffeln und Zwiebeln wieder in die braune Papiertüte, die sie aufgehoben hatte, wie sie fast alle Tüten aufhob, die in die Hütte gebracht wurden, und nahm den Korb mit dem Zeitungspapier und ein Briefchen Streichhölzer und ging hinaus in den Sand in Richtung auf den Ozean. Mit einem Streichholz zündete sie das Zeitungspapier an und legte den Korb darüber. Nach ganz kurzem Zögern, wie bei einem Schock, knackte der Korb und begann zu brennen. Die trockeneren Seiten brannten natürlich schneller als das neuere Apfelbaumgeflecht. Mit einem Stock schob Diane auch die letzten bleichen Weidenruten in die Flammen, bis nichts übrigblieb als schwarze Asche und ein paar gelblich glimmende Reste, und schließlich erloschen auch sie im hellen Sonnenlicht und färbten sich dunkel. Diane schob mit den Füßen Sand über die Asche, bis nichts mehr zu sehen war. Als sie in die Hütte zurückging, holte sie tief Luft und merkte dabei, daß sie während der ganzen Zeit des Verbrennens fast oder ganz den Atem angehalten hatte.

Sie wollte zu Reg nichts davon sagen, daß sie den Korb beseitigt hatte, und Reg war auch nicht einer, der das bemerken würde, das wußte Diane.

Sie erwähnte aber am Dienstagmorgen in New York, daß sie es sich anders überlegt habe und nicht um Urlaub bitten werde. Daraus ging hervor, daß sie sich besser fühlte, aber das sagte sie nicht. Der Korb war nun fort, den würde sie nicht wiedersehen, wenn sie nicht ausdrücklich versuchte, sich ihn ins Gedächtnis zurückzuzaubern, und das hatte sie nicht vor. Ihr war jetzt besser zumute, da das Ding aus der Hütte verschwunden war, vernichtet. Sie wußte, das Verbrennen war eine Tat gewesen, mit der sie sich von einem Gefühl hatte befreien wollen – eine primitive Tat, wenn sie sich's recht überlegte, denn obgleich der Korb greifbar gewesen war, ihre Gedanken waren nicht greifbar. Und sie erwiesen sich als verdammt schwer zu vernichten.

Ihre unsinnige Vorstellung, sie sei »die Menschheit persönlich« oder sowas, hielt noch drei Wochen nach dem Verbrennen des Korbes an. Sie hörte weiterhin Mozart und Bartok, an den meisten Wochenenden fuhren sie hinauf zur Hütte, und sie tat auch weiterhin so, als habe ihr Leben etwas zu bedeuten, als sei sie ein Teil des Stroms oder der Evolution der Menschheit, obgleich sie jetzt meinte, daß sie mit dem Verbrennen des Korbes ihre Stellung oder winzige Funktion darin wohl verwirkt habe. Eine Woche lang, das war ihr klar, hatte sie etwas erfaßt, und dann hatte sie es vorsätzlich weggeworfen. Im Grunde war sie jetzt nicht glücklicher als in dieser einen Woche, als der gut reparierte Korb in ihrem Besitz gewesen war. Aber sie war entschlossen, zu Reg nichts mehr darüber zu sagen. Er war fast ungeduldig geworden an dem Samstag vor dem Sonntag, als sie den Korb verbrannte. Und gab es überhaupt noch etwas, das sie darüber sagen konnte? Nein. Sie mußte also jetzt aufhören, daran zu denken. Ja.

Unter eines dunklen Engels Auge

Jetzt hatte er den letzten Abschnitt seiner Reise erreicht, die Busfahrt vom Flughafen nach Arlington Hills. Niemand würde ihn am Bus-Terminal erwarten, und das machte Lee nicht das geringste aus. Es war ihm sogar lieber so. Mit seinem kleinen Handkoffer konnte er zu Fuß die vier oder fünf Blocks zum Capitol Hotel gehen (er nahm an, daß es noch in Betrieb war), dort ein Zimmer nehmen und dann Winston Greeves anrufen und ihm sagen, er sei angekommen. Vielleicht konnten sie sogar die Sache mit dem Anwalt noch heute erledigen; es war sicher erst vier Uhr nachmittags, wenn er Winston anrief. Es ging um die Unterzeichnung eines Schriftstücks wegen des Hauses, in dem Lee Mandeville geboren war. Es war Lees Eigentum, und jetzt mußte er es verkaufen, weil er das Geld brauchte. Das machte ihm nichts aus, er war nicht sentimental, was das zweistöckige weiße Haus mit dem grünen Rasen davor betraf. Oder etwa doch? Lee glaubte wirklich nicht daran. Er hatte in dem Haus üble, unerfreuliche Stunden verlebt, auch ein paar glückliche – eine barfüßige Jugend, mit Nachbarskindern einen Football hin und her spielen auf dem vorderen Rasen. Auch Louise hatte er dort verloren.

Lee setzte sich anders hin, stützte die Wange auf die Hand, die leicht zur Faust geballt war, und starrte aus dem Fenster auf die Landschaft von Indiana, die vorüberglitt.

Eine kleine Stadt, durch die sie fuhren, kannte er kaum wieder. Wie lange war er nicht in Arlington Hills gewesen – neun, nein, zehn Jahre. Vor zehn Jahren hatte er seine Mutter in dem Pflegeheim, das sich ›Am warmen Herde‹ nannte, besucht, und sie hatte ihn entweder nicht erkannt oder bloß so getan, oder sie hatte wirklich geglaubt, er sei jemand anderer. Jedenfalls hatte sie es fertiggebracht, »Komm nicht wieder!« zu sagen, als er gerade aus der Tür ihres Zimmers ging. Winston, der Lee begleitete, hatte leise gelacht und den Kopf geschüttelt, als wollte er sagen: »Was kann man schon machen mit alten Leutchen, außer sie still ertragen?«

Sie lebten ja ewig heutzutage. Die Ärzte ließen alte Menschen nicht sterben, solange es Pillen, Spritzen, Nierenmaschinen, neue Drogen gab, die alle viel Geld kosteten. Deshalb mußte Lee jetzt das Haus verkaufen. Zwölf Jahre lang, seit seine Mutter ins Pflegeheim gekommen war, hatte er das Haus an ein Ehepaar vermietet, dessen zwei Kinder jetzt Teenager waren. Lee hatte nie viel Miete verlangt, weil sie eine hohe Miete gar nicht bezahlen konnten, und Lee schätzte ihre Zuverlässigkeit. Aber Lees Mutter kostete jetzt zwischen fünf- und sechshundert Dollar pro Woche, ihre Ersparnisse waren vor fünf Jahren zu Ende gegangen, und seitdem hatte Lee die Last getragen, obgleich Medicare, die Krankenversicherung, für einen Teil aufkam. Edna, seine Mutter, war nicht krank, aber sie brauchte bestimmte Tabletten, abwechselnd Beruhigungs- und Aufputschmittel, und dazu Kontrolluntersuchungen und spezielle Vitamine. Lee machte sich wenig Gedanken um die Gesundheit seiner Mutter, weil sie Jahr für Jahr gleich blieb. Die Mutter war gehfähig, aber sie war schrullig, und niemals schrieb sie an Lee, weil er ihr nicht schrieb. Noch vor dem Pflegeheim hatte sie Lee in einem Brief verwünscht wegen irgendwelcher eingebildeten Fehler und Taten, also hatte Lee keinen Finger mehr gerührt für seine Mutter, nur ihre Rechnungen bezahlte er. Das war ein Kind seinen Eltern schuldig, meinte Lee, ebenso wie Eltern ihrem Kind Liebe, Fürsorge und soviel an Ausbildung schuldig waren, wie sie sich leisten konnten. Kinder kosteten Geld und Zeit, aber das wurde ganz gewiß den Eltern zurückgezahlt, wenn sie alt wurden und ihren Kindern die gleiche Last aufbürdeten.

Lee Mandeville war fünfundfünfzig und unverheiratet; er hatte in Chicago ein zurückhaltend erfolgreiches Antiquitätengeschäft. Er handelte mit alten Möbeln, ein paar guten Teppichen, alten Bildern und Rahmen, Messing- und Silbersachen und auch mit Tafelsilber. Er war keineswegs ein großes Tier im Antiquitätengeschäft, aber man kannte und respektierte ihn in Chicago und darüber hinaus. Er hielt sich straff, hatte noch keinen Ansatz zur Glatze und noch wenig Grau im Haar. Er war glattrasiert, hatte in jeder Wange eine Falte und ziemlich dichte Brauen über freundlich-nachdenklichen blaugrauen Augen. Es gefiel ihm, Fremde in seinem Laden kennenzulernen, sie einzuschätzen und herauszufinden, ob sie etwas zu kaufen beabsichtigten, weil es irgendwo in ihrem Haus hübsch aussehen würde, oder weil sie sich wirklich in einen Gegenstand verliebt hatten.

Der Bus fuhr schwankend und rumpelnd in Arlington Hills ein, und Lee, jetzt schon unsicher und unglücklich, versteifte sich. Nun, er hatte nicht vor, seine Mutter diesmal aufzusuchen. Er wollte sie nicht sehen und mußte es auch nicht. Sie war geistig so weit abgesunken, daß Lee seit fast zehn Jahren Vollmacht besaß; dafür hatte Winston endlich ihre Unterschrift erlangt. Monatelang hatte sie sie verweigert, nicht aus irgendeinem logischen Grund, nur aus Eigensinn und weil es sie freute, anderen Leuten Schwierigkeiten zu machen. Zwanzig Minuten vor vier, das sah Lee bei einem Blick auf seine Armbanduhr. Er erhob sich und nahm seinen Koffer aus dem Gepäcknetz, bevor der Bus ganz stillstand.

»Lee! – Wie geht's dir denn, Lee?«

Lee war überrascht, als er die Stimme hörte, und er brauchte eine Sekunde, um Win in der kleinen Menge der Leute auszumachen, die auf die Aussteigenden warteten. »Win! Hallo! Ich hatte gar nicht erwartet, dich hier zu sehen.« Lee lächelte breit, und sie klopften einander auf die Schulter. »Wie geht's denn so?«

»Oh – immer gleich«, erwiderte Win. »Hier ändert sich nicht viel. Ist das dein ganzes Gepäck? . . . Mein Wagen steht da drüben, Lee – Kate und ich rechnen damit, daß du *unser Gast* bist. In Ordnung?« Win hatte Lees Koffer schon in der Hand. Win war Anfang sechzig, er hatte glatte graue Haare, die immer windzerzaust aussahen. Er trug dunkelblaue Hosen und ein blaues Hemd ohne Krawatte. Win war Leiter einer Versicherungsgesellschaft, die er selber gegründet hatte, und die Mandevilles hatten seit Jahrzehnten ihr Haus und ihre Autos bei ihm versichert.

»Das ist sehr freundlich, Win, aber ehrlich gesagt, für

die eine Nacht – ich kann wirklich ebensogut im alten Capitol übernachten, weißt du.« Lee wollte nicht sagen, daß ihm ein Hotel lieber war.

»Keine Widerrede. Kate hat dein Zimmer schon fertig.«

Win schritt auf seinen Wagen zu, und Lee ging mit. Schließlich hatte ihm Win mit Edna viel geholfen, sehr viel, und Win freute sich offenbar wirklich, ihn bei sich zu haben. »Win gewinnt wieder«, sagte Lee lächelnd. »Vielen Dank. Wie geht es Kate? Und Mort?« Mort war ihr Sohn.

»Ach – immer gleich.« Win verstaute Lees leichten Koffer auf dem Rücksitz seines Wagens. »Mort arbeitet jetzt in Bloomington. Autoverkäufer.«

»Noch verheiratet?« Lee entsann sich irgendeiner schrecklichen Sache mit Morts Frau – sie war mit einem anderen Mann durchgebrannt, hatte ihr kleines Kind im Stich gelassen, und dann, glaubte Lee, waren sie wieder zusammengekommen.

»Nein, es ist dann schließlich doch zu einer – Scheidung gekommen«, sagte Win und ließ den Wagen an.

Lee wußte nicht, ob er »Gut« sagen sollte oder nicht, und so sagte er gar nichts. Nun zu seiner Mutter, dachte er. Das war die nächste Frage. Es war ihm gleichgültig, wie es seiner Mutter ging. Deshalb sagte er: »Ich hatte gedacht, wir könnten diese Sache vielleicht heute nachmittag erledigen, Win. Es geht doch nur noch um eine Unterschrift, nicht wahr?« Das Haus in der Barrett Avenue war verkauft, an ein junges Ehepaar namens Varick – Ralph und Phyllis, das wußte Lee noch aus dem Brief des Grundstückmaklers.

»Ja-a«, sagte Win. Sekundenlang öffneten sich die

schweren Hände auf dem Lenkrad und schlossen sich dann ganz fest. »Ich denke schon.«

Lee nahm an, daß Win noch keine Verabredung getroffen hatte. »Es ist doch noch der alte Graham, nicht? Der kennt uns ja beide so gut – können wir nicht einfach bei ihm hereinschneien?«

»Doch, klar – okay, Lee.«

Win Greeves fuhr den Wagen in die Main Street, und Lee betrachtete Schaufenster und Ladenschilder und sah eine Menge Veränderungen, seit er zum letztenmal hier gewesen war, und zwar in ästhetischer Beziehung zum Schlechteren. Die Main Street sah gedrängter aus, vollgestopft mit Menschen und Läden. Aber vielleicht war Grahams altes Büro unverändert geblieben. Douglas Graham war Rechtsanwalt und Notar. Er hatte vor Jahren eine Vollmachtserklärung aufgesetzt – auf Lees Bitte –, so daß Lee für die Rechnungen seiner Mutter Schecks ausstellen konnte. Winston Greeves' Name war ebenfalls als der des Testamentsvollstreckers eingesetzt worden, weil Win am Ort war in Arlington Hills und zuweilen sogar seine Mutter besuchte – obgleich sie ihn, wie Win sagte, nicht immer erkannte. In den letzten Jahren, als Ednas Bankkonto abnahm, schickte Lee jeden Monat oder so fünfhundert oder tausend Dollar, um es aufzufüllen. Win schickte Lee die Bankauszüge für das Konto, das jetzt in Lees Namen geführt wurde, und eine Erläuterung der Rechnungen.

»Die Varicks brauche ich doch wohl gar nicht«, sagte Lee. »Daß sie dabeisein müßten, wenn ich unterschreibe, meine ich.«

»Ralph Varick hat schon unterschrieben, das weiß ich«, sagte Win. »Gute Leute, die beiden. Du solltest sie kennenlernen, Lee.«

»Ach – eigentlich nicht nötig. Bestelle ihnen meine besten Wünsche, wenn du sie jemals siehst.« Lee wollte nicht in die Nähe des alten Hauses gehen, er wollte es nicht sehen. Die Youngs, die nette Familie, die es sich nicht hatten leisten können, das Haus zu kaufen, waren noch dort für den Rest des Monats, aber Lee wollte sie nicht aufsuchen, auch nicht auf ein kurzes Gutentag. Sie taten ihm leid. Er zwang sich, das Unvermeidliche zu fragen. »Und meiner Mutter geht's wohl auch immer noch gleich?«

Win lachte leise und schüttelte den Kopf. »Ihr geht's – ja, so kann man wohl sagen.«

Kratzen sie denn überhaupt nicht mehr ab, dachte Lee mit Bitterkeit und hätte fast über sich selbst gelacht. Wenn er jetzt das Geld für das Haus auf sein Konto eingezahlt hatte, wie lange, wie viele Jahre noch würde seine Mutter am Leben sein und fünf- oder sechshundert Dollar pro Woche verzehren? Sie war jetzt sechsundachtzig. Sie konnte doch neunzig oder einundneunzig werden, nicht wahr? Warum auch nicht? Lee erinnerte sich an drei von vier Großeltern und einen Onkel mütterlicherseits, die alle erst mit über neunzig gestorben waren.

»Da wären wir«, sagte Win und hielt an der Bordkante.

Lee klaubte nach einer Münze und schob sie in die Parkuhr, bevor Win seine hineinstecken konnte. Doug Graham hatte keine Sekretärin; er kam selbst aus seinem

Büro, nachdem sie beim Eintreten ins Wartezimmer die Glocke geläutet hatten.

»Hallo, Lee – und Win. Wie geht's dir, Lee? Du siehst gut aus.« Doug Graham schüttelte Lee warm die Hand. Doug war schwerer, als er vor zehn Jahren gewesen war; Ende sechzig war er jetzt, ein starker Mann in ausgebeultem, beigem Anzug, der keinerlei Bügelfalten aufwies.

»Alles in Ordnung, Doug. Und du?« Lee hätte gern ein paar freundlichere Worte geäußert, aber irgendwie kamen sie ihm nicht über die Lippen. Doug hatte Lee und seiner Mutter im Laufe der Jahre viele Dienste erwiesen. Etwas beschämt erinnerte sich Lee daran, daß Doug vor mehr als zwanzig Jahren seiner Mutter ausgeredet hatte, ein Testament zu machen, mit dem sie Lee als einzigen Sohn und nächsten Verwandten ausgeschlossen und alles einer jungen Schwarzen hinterlassen hätte, die bei ihr putzte und sich bei Edna eingeschmeichelt hatte.

Ruhig und gelassen schob Doug Graham die wenigen Papiere auf seinem Schreibtisch zurecht und zeigte Lee, wo er unterschreiben sollte. »Nachdem du das Abkommen durchgelesen hast, natürlich, Lee«, sagte Doug lächelnd.

Lee überflog es kurz. Es war ein Kaufvertrag für das Haus an der Barrett Avenue, ziemlich klar und einfach. Lee unterschrieb. Auch das Grundbuchblatt war da, unterschrieben von Lees Vater und von seinem Großvater, doch vorher stand da ein Name, der nicht zur Familie gehörte. Ralph David Varick war der letzte Name. Dieses Blatt brauchte Lee nicht zu unterschreiben.

»Hoffentlich bist du nicht zu sentimental, was das hier betrifft, Lee«, sagte Doug mit seiner tiefen langsamen

Stimme. »Du bist ja nicht mehr viel hier gewesen, in den letzten Jahren. Du hast uns gefehlt.«

Lee schüttelte den Kopf. »Sentimental nicht, nein.«

Die Feder wurde Winston Greeves übergeben, der aufstand und den Kaufvertrag als Zeuge unterschrieb.

»Aber leid tut's mir doch, daß es sein muß«, sagte Doug. »Und das mit deiner Mutter tut mir auch leid.«

Wieder überkam Lee ein leichtes Gefühl der Scham, denn Doug wußte ja – jeder wußte es –, daß seine Mutter nicht bloß senil war, sondern still wahnsinnig. »Ja – so was passiert eben. Wenigstens hat sie keine Schmerzen«, fügte er unbeholfen hinzu.

»Das ist allerdings wahr. – Danke schön, Win. Das wäre dann wohl alles, nehme ich an . . . Wie lange bleibst du hier, Lee?«

Nur noch bis morgen, sagte ihm Lee; er müsse zurück in sein Geschäft in Chicago. Er fragte Doug, was er ihm schulde, und als Doug sagte: Gar nichts, fühlte er sich wieder peinlich berührt, denn Doug wußte zweifellos, daß er das Haus verkauft hatte, weil die Ausgaben ihm sonst über den Kopf wuchsen.

»Darauf müssen wir einen Schluck trinken«, sagte Doug und zog eine Whiskyflasche aus einer unteren Schreibtischschublade. »Es ist ja sowieso gleich Feierabend, da haben wir's verdient.«

Jeder nahm im Stehen einen kleinen Drink, unverdünnt. Doch die Stimmung, das spürte Lee, blieb traurig und leicht gespannt.

Zehn Minuten später waren sie in Winston Greeves' Haus – größer als das Haus, das Lee soeben mit seiner

Unterschrift weggegeben hatte, mit größerem Rasen und teureren Bäumen. Kate Greeves begrüßte Lee, als gehöre er zur Familie; sie drückte seine Hand in ihren beiden Händen und küßte ihn auf die Wange.

»Lee, ich freue mich so, daß Winston dich zum Bleiben überredet hat! Komm, ich zeig dir dein Zimmer, dann können wir uns ausruhen.« Sie führte ihn nach oben.

Aus der Küche kam ein Duft von Backwerk und warmem Zimt. Sein Zimmer war ordentlich und sauber, mit fabrikmäßig gefertigter Einrichtung: Frisiertisch, Stühle und Bett, aber Lee hatte schon Schlimmeres erlebt. Die Greeves taten ihr Bestes, nett zu ihm zu sein.

»Ich würde sehr gern ein bißchen spazierengehen«, sagte Lee, als er wieder nach unten kam. »Kaum sechs – es ist ja noch ganz hell –«

»O nein! Bleib doch hier, plaudern wir ein wenig, Lee! Oder ich fahre dich im Wagen, wenn du die alte Stadt sehen willst.« Win schien ganz bereitwillig.

Doch der Vorschlag reizte Lee nicht. Er wollte sich allein die Beine vertreten, aber er wußte, dann würde Win protestieren und sagen, er brauche fünfzehn Minuten, um das Wohnviertel Rosedale hinter sich zu lassen, und so weiter und so weiter. So saß Lee dann im Wohnzimmer, einen starken Scotch in der Hand. Kate brachte eine Schale mit heißem gebutterten Popcorn herein.

Das Telefon klingelte, die Greeves' wechselten einen Blick, dann ging Win hinaus in die Diele, um abzuheben.

Lee nahm einen alten gläsernen Briefbeschwerer in die Hand, in dem ein blauer Schmetterling mit ausgebreiteten Flügeln eingeschlossen war. Der Briefbeschwerer war so groß wie ein Stück Seife und sehr hübsch. Lee war im Begriff, Kate zu fragen, woher sie ihn hatte, als ein »Nein!« in Wins Stimme ihn schweigen ließ.

»Nein, habe ich gesagt!« sagte Win leise, aber im Ton unterdrückter Wut. »Und ruf bitte heute abend nicht mehr an. Es ist mein Ernst.« Man hörte ein Klicken, als Win den Hörer auflegte. Er kam ins Wohnzimmer zurück, und seine Hände zitterten leicht. Er langte nach seinem Glas. »Tut mir leid«, sagte er mit nervösem Lächeln zu Lee.

Irgendwas mit Mort, dachte Lee. Vielleicht Mort selber. Lee hielt es für das beste, keine Fragen zu stellen. Auch Kate sah angespannt aus. Mort mußte jetzt mindestens vierzig sein, dachte Lee. Er war eine Null; Lee erinnerte sich an eine Klemme nach der anderen, als Mort heranwuchs – ein zu Schrott gefahrenes Auto, Mort irgendwo wegen Trunkenheit von der Polizei festgenommen, Mort, der heiratete, weil das Mädchen schwanger war, und das war die Frau, von der er sich eben hatte scheiden lassen, wie Win gesagt hatte. Solche Nöte kamen Lee albern vor, weil sie so vermeidbar waren – verglichen mit einer geistesgestörten Mutter, die endlos weiterlebte.

»Er kommt doch nicht etwa noch her?« flüsterte Kate ihrem Mann zu, als sie sich vorbeugte, um Win die Popcornschale anzubieten.

Win schüttelte langsam und grimmig den Kopf.

Lee hatte Kate kaum sprechen hören. Beim Essen sprachen sie von anderen Dingen und auch nur wenig von Lees Mutter. Ihre Gesundheit war ganz in Ordnung, sie ging unten im Garten spazieren und kam zu jeder Mahlzeit in den Speisesaal. Einmal im Monat gab es eine »Geburtstagsparty« für jeden, der in diesem Monat Geburtstag hatte. Fernsehen war auch da, nicht in jedem Zimmer, aber im Gemeinschaftsraum unten.

»Sie liest wohl immer noch in der Bibel, nehme ich an«, sagte Lee und lächelte ein wenig.

»Oh, ich glaube schon. Es liegt jedenfalls in jedem Zimmer eine, das weiß ich«, erwiderte Win und warf seiner Frau einen Blick zu, die darauf Lee fragte, wie sein Geschäft in Chicago ginge.

Lee antwortete ihr und dachte dabei an seine Mutter, grimmlippig und gräßlich ohne die falschen Zähne, die sie nicht immer tragen mochte, vertieft in ihre Bibel. Was gewann sie daraus? Gewiß nicht die Milch der frommen Denkungsart, aber das war ja eine Shakespearesche Redewendung. Oder hatte Jesus es zuerst gesagt? Das Alte Testament war blutrünstig, rachedurstig, zuweilen sogar barbarisch. Seine Mutter hatte immer, oder doch oft genug, zu ihm gesagt: »Lies in deiner Bibel, Lee«, wenn er deprimiert und entmutigt war, oder wenn er etwa »in Versuchung« geraten war, einen hübschen Gebrauchtwagen auf Abzahlung zu kaufen, als er siebzehn oder achtzehn war. Wie harmlos war sowas, einen Wagen auf Abzahlung zu kaufen, verglichen mit dem, was seine Mutter getan hatte, als er zweiundzwanzig war! Er war damals mit Louisa Watts verlobt und wahnsinnig verliebt in sie; aber es war eine Liebe, die hätte dauern können, die zu einer guten Ehe geführt hätte, so glaubte Lee. Seine Mutter hatte Louisa erzählt, Lee habe überall Mädchen, auch besonders beliebte Prostituierte, und in seinem Wagen fahre er in andere Städte, um sich zu amüsieren. Und so weiter. Louisa war damals erst neunzehn, sie hatte ihr geglaubt und war tief verletzt gewesen. *Verdammt soll sie sein, meine Mutter,* dachte Lee. Und was hatte seine Mutter von ihren Lügereien gehabt? Daß sie ihn zu Hause behielt, für sich? Aber nein. Louisa hatte nach weniger als einem Jahr einen anderen geheiratet und war fortgezogen, vielleicht nach New York, und Lee hatte sein Zuhause verlassen und war für eine Weile nach San Francisco gegangen, hatte im Hafen gearbeitet, war dann nach New Orleans gezogen, wo er das gleiche tat. Wenn nur Louisa nicht geheiratet hätte, dann hätte er es noch einmal bei ihr versucht, denn sie war für ihn das einzige Mädchen auf der Welt. Ja, er hatte andere Mädchen kennengelernt, vier oder fünf. Er hätte gern geheiratet, aber er hatte sich niemals selber (und vielleicht auch die anderen Mädchen nicht) überzeugen können, daß es mit der Ehe gutgehen würde. Dann war er nach Chicago gegangen, als er fast dreißig war.

»Magst du den Kuchen nicht, Lee?« fragte Kate.

Lee sah, daß er den warmen Apfelkuchen kaum angerührt hatte, daß er seine Serviette in der linken Hand zusammendrückte, als sei es jemandes Hals. »Doch, ich mag den Kuchen«, sagte er ruhig und aß ihn auf.

Lee schlief schlecht in dieser Nacht. Gedanken wirbelten ihm im Kopf herum, doch wenn er versuchte, ein paar Minuten dranzugeben, um etwas zu Ende zu denken, dann kam er nicht weiter. Er war froh, in der Morgendämmerung aufzustehen, sich leise anzuziehen und die Treppe hinunterzuschleichen, um einen Spaziergang zu machen, bevor sonst jemand auf war. Mit Rasieren hatte er sich nicht erst aufgehalten. In weniger als zehn Minuten hatte er Rosedale hinter sich gelassen. Die Luft war süß und klar, für Mai eher noch kühl. Langsam erwachte die Stadt. Milchwagen waren unterwegs, auch Briefträger natürlich, und ein paar Arbeiter, die die Frühbusse nahmen.

»Lee –? Sie sind doch Lee Mandeville, nicht wahr?«

Lee sah das Gesicht eines jungen Mannes in den Zwanzigern vor sich, mit braunem, welligem Haar, im Tweedanzug mit Hemd und Krawatte. Vage erinnerte sich Lee an das Gesicht, aber um die Welt konnte er nicht auf den Namen kommen.

»Charles Ritchie!« sagte der junge Mann und lachte. »Wissen Sie noch? Ich hab doch immer die Lebensmittel für Ihre Mutter gebracht.«

»Aber ja, natürlich. Charlie.« Lee lächelte, er sah im Geist einen schmalen Zwölfjährigen vor sich, der manchmal in der Küche eine Limo trank. »Verpassen Sie nicht Ihren Bus, Charlie?«

»Macht nichts«, sagte der junge Mann und warf kaum einen Blick auf den Bus, der jetzt abfuhr. »Was machen Sie denn hier, Lee?«

»Das Haus verkaufen. Sie erinnern sich an das alte Haus?«

»Aber ja, sicher! Tut mir leid, daß Sie verkaufen. Ich hatte die Idee, Sie würden vielleicht irgendwann zurückkommen – im Ruhestand oder so.«

Lee lächelte. »Ja – ich brauche das Geld, offen gesagt. Meine Mutter lebt noch, wissen Sie, und das kostet einiges. Ich gönne es ihr natürlich.« Er sah, wie Charlies Gesicht plötzlich ernst wurde.

Mit gerunzelten Brauen sagte Charlie: »Das verstehe ich nicht. Mrs. Mandeville ist doch vor vier – nein, vor ungefähr fünf Jahren gestorben. Ja, ich – ich war bei ihrer Beerdigung, Lee.« Seine Augen starrten in die von Lee.

Lee erkannte, daß es wirklich so war. Er erkannte, daß das der Grund war, weshalb Win darauf bestanden hatte, daß Lee bei ihm übernachtete, damit er nicht auf Leute aus der Stadt traf, die ihm womöglich die Wahrheit sagten.

»Was ist los, Sir? Tut mir leid, daß ich's erwähnt habe. Aber *Sie* sagten ja –«

Lee löste sanft seinen Ellbogen aus dem Griff des jungen Mannes und lächelte. »Entschuldigung. Ich hab wohl ausgesehen, als würde ich gleich ohnmächtig werden! *Ja.*« Lee holte Luft und versuchte, sich zusammenzunehmen. »Ja, selbstverständlich ist sie tot. Ich weiß gar nicht, wovon ich redete, Charlie.«

»Das macht gar nichts, Lee . . . Sind Sie wirklich in Ordnung?«

»Ja, natürlich bin ich in Ordnung. Und da kommt schon wieder ein Bus, nicht wahr?«

Durch einen Schimmer von blaßgelbem Morgensonnenlicht und blaßgrünen Blättern kam der Bus heran. Lee setzte sich in Bewegung, winkte zum Abschied und ignorierte Charlies letzte Worte. Minutenlang ging Lee langsam weiter und achtete nicht auf die Richtung, die seine Füße einschlugen.

Lee erkannte jetzt, daß die Leute vom ›Warmen Herde‹, der Buchhalter oder sonst jemand, mit Win Greeves unter einer Decke stecken mußten, denn Lee hatte echte Rechnungen vom ›Warmen Herde‹ aus den letzten fünf Jahren gesehen. Lee fühlte sich körperlich schwach, als ob er im Schlamm und nicht auf Zementpflaster ginge. Was, zum Teufel, sollte er nun tun? Fünf Jahre. Und in Dollars? Zwanzig- oder vierundzwanzigtausend Dollar pro Jahr mal fünf, das machte – Lee lächelte schief und gab den Versuch es auszurechnen auf. Er blickte zu einem Straßenschild auf und sah, daß er an einer Ecke stand, wo die Elmhurst sich mit der South Billingham kreuzte. Er nahm die Elmhurst, von der er annahm, daß sie ostwärts zurück nach Rosedale führte. Alles, was er im Grunde aus Greeves' Haus noch wollte, war sein Koffer.

Als Lee zurückkam, fand er die Haustür unverschlossen und bemerkte ein Aroma von Kaffee und Frühstücksspeck. Win kam ihm sofort durch die Diele entgegen.

»Lee! Wir waren schon etwas beunruhigt – wir dachten, du wärst im Schlaf aus dem Haus gegangen.« Win lächelte breit.

»Nein, nein, ich habe nur einen Spaziergang gemacht – was ich gestern abend schon wollte.« Win starrte ihn an. Ob er blaß war? fragte sich Lee. Ja, wahrscheinlich. Lee merkte, daß er immer noch höflich sein konnte. Das war leicht, und es war auch sicher und für ihn ganz natürlich. »Hoffentlich hab ich dich nicht aufgehalten, Win?« Lee blickte auf seine Armbanduhr. »Grade zehn vor acht.«

»Über-haupt nicht!« beteuerte Win. »Komm zum Frühstück.«

Jetzt blieben ihm tatsächlich die Bissen im Halse stekken, doch Lee behielt seine höfliche Haltung bei, trank schluckweise Kaffee und stocherte in den Rühreiern. Er sah, wie Win und Kate wieder Blicke tauschten – Blicke, die Win zu vermeiden suchte, aber immer wieder gingen seine Augen zurück zu denen seiner Frau, als sei er hypnotisiert.

»Hast du – eh – einen schönen Spaziergang gemacht, Lee?« fragte Win.

»Ja, sehr schön, danke. Ich habe – Charles Ritchie getroffen«, sagte Lee behutsam und mit einigem Respekt, als sei Charles vom Status eines Botenjungen aufgestiegen zu dem eines Jüngers, der die Botschaft der Wahrheit verbreitete. »Er hat früher meiner Mutter Lebensmittel ins Haus gebracht.« Lee merkte, daß es Win mit seinem Frühstück nicht viel besser ging als ihm selber.

Die Spannung stieg noch um einige Grade, dann sagte Kate:

»Win sagt, du willst heute wieder fort, Lee. Kannst du es dir nicht noch mal überlegen?«

Die Bemerkung war so unaufrichtig, daß Lee plötzlich in die Luft ging, innerlich. Doch nach außen hin blieb er kühl, nur seine Serviette warf er hin. »Bedaure, das kann ich nicht, nein.« Die Stimme klang hohl und heiser. Lee erhob sich. »Entschuldigt mich bitte.« Er verließ den Tisch und ging nach oben in sein Zimmer.

Win kam herein, als Lee gerade seinen Koffer zumachte. Win sah jetzt sehr blaß aus und zehn Jahre älter.

Er tat Lee fast leid. »Ja, ich hab das gehört, mit meiner Mutter. Ich nehme an, das ist es, was dich bedrückt, Win, was?« Lee hatte jetzt den kleinen Koffer in der Hand und war bereit, das Zimmer zu verlassen.

Win ging auf Zehenspitzen zur Tür und machte sie zu. Die Hand, die den Türgriff losließ, zitterte, er hob sie und die andere Hand und bedeckte sein Gesicht. »Lee – ich möchte, daß du weißt, ich schäme mich.«

Lee nickte einmal, ungeduldig, was Win nicht sah.

»Morton hatte so viel Schwierigkeiten. Diese verdammte Frau . . . Sie ist noch gar nicht weg, sie sind nicht geschieden, alles ist ein verdammtes Chaos. Das Mädchen – ich meine seine Frau ist wieder schwanger, und das hält sie jetzt Mort vor, aber ich glaube nicht, daß das stimmt, ich glaub's wirklich nicht. Aber sie verlangt immer wieder Geld, und gesetzlich – –«

»Wen, zum Teufel, kümmert das alles?« unterbrach ihn Lee. Er packte den Koffergriff fester, er wollte gehen, aber Win verstellte ihm den Weg wie ein häßlicher Berg. Wins Augen, weitgeöffnet und voller Angst, blickten in Lees Augen.

Er gemahnte Lee an ein Tier, das sicher war, es werde in den nächsten Sekunden geschlachtet, obgleich Lee noch niemals ein Tier in einer solchen Lage gesehen hatte. »Ich nehme an«, sagte er, »das Pflegeheim hatte irgendeine Vereinbarung mit dir getroffen. Ich weiß jedenfalls, daß da Rechnungen waren – aus der letzten Zeit.«

Unglücklich nickte Win. »Ja. Ja.«

Jetzt fielen Lee auch Doug Grahams Worte ein, als Lee gesagt hatte, wenigstens habe seine Mutter jetzt keine Schmerzen, und Doug erwiderte, ja, das sei wahr. Doug wußte, daß die Mutter tot war, aber die Unterhaltung verlief so, daß er die Tatsache nicht auszusprechen brauchte, und er hatte natürlich angenommen, daß Lee es wußte. Lee wandte sich zur Tür.

»Lee!« Win hätte ihn fast am Ärmel festgehalten, aber er zog die Hand zurück, als wage er nicht, Lee anzufassen. »Was willst du jetzt tun, Lee?«

»Ich weiß es nicht . . . Ich glaube, ich stehe noch unter einem Schock.«

»Ich weiß, ich bin schuld. Ich allein. Aber wenn du wüßtest, in was für einem Dilemma ich war – und noch bin. Erpressung – erst von Morts Frau, die ihn erpreßte, meine ich, und nun ––«

Lee begriff: jetzt erpreßte der Sohn Mort den Vater wegen dieser Geschichte. Wie tief konnten Menschen sinken? Aus irgendeinem bizarren Grund war Lee nahe daran zu lächeln. »Wie ist sie gestorben?« fragte er in höflichem Ton. »Schlaganfall, nehme ich an?«

»Sie starb im Schlaf«, murmelte Win. »Zur Beerdigung ist kaum jemand gekommen. Sie hatte sich so viele Feinde gemacht, weißt du, mit ihrer scharfen Zunge. Der Mann –«

»Welcher Mann?« fragte Lee, weil Win nicht weitersprach.

»Der Mann vom ›Warmen Herde‹. Victor Malloway heißt er. Der hat – er hat ebenso Schuld wie ich, das kann man sagen. Aber er ist der einzige – sonst.« Wieder blickte Win ihn jämmerlich an. »Was hast du jetzt vor, Lee?«

Lee holte Luft. »Na, was denn wohl, zum Beispiel?« Win sagte nichts darauf, und Lee öffnete die Tür. »Lebwohl, Win. Vielen Dank.«

Unten dankte Lee Kate ebenso und sagte auch ihr

Lebewohl. Was sie sagte, nahm Lee gar nicht auf – irgendwas wegen dem Bus-Terminal und Hinbringen oder Taxi rufen. »– geht sehr gut so«, hörte sich Lee sagen. »Ich schaff's schon allein.«

Er war draußen, frei und allein, und schritt mit dem Koffer los Richtung Stadt und Bus-Terminal. Er ging den ganzen Weg mit leichten gleichmäßigen Schritten, kam gegen zehn im Terminal an und wartete geduldig auf den Bus in die größere Stadt mit dem Flughafen. Er war immer noch benommen, aber die Gedanken kamen doch wieder. Es waren bittere unglückliche Gedanken, die ihm wie ein verschmutzter Fluß durch den Kopf strömten. Er verabscheute seine Gedanken.

Selbst auf dem fahrenden Bus gingen die Gedanken weiter, Erinnerungen an die peinliche Eitelkeit der Mutter, als sie jünger war, an ihr Herumhacken auf dem Vater (der mit Ende fünfzig an Krebs starb), ihre nie nachlassende Ablehnung und Bekrittelung jedes Mädchens, das er nach Hause brachte. Und daran, wie sie über die eigenen Freunde und Nachbarn herzog, selbst wenn sie versuchten, nett und freundlich zu ihr zu sein. Immer ›stimmte etwas nicht‹ mit ihnen. Und nun das wirklich Furchtbare, die erschreckende Tatsache, daß ihr Leben zu Ende gegangen war wie eine klassische Tragödie, die eher hinter den Kulissen gespielt wurde, statt auf der Bühne, vor vielen Menschen. Seine Mutter war im Grunde von ein paar schäbigen Gaunern abgetan worden, von Win Greeves und Sohn und diesem Victor Mallory, oder wie hieß er noch? Wie Geier hatten die jetzt fünf Jahre lang von ihrem verwesenden Leichnam gezehrt.

Lee kam erst etwas zur Ruhe, als er die Tür zu seinem Antiquitätengeschäft aufmachte und den Blick über das vertraute Innere aus schimmernden Möbeln, dem warmen Glanz des Kupfers, den weichen Kurven aus poliertem Kirschholz gleiten ließ. Er ließ das Schild mit der Aufschrift »Geschlossen« an der Tür hängen und schloß von innen ab. Er mußte wieder normal werden, sagte er sich, er mußte weitermachen wie bisher und Arlington Hills vergessen, sonst würde er selber krank werden, verschmutzt wie sein Fluß von häßlichen Erinnerungen im Bus und im Flugzeug. Lee badete und rasierte sich, und um fünf Uhr nachmittags hatte er das Schild »Geschlossen« von der Tür genommen. Einen Besucher hatte er danach noch, einen Mann, der im Laden umherschlenderte und nichts kaufte, aber das machte nichts.

Nur noch gelegentlich, wenn er müde war oder enttäuscht über eine Sache, die nicht geklappt hatte, dachte Lee an seinen falschen Freund Win und wünschte ihm Böses. *Auge um Auge, Zahn um Zahn,* so hieß es in der Bibel, oder jedenfalls im Alten Testament. Aber im Grunde wollte er das gar nicht, sagte sich Lee, sonst würde er ja jetzt etwas unternehmen, um Win Greeves der Gerechtigkeit zu überliefern, um es ihm heimzuzahlen. Lee konnte ihn sogar verklagen und den Prozeß mühelos gewinnen, er konnte seine Ausgaben und noch mehr zurückbekommen, wenn er die Greeves' zwang, ihr schönes Haus in Rosedale zu verkaufen. Mit dem Geld konnte er sein eigenes Haus, seine Geburtsstätte, zurückkaufen. Aber Lee wußte, er wollte das weiße zweistöckige Haus, wo er geboren war, gar nicht haben. Der Geist seiner

Mutter hatte das Haus verseucht, hatte es zu etwas Bösem gemacht.

Von Win Greeves kam nur Schweigen, es kam weder ein Brief noch eine Zeile mit weiteren Erklärungen oder mit einem Angebot, einen Teil des unrechtmäßig Angeeigneten zurückzuzahlen. Ab und zu malte sich Lee aus, daß Win unruhig und vermutlich sehr besorgt war, wenn er zu raten versuchte, wie Lee sich wohl zu verhalten gedachte. Fast ein Monat war seit Lees Besuch in Arlington Hills vergangen. Ob Win und Kate und Mort nicht annahmen, Lee Mandeville habe einen Anwalt genommen und bereite eine Klage vor gegen Winston Greeves und den Mann vom ›Warmen Herde‹?

Und dann erhielt Lee eines Tages zu seiner Überraschung einen Brief aus Arlington Hills; der maschinengeschriebene Umschlag trug Wins Firmennamen, Eagle Insurance, und das Handelszeichen, den ausgebreiteten Adler, in der linken oberen Ecke. Lee drehte den Umschlag um – es stand kein Name auf der Rückseite – und fragte sich sekundenlang, was wohl darin sein mochte. Eine demütige Bitte um Verzeihung, vielleicht sogar ein Scheck, wenn auch nur klein? Absurd! Oder schickte ihm die Firma Eagle Insurance eine letzte Rechnung für die Versicherung des Hauses seiner Mutter? Bei dem Gedanken lachte Lee und öffnete den Umschlag. Ein kurzer Brief war darin, mit der Maschine geschrieben.

Lieber Lee,

Ein neuer Kummer zu allen anderen. Mort ist letzten Dienstag gestorben, nachdem er einen Mann angefahren und schwer verletzt (aber Gottseidank nicht getötet) hatte und dann selbst mit dem Wagen gegen einen Baum geprallt war. Nach all den Schwierigkeiten, die Mort sich selber und uns verursacht hat, kann ich hier fast von Glück sprechen. Ich dachte, Du würdest es vielleicht gern erfahren. Wir sind hier alle sehr traurig.

Dein Win

Lee stieß einen Seufzer aus und hob die Achseln. Nun ja. Erwarteten sie von ihm, daß er sich daraus etwas machte, daß er darüber nachdachte oder antwortete? Ob Win womöglich mit einem Kondolenzbrief von ihm rechnete? Die Information, dachte Lee, berührte ihn überhaupt nicht; Morton Greeves' Leben oder Tod bedeutete ihm einfach nichts.

Später am gleichen Tag, als Lee seine Gummistiefel auszog – er war etwas müde, weil er im Hinterhof mit dem Wasserschlauch von verschiedenen Sachen die Farbe entfernt hatte –, sah er im Geist Mort vor sich, blutend und tot, nachdem er mit dem Wagen auf einen Baum geprallt war. Er dachte »Gut«! *Auge um Auge . . .* Sekundenlang genoß er das Gefühl gelungener Rache. Morton war Wins einziger Sohn, sein einziges Kind. Nichts wert sein Leben lang, und nun tot! Gut! Lee hatte jetzt das Geld für das verkaufte Haus in Arlington Hills; wenn er wollte, konnte er ein Grundstück in einem Chicagoer Vorort kaufen, das er sich angesehen hatte, ein hübsches Haus nahe am See. Er konnte ein kleines Boot kaufen.

Ein Bild seiner Mutter stand Lee vor Augen, als er sich

am Abend für die Nacht auszog: seine Mutter in ihrem großen rohrgeflochtenen Schaukelstuhl im Wohnzimmer, wie sie die Bibel las, mit grimmigem Mund (wenn auch mit ihrem Gebiß) zu ihm herüberspähte und fragte, warum er nicht öfter in der Bibel lese. In der Bibel! War seine Mutter etwa dadurch besser geworden, gütiger zu ihren Mitmenschen? In der Bibel war anscheinend auch vieles anti-Sex. Seine Mutter war es ganz sicher. Wenn Sex etwas so Schlimmes war, dachte Lee, wie hatte dann seine Mutter ihn empfangen, wie kam es, daß sie überhaupt geheiratet hatte?

»Nein«, sagte Lee mit lauter Stimme und schüttelte sich, als schüttle er etwas ab. Nein, er wollte keine Gedanken an die Bibel oder an Rache hegen hinsichtlich Wins Familie oder hinsichtlich des Mannes vom ›Warmen Herde‹, dessen Namen er schon vergessen hatte, bis auf den Rufnamen, Victor. Was für eine Art Victor mochte er zum Beispiel sein? Lee lächelte über die Absurdität des Namens, seinen prahlerischen Klang.

Lee hatte in der Nachbarschaft ein paar Freunde, und einer von ihnen, Edward Newton, ein Mann in Lees Alter und Eigentümer einer nahen Buchhandlung, schaute eines Nachmittags bei Lee herein, wie er es öfter tat, um im hinteren Raum eine Tasse Kaffee mit ihm zu trinken. Lee hatte Edward und anderen seiner Freunde erzählt, seine Mutter sei krank gewesen, als er nach Arlington Hills kam, und sei ein paar Tage nach seinem Besuch gestorben. Jetzt hatte Edward in der Zeitung einen kleinen Artikel gefunden.

»Kanntest du ihn? Ich wollte es dir zeigen, weil ich

mich an den Namen ›Am warmen Herde‹ erinnerte, wo deine Mutter wohnte.« Edward wies auf einen acht Zentimeter langen Artikel in der Zeitung, die er mitgebracht hatte.

PFLEGEHEIMLEITER (61) VERÜBT SELBSTMORD

Der Bericht meldete, daß Victor C. Malloway, Leiter des Alters- und Pflegeheims »Am warmen Herde« in Arlington Hills/Indiana, in seiner Garage durch Einleiten der Auspuffgase in seinen geschlossenen Wagen Selbstmord verübt hatte. Er hatte keinen erklärenden Abschiedsbrief geschrieben. Er hinterließ seine Frau Mary, einen Sohn Philip, eine Tochter Marion und drei Enkelkinder.

»Nein«, sagte Lee. »Nein, kennengelernt habe ich ihn nie, aber ich habe seinen Namen gehört, ja.«

»Es ist sicher eine bedrückende Atmosphäre, mit all den alten Leuten. Und *die* sterben da gewiß ziemlich häufig, nehme ich an.«

Lee stimmte zu und wechselte dann das Thema.

Jetzt war Win an der Reihe, dachte Lee. Was würde mit ihm geschehen, oder was würde er sich selber antun? Am Ende vielleicht gar nichts. Sein eigener Sohn war tot – und wie weit konnte man wohl bei seinem Tod von Selbstmord sprechen? Bestimmt hatte Mort von Win erfahren, daß das Spiel aus war und daß von Lee Mandeville keine weiteren Gelder zu erwarten waren. Bestimmt hatten auch Win und Victor Malloway ein paar verzweifelte Gespräche geführt. Lee entsann sich an Wins hoffnungsloses und verängstigtes Gesicht oben im Schlafzimmer in Arlington Hills. Genug war genug, dachte Lee. Win war schon so gut wie vernichtet.

Lee nahm etwas von seinem Geld und legte es in zehn türkischen Teppichen an, deren Qualität und Farben ihm besonders gefielen. Fünf oder sechs konnte er ganz sicher mit Gewinn verkaufen; er stellte ein Schild in sein Schaufenster mit dem Hinweis auf ein außergewöhnliches Angebot an erstklassigen türkischen Teppichen, Näheres im Laden zu erfragen. Die nichtverkauften würden gut in das Haus im Vorort passen, auf das Lee eine Anzahlung geleistet hatte. Lee fühlte, wie ein Gefühl des Glücks in ihm wuchs. Er gab eine Geburtstagsparty an seinem Geburtstag, lud zehn Freunde in ein Restaurant ein, nahm sie dann mit in seine Wohnung und machte im Laden das Licht an. Einer der Freunde spielte auf einem Klavier, das Lee im Laden stehen hatte, und es gab viel Gelächter, weil das Klavier leicht verstimmt war. Alle sangen und tranken Sekt und stießen auf Lees Gesundheit an.

Lee fing nun an, das neue Haus einzurichten; es war kleiner als das Familienhaus in Arlington Hills, hatte aber immerhin zwei Stockwerke und einen schönen Obstgarten ringsum. Es lag fast dreißig Meilen entfernt von Lees Geschäft, so daß er nicht jeden Tag hinfuhr, sondern das Haus hauptsächlich an Wochenenden benutzte, aber die Entfernung war nicht so groß, daß er nicht abends noch hinfahren und dort übernachten konnte, wenn er Lust hatte. Hin und wieder dachte er mit einem Schock an seine Mutter und daran, daß sie nun seit fast sechs *Jahren* tot war und nicht seit acht oder zehn Monaten, wie er all seinen Freunden erzählt hatte. Und ohne den geringsten

Anflug von Groll dachte er an die etwa hunderttausend Dollar, die glatt zum Fenster hinausgeworfen waren – Geld, das Win eingesteckt und mit Mort und dem Selbstmord-Victor geteilt hatte. Der Stand war nun ausgeglichen. Ein Spielstand, ja – wie bei einem Spiel, das Lee nicht weiter interessierte – einem Domino- oder Anagrammspiel. Am besten vergaß man es. Todesfälle waren immer traurig. Lee hatte keinen Finger gerührt, und trotzdem waren Mort und Victor tot. Es war nicht nötig gewesen, ein Auge auszureißen.

Der Herbst kam. Lee war mit dem Abdichten seines Hauses beschäftigt, als er eine Radiomeldung hörte, die ihn aufhorchen ließ. Er hatte den Namen Arlington Hills verstanden, hatte aber den ersten Teil nicht mitgehört. Es war irgendwas über den Tod eines Mannes im eigenen Haus, und zwar durch eine Schußwunde, die er sich möglicherweise selbst beigebracht hatte. Lee arbeitete weiter, leicht beunruhigt. Konnte Winston Greeves der Name sein, den der Sprecher genannt hatte? In einer Stunde wurde die Nachricht wiederholt, wenn nicht etwas Wichtigeres die Meldung über Arlington Hills verdrängte. Lee fuhr fort mit dem Abmessen von Isolierband, Abschneiden, Aufkleben. Er arbeitete auf den Knien in Bluejeans.

Wenn es Winston Greeves war, dachte Lee, dann war das wirklich zu viel. Genug der Rache. Mehr als genug. Aber es wohnten ja eine Menge Leute in Arlington Hills; vielleicht war es gar nicht Win gewesen. Aber Lee war beunruhigt, irgendwie merkwürdig zornig und nervös. Die Minuten krochen, während Lee arbeitete, und als es fünf Uhr war, hörte Lee sich die Nachrichten aufmerksam an. Es war die letzte Meldung vor dem Wetter: Winston Greeves, vierundsechzig Jahre alt, in Arlington Hills, Indiana, war an einer Schußwunde gestorben, die er sich, möglicherweise aber nicht unbedingt, selbst beigebracht hatte. Seine Frau sagte aus, er habe vor kurzem eine Pistole für Schießübungen erworben.

Lee hatte die Nachrichten im Stehen angehört, und plötzlich sackten seine Schultern ab und er senkte den Kopf. Sekundenlang fühlte er sich schwach werden, dann kehrten allmählich die Kräfte zurück, und mit ihnen der seltsame Zorn, den er vor einer Stunde gespürt hatte. Es war zu viel. *Mein Kelch fließet über* . . . Nein, das war es nicht. Das hatte Christus gesagt. Christus hätte *dies* nicht gutgeheißen. Lee war im Begriff, das Gesicht mit den Händen zu bedecken, als ihm einfiel, daß Win die gleiche Geste gemacht hatte. Lee ließ die Hände sinken und straffte sich. Er ging die Treppe hinunter ins Wohnzimmer.

Links und rechts vom Kamin waren Bücherregale in die Wand eingelassen. Er griff geradeswegs nach einem schwarzen ledergebundenen Buch. Das war die Bibel, die gleiche, in der seine Mutter früher gelesen hatte, der Rücken war oben und unten dünn geworden und ließ das Braun erkennen, wo das Schwarze vom Leder abgewetzt war. Lee fand sehr schnell die Stelle, wo das Alte Testament aufhörte und das Neue begann, er packte das dickere Alte mit der Linken und riß es aus dem Einband. Er warf es wie etwas Unreines von sich in den Kamin, in dem jetzt kein Feuer brannte, und wischte die linke Hand seitlich an den Bluejeans ab. Die Seiten waren alle auseinandergefallen, dünn und trocken. Lee riß ein Streichholz an.

Er sah zu, wie die Seiten verbrannten, wie sie noch durchsichtiger und dann ganz schwarz wurden, und er wußte, vollbracht hatte er gar nichts. Dies war nicht das einzige Alte Testament auf der Welt. Er hatte eine zornige Geste gemacht, um nur sich selber zu befriedigen. Und er fühlte sich in keiner Weise befriedigt oder gereinigt oder von irgend etwas befreit.

Ein Kondolenzbrief an Kate Greeves, dachte Lee, war zu schreiben. Ja, den wollte er heute abend schreiben. Warum nicht jetzt gleich? Worte fielen ihm ein, als er auf den Tisch zuging, wo er Papier und Federn aufbewahrte. Ein handgeschriebener Brief, natürlich. Kate hatte ihren Sohn und ihren Mann in einer Spanne von nur wenigen Monaten verloren.

> Liebe Kate,
> durch Zufall hörte ich heute nachmittag im Radio die traurige Nachricht über Win. Ich weiß, dies ist ein schrecklicher Schlag für Dich, so kurz nach Mortons Tod. Ich möchte gern, daß Du weißt, wie sehr ich mit Dir fühle, und daß ich an Deinem Kummer teilnehme . . .

Lee schrieb gleichmäßig und langsam weiter. Das Merkwürdige war, er fühlte tatsächlich Teilnahme für Kate. Und nicht den geringsten Groll, obgleich sie bei dem Täuschungsmanöver ihres Mannes mitgemacht hatte. Sie war irgendwie von ihm getrennt, ein Mensch für sich, und diese Tatsache war wichtiger als Schuld oder die Notwendigkeit zur Vergebung. Lee setzte seinen Namen unter den Brief. Es war ihm ernst mit jedem Wort, das er geschrieben hatte.

Dein Leben widert mich an

Ein Loch ist ein Loch, dachte Ralph, während er das Schlüsselloch anstarrte. Er hatte den Schlüssel in der Hand, bereit, ihn ins Schloß zu stecken, aber noch zögerte er. Er konnte genausogut klingeln! Er wurde erwartet.

Ralph wandte sich um, klumpte auf seinen Cowboystiefeln einmal im Kreis und stand wieder vor der Tür. Es war ja schließlich die Wohnung seines Vaters, und er hatte einen Schlüssel. Ralph biß die Zähne zusammen, schob die Unterlippe vor, steckte den Schlüssel ins Schloß und drehte ihn um.

Im Wohnzimmer, geradeaus und dann nach rechts, war Licht.

»Hallo, Dad?« rief Ralph und ging auf das Wohnzimmer zu. Eine abgeschabte Ledertasche baumelte an einem Riemen über seiner Schulter.

»Grüß dich, Ralph!« Sein Vater – in grauen Flanellhosen und Pullover, Hausschuhen und mit einer Pfeife in der Hand – war aufgestanden. Er musterte seinen Sohn von Kopf bis Fuß.

Ralph, der größer war als sein Vater, ging an ihm vorbei. Alles war sauber und ordentlich wie immer, sah Ralph, zwei Sofas, Sessel, und ein Buch auf der Armlehne des einen, wo sein Vater gerade gelesen haben mußte.

»Und wie geht's dir?« fragte sein Vater. »Du siehst . . . ganz gut aus.«

Tat er das? Ralph wurde bewußt, daß seine Jeans schmutzig waren, und ihm fiel ein, daß er sich auch gestern nicht rasiert hatte. Auf der linken Seite war sein kurzes blondes Haar dunkelrosa, weil ihm jemand plötzlich ein Färbemittel ins Haar geschmiert hatte, letzte Nacht irgendwann, oder eher heute früh. Ralph wußte, sein Vater würde das gefärbte Haar nicht erwähnen, doch auf seinem Gesicht lag ein leicht amüsiertes Lächeln. Unangenehm, dachte Ralph. Solche Leute waren der Feind. Nicht vergessen.

»Setz dich, Junge. Was führt dich hierher? . . . Möchtest du ein Bier?«

»Ja, klar. Danke.« Ralph fühlte sich ein wenig schwummrig im Kopf. Vor weniger als einer Stunde war er wesentlich klarer im Kopf gewesen, higher und klarer, als er mit Cassie, Ben und Georgie zu Hause in der Kippe etwas geraucht hatte. Die *Kippe*. Das war es, was ihn hierher geführt hatte, und am besten kam er gleich zur Sache. Ein Bier inzwischen galt bei denen ja als gesellschaftlich akzeptabel. Ralph nahm die kalte Dose, die ihm sein Vater hinstreckte.

»Vermutlich willst du kein Glas.«

Ralph wollte keins, na und? Er warf ein wenig den Kopf zurück, lächelte und trank aus dem Dreieck in der Dose. Noch ein Loch, dieses Dreieck. »Das Leben ist voller Löcher, was?«

Jetzt grinste sein Vater. »Was meinst du damit? -- Setz dich doch, Ralph. Du siehst müde aus. Bist du spät ins

Bett gekommen?« Sein Vater setzte sich in den Sessel, steckte ein Lesezeichen in das Buch und legte es auf einen Tisch daneben.

»Ach ja – wir haben geprobt wie meistens. Es wird immer später als wir denken.« Ralph ließ seinen mageren Körper auf das Sofa sinken. »Wir werden ––« Wo war er bloß? Er hatte vorgehabt, seinem Vater von der Platte zu erzählen, die sie am nächsten Sonntag irgendwo in der Bronx aufnehmen wollten. *Plastics* nannte sich Ralphs Gruppe. Cassie war spitze am Baß, außergewöhnlich bei einem Mädchen. Cassie war überhaupt spitze. Sie war ihr Maskottchen, ihr Haustier, und sie kochte sogar. »Es gibt eine Küche, da wo wir wohnen«, sagte Ralph schließlich.

»Oh, das habe ich angenommen. Es ist eine große Wohnung, nicht?«

»Na ja, schon, aber es ist ein Loft. Ein sehr großer Raum, dann noch ein kleineres Zimmer, Küche und Bad. Und deshalb – ich brauche hundert Dollar, um meinen Anteil zu zahlen. Von der Miete. Das heißt, bis wir am Sonntag in der Bronx diese Platte aufnehmen. Dafür proben wir zur Zeit.«

Sein Vater nickte ruhig. »Dann kommt die Schallplatte also in den Verkauf?«

»Natürlich«, sagte Ralph, im Bewußtsein, daß er log oder daß der ›Verkauf‹ zumindest zweifelhaft war. »Zehn Lieder. Eine große Sache. Wir nennen sie ›Night on the Tiles‹ von The Plastics.«

Sein Vater machte an der Pfeife herum und bearbeitete den Tabak mit einem nagelartigen Instrument.

Also was ist, dachte Ralph ungeduldig, als das Schweigen anhielt. »Ich frage dich ja nicht gern ––« Aber das stimmte nicht, es machte ihm verdammt wenig aus, um einen Hunderter zu bitten. Was war schon ein Hunderter für seinen Vater? So viel kostete ein Geschäftsessen!

»Diesmal lautet die Antwort nein, Ralph. Tut mir leid.«

»Was willst du damit sagen?« Ralph fühlte, wie auf seinem Gesicht ein kleines, höfliches Lächeln wuchs, ein Lächeln gespielter Ungläubigkeit. »Was ist schon ein Hunderter für dich? Wir haben die Miete nicht bezahlt, wir müssen unseren Anteil auf den Tisch legen, und wir wollen, daß diese Platte aufgenommen wird. Das ist Business, und es ist ziemlich wichtig!«

»Und was ist mit der letzten Schallplatte und mit der vorletzten Schallplatte? *Existieren die?*« Stephan Duncan fuhr fort, dem Protest seines Sohnes zum Trotz. »Du bist zwanzig, Ralph, du benimmst dich wie ein *Zehnjähriger*, und du willst, daß ich dich dabei auch noch finanziell unterstütze.«

Sein Vater lächelte, aber allmählich kam er auf Touren. Das passierte selten. Ralph sagte: »Meiner Mutter gibst du tausend im Monat, und die spürst du nicht einmal.«

»Möchtest du deine Mutter um einen Hunderter bitten?« Steve lachte auf.

Nein, das war eine Betonwand. Ralphs Mutter war nach Kalifornien zurückgegangen, in die Heimatstadt ihrer Eltern. Seine Mutter und sein Vater waren jetzt seit etwa einem Jahr geschieden. Seine Mutter hatte die Scheidung gewollt, und da war eine ziemlich häßliche Geschichte gelaufen mit ›dem anderen Mann‹, dem Liebhaber seiner Mutter, Bert, aber das Verhältnis war nach der Scheidung in Brüche gegangen, doch darum ging es nicht zwischen Ralph und seiner Mutter. Seine Mutter mochte seinen Lebensstil nicht, hatte überraschend wenig Sympathie gezeigt, als er mitten im zweiten Jahr wegen seiner schlechten Noten aus Cornell University hinausgeworfen worden war, und als Ralph sich darauf mit einigen Musikern in New York zusammentat, hörte seine Mutter mehr oder weniger auf mit ihm zu reden. Selbst sein Vater hatte damals mehr Verständnis gezeigt. Und jetzt machte sein Vater, mit seiner Werkzeugfabrik in New Jersey, wo er haufenweise Geld scheffelte, mit seinem Haus und einem Boot auf Long Island, Schwierigkeiten wegen hundert Dollar! Ralph hatte Lust, seinen Vater anzuschreien, er sei ein Knicker, sechsundvierzig Jahre alt und lebe in der Vergangenheit, aber die Vorsicht warnte ihn, mal halblang zu machen, daß vielleicht ja noch nicht alles verloren war. »Es ist ein Notfall, Dad. Nur die nächsten beiden Wochen – sind wirklich wichtig, und wenn wir –«

»Um Himmels willen, Ralph, wie oft hast du das schon gesagt? Reiß dich zusammen und besorg dir einen Job! Egal was. Auch als Verkäufer! Bessere Männer als du haben mal so angefangen.«

Da kam der Feind hervor. Ralphs Unterlippe löste sich von den Zähnen und schob sich vor, wie vorher, als er den Schlüssel ins Schlüsselloch gesteckt hatte, aber er behielt einen leisen höflichen Ton. »Das ist ziemlich negativ, was du da sagst. Das ist echt Tod und Zerstörung des Lebens.«

Sein Vater lachte und schüttelte den Kopf. »Was hast du heute genommen? LSD? . . . Irgendwas hast du genommen. Du redest über den Tod und schaffst es nicht einmal, einen klaren Kopf zu behalten. Wem willst du denn was vormachen, Ralph?«

»Ich habe nichts genommen heute, aber gestern nacht haben wir lange gearbeitet. Geprobt. Wir arbeiten tatsächlich. Und wir schreiben unsere eigene Musik. *Ben* schreibt unsere Musik.«

Wieder das herablassende Nicken seines Vaters. »Du hast bis vor ein paar Monaten nie besonderes Interesse für Musik gezeigt. Und jetzt Klarinette. Ein schönes Instrument, Mozart hat dafür Musik geschrieben, und ihr benutzt es für Quatsch. Komm schon, Ralph! The Plastics! Der Name ist gut gewählt!« Sein Vater stand auf, sein Mund ein angespannt gerader Strich. »Tut mir leid, Ralph, aber ich muß in etwa zehn Minuten weg. Ich muß ins Algonquin, einen Mann treffen, der gerade aus Chicago angekommen ist. Arbeiten, verstehst du? . . . Dieses Musikding, Ralph – ich sehe das überall, mittelmäßige Popgruppen –«

»Rock«, sagte Ralph.

»Rock, na gut. Diese Musikphase könnte genausogut zum Lehrplan einer Schule gehören. Ein Jahr Gitarre, Klarinette oder was auch immer. Drittklassige Musik, und dann wird alles fallengelassen.«

Sein Vater versuchte, ein klein wenig freundlich zu sein, wie Ralph bemerkte.

»Na gut, vielleicht ist es eine Phase. Aber hilf mir doch ein Weilchen. Würde dich das umbringen?«

»Dich könnte es umbringen. Du bist ja noch dünner geworden. Ich kann mir gut vorstellen, was für mieses Zeug ihr so eßt.«

Ralph stand auf, leicht torkelnd, aber das lag an seinen Stiefelabsätzen. Er war bereit zu gehen, mehr als bereit. »Ehrlich gesagt, ich finde dein ganzes Leben mies.«

»Ich glaube nicht, daß du das wirklich so meinst . . . Beruhig dich, Ralph.«

Ralph war auf dem Weg zur Tür. Als er sie geöffnet hatte, drehte er sich fast automatisch um – denn vorgehabt hatte er es nicht – und sagte »Tschüs, Dad.«

Zwanzig Minuten später war er daheim in der Kippe am Rand von SoHo. Ralph war ein Stück gelaufen, seine Enttäuschung abgelaufen, hatte es zumindest versucht und dann einen Bus in die Stadt genommen. Nun war er da, konnte wieder atmen. Daheim! Die hohen weißen Wände und die weiße Decke hoch oben waren weit und offen! Cassie hatte die Stereoanlage laut aufgedreht und tanzte alleine zur Musik, sanft mit den Fingern schnippend. Sie nickte Ralph kaum zu, als sie ihn sah, aber das machte Ralph nichts aus. Er lächelte. Ben, der zu der elektronischen Musik an seiner Gitarre scharrte, rief ihm ein »Hallo« zu. Im Bad stand ein Typ, den Ralph nicht kannte, in der Unterhose und wusch sich im Waschbecken die Haare, und Georgie matschte in der Badewanne herum. Ralph wollte die Toilette benutzen, was er auch tat. Als Ralph ins Wohnzimmer zurückging, kamen ein Typ und ein Mädchen, die Ralph nicht kannte, aus dem kleinen Schlafzimmer in der Ecke. Jetzt setzten sich die beiden auf eines der zusammengeschobenen Doppelbetten, die tagsüber als großes Sofa dienten. Die beiden steckten Zigaretten an, Cassie lächelte und rief ihnen etwas zu – Ralph konnte es durch die Musik nicht hören –, und Ralph sah, daß die beiden Neuankömmlinge ihre Mäntel in der Ecke beim Arbeitstisch hatten fallen lassen, dort, wo alle Besucher ihre Mäntel fallen ließen. War für heute abend eine Party geplant? Es war kaum acht. So früh kamen die Leute sonst nicht.

Plötzlich hatte Ralph eine Idee: sie würden eine Party machen, um das Geld für die Miete zusammenzukriegen. Ralph war nicht der einzige von den vieren, der im Moment nicht genug Geld hatte für die Miete. Sie konnten fünf Dollar Eintritt verlangen – oder vielleicht besser drei – und die Leute konnten ihren eigenen Schnaps oder Wein oder was immer mitbringen.

Ralph näherte sich Cassie und schrie ihr seinen Einfall zu.

Cassies blaugraue Augen leuchteten auf, sie nickte und ging hinüber, um es Ben zuzuschreien.

Sie mußten lediglich den richtigen Leuten bescheid geben, vielleicht zwanzig oder dreißig, dachte Ralph. Die brachten vielleicht noch ein paar andere Leute mit, aber die wenigen richtigen Leute würden das Geld bringen. Es war Mittwoch. Sie würden die Party am Samstag machen.

»Komm um *neun*!« kreischte Cassie gerade ins Telefon. »Sag Teddie und Marcia Bescheid, ja? Das erspart mir einen Anruf.«

Das elektronische Band war inzwischen an der Stelle mit den menschlichen Stimmen angekommen, wo Ralph immer meinte, sie sängen:

You've had it now . . .
You've had it now . . .

Wie war das wohl gemeint? *You've had it now.* Daß man am Ende war, oder daß man gerade was Gutes gehabt hatte? Wie Cassie. Cassie gehörte zur Zeit allen dreien, Georgie, dem Pianisten, Ben, dem Gitarren-Mann, und ihm selbst. Das war gut. Kein Streit, keine alberne Eifersucht. Nichts von all dem Scheiß, mit dem sich tote Leute wie sein Vater herumschlugen.

»*Tote* Leute!« schrie Ralph, hob einen gestiefelten Fuß, hob eine Hand. Seine Finger streiften die Krempe seines gebraucht gekauften Stetson und erinnerten ihn daran, daß er ihn immer noch aufhatte. »Hab meinen *Dad* besucht heute!« rief Ralph und nahm mit weitem Schwung den Stetson ab.

Aber niemand hörte ihn. Der Typ, der seine Haare gewaschen hatte, kam aus dem Bad mit einem Handtuch über dem Kopf, stieß mit Cassie zusammen, ging weiter, stieß gegen die Doppelbetten und plumpste hinein. Das unbekannte Pärchen war gegangen.

Gegen Mitternacht aßen sie Frankfurter Würstchen, die Cassie heißgemacht hatte in der Küche. Der Senf lag auf einem großen Teller auf dem Küchentisch. Die Musik lief weiter. Cassie brachte ein Stäbchen Kokain aus dem (ständig wechselnden) Versteck in dem kleinen Schlafzimmer, und Georgie machte die Honneurs und schabte mit einer Rasierklinge an dem weißen Stäbchen herum, wozu er ein glattes, an den Rändern gezacktes Stück Marmor auf den lederbekleideten Schenkeln hielt. Er zog mit dem weißen Puder sorgfältig und gerecht vierzehn Lines, die sie höflich der Reihe nach gemächlich schnupften. Fünf Leute, für jeden zwei Portionen, also blieben vier Lines übrig. Ralph bot seine zweite Portion galant Cassie an, die ihn mit einem Lächeln und einem Kuß auf die Lippen belohnte. Er saß jetzt neben ihr, auf dem Rand des einen Doppelbetts. Alle fünf saßen auf den beiden Betten und lehnten sich nach vorn zu der Marmorplatte in der Mitte.

Gotta wrangle oh-and-oh-and-oh . . .

Hörte irgend jemand außer Ralph, daß in dem Text von Streitereien die Rede war?

Der Typ, der sich die Haare gewaschen hatte, wurde später unzeremoniell die Treppe hinuntergeworfen von Ben, der manchmal die Nerven verlor.

»*Das* ist nicht gerade nett!« rief Cassie, während sie im Wohnzimmer herumtanzte und auf ihre lässige Art mit den Fingern schnippte.

Ralph fragte nicht, was los war. Er glaubte, vorher von Cassie gehört zu haben, daß der Junge das Kokain gebracht habe, und falls das so war, hatte man ihn bestimmt dafür bezahlt. Oder nicht? Und war das wichtig? Nein. Die Miete war wichtig. Und die würden sie auch kriegen. Ralph hielt den Blick auf Cassie gerichtet, obwohl sie mit Georgie tanzte. Ben war wieder an seiner Gitarre. Ralph wollte nicht tanzen, er wollte schlafen.

Und später war es Ralph, der in dem kleinen Schlafzimmer mit Cassie im selben Bett lag. Er konnte es nicht mit ihr machen, und er versuchte es auch nicht wirklich. Es war toll, einfach ein Mädchen in den Armen zu halten, wie in den alten Songs.

Bis zum Mittag des nächsten Tages, als dic vier zusammen Kaffee tranken und Gebäck aßen, war der Einfall, eine Party zu geben, weiter gediehen.

»Es wird eine Riesendisco«, sagte Ben, »und wir stellen das Futter auf die Betten, dann können die Leute dort auf dem Boden liegen und sich bedienen.«

»Eine surrealistische *Früchte*-Deko. Ich weiß schon, was *ich* mache.« Georgie, die Augen weit aufgerissen, die blonden Haare in abstehenden fettigen Strähnen, mampfte sein Gebäck.

»Papierbecher. Nicht so gefährlich, wenn was kaputtgeht. Haben wir Geld für Papierbecher?« Das kam von Cassie.

»Wir haben mindestens fünfzig Marmeladegläser», warf Ralph ein. »Hört zu, wir wollen, daß da was rausschaut. Meint ihr, wir sollten eine ganz *ausgewählte* Gästeliste machen? Vielleicht zwanzig, von denen wir wissen, daß sie Geld haben, damit nicht eine Masse Leute kommt, die nicht zahlen können?«

»Nö-öh«, sagte Ben. »Wir pinnen im Meecham eine Einladung an, mit Eintrittspreis, laut und deutlich, verstehste? Ohne Eier, keine Feier . . . Die kommen schon!«

Bis Samstag waren nur noch zwei Tage. Sie würden wohl kaum zum Schlafen kommen am Samstag, wurde Ralph klar, aber der Termin in der Bronx war erst am Mittag, vor drei Uhr war da eh nichts los, und mit Pillen war das zu schaffen, vielleicht wurde die Platte erst noch besser. Nur fünf Lieder wurden aufgenommen am Sonntag, die halbe Platte.

Am Nachmittag machte Cassie ein Plakat auf einem großen Stück Pappe, das im Meecham-Treff weiter unten in der Straße aufgehängt werden sollte.

BRAUCHEN KNETE
FÜR DIE MIETE:
IRRE FETE!
SAMSTAGABEND AB NEUN
103 FROTT ST. (3. Stock)
JEDER MIT WEM ER WILL (is ja keine Kirche)
ELECTRONIC-DISCO
EINTRITT $ 3.00
STOFF, SPRIT und so SELBER MITBRINGEN

Mit der letzten Zeile, meinte Cassie, wurde halb gesagt, es werde nichts serviert (was nicht stimmte), und angedeutet, daß Leute, die echte Vorlieben hatten für Getränke oder sonst was, diese selbst mitbringen sollten, damit sie, was sie wollten, auch kriegten. Cassie hatte beim Arbeiten Bier gesüffelt, und nach einer Stunde war sie müde, doch das Lob der Jungs für ihr Kunstwerk richtete sie wieder auf. Sie hatte ein paar tanzende Nackte gezeichnet und dort, wo die Geschlechtsteile sein sollten, richtige Knete hingepappt. Die Nackten waren schlacksig und blau bemalt.

»Echt spitze!« sagte Ben. »Springt voll ins Auge!«

Cassie plumpste rückwärts auf das Bett, schloß lächelnd die Augen und verschränkte die Arme hinter dem Kopf. Ralph fand sie wunderbar, mit den prallen Jeansschenkeln, ihren Brüsten, die zwischen den Knöpfen der gespannten Bluse teilweise zu sehen waren.

Ralph wurde beauftragt, das Plakat aufzuhängen, und nahm auch noch den alten Umschlag mit, in den Georgie sechs oder mehr Heftzwecken gesteckt hatte. Aus irgendeinem Grund (na ja, Ralph wußte schon weshalb) galt er als ein ganz klein wenig straighter, ja sogar achtbarer als die anderen. Daran lag Ralph nicht viel, und vielleicht würde das auch nicht für immer so bleiben. Bis jetzt hatte er bei Ed Meecham, dem der Treff gehörte, noch nicht anschreiben lassen, im Gegensatz zu den anderen. Auch bei ihnen ging es natürlich um kleine Beträge, denn Ed gab nur bis zu zwanzig Dollar Kredit. In seinen Cowboystiefeln klumpte Ralph zwischen den Holztischen und Stühlen der Kneipe hindurch, das Plakat in der Hand, und sah sich gleich an den Wänden nach einer geeigneten freien Stelle um. Die Wände waren schon ziemlich voll mit Plakaten von Kunstausstellungen, Angeboten für Gebrauchtwaren und Wohngemeinschaften und mit Karikaturen von Kneipenbesuchern. Ralph begrüßte ein paar über ein Bier oder einen Kaffee gebeugte Typen und ging auf Ed Meecham zu, der ganz am Ende des Raums hinter der Bar stand.

»Ist es okay, Ed, wenn ich das aufhänge?«

Ed, glatzköpfig und mit einem Schnurrbart, der wie ein schwarzgrauer Rasierpinsel aussah, warf einen durchdringenden Blick auf das Plakat, als suche er nach Porno – was er vielleicht auch tat –, dann nickte er zustimmend. »Wenn du einen Platz findest, Ralph.«

»Danke, Ed.« Ralph war geschmeichelt, weil Ed ihn beim Namen genannt hatte. Ed kannte ihn natürlich, aber bis jetzt hatte er nie irgendeine Anrede gebraucht. Komisch, wie derartige Kleinigkeiten dem Ego guttaten, dachte Ralph. Darüber redeten sie in der Kippe viel – über das Ego – was man von *sich selbst* hielt. Das war wichtig. Ralphs neugefundenes Selbstvertrauen inspirierte ihn,

Cassies Plakat glatt und ziemlich rasch über einen kleinen Posten mit Graffiti zu heften, über die seiner Meinung nach die Leute hier schon lange genug gelacht hatten. Ralph winkte tschüs und ging.

Zu Hause schaute Ralph in den Briefkasten, bevor er die Treppe hinaufstieg. Zwei Briefe. Der Briefkasten hatte ein Schloß, aber es war aufgebrochen worden. Zu Ralphs Überraschung war einer der Briefe an ihn adressiert, in der großen und doch eckigen Handschrift seines Vaters, geschrieben mit einem richtigen Füller. Sein Vater mochte keine Kugelschreiber. Ralph stieg die Treppe hinauf, berichtete von seinem Erfolg mit dem Plakat und ging in die Küche, um sich seinen Brief anzusehen. Ben und Georgie arbeiteten an der Gitarre und am Klavier, redeten auch. Sie hatten an diesem Tag schon eine Probe-Session gehabt, und Ben wollte noch eine machen, aber fünf Minuten war noch Zeit, um einen Brief zu lesen, und vielleicht hatte sein Vater sogar einen Scheck beigelegt, dachte Ralph, während er den Umschlag aus festem weißem Papier aufriß. Keine Briefmarke. Sein Vater hatte den Brief selbst gebracht. Ralph hatte das unten sofort bemerkt, aber jetzt begannen deswegen – oder sonstwie – seine Finger zu zittern.

Im Brief war kein Scheck. Nach dem Datum vom Mittwoch, also gestern, stand da:

> Lieber Ralph,
>
> es ist spät abends, aber ich bin in der Stimmung oder fühle mich verpflichtet, Dir ein paar Worte zu schreiben, um Dir meine Haltung zu erklären, die

Du – wie ich weiß – für falsch, unmenschlich vielleicht, oder schlicht und einfach blind hältst. Es wird Dich vielleicht erleichtern zu wissen, daß ich mich entschlossen habe, mich von jetzt an nicht mehr einzumischen oder Dich zu beeinflussen zu versuchen. Jeder Mensch hat das Recht, sein eigenes Leben zu leben. Alle Vögel müssen irgendwann einmal das Nest verlassen. Das habe auch ich getan, als ich genau in Deinem Alter, mit zwanzig, meine Eltern verließ und mich aufmachte, mein Glück in Chicago und dann in New York zu versuchen. Du hast das gleiche Recht. Und mir ist klar, daß Dinge, die mir falsch oder unklug scheinen, für Dich vielleicht – richtig sind. Wie auch immer, Du bist ein Mann und solltest auf Deinen eigenen Füßen stehen können und dürfen.

Ich glaube, dies trägt vielleicht dazu bei, die Atmosphäre zu reinigen und unser Verhältnis zu verbessern, denn es kann weiß Gott nicht angenehm sein, wenn ein Sohn ständig ›elterliches Mißfallen‹ zu verspüren kriegt, auch wenn Du meist schulterzukkend darüber hinweggehst.

Wenn Du jedoch krank bist, dann weißt Du, daß Du jederzeit hierherkommen kannst und ich mich um Dich kümmern werde. Du bist nicht alleine auf der Welt, Ralph, nur frei. Und meine guten Wünsche und meine Liebe begleiten Dich.

Immer Dein Vater
Steve

P.S. Ich weiß, daß das Weggehen Deiner Mutter

keine Hilfe war, daß es Dich nicht glücklicher oder stärker gemacht hat. Das tut mir persönlich bitter leid, und auch mich hat es nicht gerade glücklicher gemacht. Wir (Du und ich) sollten uns jedoch beide klarmachen, daß wir nicht der einzige Vater und der einzige Sohn auf der Welt sind, die das gleiche durchmachen mußten.

Ralph war getroffen, ungewohnt tief. Sein Vater hatte ihn abgeschnitten. Dieses P. S. – Nun ja, das hatten sie schon viele Male durchgekaut, in wenigen Worten jedesmal, aber viele Male. Schuld an der Scheidung war seine *Mutter*, der »andere Mann« und all das. Sein Vater hatte nie eine Scheidung gewollt, trotz Bert, der dann verschwunden war, wie es sich Vater gedacht hatte. Ralph wußte, daß seine Mutter auch von ihm, Ralph, enttäuscht gewesen war. Doch es war nicht die Scheidungssache in dem Brief, die Ralph durcheinanderbrachte. Es war die Tatsache, daß sein Vater nichts mehr mit ihm zu tun haben wollte. Und wie höflich er es ausdrückte: Du hast das gleiche Recht. Ralph war immer noch unter einundzwanzig. War er nicht noch minderjährig? Na ja, wohl nicht, wenn man mit achtzehn wählen durfte, fiel Ralph ein.

»Love *letters* – in – the – sand –« kam Georgie singend in die Küche. »Hat dich jemand sitzengelassen?«

Ralph versuchte, das Stirnrunzeln von seinem Gesicht zu kriegen. »Nö-öh. Brief von meinem Alten. Keine Kohlen. – Mister-Keine-Kohlen.«

»Nun, das wußtest du ja.« Georgie goß sich ein wenig kalten Kaffee ein aus dem Topf auf dem Herd und kippte sich eine Zellophantüte Kartoffelchips in den Mund, die fast leer war. »Legen wir nochmal los, Ralphie? Noch eine halbe Stunde oder so. ›Airport Bird‹ diesmal.« Georgie winkte zum Wohnzimmer.

Ralph holte seine Klarinette unter dem Fußende des einen Doppelbetts hervor, wo er sie gelassen hatte, während er mit dem Plakat unterwegs war. Er mußte das Bett anheben, um dranzukommen, den Kasten mit dem Fuß hervorangeln, aber zumindest war das Instrument dort immer in Sicherheit, keiner konnte es klauen oder drauftreten. Die Plattenaufnahme würde fünfundsiebzig Dollar kosten. Sie hatten einen Deal mit Mike, dem Typen in der Bronx. Er vertrieb die Platten an Pop-Billigläden, die laut Mike versuchten, neue Gruppen zu puschen. Bis jetzt hatten die Plastics noch nichts wieder reingekriegt, aber was sie gemacht hatten, war *aufgenommen*, und hier in der Kippe lagen noch zwei frühere Schallplatten. Sie probten, einschließlich Cassie. Es war nach sechs, und die Spots an der Decke waren an, drei rosa, ein paar blaue, aber hauptsächlich weiße. Jemand hatte gesagt, solche Lampen bräuchten viel Strom, aber sie schafften Atmosphäre, und wer dachte schon an die Elektrizitätsrechnung, wenn die Musik erst einmal abfuhr? Ralph versuchte, besonders sorgfältig und präzis zu spielen, nur im Finale, in ›Fried Chicks‹, dem Lied, das am Sonntag das fünfte und letzte Lied werden sollte, ließ er los.

Aber Ralphs Gedanken, die meisten seiner Gedanken, waren bei seinem Vater, und er schaffte es nicht, sie loszuwerden. Sagenhaft. Er war durcheinander. Und normalerweise hätte er zu seinen Freunden gesagt: »Ich bin genervt heute, irgendwie geschmissen.« Aber an diesem Abend sagte er das nicht, auch nicht in der Pause, die sie etwa um neun in der Küche machten, während Cassie eine Tomatensoße für die Spaghetti zusammenrührte. Ben zündete einen Joint an, den sie herumgehen ließen. Georgie ging weg, um Salat und italienischen Tischwein zu besorgen, den, der in einem großen Glaskrug verkauft wurde. Kein Fleisch für die Spaghettisoße, verkündete Cassie, aber es würde trotzdem gut schmecken. Und sein Vater dachte, sie äßen nichts Rechtes, fiel Ralph ein.

Warum nicht Steve zu der Party einladen? Wenn sein Vater bereit war zu kommen, dann konnte er sehen, daß sie einen ordentlichen Haushalt mit sauberen Wänden führten, daß sie kein Haufen Affen waren. Ralph wußte, daß sein Vater glaubte, sie wüßten nie, welchen Wochentag man gerade hatte, daß sie sich von ihren Eltern aushalten ließen – das traf absolut nicht zu im Fall von Georgie und Ben, die Gitarre- und Klavierstunden gaben – und daß sie nie ihre Kleider wuschen, dabei war in der Badewanne die halbe Zeit Wäsche eingeweicht, und Cassie war spitze im Bügeln.

»He, hat irgend jemand was *dagegen*«, begann Ralph laut, aber das Hi-Fi war an, Ben hatte gerade etwas Lustiges gesagt, und so lachten alle. Alle – das schloß inzwischen zwei neue Leute ein, einen Jungen und ein Mädchen, die zusammen mit Georgie hochgekommen sein mußten, als er mit Salat und Wein zurückgekehrt war. Ralph versuchte es noch einmal. »He, Cass! Ich habe Lust, meinen *Vater* für Samstagabend einzuladen. Okay?«

Cassie lächelte und zuckte wie gewöhnlich leicht die Schultern. Es sah aus wie die Bewegung, die sie beim Tanzen machte. *»Warum nicht?«*

Ralph lächelte zufrieden, ja sogar stolz. Hätten seine Eltern zum Beispiel seinen Freunden aus der *Kippe* genauso bereitwillig die Türen geöffnet? Großer Gott, nein! Wer von ihnen war also barmherziger, christlicher, toleranter und all so'n Scheiß?

»Dieser *Scheiß*!« schrie Ralph. »Weg damit! Wir schaffen es mit *Liebe*!« Keiner hörte zu, keiner verstand, was er sagte, aber das machte nichts. Er war seine Message jedenfalls losgeworden. »Over and out«, rief Ralph und stürzte ans Telefon. Zwanzig bis zehn, wenn seine Uhr richtig ging. Ralph wählte die Nummer seines Vaters.

Am anderen Ende hob keiner ab. Das enttäuschte Ralph.

Den ganzen Abend hindurch versuchte Ralph die Nummer seines Vaters in halbstündigen Abständen. Bis Mitternacht wußten alle in der Kippe, einschließlich der drei weiteren Neuankömmlinge, wen er zu erreichen versuchte und warum, und Ben hatte gesagt, er wolle seinen Onkel für Samstag einladen. Bens Eltern lebten irgendwo weiter nördlich, aber er hatte einen Onkel in Brooklyn. Kurz nach ein Uhr morgens nahm Ralphs Vater das Telefon ab und Ralph lud ihn ein für Samstagabend, irgendwann nach neun.

»Oh? Eine Party. So – j-ja, Ralph, danke«, sagte sein Vater. »Ich bin froh, daß du anrufst, ich war ein wenig besorgt nach diesem Brief an dich.«

Sein Vater klang ungewöhnlich ernst, ja sogar traurig.

»Oh, das – Danke, Dad, ich hab mich darüber gefreut, echt.« Die Worte kamen aus dem Nichts und bedeuteten nichts, wie Ralph bemerkte, doch seine Stimme war höflich.

Nachdem sie aufgelegt hatten, hatte Ralph das eigenartige Gefühl, die Unterhaltung hätte gar nicht stattgefunden, er hätte sie sich nur eingebildet. Aber die Stimme seines Vaters hatte gesagt, er würde kommen. Ja. Auf jeden Fall.

Die beiden nächsten Tage wurden durch die bevorstehende Party zu etwas Besonderem erhoben, wie in Ralphs Erinnerung das näherkommende Weihnachtsfest die Tage davor verzaubert, verfremdet und verschönert hatte, als er noch klein gewesen war. Ben hatte den brillanten Einfall, als Hauptgericht Kartoffelsuppe zu kochen, das war einfach und billig, mit dünnen Scheiben von Frankfurter Würstchen darin und einem riesigen Busch Petersilie in der Küche, als Garnitur für all die Schalen, Papierbecher und Teller voll der dicken Suppe, die Cassie zu kochen versprach. Und viel Knoblauch kam in die Suppe, deren Grundstock eine Brühe aus Schinkenknochen war. Und Cassie und Georgie hatten sich auch um die Dekoration gekümmert. Cassie hatte sich von einem Freund weiter unten in der Straße meterweise alte Filmstreifen besorgt, die aufgeringelt quer durch den Raum hängend, in der Mitte zusammengebunden mit dem langen roten Schal von jemandem, sehr festlich aussahen.

»Daß mir niemand ein Streichholz anzündet!« sagte Cassie am Abend der Party. »Ihr wißt, was man über brennendes Zelluloid sagt!«

In zwei großen Kesseln (einen davon hatte man von einem Mädchen geborgt, das zur Party kam) dampfte die Kartoffelsuppe diskret auf kleiner Gasflamme, die Petersilie stand bereit, und im Kühlschrank gab es eine schäbige Sechserpackung Bier, zwei Krüge von dem italienischen Tischwein und sechs Stangen italienisches Brot. Die Leute sollten ja schließlich ihre eigenen Getränke mitbringen. Eine Schuhschachtel mit der Aufschrift MILDE GABEN stand auf dem Arbeitstisch neben der Tür, und Georgie hatte Bedenken, daß sie *so* nah an der Tür stand, weil einer ohne weiteres rasch mit der Schachtel verschwinden und schon unten an der Treppe sein konnte, bevor jemand gecheckt hatte, was los war. Aber die Schachtel blieb an ihrem Platz, weil keiner reingelassen werden sollte ohne die drei Dollars, und Ben und Cassie waren sich einig, es wäre bescheuert, durch die Tür zu kommen und dann wo hingehen zu müssen wie zum Beispiel in das kleine Schlafzimmer, um dort drei Dollar in die Schuhschachtel zu stecken.

Die Stereoanlage dröhnte und pulsierte, und Leute tröpfelten herein. Mäntel und Jacken, ja sogar Schuhe, wurden in einem Haufen auf das Doppelbett im kleinen Schlafzimmer geschmissen und dann auf den Fußboden in der Ecke neben dem Tisch. Cassie hatte einen zusammengeklappten Bridgetisch und das Bügelbrett auf die aneinandergeschobenen Doppelbetten gelegt als Unterlage für die Schalen mit Kartoffelchips, Salzbrezeln, Popcorn und Oliven.

Oliven! Schwarze und grüne Oliven. Ralph fiel plötzlich ein, daß er sie gekauft hatte. Ein Hauch von Eleganz. Er hatte etwa zehn Dollar dafür bezahlt. Ralph, in einem sauberen Hemd, mehr oder weniger sauberen Jeans, den Stiefeln, die er kurz abgewischt hatte, war nervös, als gäbe er alleine die Party. Er behielt ständig die Tür im Auge, in Erwartung seines Vaters, war ein bißchen verschwitzt und jedesmal, wenn die Tür aufging, erleichtert, daß fremde junge Leute oder Gesichter, die er kaum erkannte, auftauchten. Es war fast elf. Hatte es sich sein Vater anders überlegt?

You ain't forgotten *mee*-ah . . .

You ain't for*gotten* mee-eee . . .

sang die männliche Stimme aus der voll aufgedrehten Stereoanlage.

Ralph kippte einen Papierbecher widerlichen Rotwein. Warum trank er das Zeug? Bier mochte er sowieso lieber.

Sogar Bens Onkel war da. Ralph sah ihn am Fußende der Betten stehen, einen Papierbecher in der Hand, auffällig, weil er im Kontrast zu dem Jeansstoff überall ein Tweedjacket mit einem weißen Schal um den Hals trug. War Ralph ihm schon einmal begegnet? Ralph bahnte sich einen Weg zu Bens Onkel, wich den hopsenden Tänzern aus oder zwängte sich zwischen ihnen hindurch.

»Hallo!« schrie Ralph. »Sie sind Bens *Onkel*!«

»Ja. Genau!« sagte Bens Onkel mit einem Lächeln. »Hughey heiß ich!«

Ralph war nicht sicher, ob er richtig gehört hatte. Hughey? Louey? *»Ralph!«* schrie Ralph, ließ sich nach hinten auf seine Stiefelabsätze kippen und schaute wieder zur Tür.

Es war unmöglich, sich zu unterhalten, aber was machte das schon? Ralph und Hughey schrien sich ein Weilchen an, dann kam zu Ralphs Erleichterung ein Typ in schwarzer Lederkleidung und Cowboyhut an, vollkommen stoned, und versuchte, eine Unterhaltung mit Bens Onkel in Gang zu bringen. Ralph mußte unwillkürlich lachen. Dann schaute Ralph wieder zur Tür, und da war sein Vater!

Ralph sah, wie Steve ein Mädchen anlächelte – wer war das? Langes blondes Haar und ein schwarzes Kleid? – das ihn um die drei Dollar Eintritt bat. Sein Vater steckte einen Geldschein in die MILDEN GABEN, vermutlich einen Zehner, auf jeden Fall einen Fünfer. Ralph hatte Schwierigkeiten beim Schlucken, fühlte sich einen Augenblick lang völlig nüchtern, dann zwängte er sich durch die Tanzenden hindurch und stürzte auf seinen Vater zu.

»Dad!« Ralph und sein Vater schüttelten sich die Hand, keiner der beiden konnte hören, was der andere sagte.

Sein Vater deutete entschuldigend auf sein Hemd und seine Krawatte, und Ralph vermeinte ihn sagen zu hören, er habe den Abend mit einem Geschäftskollegen verbringen müssen. Ralph führte seinen Vater außen an den Tanzenden vorbei auf die Küche zu, wo es, wenn vielleicht auch kein Bier, so doch zumindest Pulverkaffee gab. Ralph hatte das vage, doch nicht nachlassende Gefühl, geradezu die tiefe Überzeugung, die *Küche*, die bloße Existenz einer Küche, müsse seinem Vater beweisen, daß dies ein Haushalt war. Doch die Küche war vollgestopft mit Leuten, als hätte die halbe Party in diesem Teil der Wohnung Zuflucht gesucht, um hier ruhig und aufrecht dazustehen, wenn auch ebenso dichtgedrängt wie in der Untergrundbahn zu den Stoßzeiten.

»Mein *Dad*!« rief Ralph mit einem Anklang von Stolz. »Ist noch ein *Bier* da?«

»Bier, ha!« sagte ein Typ, der eine kleine braune Flasche in der Hand hielt und kopfunter schüttelte, um zu zeigen, daß sie leer war.

»Steck sie dir wo hin!« gab Ralph zurück, ohne gehört zu werden, und tauchte vorwärts nach unten, wobei er mindestens zwei Mädchen, die dastanden, aus dem Gleichgewicht brachte, was den Mädchen nichts ausmachte, sie kicherten nur. Ralph war sich der Anwesenheit seines Vaters, der ungefähr in der Tür stand, heftig bewußt, bewußt war ihm auch der erstaunte Gesichtsausdruck der Leute, einen älteren Mann unter sich zu sehen. Aber Ralph fand, was er suchte, Bens sorgfältig gehütetes Bierversteck hinter dem Kühlschrank, ein kleines Bier, lauwarm zwar, aber immerhin. Nur noch eines war dagewesen, und Ralph nahm sich vor, es morgen zu ersetzen, sonst wurde Ben sauer. Er fand einen Öffner und hob die Kapsel ab. Die Papierbecher waren schon alle.

»Ein Bier!« sagte Ralph und reichte seinem Vater stolz die Flasche.

Dann waren sie beide wieder in dem großen Wohnzimmer, nicht richtig beieinander, denn die Tänzer, die schreienden Leute, ließen sie irgendwie nicht zusammenkommen, obwohl sich Ralph auf seinen Vater zudrängte, der jetzt in der Nähe der Zwei-Betten-Anrichte stand. Irgend jemand – vermutlich Georgie – hatte aus einer Banane und zwei Orangen ein Phallus-Symbol kreiert, das, je nachdem wie man es sehen wollte, wie eine Kanone auf Rädern oder wie ein Geschlechtsteil aussah, unterlegt und umgeben von blauen Weintrauben. Dieses auffällige Gebilde nahm das Zentrum des grau überzogenen Bügelbretts ein, und Ralph sah, wie sein Vater die Augen davon abwandte.

. . . yeeowr a *wing*-ding-ding . . .
yeeowr a *wing*-ding-ding . . .

sagten die elektronischen Stimmen, keine wirklich menschlichen Stimmen, aber an diese Worte dachte Ralph unweigerlich, wenn er das Band hörte. Das Band würde noch schlimmer werden, wenn man Porno als schlimm empfand. Ralph wurde von den Augen seines Vaters, von dessen Gesichtsausdruck, in Bann gezogen. Die Augen seines Vaters waren wachsam, fast ängstlich, er sah sich um, blinzelte ein paarmal und wandte dann abrupt den Kopf, als versuche er, was anderes zu sehen. Für seinen Vater waren diese Leute der Feind, wurde Ralph klar.

Zum Teufel mit den beiden Schwulen da, die schon wieder schmusten und langsam tanzten zu der Musik, die schließlich schnell war. Natürlich taten viele der gemischten Pärchen dasselbe, aber das war vom Standpunkt seines Vaters her okay. Ralph hörte ein allgemeines *»Ooooh!«* und Gelächter und sah, wie eine Flamme an einer der Filmschlangen nach oben lief und in einer Ecke hinten ausbrannte, während der rote Schal in der Mitte abfiel und die anderen Filmschlangen abrissen und sich zwischen den Tanzenden verloren.

Ralph fand Cassie und schleppte sie hinüber zu seinem Vater, dem er sie als ihre *Hausmutter* vorstellen wollte – zumindest hatte er diesen ehrbaren und vielleicht etwas komischen Ausdruck im Kopf. Ralph war noch nicht bei seinem

Vater angekommen, als jemand genau vor ihm und Cassie umfiel und dabei ein weiteres Pärchen mitriß. Das Pärchen stand auf, aber der, welcher zuerst gefallen war, blieb liegen. Es war einer, den Ralph nicht kannte, schwarze Hose, rote Weste, weißes Hemd mit Manschettenknöpfen, mager und bewußtlos. Ein Typ in Jeans packte ihn an den Absätzen, befahl schreiend, Platz zu machen, und zerrte ihn hinüber zum Arbeitstisch, wo ein wenig Raum war. Ralph drängte sich mit Cassie an der Hand weiter.

»Mein Vater *Steve*! *Cassie!*« schrie Ralph.

Steve nickte und sagte laut »Guten Abend«, aber es sah nicht so aus, als hätte Cassie ihn gehört.

Cassie war müde, sehr müde, ihre Augen rollten nach oben zur Decke. Sie trug ein frisches weißes Hemd mit großem gestärktem Kragen und Ärmelaufschlägen, gepflegte schwarze Hosen und Stöckelabsätze, und sie stand auch ganz aufrecht, aber Ralph wußte, daß sie erschöpft war, und sie hatte offensichtlich was geschnupft.

»Cassie *kocht für uns alle*!« rief Ralph seinem Vater zu, während er Cassie mit festem Griff aufrechthielt. *»Sie ist müde von all der Arbeit heute!«*

»Nicht müde!« sagte Cassie. »Es ist ein Rechteck! Kein Quadrat, ein Rechteck. So wie –«

Während Cassie nach einem Wort suchte und Ralphs Vater sich bemühte, sie zu verstehen, schüttelte Ralph Cassies Arm. Ihr ganzer Körper wurde mitgeschüttelt, aber sie hielt ihre Augen zur Decke gerichtet und fuhr fort:

». . . hab es gestern auch im *Waschbecken* gesehen. Es ist überall! Wo ich heut nachmittag meine *Haare* gewaschen hab! – Es ist ein klei – ein Fernsehschirm, der kleiner wird, ich schwör's bei Gott! Und ein *Fenster*! Ja, auch ein Fenster, Ralphie. Weißt du, was ich meine? Mit *silbernen* Umrissen!«

»Ja«, sagte Ralph kurz und zähneknirschend. Cassie war völlig weggetreten. Was hatte sie genommen? Gleich würde sie die Vision, die sie gehabt hatte oder noch hatte, zu ihrem Mantra erklären. »Okay, Cassie, *sehr* gut!« Lachend schüttelte Ralph noch einmal Cassies Arm.

»Und es geht *auf* und *ab*«, versicherte sie Steve. »Es steigt und sinkt im Waschbecken, weißte?«

»Das Wasser, meinst du«, sagte Ralph. »Das Wasser *sinkt*!«

»Es steigt *und* sinkt!«

Lächelnd steuerte Ralph Cassie zurück in die Küche, weg von seinem Vater, weg und in Sicherheit vor den Tanzenden, die sie vielleicht anrempelten. Doch Cassie konnte ganz gut alleine gehen, nur im Kopf war sie jetzt irgendwo anders. Ralph zog tief an einem schlaffen Joint, den ihm jemand hinstreckte, hielt den Rauch in den Lungen, drehte sich, um ins Wohnzimmer zurückzugehen und knallte mit der Stirn gegen den Türpfosten.

Weedjie meenie you like mee-e . . .
Weedjie weenie ooo-wee-ee mee-ee . . .

Ralph sah seinen Vater und drängte auf ihn zu. In diesem Augenblick erlosch Ralphs Energie, vielleicht weil er dachte, sein Vater habe gerade zum Abschied genickt und ginge. Und Ralph hatte ihn doch Ben und Georgie vorstellen wollen! So gut wie unmöglich in diesem Gedränge!

Ja, Steve war weg. Über all die Leute hinweg konnte

Ralph gerade noch den oberen Teil der hohen Tür sehen, die zuging.

So, das war's. Ralphs Ohren schmerzten jetzt, sie gellten von der lauten Musik, und er war ein wenig taub. Er konnte nicht hören, was ihm jemand zurief, während er wieder auf die Küche zuging. Nein, vielleicht war in dem kleinen Schlafzimmer mehr Platz, und er konnte für eine Minute die Tür hinter sich zumachen. Aber als Ralph die leicht geöffnete Tür weiter aufdrückte, sah er mindestens zwei Typen und ein Mädchen auf dem Bett, die sich herumwälzten und lachten. Ralph taumelte zurück und schloß die Tür.

Irgendwann später wachte Ralph von einem Tritt gegen sein Bein auf. Ein unbekanntes Mädchen lächelte auf ihn herunter. Ralph lag auf dem Boden in der Nähe der zwei zusammengeschobenen Doppelbetten. Die Musik pulsierte noch immer, und alles war genau wie vorher. Ralph stand auf, meinte einen Moment lang, das grün gedeckte Bett mit seinen inzwischen leeren Schalen und Tellern und dem Phallus-Symbol käme auf ihn zugerast, doch das Bett hielt an und Ralph stellte fest, daß er ziemlich aufrecht stand. Ben hielt Cassie eng umschlungen, und sie schwankten zwischen den Tanzenden.

Auch Georgie hielt Cassie umschlungen. Sie war eine schwarzweiß gekleidete, blondschöpfige Puppe zwischen den beiden, und sie wäre gefallen ohne ihre Unterstützung, wie Ralph sehen konnte. Er fühlte sich überlegen (vielleicht hatte ihm das kleine Nickerchen oder Blackout gutgetan), und er hatte das Gefühl, sich auf einer anderen, eigenen Ebene zu befinden.

»Bessere Ebene. Alles sind Ebenen«, murmelte er vor sich hin. Er wollte es jemandem in seiner Nähe sagen, aber alle schienen mit anderen Leuten beschäftigt zu sein. Sein *Vater*. Ja, zum Teufel, sein Vater war *hier* gewesen. Heute nacht. Auf *dieser* Party. Und sein Vater war weggegangen in nicht so guter Stimmung. Ralph erinnerte sich plötzlich an das blasse, schockierte Gesicht seines Vaters, als dieser zur Tür hinausgegangen war. Nicht gut.

Ralph glaubte brechen zu müssen, was sicher vom Wein kam. Am besten ins Bad, auf die Toilette, natürlich, und Ralph machte sich sofort auf zum Bad. Die Tür war nicht abgeschlossen, obwohl ein Junge und ein Mädchen drinnen waren und am Waschbecken lehnten, und plötzlich wurde Ralph wütend und schrie die beiden an, sie sollen verschwinden. Er hörte seine Stimme schreien und machte weiter, bis sie mit verdutzten Gesichtern langsam hinausgingen, und dann schob Ralph den Riegel vor. Er mußte nicht brechen, obwohl ihm einfiel, daß er mit diesem Vorsatz gekommen war.

»Ich bin auf einer anderen Ebene«, sagte Ralph mit ruhiger Stimme laut vor sich hin. Er fühlte sich ganz gut jetzt. Zielbewußt. Energiegeladen. Ernsthaft. »Ein Mann mit Vorsätzen.« Er öffnete das Badezimmerschränkchen über dem Becken und nahm heraus, was er suchte, nämlich den gemeinschaftlich benutzten Rasierer. »Ein Mann mit – Vorsätzen.«

Die nächsten paar Sekunden wurden für Ralph zu einem geographischen Trip. Er dachte an einen Flug, den er mit seiner Familie gemacht hatte – ja, mit Mom und Dad – über die Wüste zwischen Dallas-Fort Worth und Albuquerque. Violett scheinende seeartige Gebilde da unten, ausgetrocknete oder kaum gefüllte Seen, sich wie Schlangen windende Schluchten, ausgetrocknet vermutlich, da unten. Kleine Cañons. Wunderschöne Farben, gelbbraun und grün. Und jetzt rot. Rasierer durchschnitt die geschwollenen Flüsse und kam rot hervor. Wie bunt das war! Lustig. Gefährlich vielleicht, aber aufregend. Und absolut schmerzlos. Überhaupt kein Schmerz.

Ralph erwachte in horizontaler Lage, auf dem Rücken , mit ausgetrocknetem Mund. Und als er seine Arme zu bewegen versuchte, da konnte er es nicht, und einen Moment lang dachte er, er sei irgendwo gefangen. *Polizei*, vielleicht. Dann sah er, daß seine Hände, abgesehen von den Fingern, bis zur Hälfte der Unterarme hinauf dick verbunden waren, und jede schien eine Tonne zu wiegen. Er konnte sie nur bewegen, indem er sie rückwärts zerrte. Er war in einem Zimmer mit mindestens zehn Betten wie seinem, und über der Tür brannte ein trübes blaues Licht.

»Herrgott, ist das *wieder* ein Traum?« sagte Ralph mit angstvoller, überschnappender Stimme. Er sah sich noch einmal mit weit aufgerissenen Augen um.

Dann fiel ihm der Geruch auf: Medikamente, Desinfektionsmittel. Er war in einem *Krankenhaus*. Ohne Zweifel. Was war geschehen? Er versuchte, seine Beine zu bewegen, und stellte erleichtert fest, daß es ging. War es in der Kippe zu einer Schlägerei gekommen? Ralph konnte sich an keine erinnern. Was war das für ein Krankenhaus? Wo? Ralph war benommen – sicher hatten sie ihm hier ein Beruhigungsmittel gegeben –, aber sein Unwillen war größer als seine Müdigkeit, und sein Unwillen wuchs, während er sich umsah und weder eine Lampe fand noch einen Knopf, den er drücken konnte.

Also schrie er. »*He!* . . . Wo ist da jemand? . . . He–eh!«

Aus einem der Betten im Zimmer kam ein Stöhnen, aus einem anderen eine unverständliche Stimme. Die Tür öffnete sich und eine fahlweiße Gestalt mit einer weißen Haube kam geräuschlos herein.

»He!« sagte Ralph, doch etwas leiser.

»Sie müssen ruhig bleiben, bitte«, sagte das Mädchen. Sie hatte eine Taschenlampe, dünn wie ein Bleistift.

»Wo *bin* ich hier?«

Sie sagte ihm, er sei in dem und dem Krankenhaus in irgendeiner Straße auf der East Side. Und es war Sonntagnacht, Mitternacht, sagte sie als Antwort auf seine Frage.

Die Party hatte Samstagnacht stattgefunden, dachte Ralph. Und heute, ja, heute hatten sie in der Bronx einen Termin gehabt. Wo waren seine Freunde? »Muß meine Freunde anrufen«, sagte Ralph zu der Schwester und wand den Hals unter ihren Fingern. Sie versuchte, seinen Puls zu nehmen, aber Ralph hatte einen Moment lang gedacht, sie wolle ihn erwürgen.

»Sie können um diese Zeit niemand anrufen. Zwei Ihrer Freunde waren heute nachmittag hier. Ich mußte ihnen sagen, Sie schliefen und dürften nicht gestört werden.«

»Ah so – wie lange muß ich denn *hierbleiben*?«

»Vermutlich noch zwei Tage«, flüsterte die Schwester. »Sie haben eine Menge Blut verloren. Sie waren im Schock. Sie haben ein paar Transfusionen erhalten – und eventuell brauchen Sie noch mehr. Jetzt nehmen Sie das bitte.« Mit der Hand, in der sie zwischen den Fingern die

Bleistift-Taschenlampe hielt, reichte sie ihm ein Glas Wasser, auf der Handfläche der anderen lag eine größere rosafarbene Pille.

»Was ist – «

»Nehmen Sie das bitte. – Sie werden sich besser fühlen.«

Ralph würgte sie hinunter und schauderte, und als er die Augen öffnete, ging die Krankenschwester gerade zur Tür hinaus.

In den nächsten Sekunden wurden die Dinge etwas klarer. Er hatte sich die Pulsadern aufgeschnitten. Daran erinnerte er sich jetzt mit einem Anflug von Scham. Irgendwie doof, vielleicht. Es hatte eine Menge Schwierigkeiten verursacht. Blut auf dem Badezimmerboden. All die Leute! Und sein Vater war zu der Party gekommen! Ja, das war es, was Ralph so traurig, enttäuscht und ein wenig beschämt gemacht hatte. Aber *warum* sollte er sich schämen? Wessen sollte er sich schämen? Ralph spürte sein Herz schneller schlagen, angriffslustig, trotzig. Er und seine Freunde hatten eine *Party* gegeben, das war alles.

Die Pille traf ihn, als zische Musik auf seine Ohren. Wie elektronische Becken, mit leisen tiefen Trommeln im Hintergrund.

. . . and a zing-zing-zing . . .
and a wing-ding-ding . . .

und Ralph schlief.

Dienstag um die Mittagszeit kam er raus. Ben und Cassie kamen ihn abholen und spendierten ihm ein Taxi zur Kippe. Das Krankenhaus hatte Schwierigkeiten gemacht wegen der Rechnung, die sich auf über fünfhundert Dollar belief, und Ralph hatte ihnen Namen, Adresse und Telefonnummer seines Vaters gegeben. Als sie bei seinem Vater (unter der Privatnummer) angerufen hatten, war sein Vater nicht dagewesen, und Ralph war nicht auf die Idee gekommen, ihnen die Geschäftsnummer seines Vaters zu geben, die er nicht auswendig wußte, zumindest nicht im Moment. Ben und Cassie hatten Bier zuhause, und Ben ging gleich noch Pastrami-Brötchen holen, die es um die Ecke gab. Georgie war weg und gab eine Klavierstunde. Es war spitze, zuhause zu sein, und Cassie war ein Engel, mitfühlend, sanft, ließ ihn die Beine hochlegen, zog ihm die Schuhe aus und stopfte ihm Kissen hinter den Kopf.

»Du warst nicht der einzige, Ralphie, Liebster«, sagte Cassie. »Zwei Typen waren weggetreten und sind erst Sonntag *nachmittag* aufgewacht, und wir dachten, wir würden sie nie mehr los. Aber wir haben dreihundertzweiundsechzig *Dollars* eingenommen! Kannst du dir das vorstellen?«

Das klang gut, aber es war für die Miete, nicht für seine Krankenhausrechnung, und das Krankenhaus hatte Ralph ein Stück Papier gegeben, das wie eine Gefängnisstrafe oder zumindest wie eine ausgesprochen böse Drohung aussah, mit einer Zahlungsfrist, die Ralph vergessen hatte, aber es handelte sich um ein paar Tage, und er mußte mit seinem Vater reden.

Ralphs Vater hob das Telefon ein paar Minuten vor acht ab an diesem Abend. Ralph hatte geschlafen und fühlte sich besser, er war darauf gefaßt, daß ihm sein Vater kühl entgegentreten, war sogar darauf gefaßt, daß dieser sagen würde: »Um ehrlich zu sein, Ralph, ich will dich nie mehr sehen. Du bist jetzt ein erwachsener Mann«, usw. Oder: »Meine Augen wurden bei dieser Party geöffnet.«

Aber zu seiner Überraschung klang sein Vater ruhig und freundlich. Ja, Ralph konnte herüberkommen, sogar heute abend, wenn er wollte, aber nicht nach zehn, bitte.

Ralph rasierte und wusch sich so gut es ging. Seine Handgelenke waren natürlich immer noch verbunden, aber der Verband war leichter. Ralph wählte eine große, weite Plastikjacke in der Hoffnung, sein Vater könne die Verbände nicht sehen.

»Viel Glück, Ralphie«, sagte Cassie und küßte ihn auf die Wange. »Wir sind froh, daß du noch bei uns bist, und die Schallplatte können wir jederzeit aufnehmen.«

»Nimm es nicht so schwer«, sagte Ben. »Daß du mir nirgends zusammenklappst!«

Ihre Worte erinnerten Ralph an die blassen, rosafarbenen Flecken in den Ecken des Badezimmerbodens. Der Fußboden mußte furchtbar ausgesehen haben, und seine Freunde hatten die Flecken bis jetzt noch nicht ganz wegbekommen. Ralph nahm einen Bus, fand einen Sitzplatz und versuchte, langsam und Zen-mäßig zu atmen.

Sein Vater hatte einen weißen Klebeverband über die ganze Nase und bis auf die Wangen. Er nickte und hielt die Tür auf. »Komm rein, Ralph.«

Ralph ging hinein. »Was ist passiert?«

»Eine ganz dumme Sache. – Lächerlich.« Im Wohnzimmer jetzt schaute Steve Ralph an und lächelte. Wieder trug er Hausschuhe und hatte in einem Buch gelesen. »Hatte einen leichten Unfall – auf dem Heimweg von dieser Party. Einen ganz dummen Unfall. Ich habe in einer

Linkskurve zu scharf eingeschlagen – und bin fast frontal gegen ein anderes Auto geprallt. Auf der Third Avenue. Ganz und gar meine Schuld. Und ich bin mit der Nase gegen die Windschutzscheibe geprallt. Sie ist gebrochen.« Sein Vater lachte. Seine Schultern bewegten sich, aber das Lachen war stumm.

»Tut mir leid. Die Polizei –« Ralph dachte sofort an eine Anzeige wegen Trunkenheit am Steuer, aber wie konnte sein Vater betrunken gewesen sein?

»Oh! Nun ja, sie haben einen Alkoholtest mit mir gemacht und festgestellt, daß ich weit unter der Grenze lag. Reine Unachtsamkeit meinerseits, habe ich gesagt . . . Magst du ein Bier, Ralph?« Ohne auf eine Antwort zu warten, ging Steve in die Küche, um eines zu holen.

Ralph war schockiert. Sein Vater in so einem blöden Unfall! Und nüchtern! Ralph wurde klar: sein Vater war von dieser Party völlig verstört gewesen, alleine von dem, was er dort gesehen hatte. Ralph nahm seinem Vater die Bierdose ab. »Danke, Dad.«

»Und das?« Sein Vater hatte den Verband an Ralphs rechtem Handgelenk gesehen und schaute sofort auf das andere Handgelenk, dessen Verband von dem weiten blauen Plastikärmel nicht ganz verdeckt wurde.

»Ja, also – bei mir gab es auch einen kleinen Unfall. Nichts Ernstes.« Ralph schlürfte aus der Dosenöffnung und spürte, wie sein Gesicht warm wurde. Wenn es nicht ernst war, warum war er dann hier? Er war hier wegen einer Fünfhundert-Dollar-Krankenhausrechnung. Ralph sah seinem Vater unwillkürlich in die Augen und wurde sich der fest zusammengepreßten Lippen seines Vaters bewußt. Sein Vater wußte, was diese Verbände bedeuteten.

»In der Nacht der Party?« fragte Steve und griff nach seinen Streichhölzern.

»Ja«, sagte Ralph.

»Sie haben dich in ein Krankenhaus gebracht, nehme ich an. Ich habe gestern versucht, dich telefonisch zu erreichen. Ich bekam irgendeine dumme Antwort. Eine Männerstimme.«

Ralph schluckte trocken und trank noch etwas Bier.

»Mir hat niemand was gesagt.«

»Könnte es sein, daß du Geld brauchst für die Krankenhausrechnung?«

»Ja, genau. So ist es, Dad . . . Und sie waren ziemlich unangenehm im Krankenhaus. Ziemlich hartnäckig, meine ich.« Und die aufgeschnittenen Pulsadern, die Krankenhausrechnung, waren seine eigene Schuld, wurde Ralph klar. *Unnötig*. Ralphs Blick senkte sich auf seines Vaters weiße Strickjacke, auf die braunen Lederknöpfe. Die gebrochene Nase war auch ein Unfall gewesen, oder nicht? Ganz und gar unnötig. »Ich war ganz durcheinander –« Ralph zuckte die Achseln, konnte seinem Vater immer noch nicht in die Augen sehen. War sein Vater nicht auch durcheinander gewesen? War nicht jeder ab und zu einmal durcheinander?

»Du kriegst das Geld«, sagte sein Vater schließlich mit unterdrückter Stimme, als bezahle er einen Erpresser, den er nicht rauh anzufassen wagte.

Zumindest meinte Ralph dies zu spüren. Und er spürte es noch mehr, als sein Vater hinzufügte:

»Schließlich bist du ja immer noch mein Sohn.« Er ging zum Sekretär, wo er sein Scheckbuch aufbewahrte. »Wieviel ist es, Ralph?«

»Ein wenig über fünfhundert.«

»Ich schreibe ihn auf maximal sechshundert aus. Du kannst dann den Rest ausfüllen.« Sein Vater schrieb den Scheck, ohne sich hinzusetzen.

»Danke ... Tut mir leid, Dad«, sagte Ralph, als er den Scheck aus der Hand seines Vaters nahm.

»Soll ich sagen, es ist der letzte? Ich wollte, es wäre so.«

»Ich schwöre, ich –«

»Dein Leben widert mich an«, unterbrach sein Vater, »um ganz ehrlich zu sein.«

Jetzt starrte Ralph in die blauen Augen seines Vaters, als hätten sie ihn hypnotisiert. Der weiße Verband über der Nase und dem Gesicht, der komisch hätte sein können, wenn sie beide in einer anderen Stimmung gewesen wären, ließ Ralph jetzt an eine Gasmaske oder an eine Art Kampfausrüstung denken, was überhaupt nicht komisch war. Und Ralph fühlte sich geschlagen.

»Ich habe versucht – deiner Lebensweise etwas abzugewinnen, sie zu verstehen, wenigstens.«

Ralph sagte nichts. Er wußte, daß sein Vater es versucht hatte. Eines seiner Handgelenke pulsierte, und er schaute auf den Verband, um zu sehen, ob Blut durchgesickert war. Bis jetzt noch nicht. Ralph machte einen ungeschickten Schritt rückwärts, als wolle er gehen. »Ja, ich weiß ... Tut mir leid, Dad.«

Sein Vater nickte, aber es war kein bestätigendes Nicken, eher hoffnungslos, resigniert und ziemlich müde. »Komm nicht mehr – wenn es sich vermeiden läßt.«

Ralph biß sich auf die Unterlippe, wollte reden, fand keine Worte. Es ärgerte ihn, wie ein Landstreicher abgefertigt zu werden, mehr oder weniger gesagt zu kriegen, er solle nicht wiederkommen und um Almosen betteln. Jetzt stand er da wie ein Ölgötze, wortlos, nicht einmal fähig, seine Wut zusammenzukriegen, und Wut verspürte er. Ja. Ralph wollte »Ja« schreien, als eine große Bestätigung, als ein großes Okay für sich selbst, doch seine Lippen öffneten sich kaum. Dann drehte er sich um und ging mit langen Schritten auf die Tür zu, öffnete sie und ging hinaus und schloß die Tür fest hinter sich, doch er schlug sie nicht zu.

Der Kampf war nicht vorbei, das wußte Ralph.

Der Traum der Emma C.

Sam, neunzehn Jahre alt und der jüngste der Crew, stand am Ruder, als er einen weißen Fleck im blauen Wasser erblickte, etwa eine halbe Meile voraus und leicht nach Backbord. Eine einzelne Möwe, dachte er, die auf dem sommerlichen Meer schaukelt, ganz für sich. Die *Emma C.* fuhr auf Nordkurs in der Bucht von Cape Cod und die Küste mit den weißen Häusergruppen, die die Städte kennzeichneten, war rechts von Sam deutlich zu sehen. Der Makrelenfang heute früh war spottschlecht gewesen, so daß Captain Bif Haskins beschlossen hatte, es nochmal mit einer anderen Stelle zu versuchen, bevor sie abdrehten zur Heimkehr. Der Rest der Crew, vier Mann plus Bif, saß jetzt in der Kombüse beim zweiten Frühstück aus Kaffee und Krapfen.

Als Sam noch einmal zu der weißen Möwe hinüberblickte, sah sie rund aus, wie ein Wasserball. Das war keine Möwe. Sam hatte gute Augen und blickte scharf hin. Ein Schwimmer war das! So weit hier draußen, mindestens zwei Meilen vor der Küste! Ob der Mann etwa tot war und nur dahintrieb?

»Heeh!« schrie Sam und warf das Ruder herum, so daß die *Emma C.* jetzt geraden Kurs auf den weißen Fleck nahm. »Heeh – Louey! *Johnny!*«

Schwere Schritte polterten über das Deck, dann erschien

Chuck an der Backbordseite des Ruderhauses. »Was 'n los?«

»Da schwimmt einer. Sieh doch!«

In Sekunden waren alle zur Stelle und blickten hin. Bif holte sein Fernglas aus einem kleinen Fach hinter dem Ruder. Er verkündete, das Gesicht unter der weißen Kappe sei das eines Mädchens.

»Ein *Mädchen*?«

Das Glas wurde herumgereicht.

»Ich kann ihre Augen sehen!«

»Die bewegt sich gar nicht. Wenn sie tot wär, dann wären ihre Augen offen!«

»Hat'n blauen Badeanzug an«, berichtete Chuck.

Sam warf eilig einen Blick durch das Glas, das er mit einer Hand hielt. »Sie ist erschöpft vom Schwimmen. Holt mal eine Decke her!«

Louey, der untersetzte Halb-Portugiese, ließ auf Captain Bifs Geheiß die Jakobsleiter herab. Die Leiter schleppte in der See. Sie waren jetzt ganz nahe. Das Mädchen trieb auf dem Wasser und machte keine Bewegung mit Armen oder Beinen, als sei sie zu müde für jede Anstrengung. Aber die Augen standen offen, ein wenig. Louey war zuerst die Leiter herunter. Sam hatte den Motor gedrosselt. Nach Louey kam John, groß und etwas älter als Sam.

Louey, grapschte, naß bis an die Oberschenkel, und bekam das Mädchen am rechten Ellbogen zu fassen. Alle hörten, wie sie leicht stöhnte. Sie war zweifellos am Leben, aber so erschöpft, daß ihr Kopf nach vorn sackte, als Louey sie an beiden Armen hochhob. Johnny zog Louey heran. Bereitwillige Hände faßten die Hände des

Mädchens, dann ihre Hüften und Füße, und vier Paar Hände ließen sie behutsam auf die rauhe olivengrüne Decke sinken, die jemand an Deck ausgebreitet hatte.

Sie war blaß, nur an den Schultern und Armen leicht rosig, und nicht sehr groß, die Brust war voll, unter der schmalen Taille rundeten sich Hüften wie die einer Meerjungfrau, aber eine Meerjungfrau war das nicht. Sie hatte kleine, graziöse Füße, Beine und alles andere.

»Tee! Heißen Tee!« sagte Captain Bif. »Und dann geben wir am besten gleich die Meldung an die Küstenwacht.«

»Kaffee geht schneller, Bif!« Chuck trabte los.

Sam zog ihr die weiße Kappe aus dem Gesicht, ganz behutsam, um sie nicht am Haar zu reißen. Sie war sehr blond. Die Lippen waren bläulich-bleich, die Zunge hellrot, die Spitze fuhr am Rand der weißen Zähne entlang.

»Ist die *hübsch*!« flüsterte einer in ehrfurchtsvollem Ton.

»Kaffee, Ma'am?« Chuck hielt ihr die dicke weiße Tasse an die Lippen. Er kniete, ebenso wie Louey, der sie stützte und ihr die Decke um die Schultern hielt.

»Am-m«, murmelte sie und trank einen kleinen Schluck.

»Woher sind Sie? . . . Ist Ihnen kalt? . . . Wie sind Sie so weit hier rausgekommen?« Die Fragen kamen schnell.

Die blauen Augen waren kaum geöffnet. »Eine Wette –«

»Was dachten Sie, wohin Sie schwimmen?«

»Nun mal Schluß, allesamt!« sagte Sam, als ob er der

Captain wäre. »Sie braucht jetzt eine Koje zum Ausruhen. Meine kann sie haben. Hilfst du mir mal, Louey?« Sam war im Begriff, sie in der Decke nach unten zu tragen.

»*Meine* Koje!« sagte Chuck. »Meine hat 'n Laken drauf, seit heute morgen.«

Jeder bot seine Koje an – es gab nur vier, unter dem Vordeck verstaut –, aber man einigte sich auf die von Chuck mit dem Laken. Chuck strahlte, als habe er eine Braut gewonnen, und folgte Louey und Sam, die das Mädchen ins Logis trugen. Chuck warf einen Blick über die Schulter, als wolle er zu den übrigen drei Männern, darunter dem Captain, sagen: »Haltet ja Abstand!«

Das niedrige Logis hatte zwei Kojen auf jeder Seite, eine über der anderen. Die Crew pennte manchmal schichtweise, aber sie waren fast nie die ganze Nacht draußen. Ab und zu kam es vor, daß ein Mann sich ein Bettlaken von zu Hause gönnte, das er zwischen die Decken legte, und zufällig konnte Chuck gerade heute mit so einem Laken aufwarten, was er als Glücksfall ansah. Er packte die Decke fest um die Füße des Mädchens und vergewisserte sich, daß ihre Schultern zugedeckt waren, denn die Haut war kalt.

»Wie Dornröschen«, sagte Chuck leise.

»Müßten wir ihr nicht den nassen Badeanzug ausziehen, Chuck?« fragte Sam.

Chuck runzelte die Stirn und überlegte. »Äh – ja, aber das sollten wir ihr selber überlassen. Noch 'n bißchen warten, meinst du nicht? – Wird Ihnen jetzt wärmer, Miss?«

Die Augen des Mädchens waren wieder offen. Die Lippen öffneten sich leicht, aber sie sagte nichts.

Sam ging hinaus und kam mit einer zugekorkten Weinflasche zurück, die er in ein Handtuch wickelte. »Heißes Wasser vom Herd«, sagte er zu Chuck und legte die Flasche vorsichtig an die Füße des Mädchens, innerhalb der Decke, aber außerhalb des Lakens.

Louey war fort, Bif hatte ihn abgerufen. Filip, zwanzig Jahre alt, häßlich und schüchtern, blickte neugierig die Luke hinunter auf das Mädchen in der unteren Steuerbordkoje.

»Komm, wir lassen sie jetzt erstmal in Ruhe«, sagte Chuck. Sam stand neben ihm, und Chuck knuffte ihn mit dem Ellbogen so hart in die Rippen, daß Sam zusammenfuhr. »Und keine Dummheiten, Junge. Laß sie in Ruhe.«

Sam blickte den Älteren böse an. »Dummheiten – *ich*?«

Die *Emma C.* tuckerte weiter nordwärts in der Bucht von Massachusetts, aber langsamer als zuvor, fast träumerisch, als habe die Anwesenheit des Mädchens nicht nur die sechs Männer, sondern auch die Maschine verzaubert. Captain Bif stand am Ruder und kaute nervös an einer ausgegangenen Zigarre, den Blick nach vorn gerichtet auf das vertraute Wasser und auf das schwindende Kap auf der rechten Seite. Er hatte nach Provincetown gefunkt und eine Beschreibung des Mädchens durchgegeben, blond, etwa zwanzig Jahre; er hatte gesagt, sie sei noch zu müde, um zu sprechen, scheine aber nicht verletzt und werde vermutlich bald wieder in Ordnung sein. Nach den Angaben des Funkers in Provincetown war kein Mädchen dieser Beschreibung als vermißt gemeldet worden. Und wo wollte er nun hin? Sie hatten das Recht, überall hier ihr Glück zu versuchen, näher zur Küste und weiter nordwärts, sie konnten die Netze zu Wasser lassen, einen Fang machen und den Laderaum füllen, oder es versuchen, bevor sie nach Wellfleet, ihrem Heimathafen, zurückkehrten. Aber Bif merkte, es war ihm völlig egal, ob sie heute noch einen Fang machten oder nicht. Und der Crew ging es ebenso, das wußte er. Wo war das Mädchen her? Wie hieß sie? Eine Schönheit war sie, weiß Gott. Phantastisch, sowas aus dem Meer zu ziehen! Es war wie eine tolle Story, eine Geschichte, die sich amüsant anhörte, die aber nicht zu glauben war. Er und seine Leute würden sie behandeln, wie es sich gehörte. Bei dieser Gelegenheit mußten sie alle Gentlemen sein. »Gentlemen«, murmelte Captain Bif mit einiger Befriedigung vor sich hin. Ja, dafür würde er sorgen. »He, Sam!« rief er laut über die Schulter.

Sam, der auf dem Achterdeck mit dem Ordnen von Netzen beschäftigt war, ließ die Arbeit fallen und kam zum Ruderhaus.

»Kurs halten«, sagte Bif.

»Yessir.« Sam übernahm das Ruder, und nach etwa einer Minute drosselte er das Tempo ein wenig. Heute war ein besonderer Tag. Heute wollte Sam keinen toten oder sterbenden Fisch mehr sehen. Sam hatte zwei Jahre College absolviert, dazu gehörten sechs Monate auf dem Schulschiff *Westward*, das außerhalb von Woods Hole, Massachusetts, operierte; das hatte ihm Pluspunkte in den nautischen und meereswissenschaftlichen Fächern eingebracht. Sam wollte Ozeanograph werden. Auf der *Emma C.* hatte er für die Sommerferien einen Ein-Monats-Törn übernommen. Auf der *Westward* war er durch die Karibik und entlang den Küsten von Florida gekreuzt, sie hatten nachts phosphoreszierende Quallen und Schwärme von hübschen springenden Tümmlern gesehen, aber niemals etwas so Seltsames, Überraschendes und Wunderschönes wie das stille Mädchen, das die See ihnen heute aus dem Nichts heraufgeholt hatte.

Chuck stand an der Luke zum Logis, als Bif herankam, offenbar in der Absicht einzutreten. »Sie ist okay, Bif. Schläft gerade.«

»Gut. Ich wollt mich mal rasieren – kann ich ja ganz leise machen. Sag mal Filip, er soll mir 'n Topf heißes Wasser bringen, ja, Chuck?«

Gewöhnlich machte sich Bif an Bord nicht die Mühe, sich zu rasieren. Chuck schob die Luke etwas zur Seite, sah, daß das Mädchen offenbar schlief, und legte den Zeigefinger an die Lippen, um Bif zu bedeuten, er solle leise sein. Dann blickte sich Chuck nach Filip um und sah, daß er auf dem Achterdeck kleine tote Fische zusammenkehrte. Er gab Bifs Anweisung weiter und ermahnte Filip, leise zu sein, wenn er ins Logis hereinkam, weil das Mädchen schlief. Dann überlegte er und beschloß, Filip den Topf, wenn er ihn brachte, selber abzunehmen. Filip trabte los und feixte. Es hing zwar ein Spiegel an der Wand zwischen den Kojen, aber hätte Bif sich nicht auch in der Kombüse rasieren können?

Dann schrie eine Stimme: »Der Satan soll dich holen, Filip!«

Ein dumpfer Aufprall, blechernes Scheppern, und Chuck sah, wie Filip rückwärts aus der Kombüse taumelte und mit dem Kopf auf die Reling prallte. Louey stand mit geballter Faust über ihm, dann hob er den Topf auf und ging damit in die Kombüse. Filip setzte sich auf, der Kopf blutete. Sein Drillichhemd war am Rücken schnell durchtränkt von Blut.

Chuck nahm den Jungen beim Arm und half ihm auf die Füße.

Von der Backbordtür des Ruderhauses warf Sam einen Blick nach hinten und erkannte, was geschehen war. Er hatte auch einen Teil der Unterhaltung gehört. Sie hatten beide das heiße Wasser zu Bif in die Kabine bringen wollen. Sam lächelte und lenkte das Boot ein wenig nach Steuerbord, auf den offenen Atlantik zu. An Steuerbord passierten sie gerade Race Point und die Spitze von Cape Cod.

Louey brachte den Topf mit heißem Wasser und starrte auf das schlafende Mädchen herab, bis Bif ihn hinausschickte. Dann meldete Chuck Filips Unfall und sagte, Filips Kopfwunde müsse genäht werden. Bif fluchte halblaut.

»Ich kümmere mich schon darum«, sagte Bif. Er wußte, das Nähen machte er selber am besten, weil er es schon oft gemacht hatte. »Sag Filip, er soll sich irgendwo hinlegen – nicht hier –, bis ich mit Rasieren fertig bin.«

Chuck ließ Filip sich an Deck hinlegen, den Kopf im Schatten. Er hatte eine Platzwunde von fast neun Zentimetern. Captain Bif erschien mit einer halben Flasche Whisky, einer Flasche medizinischem Alkohol und seinem Kästchen mit Gaze, Pflaster, Nadel und Schere. Er gab Filip einen kräftigen Schluck Whisky, um ihm Mut zu machen, denn der Junge war den Tränen nahe; und als keiner hinsah, nahm er selber auch einen Schluck. Bif war ziemlich streng, was Alkohol an Bord anging; ein Glas Wein oder Bier, das ging an, aber keine harten Sachen, egal wie das Wetter war.

Dann erwachte das Mädchen, und in der Kombüse gab es ein großes Palaver, was man ihr wohl zu essen geben könnte.

»Suppe«, sagte Johnny, denn gestern mittag war eine Menge Suppe übriggeblieben, aber einer bemerkte, Johnny habe Fischstücke hineingeworfen, der Schwachkopf, und mit der Suppe könne man jetzt keinen Hund mehr füttern. »Wenn dir meine Küche nicht paßt –«, begann Johnny und hielt Chuck die geballte Faust entgegen, weil der ihn Schwachkopf genannt hatte. Das war stehender Witz oder Drohung an Bord: keiner wollte kochen auf der *Emma C.*, wer also das Essen kritisierte, lief Gefahr, auf der Stelle zum Koch ernannt zu werden.

Auch Chuck hatte die Fäuste geballt. »Ich meinte bloß – diese Fischsuppe, diese Dreckssuppe ist nicht das Richtige für sie! Rühreier, das wär viel besser!« Seine rechte Faust schoß vor, wie von einer Feder losgelassen, und traf Johnny in die Magengrube.

Johnny ächzte, und eine Sekunde später krachte er eine Rechte auf Chucks Kinnlade. Chuck taumelte und stolperte – zum Glück, denn so fiel er auf Deck und nicht über die niedrige Reling ins Meer. Chuck schüttelte den Kopf und stand auf, schob Bif von sich und traf Johnny noch einmal mit einer Linken unter die Rippen, eine Rechte auf die Kinnlade folgte und schlug Johnny zu Boden. Beide Männer waren groß und gleich stark. Johnny stand nicht auf.

»Jetzt aber Schluß!« sagte Bif. »Das reicht, verstanden? Hier hab *ich* das Sagen . . . Wir haben doch noch eingefrorene Steaks, was? Mach du ihr mal ein Steak, Chuck. Schaffst du das?«

Chuck stand hoch aufgerichtet, obgleich die Lippe blutete. »Mir geht's prima, Cap'n.« Er ging zur Kombüse und trat dabei über Johnny hinweg, als sei Johnny nichts als ein zusammengerolltes Tau.

Filip zuckte, als Bif auf dem ungeschickt rasierten Kopf den Verband mit Pflaster befestigte. Filip wußte, er war das letzte Würstchen auf der *Emma C.*, ein Junge, der nicht mal groß genug war, um irgend jemand zu imponieren. Aber Louey war auch nicht größer, nur schwerer, und Filip schwor Rache.

Captain Bif befahl Louey, den Kombüsenboden auf Händen und Knien mit Eimer und Scheuerlappen zu putzen, als Strafe für seinen Angriff auf Filip, und Louey machte sich an die Arbeit. Louey war neugierig auf das Mädchen. Hatte sie den nassen Badeanzug ausgezogen? Was konnte er bloß mal tun, um sie zu bedienen? Als Chuck dem Steakteller noch frischgebratene Kartoffeln hinzufügte und ein Glas Milch auf das Tablett stellte, sagte Louey daher: »Ich würd das gern zu ihr reinbringen, Chuck – – Sir.«

Chuck lachte auf. »Das kann ich mir vorstellen, Junge! Ich mach das selber. Mach du mal hier deine Arbeit weiter.« Chuck tauchte ein Wischtuch in den Topf mit heißem Wasser auf dem Herd, fuhr sich damit über Lippen und Hände und nahm das Tablett auf. »Gangway!« sagte er, als er an Deck trat. Die Luke war zu, und er klopte mit dem Fuß dagegen. »Hallo, Miss! Darf ich –« Mit einem Blick scheuchte er Johnny weg, der jetzt auf den Füßen stand, sich aber links die Kinnlade hielt, als ob sie schmerze. Johnny wollte die Lukentür zurückschieben.

»Ja – mm – was ist?« kam eine Stimme von drinnen. Auf ein Nicken von Johnny öffnete Chuck die Luke.

Chuck ging mit dem Tablett die Stufen hinunter.

Das Mädchen saß aufrecht und hatte das Laken bis fast zu den Schultern hochgezogen. Chuck sah sofort, daß sie den blauen Badeanzug ausgezogen hatte, er lag nämlich neben der Koje auf dem Fußboden.

»Entschuldigung, Ma'am. Kleinigkeit zu essen. Geht's Ihnen besser?«

Sie lächelte ihn an. »O ja, sicher. Ich glaube nicht, daß ich verletzt bin.«

Chuck sah sie an und dachte an den blassen Körper, glatt und makellos. »Ja – nicht mal ein Kratzer, soviel ich weiß. Geht das so?« Er wollte ihr das Tablett auf die Oberschenkel stellen, als ihm einfiel, daß ihr dann das Laken von den Schultern fallen würde, und er hatte eine großartige Idee. »Halten Sie das mal einen Moment.« Er stellte ihr das Tablett auf den Schoß, ließ sich auf die Knie nieder und zog eine Schublade aus der Seite der Koje. Darin hatte er mindestens noch ein sauberes Hemd, außer Wollsocken und verschiedenen Unterhosen und T-Shirts. Jetzt fand er das rot und weiß karierte Flanellhemd, das er suchte. »Hier – das ist warm. Das brauchen Sie – Wärme.«

Das Mädchen streckte einen Arm aus, Chuck reichte ihr das Hemd und drehte sich sofort um. Dadurch erblickte er

Johnny und ebenso Bif, die durch die offene Luke herunterschauten. »Was steht ihr da oben und glotzt!« rief Chuck laut und stellte sich an den Fuß der Treppe, wodurch ihnen die Sicht genommen wurde. Zwischen Bif und Johnny versuchte nun auch noch Louey, einen Blick nach unten zu erhaschen.

»Dachte, sie braucht vielleicht noch was«, sagte Johnny. »Ketchup?«

Chuck war zu verärgert, um zu antworten, und drehte ihnen den Rücken zu. Das Mädchen knöpfte sein großes Hemd über der Brust zu, und dann griff sie zu Messer und Gabel. Sie schob sich ein Stück Fleisch in den Mund, lächelte Chuck zu und kaute mit Appetit.

»Salz, Miss? Ist es gut so?« Chuck hatte das Steak gesalzen.

»Prima. Gut, wirklich.«

Chuck blickte nach oben und sah, wie eine einzelne Gestalt, Louey, weghuschte. Chuck streckte den Arm aus und schob die Luke fest zu. »Würden Sie mir Ihren Namen sagen?«

»Natalie.«

Natalie. Der Name ließ Chuck an Dinge denken, die aus dem Meer kamen, Perlen und hübsche Korallen, rosa und rot. Er merkte, daß er nicht danach fragen wollte, wo sie wohnte. Wäre es nicht fabelhaft, wenn sie für immer hier in seiner Koje bleiben könnte, ihm zulächeln würde, und er könnte sie bedienen und ihr jeden Wunsch von den Augen ablesen? »Jetzt kriegen Sie schon wieder 'n bißchen Farbe, Miss.«

Sie nickte und nahm einen Schluck Milch.

»Würde es Sie wohl stören, Natalie, wenn ich mich hier rasiere? Das ist hier der einzige Spiegel an Bord – und ich hab's wirklich nötig.«

Sie sagte, es würde sie nicht stören, und Chuck öffnete die Luke und schrie: »Koch!«

Filip, mit verbundenem Kopf, erschien als erster.

»Topf heißes Wasser zum Rasieren, Filip. Schaffst du das?«

Filip blickte an Chuck vorbei auf das Mädchen. »Klar. Kommt sofort.« Er verschwand.

Chuck holte sein Rasiermesser aus der Schublade und schärfte es an dem Lederriemen, der neben dem Spiegel hing. Er hörte einen Aufschrei vom Deck, eine zornig schnauzende Stimme, und Bifs lauten Warnungsruf.

»Gottes *willen*!« sagte Bif.

»*Der* hat mir nichts zu befehlen, der Scheißkerl!«

Chuck stieg ein paar Stufen hinauf, öffnete die Luke und blickte hinaus. Louey lag auf dem Backborddeck vor der Küche. Bif fühlte ihm den Puls, und Filip stand mit gespreizten Beinen dabei, einen Belegnagel in der rechten Hand.

Louey war tot. Das erkannte Chuck an der Art, wie Bif sich aufrichtete, aus der Art, wie er sich das Kinn rieb. Ruhig schloß Chuck die Luke. Louey mußte Filip gebeten haben, ihn das heiße Wasser tragen zu lassen. Irgend sowas, und Filip hatte Louey die Quittung erteilt für die Platzwunde am Kopf. Jetzt kam also ein Seemannsbegräbnis. Oder nicht –?

Das Mädchen hatte die Augen wieder geschlossen. Sie hatte lange goldene Wimpern. War sie wohl zwanzig?

Oder noch jünger? Ihre feingliedrigen Hände und schmalen Handgelenke ruhten außerhalb der Decken, neben dem Tablett. Sie hatte das Steak fast aufgegessen.

Eine Minute später brachte Filip mit zitternden Händen einen Topf mit dampfendem Wasser. Chuck nahm es ihm durch die Luke ab und fragte nichts, stellte den Topf auf eine Treppenstufe und schloß die Luke sofort.

Am Ruder der *Emma C.* hatte Sam Wicker ein Gedicht verfaßt. Drei Versuche hatte er gemacht auf dem liniierten Zettelpapier, das auf dem Regal vor dem Steuerrad lag, und er hatte einige Zeit dazu gebraucht.

Ich hielt Ausschau nach springenden Fischen
Und aufgerührten Wassern, die Aktion verheißen,
Das Senken der Netze,
Wirbel von Winschen und zappelnden Tod.
Doch dann schwamm friedlich auf
Des Meeres blauem Angesicht
Ein lieblicherer Fang.
Wir zogen ihn sacht an Deck
Gleich wie Korallen, die zerbrechen könnten.
In scheuem Schweigen blickten wir dich an,
Ein Mädchen, schön, jung und vollkommen,
Geboren aus der See!
Müßen wir, muß ich noch weiter Ausschau halten?
Wir haben unsern Fang, und wie sie schläft,
Umfängt uns paradiesisch Frieden.

Sam hatte cben die letzte Zeile abgeschrieben, als Loueys Todesschrei die Luft zerriß. Sam hatte gerade selber am Ruder einen Schrei der Erleichterung ausstoßen wollen; jetzt beobachtete er in starrem Staunen die Szene am Backborddeck. Louey wurde mit einer Segeltuchplane zugedeckt. Hatte Filip das getan? Sam wußte das mit Filips eingeschlagenem Kopf. »Johnny!« rief Sam, und als Johnny mit gerunzelter Stirn heranstapfte, machte Sam eine Kopfbewegung zum Ruder hin und sagte: »Übernimm mal, ja? Ich bin schon sehr lange hier.«

Langsam und wortlos trat Johnny ins Ruderhaus.

Sachte schob sich die *Emma C.* nordostwärts, im Kriechtempo. Normalerweise hätte Captain Bif angeordnet, wer am Ruder zu stehen habe, oder er hätte das Ruder selbst übernommen, aber der Tag heute war ganz anders. Sam sagte nichts und beobachtete. Chuck, mit geschwollener Lippe und Kinnlade, aber frisch rasiert, stand an Deck und unterhielt sich sehr ernst mit Bif. Filip stand nahe dabei, an die Aufbauten gelehnt, sein Kopfverband glänzte weiß in der Sonne. Filip kam aus der Gosse, dachte Sam. Wie Louey. Louey war etwas besser gewesen, er hatte eine Familie in Truro, aber Filip war eher ein Straßenbengel. Komisch, sich vorzustellen, daß Filip wegen Mord oder Totschlag vor Gericht kam; darüber sprachen Captain Bif und Chuck gerade.

»Unfall . . .« sagte Bif jetzt. »Ausgerutscht und den Kopf angeschlagen, hörst du? *War* ja auch die Todesursache, Gehirnerschütterung – der Schlag mit dem Belegnagel . . .« Dann erblickte Bif Sam und winkte ihn zu sich.

Sie gingen in die Kombüse, Bif öffnete ein Schubfach und nahm eine volle Flasche Whisky heraus. Alle tranken, unverdünnt. Sam zog eine Grimasse, aber er leerte sein Glas.

»Du sagst nichts, verstanden, Sam?« sagte Bif. »Nur wenn du gefragt wirst. Und dann sagst du, Louey ist über ein Tau gestolpert, hingefallen und mit dem Kopf aufgeschlagen.«

»Drehen wir heute abend noch ab, nach Wellfleet?« fragte Sam.

»Heute abend? – Heute abend«, wiederholte Bif träumerisch und schenkte sich stirnrunzelnd einen weiteren Drink ein.

Sam fühlte nach seinem Gedicht, das er gefaltet und in die hintere Tasche seiner Arbeitshose gesteckt hatte. »Ist das Mädchen wieder in Ordnung?« fragte er beide, Chuck und Bif.

Chuck sah ihn herausfordernd an. »Na klar, der geht's prima. Warum auch nicht?«

Es war jetzt nach drei, und das Mittagessen hatten sie alle vergessen. Sam schüttelte den Kopf, als ihm ein zweiter Drink angeboten wurde, und ging hinaus an Deck. Er zog das Gedicht heraus, blickte auf das offene Blatt und ging dann nach vorn zum Logis. Er klopfte so leise an die Luke, daß das Mädchen davon kaum erwacht wäre, wenn sie geschlafen hätte.

»Ja? Herein«, sagte die Stimme des Mädchens.

Sam war plötzlich erleichtert, er lächelte und schob die Luke auf. Ein Sonnenstrahl lag gerade über dem Kopf des Mädchens und erhellte das blonde Haar wie einen Heiligenschein. Ihre Lippen und Wangen waren jetzt von natürlichem rosigem Ton.

»Ich wollte fragen, wie es Ihnen geht, und ob ich irgendwas für Sie tun kann.«

»Danke schön, es geht mir viel besser. Ich bin –«

»Was hast *du* denn hier zu suchen?« Chuck packte Sam von hinten am Arm.

»Was soll – laß mich *los*, Chuck!«

»Raus mit dir, Sammy boy.« Chuck schob sich an Sam vorbei und kam ein paar Stufen herunter.

»*Ich* hab das Mädchen gefunden!« sagte Sam. »Ich hab ein Gedicht, das will ich ihr geben.«

»'n Gedicht!« Chuck lächelte und winkte Sam zurück.

In Sams Augen sah Chuck glatt wahnsinnig aus. Um sich zu verteidigen, machte Sam aus der rechten Hand eine Faust. »Also, Chuck, ich weiß gar nicht – –«

Chuck sprang an Deck, und ein Schlag links in Sams Rippen ließ ihn verstummen. Sam schlug die Faust gegen Chucks Brust, was den größeren Mann kaum erschütterte. Dann versetzte Chuck ihm einen Tritt, und Sam fiel auf das Deck.

Das Mädchen sagte etwas in protestierendem Ton. Chuck unterbrach sie mit: »Ich will nicht, daß diese Affen hier reinkommen!«

Etwas atemlos und wuterfüllt kam Sam auf die Füße. Affen –? Was hatte Chuck im Sinn? »Wenn du hier was vorhast – mit diesem *Mädchen* –«

Chuck schob ihm die Luke vor der Nase zu.

Zitternd faltete Sam sein Gedicht zusammen und steckte es wieder in die Tasche. Er ging zu Captain Bif, der in der Kombüse am Tisch saß und weitertrank, und sagte mit so heiserer Stimme, daß sie gar nicht wie seine eigene klang: »Chuck ist im Logis unten, der hat was vor, glaube ich, Sir. Vielleicht sehen Sie besser mal nach.«

»Waas?« sagte Bif ungläubig, stand aber nicht auf.

»Ich kann da nichts machen. Er ist *über* mir.« Sam meinte, Chuck sei der Ranghöhere, kam gleich unter Bif.

Captain Bif kam heraus, ging an Loueys zugedeckter Leiche vorbei, und Sam stand, die Füße in den Turnschuhen gespannt, an Deck und sah zu. Bif klopfte und rief etwas. Das Logis war etwa vier Meter entfernt von Sam.

Chuck öffnete die Luke etwas, und Bif sagte: »Alles in Ordnung, Chuck?« und Chuck erwiderte etwas mit den Worten ». . . beschütze das Mädchen . . .«

Sams Zorn stieg. Sagte Chuck die Wahrheit? Chuck war ein rüder Kunde, fast dreißig, in einer Augenbraue hatte er eine Narbe, und auf dem rechten Unterarm war eine nackte Frau tätowiert. Konnte Chuck vielleicht ein Gedicht machen? Erbittert spuckte Sam über die Reling und blickte wieder zum Logis hinüber. Bif mußte Chuck einen Befehl gegeben haben, denn Chuck kletterte die Treppe hinauf und kam an Deck. Sam ging, ohne ihn anzusehen, an Chuck vorüber zum Vorschiff, zog seinen Kugelschreiber heraus und schrieb in kleiner Schrift über das Gedicht:

Ich bin der, der Sie im Wasser gesehen
hat. Ich habe dies für Sie geschrieben.
Alles Liebe Sam.

Einen Augenblick brannten seine Augen vor bitteren Tränen. Sam blickte sich um und sah niemand außer Bif, der am Ruder stand. Das Logis war nahe. Sam klopfte eilig an die Luke und sagte: »'zeihung, Miss, darf ich Ihnen etwas geben?« Er hörte eine leise Antwort, die er nicht verstand, aber es war keine Zeit zu verlieren, deshalb öffnete er die Luke, rutschte fast die Stufen hinunter und hielt dem Mädchen in der unteren Steuerbordkoje das zusammengefaltete Papier entgegen. »Bitte nehmen Sie!« Er schob es ihr in die Hand. Als er die Stufen wieder hinaufklomm, sah er Chuck vom Backborddeck kommen.

»Sieh mal einer an! – Stielauge!« sagte Chuck und machte einen Satz auf die Luke zu, als wollte er nachsehen, ob Sam das Mädchen umgebracht oder ihr sonstwas angetan hatte.

Sam wartete angespannt, um zu sehen, ob der Schweinehund Chuck das Gedicht von dem Mädchen verlangen würde.

»Es ist doch bloß ein Stück Papier!« hörte er sie sagen, »Ich will das lesen.«

Sam atmete tief auf und lächelte so befriedigt, als habe er Chuck an Deck zu Boden geschlagen. Langsam ging er an Backbord. Er war glücklich. Da hinten war Johnny, er spülte Wasser in Eimern über die Seitenwand. Johnny war offenbar dabei, die Toiletten, soweit man davon reden konnte, etwas aufzumöbeln. Sam wollte lachen, aber er grinste nur durch nervös zusammengepreßte Zähne. Ob dem Mädchen sein Gedicht gefiel? Worauf nahmen sie jetzt Kurs, und warum? Captain Bif am Ruder kaute immer noch auf seiner alten nichtangezündeten Zigarre. Sam wußte, der Captain hatte eine Frau in Wellfleet. Woran dachte Captain Bif jetzt? Bif hatte zu Sam gesagt, er habe wegen des Mädchens einen Funkspruch nach P'town aufgegeben. Das Mädchen würde ihnen gewiß ihren Namen nennen und wo sie wohnte. Hatte sie das Chuck vielleicht schon gesagt?

Sam war plötzlich hungrig und trat in die Kombüse, über Filips Rücken hinweg. Filip war dabei, langsam den Fußboden zu scheuern. Sam schnitt sich einen Kanten aus dem orangefarbenen Käse ab, den sie Rattenkäse nannten, und blieb kauend stehen. Der alte Linoleumboden der Kombüse hatte noch nie so sauber ausgesehen. Blut war durchgesickert in Filips weißem Verband, und während Sam ihn betrachtete, sackte Filip ohnmächtig zusammen und ließ die Scheuerbürste fallen. Sam streckte ihn aus und legte ihm ein Handtuch, das er mit kaltem Wasser befeuchtet hatte, auf die Stirn. Filips Gesicht war bleich.

»Du kommst schon in Ordnung«, sagte Sam. »Du hast genug getan. Der Fußboden sieht fabelhaft aus.«

Im Logis hatte Chuck sich sagen lassen, daß das Mädchen mit Nachnamen Anderson hieß und daß sie in Cambridge wohnte. Ihr Vater war Professor für Geschichte. Sie hatte mit Freunden eine Zeltfahrt unternommen, und an dem Morgen gegen neun Uhr war sie schwimmen gegangen mit der Absicht, zu einem bestimmten kleinen Kap oder Vorsprung zu schwimmen (Chuck glaubte zu wissen, was sie meinte), aber sie war absichtlich weiter hinaus ins Meer geschwommen, irgendwo anders hin, und dann war sie sehr müde geworden.

»Ich hatte einen Streit – mit jemand. Und dann sowas wie eine Wette mit jemand anderem – mit einem Mädchen.«

Chuck glaubte sie zu verstehen. Vielleicht hatten sie sich wegen eines Jungen gestritten, irgendeines nutzlosen Bengels. Die Möglichkeit gefiel Chuck nicht, und er hatte auch keine Lust, nach Einzelheiten zu fragen. Er wollte nicht daran denken, daß sie sich zu jemandem hingezogen fühlte. »Sie sind viel zu – –« er zögerte lange, »– wertvoll, um Ihr Leben auf so dumme Art aufs Spiel zu setzen.«

Das Mädchen lachte leicht, amüsiert. »Kann ich aufstehen? Ich fühl mich jetzt viel besser.«

»Sie können alles, was Sie möchten – Natalie.« Chuck erhob sich von dem Platz, auf dem er gesessen hatte, auf der unteren Koje gegenüber, und zog noch einmal seine Kleiderschublade heraus. Drillichhosen – ein Paar war da, einigermaßen sauber. »Darf ich Ihnen die anbieten, Ma'am? Ich werd draußen warten, wenn Sie sie anziehen.« Chuck ging nach oben an Deck.

In diesem Augenblick kam ein lauter Ruf von Captain Bif – sein übliches »Heeh!«, das alles heißen konnte. Chuck antwortete nicht, es gab ja noch andere Männer an Bord.

Sam verließ Filip und ging auf den Ruf hin zum Captain. Der Captain wollte Chuck sprechen. Sam fand Chuck an Deck nahe dem Logis und bestellte es ihm.

»Sag Bif, er kann ja zu mir kommen«, sagte Chuck.

Sam gab diese Meldung weiter an Bif.

Mit ärgerlichem Blick winkte Bif ihm, das Ruder zu übernehmen, was Sam tat.

»Hast du ihren Namen rausgefunden?« fragte Bif Chuck.

»Yessir. Natalie Anderson.«

»Und wo wohnt sie?«

»Cambridge.«

»Hm. Dann will ich mal gleich die Küstenwache anrufen und ihnen das sagen.«

»Ihr ist das egal, Bif. Ich meine – es eilt ihr nicht.«

»So? Hast du sie gefragt?«

Chuck hatte sie nicht gefragt. Er sagte nichts.

Bif ging zum Ruderhaus hinüber. Sam war am Ruder. Bif wollte das Funksprechgerät benutzen und stellte fest, daß es tot war. »Was 'n hier los, Sam?«

»Sir?«

»Funkgerät tut's nicht.« Bif besah sich die Rückseite des Apparates. Die Antenne war da. Aber Bif wußte, irgend jemand hatte ein wichtiges Teil entfernt und hatte es vielleicht jetzt in der Tasche oder hatte es über Bord geworfen. »Weißt du, wer das hier angefaßt hat?«

»Nein, Sir«, sagte Sam, der sofort Johnny im Verdacht hatte.

»Sauerei«, murmelte Bif und ging hinaus, zum Logis hinüber.

Chuck sah ihn und sagte: »Sie zieht sich gerade was an, Bif.«

Bif grunzte. »Na, dann frag sie, ob sie noch nicht fertig ist.«

Chuck klopfte. »Sind Sie fertig mit Anziehen, Ma'am?« rief er vor der geschlossenen Luke.

»Ja, Sie können reinkommen.«

Das Mädchen stand barfuß da in Chucks weiten Hosen, die sie am Saum aufgerollt hatte. An der Taille hielt sie sie mit einer Hand hoch.

»Ich hab auch 'n Gürtel, irgendwo«, sagte Chuck und fing wieder an, in der Schublade zu wühlen. »Hier – versuchen Sie's mal damit.« Er reichte ihr einen braunen Ledergürtel. »Vielleicht müssen Sie's zubinden.«

»Funkgerät tut's nicht«, sagte Bif zu Chuck, der nur wenig überrascht und nicht sehr interessiert aussah. »Wir haben zur Küste rübergefunkt, daß wir ein Mädchen aufgefischt haben, Miss – aber nicht Ihren Namen. Wird Ihre Familie sich nicht Sorgen machen?«

Das Mädchen lächelte ihr weiches Lächeln, das die blauen Augen erhellte. »Meine Familie? Die denken, ich bin auf ner Zeltfahrt. Wenn Sie doch gesagt haben, Sie hätten ein Mädchen aufgefischt – warum sich dann Sorgen machen?«

Bif nickte und dachte, es würde nicht mehr lange dauern, bis die Küstenwache ein Boot auf der Suche nach der *Emma C.* ausschickte, und sie lagen immer noch auf Gegenkurs zur Küste.

Chuck sah fasziniert dem Mädchen zu, wie sie den langen Gürtel durch die Ösen seiner Hose zog und ihn dann lose zusammenband, so daß beide Enden an einer Seite herunterhingen. Er hoffte, sie werde durchhalten, beschließen, daß sie nie wieder an Land gehen wolle, daß sie bei ihnen bleiben werde – mindestens eine Woche, vielleicht sogar länger. Chuck sah im Geist, wie die *Emma C.* in irgendeinem Hafen festmachte, um Frischwasser und Lebensmittel an Bord zu nehmen, während Natalie unten im Logis außer Sicht blieb.

»Ich hab's nicht eilig zurückzukommen«, sagte das Mädchen endlich.

Chuck strahlte vor Genugtuung. Genau was er zu Bif gesagt hatte!

»Ich würde sehr gern noch den Rest des Schiffes sehen«, sagte sie.

Etwas verwirrt nickte Bif. »Schön – Natalie.«

»Socken!« Nochmal die Schublade. Chuck holte ein Paar dicke weiße Socken mit roten Streifen am Rand hervor.

Das Mädchen zog sie schnell an. »Wunderbar!«

Sie gingen alle hinauf an Deck. Das Mädchen hob das Gesicht der Sonne entgegen und lächelte, blickte hinauf zu einer segelnden Möwe, zum Horizont. Johnny starrte mit halbgeöffneten Lippen, als sie näherkam.

Sam sah sie und faßte überrascht das Ruder fester. Jetzt schritt sie auf das Vorschiff zu. Sam starrte sie an und dachte, ob sie wohl sein Gedicht in einer Tasche dieser Hose hatte, und was für eine großartige Galionsfigur für die *Emma C.* sie abgeben würde, genau wie sie jetzt aussah, vorgebeugt, so daß der Wind ihr das blonde Haar nach hinten strich! Bloß daß sie ein besseres Schiff verdient hatte. Wo hatte Bif nur seine Gedanken gehabt, während er am Ruder stand. Sie waren jetzt weit im Norden, ließen die Bucht von Massachusetts zurück und kamen in den Atlantik, nach Osten. Sie würden die ganze Nacht brauchen, um nach Wellfleet zurückzukommen, selbst wenn sie jetzt abdrehten.

Das Mädchen wandte sich um und lehnte sich gegen das Vorschiff. Sie blickte Sam genau an, und sein Herz tat einen Sprung. Sam hob die rechte Hand zu einer Geste zwischen Winken und Salut, und plötzlich lachte er zurück.

Johnny kam zum Ruderhaus, und Sam trat weg vom Ruder, bevor Johnny etwas sagen konnte, also mußte Johnny es übernehmen.

Sam ging zu dem Mädchen hinüber. Die Sonne war im Untergehen.

»Fühlen Sie sich jetzt besser?« fragte Sam.

Sie nickte. »O ja, doch.«

Sam hielt etwas Abstand von ihr, teils aus Höflichkeit, teils um die ganze Gestalt besser sehen zu können. »Haben Sie – ich bin –«

»Was?«

»Ich bin der, der das blöde Gedicht geschrieben hat. Haben Sie's gelesen?«

»Ich find's gar nicht blöd.«

Sam seufzte, innerlich brennend.

»Können Sie mich um das Schiff rumführen?«

»Aber gern.«

Sie begannen, auf dem Steuerborddeck nach achtern zu gehen. Sofort fuhr Sam ein starker Fischgeruch aus dem Laderaum in die Nase. Er dachte an die Makrelen, die jetzt unter ihren Füßen auf Salz und Eis lagen. Den Fang mußten sie vielleicht über Bord schmeißen. Und warum hatte keiner daran gedacht, Louey in den Laderaum zu legen?

»Das ist die Kombüse«, sagte Sam mit einer Handbewegung. »Ist nicht immer so sauber wie heute, muß ich gestehen. Ich glaube, das ist Ihnen zu Ehren.« Er sah Filip noch immer auf dem glänzenden abgetragenen Linoleum liegen.

»Da schläft wohl einer?« fragte sie.

»Ja-a, Ma-am«, sagte Sam, der hinter sich Schritte hörte.

Es war Chuck, der hinter ihm war. Sein Grinsen war nichts als entblößte Zähne. »Na, Sam?«

»Na, Chuck?« Sam blieb kühl. »Hast du Lust mitzukommen auf unserem Rundgang?«

Chuck folgte ihnen wie ein schwerer, häßlicher Schatten. Sams Blick suchte Trost bei dem Mädchen, oder Beistand, aber sie sah geradeaus, den Blick ein wenig erhoben, als spüre sie nichts von Chucks Verhalten. Ihre Füße in den dicken weißen Socken gaben auf dem Deck keinen Laut, und Sam konnte fast glauben, sie existiere gar nicht, nur wenn er sie ansah, brachte schon ihr Augenwinkel ihn unsanft in die Wirklichkeit zurück. Sam hörte, wie Bif eine Anweisung für Johnny zum Wenden gab. Die Backbord- und Steuerbordlichter waren jetzt an. Filips Blut war noch auf dem Deck, aber das Mädchen blickte nicht hinunter.

Dann blieb sie auf dem Backborddeck plötzlich stehen. Sie hatte Loueys segeltuchverpackte Gestalt gesehen. Die Seilschlaufe war kleiner an den Fußgelenken: es war unmißverständlich eine menschliche Gestalt. »Das da –?« sagte sie und blickte mit großen blauen Augen erst Sam und dann Chuck an.

Chuck räusperte sich und sagte: »Säcke. Extra Jutesäcke für Fisch. Muß trockengehalten werden.«

Sam ging langsam mit dem Mädchen weiter und wünschte, ihm wäre das eingefallen.

Jetzt waren sie an der Luke zum Logis angekommen, und Chuck blieb stehen, aber das Mädchen wollte nicht hineingehen. Sie sagte, sie fühle sich jetzt sehr wohl und wolle draußen an der Luft bleiben. Captain Bif sprach mit Sam und auch mit Filip, der jetzt auf einer Bank in der Kombüse saß: sie sollten das Abendessen machen, ein gutes Essen, denn sie hatten alle mehr oder weniger das Mittagessen versäumt. Der Captain holte Rotwein hervor, einheimischen von den Portugiesen am Ort, nicht besonders gut, aber er zog einem auch nicht so den Mund zusammen.

Sam schlüpfte aus der Steuerbordtür der Kombüse und ging nach vorn ins Logis. Aus der Schublade, die er mit Johnny teilte, zog er eine orangefarbene wasserdichte Jacke mit molligwarmem Futter hervor, schoß wieder die Stufen hinauf und schloß die Luke. Er überreichte dem Mädchen die Jacke. »Wird jetzt kühler«, sagte er.

Sie zog sie an. »Vielen Dank, Sam! Genau was ich brauchte!«

Sam lächelte und kehrte ohne einen Blick auf die anderen an den Herd zurück. Es wurde nun dunkel. Das dunstig-weiße Topplicht der *Emma C.* auf dem Mast legte einen wunderschönen Schimmer über das Schiff, fast so schön wie Mondlicht. Und der Mond würde auch aufgehen, das wußte Sam – fast Vollmond. Einer, vermutlich Johnny, hatte im Transistor Gitarrenmusik angeschaltet. Gewöhnlich ließ Bif Transistoren nicht zu, außer für Nachrichten, aber heute abend war Bif gut gelaunt. Sam hörte Gelächter und manchmal die weiche Stimme des Mädchens, denn die anderen schwiegen, wenn sie sprach.

»Hee – der Fang fängt an zu stinken!« schrie Chuck, und die anderen lachten, auch Natalie.

Sam hörte dann, wie die Planken über dem Laderaum zur Seite geworfen wurden. Makrelen und auch ein paar Sardinen schossen über die Reling und übers Heck.

»'n Jammer, daß die Möwen schon schlafen!« sagte einer.

Sam stellte den gefrorenen Broccoli auf den Herd und trank einen Schluck von seinem Rotwein. Er konnte den Captain lachen hören – was selten vorkam, dachte Sam, wenn ein halber Raum an Fisch über Bord ging. Als Sam alle zum Essen rief, stand der Mond am Himmel, und mit einem schnellen Blick sah er, wie das Mädchen sich anmutig an die Aufbauten lehnte, das Stielglas – das einzige Stielglas an Bord – mit Wein in der Hand, und es schien Sam, als blicke sie ihm sekundenlang direkt ins Gesicht.

Johnny hatte das Ruder festgemacht; ein anderes Schiff war nicht in Sicht, und die Lichter am Kap waren irgendwo weit voraus und noch unsichtbar. Vier saßen am Tisch, einschließlich Natalie, der man ein Kissen für die harte Bank und ein weiteres Kissen als Rückenlehne gegeben hatte. Sam war glücklich, daß er stehen und servieren konnte, und auch Captain Bif, munter wie nie zuvor, blieb auf den Füßen und spähte von Zeit zu Zeit nach draußen, um festzustellen, ob vielleicht ein anderes Schiff in der Nähe war.

»Natalie . . . Natalie . . .« aber ihren Nachnamen

wollte keiner wissen. Niemand fragte, wo sie wohnte. Sie stellten nur Fragen wie: »Was ist Ihre Lieblingsfarbe ? . . . Welche Schuhgröße haben Sie?« Ob einer von diesen Idioten etwa Schuhe für sie kaufen wollte, dachte Sam. Aber er merkte sich immerhin ihre Größe; sieben, manchmal siebeneinhalb. Niemand fragte nach ihrer Adresse. Es gab viel herzliches Lachen, über gar nichts. Sie aßen Lammkoteletts, das Beste, was die Kühltruhe heute abend zu bieten hatte. Natalie fand das Essen köstlich. Sam hatte ein Glas Minzgelee entdeckt, das zu den Lammkoteletts paßte. Und dann Eiscreme. Und mehr Wein.

Johnny war leicht angetrunken, er sang »Moon River« und wandte sich dabei an Natalie, aber auf drollige Weise auch an Chuck, den Mann, mit dem er sich am gleichen Tag geprügelt hatte.

»Wohin du auch gehst –
Ich geh immer mit di-hir . . .«

Chuck lächelte geringschätzig und sagte, er solle die Schnauze halten.

Nach dem Essen gingen sie an Deck, wo der Mond schien, und das Auskippen der Fische ging weiter. Das Mädchen lehnte eine von Johnny angebotene Zigarette ab. Sie und zwei oder drei der Männer standen auf dem Steuerborddeck, wo der Mond am hellsten schien. Würde er je ihr Gesicht vergessen, dachte Sam, wie sie da stand, an die Aufbauten gelehnt, die Hände hinter sich, in seiner orangefarbenen Jacke? Die geschwungene Wange, blaß wie der runde Mond? Sam wünschte, ihm möge noch ein Gedicht einfallen, fix und fertig, so daß er es niederschreiben und ihr geben konnte, jetzt.

Noch mehr Gelächter, als Johnny in den stinkenden Laderaum fiel. Johnny verkündete, der Raum sei leer, und Chuck und Bif zogen ihn heraus. Sam ging in die Kombüse, um Filip beim Abräumen zu helfen. Sie begannen mit dem Geschirrspülen.

Oben an Deck gähnte das Mädchen wie ein Kind, und als sie das sahen, erklärten ihr sowohl Captain Bif wie Chuck, sie sei müde, sie habe einen langen harten Tag hinter sich.

»Sie schlafen allein im Logis«, sagte Chuck. »Und ich werd Wache halten.« Chuck schwankte ein wenig auf den Füßen, vom Alkohol und vor Müdigkeit. Er hatte sich an der geschwollenen Lippe gestoßen, die Haut war aufgerissen, die Stelle blutete leicht.

»Und ich geb ihr 'n Gutenachtkuß«, sagte Johnny und trat etwas näher. Die versuchte Verbeugung war mehr ein Torkeln.

Natalie lachte und wandte sich etwas ab von Johnny, und im gleichen Moment holte Chuck mit der Faust aus und traf Johnny voll in die Brust. Johnny schoß rückwärts über die Reling ins Meer, Chucks Füße rutschten nach vorn, und er landete auf dem Hintern an Deck.

»Na, was denn nu noch!« schimpfte Bif. »Wo in Gottes Namen ist ein Tau?«

Natalie sah zuerst ein Tau, das Ende, das von Loueys zusammengebundenen Füßen herunterhing. Sie hob es auf, und Bif schleuderte es über die Reling.

»Mann über Bord!« schrie Bif. »Wenden!«

Sam hörte das und stürzte zum Ruder. Nach etwa einer Minute hatte Johnny das Tau gefaßt, und sie hievten ihn herauf. Er keuchte und spuckte über die Reling, dann lag er an Deck und murmelte immer noch was von einem Gutenachtkuß für Natalie. Loueys Schuhe waren sichtbar geworden, und das Mädchen sah nun ganz einwandfrei, was das Segeltuch enthielt. Chuck nahm sie fest bei der Hand und führte sie zum Logis. Das Licht brannte. Chuck nahm eine Decke von einer anderen Koje, legte sie auf die Decke, die sie schon hatte, und wickelte ihre Füße fest ein.

»Sie sind hier so sicher wie – wie 'ne Made im Speck«, beteuerte er ihr. Er nahm noch zwei Decken von den anderen Kojen und ging damit an Deck, wo er verkündete, im Logis schlafe diese Nacht keiner außer Natalie.

Bif lachte, als amüsiere es ihn, daß Chuck einen solchen Befehl gab.

Aber niemand erhob Einwände. Filip wollte einen Pullover, also ging Chuck mit einer Taschenlampe, so leise wie möglich, ins Logis, holte Pullover und Jacken und Ölmäntel zum Warmhalten heraus und warf alles an Deck. Dann setzte er sich an Deck, mit dem Rücken gegen die Logiswand. Filip rollte sich auf dem Kombüsenboden zusammen, und Bif vor den Aufbauten, wo der Wind nicht hinkam. Sam sollte etwa eine Stunde am Ruder stehen und danach Bif wecken. Sam machte das Ruder fest, lehnte sich müde gegen die Rückwand des Ruderhauses und rauchte eine seltene Zigarette. Er träumte.

War es wirklich ein Traum, dachte Sam. Sein Kopf summte noch vom Wein. Wenn ja, dann träumten sie ihn alle. Oder war nur er der Träumer, der von ihnen allen träumte?

Der Captain erbot sich gegen vier Uhr, ihn abzulösen, und Sam wickelte sich in eine Decke und ließ sich mit dem Gesicht zu den Aufbauten zu Boden fallen. Chuck schlief mit dem Kopf zwischen den Knien, entschlossen, neben dem Logis sitzen zu bleiben.

Etwa um halb sieben machte Sam Kaffee. An Backbord war im Dunst das Kap zu sehen, aber Wellfleet war noch ein paar Stunden weit weg. Die *Emma C.* lief immer noch nicht auf vollen Touren. Niemand sagte ein Wort vom Herunterlassen der Netze, vom Versuch eines zweiten Fangs. Sie mußten das Mädchen hergeben, mußten sie abliefern, in kurzer Zeit. Johnny trank schwarzen Kaffee, schluckweise, und wollte nichts essen. Er warf trübe Blicke zur Küste hinüber. Sam kam es so vor, als ob heute morgen jeder traurige Augen habe. Chuck hatte sich schließlich lang ausgestreckt, mit dem Rücken gegen das Logis unter der Luke, und als die anderen aufwachten, erwachte auch Chuck.

Sam wollte zu Bif gehen und sagen: Laß uns doch Lebensmittel und Sprit einnehmen und dann wieder losmachen! Aber so eine Anweisung konnte er nicht geben. Stattdessen füllte er zwei Becher mit Kaffee und brachte sie auf einem Tablett zu Chuck. »Einer für Natalie«, sagte Sam.

Chuck erhob sich, faltete seine Decke zusammen und stärkte sich mit einem großen Schluck Kaffee. Dann klopfte er am Logis an.

Sam zögerte, er versuchte, nicht ins Logis hineinzusehen, aber er lauschte auf die Stimme des Mädchens. Sie sagte: »Guten Morgen, Chuck. Wo sind wir jetzt?« Sam ging weiter auf die Kombüse zu.

Ein paar Minuten später glitt eine Barkasse der Küstenwache auf Rufnähe heran. »*Emma C.!* Was ist mit euerm Funkgerät los?«

»Kaputt!« erwiderte Johnny, bevor jemand anderes antworten konnte.

»Habt ihr das Anderson Mädchen?«

Diesmal antwortete Bif. »Ja. Wußten ihren Namen nicht, als wir funkten.«

Der mit dem Megaphon sagte: »Kurs auf Wellfleet?«

»Ja!« erwiderte Bif. »Alles in Ordnung.«

Die *Emma C.* pflügte sich weiter voran. Gegen zehn umfuhren sie die sandige Zunge, die den Hafen von Wellfleet schützte, und die Kais kamen in Sicht. Das Mädchen stand an Deck, in Chucks Hosen, Hemd und Socken, und am Dock standen fünf oder sechs Männer, starrten herüber, grinsten und gaben Kommentare ab.

». . . schwamm im Wasser, und wir haben sie rausgeholt!« war Bifs kurze Antwort auf eine Frage.

»Das da das Anderson Mädchen? – Warum habt ihr das nicht durchgegeben?«

Bif antwortete nicht. Er hatte vor, die Fragen zu ignorieren oder ihnen auszuweichen. Das Mädchen war doch in Sicherheit, oder? Unverletzt.

Sam hatte einen Gebrauchtwagen an Land, ebenso Chuck, der nicht in Wellfleet wohnte. Sam wollte gerade Natalie fragen, ob er sie irgendwo hinbringen könne, selbst nach Cambridge, als er die Männer am Kai sagen hörte: ». . . Polizei . . . Küstenwache . . .« und einer zu der Telefonzelle am Kai hinüber lief, sicher in der Absicht, eine der beiden Einheiten anzurufen.

»Hast du denn dein Funkgerät nicht angehabt, Bif, du alter –«

Bif antwortete nicht; aber am Kai sprach er mit einem Polizeibeamten, der im Streifenwagen gekommen war. Bif sprach von dem tödlichen Unfall mit Louey Galganes, dessen Leiche sie an Bord hatten. Er war nach einem Sturz an Deck gestorben. Gehirnerschütterung. Der Beamte sagte, er müsse Loueys Arbeitspapiere einsehen.

»Nach dem Aussehen deiner Crew müßt ihr 'ne böse Fahrt gehabt haben, Bif«, sagte einer der Männer am Kai.

Noch vierundzwanzig Stunden länger auf der *Emma C.*, dachte Bif, und ich hätte vielleicht gar keine Crew mehr gehabt.

Chuck hielt Natalies Hand, als sie aus dem schwankenden Boot an Land trat. Zwei andere Männer am Kai wollten ebenfalls helfen. Natalie taumelte ein wenig, faßte sich dann und lächelte. Drei Männer starrten sie an, dann begann ein Polizeibeamter mit ihr zu sprechen und sich Notizen zu machen. Chuck blieb in der Nähe stehen und lauschte.

»Ihre Familie hat sich große Sorgen gemacht, Miss. Wir werden sie nochmal anrufen und sagen, daß Sie tatsächlich hier sind.«

Als er sah, daß sein Kollege mit dem Segeltuchbündel am Backborddeck der *Emma C.* beschäftigt war, ging der Beamte zum Streifenwagen und sprach über das Funksprechgerät.

»Chuck, Sie sind sehr nett zu mir gewesen. Vielen Dank.« Das Mädchen sah schüchtern aus, ein wenig unbeholfen. Sie zog eine Socke hoch. »Captain Bif –« Sie wartete, bis er seine unangezündete Zigarre aus dem Mund genommen und sie weggeworfen hatte. »Ich möchte Ihnen allen dafür danken, daß Sie mich gerettet haben. Und Ihnen, Sam, dafür, daß Sie mich gefunden haben. Und für das Gedicht.«

Sam biß an seiner Zungenspitze herum und starrte sie an, als könne die reine Konzentration ein Wunder bewirken, damit sie dablieb, damit er den Mut hatte – ja, was zu tun? Wenn er sie für nächsten Samstag abend um eine Verabredung bat, würde sie Ja sagen? »Gern – gern geschehen«, sagte er schließlich.

Die Polizeibeamten waren jetzt bereit, sie im Wagen mitzunehmen. »Nichts sonst mehr bei sich, Miss?«

Natalie hob die Hand, in der sie ihren zusammengerollten blauen Badeanzug trug. »Nein.« Sie wandte sich zu Chuck. »Ich kann Ihre Sachen zurückschicken, wenn ich weiß, wo ich Sie erreiche – wenn ich Sie nochmal sehe. Meine Adresse finden Sie im Telefonbuch unter Anderson – Herbert.«

Chuck wand sich, als habe er Schmerzen. »Ach, das macht doch nichts. Ich meine – die Sachen können Sie behalten. Bloß Sie – Sie möchte ich behalten – für meinen Traum.«

»Für was?«

»Für meinen Traum. Wie ein Traum. *Mein* Traum.«

Sam hatte den Geschmack von Blut im Mund, als er das hörte. Er sah, daß Natalie seine orangefarbene Jacke im Logis zurückgelassen haben mußte. Die hätte er ihr schenken können. Nie wieder wollte er die Jacke jetzt tragen, nur behalten. Und dieser blöde Chuck – sie nicht wiedersehen! Aber vielleicht war es gerade das, was sie alle wollten – nur dieses phantastische Erlebnis, diesen Traum. Sam sah Natalie scharf an, als sie der Crew zuwinkte und dann in den Wagen einstieg. Die ganze Crew, Filip, Johnny, Chuck und Bif, alle starrten dem Mädchen auf die gleiche Weise nach. Dann blinzelte Sam und löste die Augen von dem abfahrenden schwarzen Wagen.

Ein Polizeiwagen war etwas Häßliches.

Trautes Heim

Also dann«, sagte Lois endlich, »tun wir's.« Sie sah ihren Mann an, ihr Ausdruck war ernst und ein wenig besorgt, aber sie sprach mit Überzeugung.

»Okay«, sagte Herbert etwas steif.

Sie hatten vor, ein älteres Ehepaar zu adoptieren, zu sich ins Haus zu nehmen. Eigentlich mehr als älter, vermutlich alt. Es war für die McIntyres keine übereilte Entscheidung; sie hatten es sich mehrere Wochen lang überlegt. Kinder hatten sie nicht und wollten auch keine. Herbert war politischer Berater in einem staatlich geförderten Unternehmen namens Bayswater, etwa vier Meilen von ihrem Wohnort, und Lois war Historikerin, spezialisiert auf europäische Geschichte des siebzehnten und achtzehnten Jahrhunderts. Sie war jetzt dreiunddreißig und konnte auf drei Bücher und eine Menge Artikel zurückblicken. Sie und Herbert verdienten genug, um sich ein hübsches zweistöckiges Haus in Connecticut zu leisten mit einem verglasten Sonnenzimmer – Herberts Arbeitszimmer und der Großteil ihrer Bibliothek –, einen schönen Park und einen Teilzeitgärtner, der sich das ganze Jahr um Rasen und Bäume, Büsche und Blumen kümmerte. Sie kannten Leute in der Nachbarschaft, Freunde und Bekannte, die Kinder hatten – kleine Kinder und Teenager –, und die McIntyres hatten manchmal ein etwas schlechtes Gewissen, weil sie auf diesem Gebiet ihre Pflicht nicht ganz erfüllten; außerdem hatten sie vor einigen Monaten selbst ein Pflegeheim kennengelernt, als Eustace Vickers, ein pensionierter Erfinder, der zu Bayswater gehörte, gestorben war. Zusammen mit einigen von Herberts Kollegen hatten die McIntyres Eustace alle paar Tage besucht; er war bis zu seinem Schlaganfall beliebt und aktiv gewesen.

Eine der Pflegerinnen in dem Heim hatte Lois und Herbert erzählt, es gäbe viele Familien in der Gegend, die alte Menschen mal für eine Woche bei sich aufnahmen, vor allem im Winter oder zu Weihnachten, um ihnen Abwechslung zu verschaffen, »einen Geschmack von Familienleben für ein paar Tage«; sie kämen dann richtig aufgelebt und erholt zurück. »Manche Leute sind sogar so gütig, einen alten Menschen – oder sogar ein Paar – zu adoptieren, ganz bei sich zu Hause aufzunehmen«, hatte die Pflegerin gesagt.

Mit leichten Gewissensbissen erinnerte sich Lois an ihren Schauder bei diesem Gedanken. Alte Leute lebten nicht ewig. Sie und Herbert saßen eines Tages vielleicht in der gleichen Lage, im Grunde fast Wohlfahrtsempfänger, mit elementaren physischen Bedürfnissen, deren Befriedigung von den Launen der Pfleger abhing. Und alte Menschen halfen so gern noch ein bißchen im Hause, wenn sie irgend konnten, hatte die Pflegerin gesagt.

»Wir müssen mal hingehen – und uns umsehen«, sagte Herbert zu Lois, und dann grinste er plötzlich. »Als ob man ein Waisenkind einkauft, was?«

Auch Lois lachte; das Lachen war eine Erleichterung nach dem ernsten Gespräch der letzten Minuten. »Machst du Witze? Waisenhäuser geben einem die Kinder, die die *Waisenhäuser* aussuchen. Für welche Art von Kind würden die uns wohl einstufen? Weiß? Hoher I.Q.? Gesund? Ich bezweifle das.«

»Ich auch. Wir gehen nicht zur Kirche.«

»Und wir wählen nicht, weil wir nicht wissen, welche Partei wir wählen sollen.«

»Das kommt, weil du Historiker bist. Und ich bin politischer Berater. Ja – und ich hab auch keine festen Schlafstunden, und manchmal stelle ich um vier Uhr früh die Auslandsmeldungen an. Aber – ist es dir ernst damit, Lois?«

»Ich hab's doch gesagt.«

Lois rief also das Hilltop-Heim an und verlangte den Leiter zu sprechen; sie war sich nicht sicher, was sein oder ihr Titel war. Eine Männerstimme meldete sich, und in vorbereiteten Worten erklärte Lois ihre und ihres Mannes Absichten. »Ich habe gehört, daß man solche Vereinbarungen treffen kann – zum Beispiel für sechs Monate.« Die letzten Worte kamen wie von selber aus dem Nichts.

Der Mann am Telefon lachte ganz kurz. »Nun – ja, das wäre schon möglich – und gewöhnlich auch eine große Hilfe für alle Beteiligten. Würden Sie und Ihr Mann gerne mal herkommen und uns besuchen, Mrs. McIntyre?«

Lois und Herbert fuhren noch am gleichen Abend kurz vor sieben zum Hilltop-Heim. Sie wurden von einer jungen Pflegerin in blauweißer Uniform empfangen, die ein paar Minuten mit ihnen im Wartezimmer blieb und erzählte, die ambulanten Insassen wären jetzt beim Essen im Refektorium; sie habe mit drei oder vier Paaren über das Angebot der McIntyres gesprochen, zwei Paare hätten sich interessiert gezeigt und zwei nicht.

»Diese Senioren wissen gar nicht immer, was gut für sie ist«, sagte die Pflegerin lächelnd. »Für wie lange hatten Sie und Ihr Mann es denn geplant, Mrs. McIntyre?«

»Ja – hängt das nicht davon ab, ob *die* sich wohl fühlen?« fragte Lois.

Mit leichtem Stirnrunzeln überlegte die Pflegerin, und Lois hatte das Gefühl, daß sie gar nicht über die Frage nachdachte, sondern eine Antwort nach Schema erwog. »Ich fragte, weil wir solche Vereinbarungen gewöhnlich als Dauerabmachung betrachten, außer natürlich für den Fall, daß der Einzelgast oder das Paar nach Hilltop zurückkehren möchte.«

Lois verspürte einen kalten Schlag; sie nahm an, daß es Herbert ebenso ging, und sah ihn nicht an. »Ist das schon vorgekommen? Daß sie zurück wollen?«

»Nicht oft!« das Lachen der Pflegerin klang fröhlich und geübt.

Die Pflegerin in Blau-Weiß machte sie mit Boris und Edith Basinsky bekannt, und zwar im »Fernsehzimmer«, einem großen langen Raum mit zwei Fernsehapparaten, die verschiedene Programme boten. Boris Basinsky litt an der Parkinsonschen Krankheit, das teilte die Pflegerin in seiner Hörweite mit. Sein Gesicht war ziemlich grau, aber er lächelte und streckte Herbert eine zitternde Hand entgegen, die Herbert fest drückte. Edith, seine Frau, sah älter aus als er und recht dünn, aber die blauen Augen blickten die McIntyres strahlend an. Der Fernsehlärm drängte sich in die Worte, die die McIntyres mit den Basinskys zu wechseln versuchten, etwa: »Wir wohnen hier in der Nähe . . . wir haben vor . . .« und von den Basinskys: »Ja, Schwester Phyllis hat uns heute von Ihnen erzählt . . .«

Dann die Forsters, Mamie und Albert. Mamie hatte sich vor einem Jahr die Hüfte gebrochen, aber mit einem Stock konnte sie jetzt gehen. Ihr Mann, groß und hager, war ziemlich taub und trug ein Hörgerät, dessen Draht im offenen Hemdkragen verschwand. Er war bei ganz guter Gesundheit, sagte Schwester Phyllis, nur hatte er kürzlich einen Schlaganfall gehabt, der das Gehen erschwerte, aber er konnte gehen, ebenfalls mit einem Stock.

»Die Forsters haben einen Sohn, aber er wohnt in Kalifornien und – es wäre auch schwierig für ihn, die beiden zu sich zu nehmen. Bei den zwei oder drei Enkeln liegt es ebenso«, sagte Schwester Phyllis. »Mamie strickt sehr gern. Und vom Garten versteht sie auch 'ne ganze Menge, nicht wahr, Mamie?«

Mamies Augen saugten die McIntyres in sich ein, als sie nickte.

Lois kam sich plötzlich überwältigt vor, irgendwie ertränkt von grauhaarigen Köpfen ringsum, von runzligen Gesichtern, die sich zurücklehnten vor Lachen über das Geschehen auf dem Fernsehschirm. Krampfhaft hielt sie sich am Ärmel von Herberts Tweedjacke fest.

An diesem Abend entschieden sie sich gegen Mitternacht für die Forsters. Später sollten sie sich fragen, ob sie sich etwa für die Forsters entschieden hatten, weil ihr Name unauffälliger, »angelsächsischer« klang? Wäre es mit den Basinskys nicht vielleicht leichter gewesen, selbst wenn der Mann an Parkinson litt, was ab und zu ein Klistier notwendig machte, wie Schwester Phyllis warnend gesagt hatte?

Ein paar Tage später, an einem Sonntag, wurden Mamie und Albert Forster im Hause McIntyre installiert. In der Woche zuvor war eine Frau mittleren Alters vom Hilltop-Heim erschienen, um sich das Haus und das Zimmer anzusehen, das die Forsters haben sollten, und sie schien wirklich erfreut zu sein von dem Grad an Komfort, den die McIntyres zu bieten vermochten. Die Forsters übernahmen das Zimmer, das die McIntyres ihr Gastzimmer nannten, das hübschere der beiden Extrazimmer oben, in dem beide Fenster zum vorderen Rasen hinaus gingen. Gegen das Doppelbett, dachten die McIntyres, würden die Forsters ja wohl nichts einzuwenden haben, obschon sie die Forsters nicht gefragt hatten. Lois hatte den Kleiderschrank des Gastzimmers völlig geleert, und ebenso die Kommode. Sie hatte auch einen Sessel aus dem anderen Zimmer mit den zwei Betten herübergebracht, so daß die Forsters jetzt zwei bequeme Sessel hatten. Das Bad lag gerade gegenüber am Flur – das größere Badezimmer mit der Wanne; unten war zwar auch noch eine Dusche mit Waschtisch und Toilette. Der Einzug fand gegen fünf Uhr statt. Lois' und Herberts Nachbarn, die Mitchells, die etwa eine Meile weit weg wohnten, hatten sie zu Drinks eingeladen, was meistens zum Essen hieß, aber Herbert hatte am Samstag telefonisch abgesagt und auch erklärt, warum. Darauf hatte Pete Mitchell gesagt: »Ja, ich verstehe – aber wie wär's denn, wenn wir morgen abend mal gegen sieben bei euch vorbeischauen? Auf 'ne halbe Stunde?«

»Gern.« Herbert hatte gelächelt, er wußte, die Mitchells waren einfach neugierig auf das alte Paar. Pete Mitchell war Professor für Geschichte an einem College am Ort. Die Mitchells und die McIntyres trafen sich häufig und verglichen Notizen für ihre Arbeit.

Und nun waren sie da, Pete und Ruth Mitchell; Pete stand mit einem Whisky-on-the-rocks im Wohnzimmer, Ruth saß mit einem Dubonnet mit Soda im Sessel, und beide lächelten.

»Mal ernsthaft«, sagte Pete, »wie lange wird das andauern? Habt ihr was unterschreiben müssen?« Pete sprach leise, als könnten die Forsters, die ganz oben und in einer entfernten Ecke waren, sie hören.

»Na ja – schriftliche Vereinbarung – – – Verantwortung, das schon. Ich hab's durchgelesen, stand nichts drin von Befristung für sie oder uns, von unbegrenzter Dauer oder sowas.«

Ruth Mitchell lachte. »Unbegrenzte Dauer!«

»Wo ist Lois?« fragte Pete.

»Ach, sie ist –« Gerade sah Herbert, wie sie ins Wohnzimmer kam und mit der Hand ihr Haar zur Seite schob, und es fiel ihm auf, daß sie müde aussah. »Alles in Ordnung, Darling?«

»Hal-lo, Ruth und Pete!« sagte Lois. »Ja, es ist alles in Ordnung. Ich hab ihnen noch beim Auspacken geholfen, Sachen aufhängen und einiges im Medizinschränkchen im Badezimmer unterbringen. Ich hatte vergessen, da ein Bord für sie freizumachen.«

»Menge Pillen, nehme ich an«, sagte Pete, und seine Augen funkelten immer noch vor Neugier. »Aber du sagtest ja, sie können wenigstens beide gehen.«

»O ja, klar«, sagte Lois. »Ich hab sie sogar gebeten, doch runterzukommen zu uns. Vielleicht möchten sie – du, es ist doch noch Weißwein im Kühlschrank, nicht wahr, Herb? Und auch Tonic.«

»Können sie denn auch sicher die Treppe runterkommen?« fragte Herbert, dem plötzlich einfiel, wie langsam sie nach oben gestiegen waren. Herbert ging hinaus ins Treppenhaus. Lois folgte ihm.

In diesem Augenblick war Mamie Forster daran, die Treppe herabzusteigen, eine Stufe nach der andern und mit einer Hand an der Wand; ihr Mann, ebenfalls mit Stock, kam gleich hinter ihr. Als Herbert hinaufstürzte, um Mamie seinen Arm zu geben, verfing sich Alberts Absatz, er stolperte vorwärts und stieß gegen seine Frau, die Herbert entgegenfiel. Albert kam mit Hilfe seines Stocks wieder ins Gleichgewicht, Herbert ergriff Mamies rechten Arm, aber das bewahrte sie nicht davor, vorwärts zu kippen und gegen Lois zu prallen, die schnell die ersten Stufen hinaufgestiegen war. So war es Lois, die rückwärts hinfiel, auf dem Boden landete und mit dem Kopf gegen die Wand schlug. Mamie schrie auf vor Schmerz.

»Mein Arm!« sagte sie.

Aber Herbert hatte sie festgehalten, sie war nicht gefallen, und er ließ jetzt ihren Arm los und blickte zu seiner Frau hinüber. Lois kam auf die Füße, rieb sich den Kopf und setzte ein Lächeln auf.

»Alles in Ordnung, Herb. Keine Sorge.«

»Gute Idee – –« sagte Albert Forster, als er zum Wohnzimmer schlurfte.

»Was?« Herbert hielt sich etwas unschlüssig neben Mamie, die zwar gehen konnte, aber sich den Arm rieb.

»Wär 'ne gute Idee, da ein *Geländer* an der Treppe anzubringen!« Albert hatte die Angewohnheit zu schreien, vielleicht weil er beim Sprechen die Lippen nur wenig bewegte und das Gesagte deshalb nicht klar war.

Lois machte Mamie und Albert Forster mit Pete und Ruth bekannt; Ruth erhob sich aus ihrem Sessel, um ihn einem der beiden anzubieten. Es folgten freundlich gemurmelte Worte von den Mitchells, die hofften, daß die Forsters sich in der neuen Umgebung wohlfühlen würden. Die Blicke der Mitchells musterten beide Forsters: Mamies runden Graukopf mit dem dünnen Haar, das offensichtlich ein professioneller Friseur aufgeplustert und frisch gelockt hatte, um es üppiger erscheinen zu lassen; die blaßrosa Schürze, die sie über dem Kattunkleid trug, die braunen Hausschuhe mit den schlaffen roten Pompons. Albert trug buntkarierte Hausschuhe, faltenlose braune Kordhosen und eine alte Strickjacke über dem Flanellhemd. Der etwas mürrische Gesichtsausdruck war von aggressiver Neugier, als habe er – bewußt oder unbewußt – beschlossen, sich die Haltung einer kraftvolleren Blütezeit zu bewahren.

Sie wollten den Fernseher an haben. Um halb acht lief ein Programm, das sie sich im Hilltop stets angesehen hatten.

»Sie mögen kein Fernsehen?« fragte Mamie Lois, die den Apparat gerade eingeschaltet hatte. Mamie saß jetzt und rieb sich noch immer den rechten Ellbogen.

»O doch, natürlich!« sagte Lois. »Warum nicht?« fragte sie munter.

»Wir dachten – wir dachten bloß, wo es doch *da* ist, warum ist es dann nicht *an*?« sagte Albert durch die leicht geöffneten, aber sich kaum bewegenden Lippen. Hätte er Tabak gekaut, so hätte man angenommen, er versuche etwas Saft innerhalb der Unterlippe zurückzuhalten.

Als Lois sich dies vorstellte, sabberte Albert ein wenig und fing den Speichel mit dem Handrücken auf. Seine blaßblauen Augen waren jetzt weit geöffnet und blickten starr auf den Bildschirm. Jetzt erschien Herbert mit einem Tablett, darauf standen ein Glas Weißwein für Albert, Tomatensaft für Mamie, und ein Schälchen Cashew-Nüsse.

»Können Sie's bißchen lauter stellen, Mr. McIntyre?« fragte Albert.

»So besser?« fragte Herbert, als er die Lautstärke aufgedreht hatte.

Albert lachte über etwas auf dem Bildschirm – Situationskomik, einer war ausgerutscht und auf dem Küchenboden gefallen – und blickte dann zu seiner Frau hinüber, um zu sehen, ob sie es ebenfalls komisch fand. Mamie saß mit leerem Lächeln da, die Augen auf dem Bildschirm, und rieb sich immer noch den Ellbogen, als habe sie vergessen aufzuhören. Sie blickte Albert nicht an. »Mehr – *lauter* bitte, wenn's nichts ausmacht«, sagte Albert.

Mit schnellem Lächeln zu Pete Mitchell hinüber, der ebenfalls lächelte, stellte Herbert den Apparat noch lauter, was eine Unterhaltung unmöglich machte. Herbert fing den Blick seiner Frau auf und machte eine Kopfbewegung zum Sonnenzimmer hin. Alle vier nahmen ihre Drinks und verlegten die Sitzung grinsend ins Sonnenzimmer.

»Puh!« machte Ruth.

Pete lachte laut, als Herbert jetzt die Tür zum Wohnzimmer zumachte. »Das nächste ist ein zweiter Fernseher, Herb. Für sie, oben in ihrem Zimmer.«

Lois wußte, Pete hatte recht. Die Forsters, überlegte sie, konnten den Apparat aus dem Wohnzimmer nehmen; Herbert hatte noch einen hier in seinem Arbeitszimmer. Sie wollte gerade etwas dazu sagen, als sie nur knapp einen Ruf von Mamie hörte. Das Fernsehspiel war zu Ende, die Kennmelodie dröhnte noch. Durch die Glastür sah sie, wie Mamie sie anblickte und wieder rief. Als Lois ins Wohnzimmer kam, sagte Mamie:

»Wir sind es gewohnt, um sieben zu essen. Manchmal sogar früher. Wann eßt ihr denn hier zu Abend?«

Lois nickte – es wäre sehr lästig gewesen, das plärrende Fernsehen zu übertönen – und hob den Zeigefinger, um anzudeuten, daß sie sich sofort darum kümmern werde. Sie ging in die Küche. Sie hatte Lammkoteletts zum Essen machen wollen, aber das würde den Forsters viel zu lange dauern.

Nach einigen Minuten ging Herbert in die Küche, um nach Lois zu sehen, und fand sie damit beschäftigt, Rühreier auf vorgewärmte Teller zu füllen. Sie hatte Toast gemacht, und auf einem Extrateller lagen Scheiben von kaltem gekochten Schinken. Das alles wollte sie auf zwei Tabletts stellen, die auf Beinen über dem Boden stehen konnten.

»Hilfst du mir mit einem?« fragte Lois.

»Die Mitchells finden, wir sind verrückt. Es wird noch schlimmer werden, sagen sie – viel schlimmer sogar. Und was machen wir dann?«

»Vielleicht wird es nicht *schlimmer*«, sagte Lois.

Herbert wollte einen Augenblick warten, bevor er das Tablett nach drinnen brachte. »Du – meinst du, wenn wir sie ins Bett gesteckt haben, könnten wir zu den Mitchells rübergehen? Sie haben uns zum Essen eingeladen. Meinst du, es ist ungefährlich – sie hier zu lassen?«

Lois zögerte; sie wußte, daß Herbert wußte, es war nicht ungefährlich. »Nein.«

Der Fernsehapparat aus dem Wohnzimmer kam nach oben ins Zimmer der Forsters. Fernsehen war ihre hauptsächliche Zerstreuung oder Beschäftigung, sogar ihre einzige, soweit Lois sehen konnte. Es lief von morgens bis abends, und manchmal schlich sich Lois abends um elf oder noch später in ihr Schlafzimmer, um es abzuschalten, teilweise um Strom zu sparen, aber in erster Linie wegen des wahnsinnigen Lärms, denn ihr und Herberts Schlafzimmer lag gleich nebenan auf derselben Flurseite. Lois nahm dabei immer eine kleine Taschenlampe mit in ihr Schlafzimmer. Die Zähne der beiden Forsters standen gewöhnlich in zwei Gläsern auf dem Nachttisch; einmal allerdings hatte Lois auch ein Paar in einem Glas auf dem Bord im Badezimmer stehen sehen, aus dem sie und Herbert ihre Zahnbürsten, Shampoos und Rasiersachen entfernt und in das kleinere Badezimmer nach unten gebracht hatten. Die Zähne versetzten Lois einen häßlichen Schock, und das taten sie auch weiterhin, wenn Lois jeden Abend den lauten Fernseher abschaltete, obgleich sie den Lampenstrahl nicht darauf richtete: sie wußte einfach, sie waren da, zumindest das eine Paar, vielleicht stand das andere drüben im großen Badezimmer. Sie wunderte sich darüber, daß jemand einschlafen konnte, während aus dem Fernseher Ausbrüche von Konservengelächter ertönten, auch darüber, daß auch die plötzliche Stille die Forsters niemals aufweckte. Mamie und Albert hatten erklärt, getrennte Betten seien ihnen lieber; Lois und Herbert hatten also den Austausch zwischen den beiden oberen Zimmern vorgenommen, und die Forsters hatten nun die Einzelbetten.

An der Treppe hatte man ein Geländer angebracht, einen schmalen schwarzen Handlauf, der recht hübsch war und spanisch aussah. Doch jetzt kamen die Forsters nur noch selten nach unten; Lois servierte ihnen die Mahlzeiten auf Tabletts. Sie liebten den Fernseher sehr, sagten sie, weil er in Farbe war; im Hilltop-Heim hatten sie keinen farbigen Fernseher gehabt. Lois übernahm das Hinauftragen der Tabletts; es war schließlich das, was man Frauensache nannte, meinte sie, obgleich auch Herbert manchmal beim Hinauf- und Heruntertragen half.

»Also lästig ist es schon«, sagte Herbert eines Morgens, als er mit grimmiger Miene, in Pyjama und Hausmantel, im Begriff war, das schwere Tablett mit gekochten Eiern und Teekanne und Toast nach oben zu bringen. »Aber immer noch besser, als wenn sie die Treppe runterfielen und sich ein Bein brächen, was?«

»Offen gestanden: was würde es schon ausmachen, wenn einer von ihnen sich jetzt ein Bein bräche?« antwortete Lois und kicherte nervös.

Lois' Arbeit litt. Mit einem langen Artikel, den sie für eine historische Vierteljahreszeitschrift in Arbeit hatte, kam sie nur noch langsam weiter, und der Drucktermin machte ihr Kummer. Sie arbeitete unten in einem kleinen Studierzimmer, das vom Wohnraum abging, auf der entgegengesetzten Seite von Herberts Arbeitszimmer. Täglich wurde sie drei- oder viermal durch einen lauten Ruf von Mamie oder Albert herbeizitiert: sie brauchten mehr heißes Wasser für ihren Tee (das Vieruhr-Ritual), weil er zu stark war, oder Albert hatte seine Brille verlegt; konnte Lois sie wohl finden, denn Mamie konnte es nicht. Es kam vor, daß Lois und Herbert gleichzeitig außer Haus sein mußten, Lois in der öffentlichen Bibliothek und Herbert in seinem Büro bei Bayswater. Für Lois bot das Nachhausekommen nicht mehr dieselbe Freude wie früher: es war nicht mehr der Hort nur für sie und Herbert, denn oben saßen die Forsters, die jeden Augenblick nach irgendwas schreien konnten. Albert rauchte zuweilen eine Zigarre, keine große dicke, aber eine – für Lois – bittere und übelriechende Marke; sie konnte es sogar unten riechen, wenn er sie anzündete. Er hatte zwei Löcher in die braungelbe Decke auf seinem Bett gebrannt, was Lois sehr geärgert hatte, denn es war eine handgewebte Decke aus Santa Fé. Lois hatte ihm und Mamie warnend gesagt, es könne gefährlich sein, wenn er Asche fallen ließ. Aus Alberts Entschuldigungen hatte sie nicht entnehmen können, ob er eingeschlafen oder einfach unvorsichtig gewesen war.

Einmal, als Lois mit entliehenen Büchern und einer Mappe mit Notizen aus der Bibliothek zurückkam, hatte

Mamie sie nach oben gerufen. Mamie war angezogen, aber lag, Kissen im Rücken, auf ihrem Bett. Der Fernsehapparat lief nicht so laut wie sonst, und Albert schien auf dem anderen Bett zu dösen.

»Kann meine Tähne nicht finden!« sagte Mamie in verdrießlichem Ton, Tränen traten ihr in die Augen, und Lois sah dem heruntergezogenen Mund und den zusammengepreßten Kinnladen an, daß sie im Augenblick tatsächlich zahnlos war.

»Nun, das werden wir doch gleich haben.« Lois ging hinüber ins Badezimmer, sah jedoch auf einen Blick, daß weder Zähne noch Zahnglas auf dem Bord über dem Waschbecken standen. Sie suchte sogar auf dem Fußboden, ging dann ins Schlafzimmer der Forsters zurück und sah sich dort um. »Haben Sie sie denn rausgenommen – im Bett?«

Nein, das hatte Mamie nicht, und es handelte sich um die unteren, nicht die oberen, und sie war das Suchen müde. Lois suchte unter dem Bett, rings um den Fernseher und die Sitzflächen der Sessel und auf den Büchergestellen. Mamie versicherte ihr, in den Schürzentaschen seien sie nicht, aber Lois fühlte trotzdem in den Taschen nach. Ob Albert sich einen dummen Spaß leistete und nur so tat, als schliefe er? Es wurde Lois klar, daß sie die beiden Alten im Grunde gar nicht kannte.

»Sie haben sie doch nicht versehentlich in der Toilette runtergespült?«

»Nein! Und suchen mag ich nicht mehr!« sagte Mamie. »Ich bin müde!«

»Waren Sie mal unten?«

»Nein!«

Lois seufzte und ging nach unten; sie brauchte einen starken Kaffee. Während sie ihn machte, sah sie, daß der Deckel nicht auf der Kuchendose lag und daß von dem Pfundkuchen ein großes Stück fehlte. Der Kuchen war Lois egal, aber es war ein Anhaltspunkt: die Zähne waren vielleicht doch unten. Lois wußte, daß Mamie – und vielleicht auch Albert – manchmal herunterkam, während sie und Herbert aus waren. Der große quadratische Aschenbecher auf dem Couchtisch war dann etwas gedreht und sah aus wie ein Karo, was Lois nicht leiden konnte; oder Herberts Ledersessel war unter dem Schreibtisch hervorgezogen und nicht dicht daruntergeschoben, wie er ihn immer hinterließ, so als habe Mamie oder Albert den Sessel mal ausprobiert. Warum konnten die Forsters für die Mahlzeiten nicht ebenso beweglich sein? Jetzt mit der Kaffeetasse in der Hand suchte Lois in ihrer Küche nach Zähnen. Sie suchte in ihrem Studierzimmer, wo anscheinend nichts verändert worden war, ging dann durchs Wohnzimmer und dann in Herberts Arbeitszimmer. Sein Sessel stand so, wie er ihn hinterlassen hätte, aber sie suchte trotzdem. Die werden sich schon finden, dachte sie, wenn sie nicht doch irgendwie im Klo runtergespült worden sind. Endlich setzte sich Lois mit ihrem Rest Kaffee aufs Sofa, lehnte sich zurück und versuchte sich zu entspannen.

»Mein Gott!« sagte sie aufschreckend und stellte die Tasse auf den Couchtisch. Sie hätte um ein Haar den Tasseninhalt verschüttet.

Da lagen die Zähne – untere nahm Lois an – auf dem

Rand der unteren Platte des Couchtisches, wo sonst nur Zeitschriften lagen. Das Gebiß sah erschreckend schmal aus, wie der Unterkiefer eines kleinen Kaninchens. Lois holte tief Luft. Sie würde sie anfassen müssen. Sie ging in die Küche und holte ein Papiertuch.

Herbert lachte wie närrisch über die Gebißgeschichte. Sie erzählten sie ihren Freunden. Ihre Freunde hatten sie noch, da hatte sich nichts verändert. Als zwei Monate vergangen waren, hatten bei den McIntyres zwei oder drei eher lärmige und späte Dinnerparties stattgefunden. Da bei ihnen ständig der Fernseher lief, hatten die Forsters vermutlich gar nichts gehört, jedenfalls beschwerten sie sich nicht und machten auch keine Bemerkung, und die Freunde der McIntyres konnten anscheinend vergessen, daß oben zwei alte Leute waren, obgleich es alle wußten. Lois merkte allerdings, daß sie und Herbert ihre New Yorker Freunde nun nicht mehr zum Wochenende einladen konnten oder mochten, weil sie wußten, die Freunde hätten keine Lust, das obere Badezimmer oder den Fernsehlärm der Forsters zu teilen. Von Christopher Forster, dem Sohn in Kalifornien, war ein handschriftlicher Brief an die McIntyres gekommen, der sich anhörte, als sei er auf Veranlassung des Hilltop-Heims geschrieben worden: er war höflich und bezeugte Dankbarkeit, und der Sohn hoffte, daß Mom und Dad sich wohlfühlten in ihrem neuen Heim.

». . . Ich würde sie zu mir nehmen, aber meine Frau und ich haben nicht viel Platz übrig, nur ein Extrazimmer für unsere eigenen Kinder und Verwandten, wenn sie auf Besuch kommen . . . Ich werde versuchen, die Enkelkinder zu einem Brief zu bewegen, aber wir sind alle keine großen Briefschreiber . . .«

Im Briefkopf waren Namen und Adresse einer Reinigungsfirma angegeben, deren Geschäftsleiter nicht Christopher Forster war. Lois entsann sich, daß Albert Forster eine Art Vertreter gewesen war.

Albert fing an, das Bett zu nässen, und Lois kaufte eine Gummiunterlage. Albert klagte über Rückenschmerzen »vom Feuchten«, also bot ihm Lois das Doppelbett im Extrazimmer an, während seine Matratze ein paar Tage gelüftet wurde. Sie rief im Hilltop-Heim an und fragte, ob es für Albert vielleicht Tabletten gäbe und ob er diese Beschwerde schon früher gehabt habe. Sie sagten nein und fragten, ob Albert glücklich sei. Lois suchte den Dienstarzt des Hilltop-Heims auf und ließ sich von ihm Tabletten geben; aber er sagte, er bezweifle die vollständige Wirksamkeit der Tabletten, wenn der Patient sich seiner Feuchtigkeit nicht einmal bewußt war, bis er morgens aufwachte.

Die zweite Gebißgeschichte war nicht so komisch, auch wenn beide, Herbert und Lois, zunächst lachten. Mamie berichtete, sie habe ihre Zähne – wieder die unteren – in den Heizungsschacht im Badezimmerfußboden fallen lassen. Die Zähne waren unten in der Schwärze nicht zu sehen, selbst als Herbert und Lois mit einer Taschenlampe hineinleuchteten. Alles, was sie sahen, waren ein paar graue Fusseln oder Staub.

»Sind Sie ganz sicher?« fragte Herbert Mamie, die ihnen zusah.

»*Beide* fallenlaschen, aber blosch die eine isch da durchgerutscht!« erklärte sie.

»Das verdammte Schachtgitter ist so schmal«, sagte Herbert.

»Ihre Zähne auch«, sagte Lois.

Herbert hob das Gitter mit einem Schraubenzieher ab. Er rollte die Ärmel hoch und stocherte zunächst behutsam in den Staubwölkchen herum, dann forschte er ebenso delikat mit einer Flaschenbürste etwas tiefer nach; wenn irgend möglich wollte er die Zähne nicht ganz nach unten fallen lassen. Am Ende mußten er und Lois sich sagen, daß die Zähne doch ganz nach unten gefallen sein mußten. Das fast quadratische Heizungsrohr machte etwa einen Meter tiefer eine Krümmung. Waren die Zähne bis ganz unten in die Feuerung gefallen? Herbert ging allein in den Keller und besah sich mit einem Gefühl der Hoffnungslosigkeit das breite, quadratische und fest vernietete Rohr, das von der Feuerung abging und sich in sechs Leitungen verzweigte, die die verschiedenen Räume mit Wärme versorgten. Welche gehörte nun zum oberen Badezimmer? War es die Mühe wert, die ganze Heizungsanlage auseinanderzunehmen? Nein, sicher nicht. Die Feuerung arbeitete normal, vielleicht waren die Zähne schon verbrannt. Herbert ging nach oben und machte sich daran, Mamie die Lage zu erklären.

»Wir sehen zu, daß Sie eine neue Prothese kriegen, Mamie. Paßt vielleicht sogar besser. Hatten Sie nicht gesagt, daß diese immer drückte und Sie sie deshalb –«

Mamies tragischer Gesichtsausdruck ließ ihn innehalten. Ihre Augen konnten einen ganz zerknüllten Blick annehmen, der ihn rührte oder beunruhigte, obgleich er annahm, daß Mamie ihm meist etwas vormachte.

Gemeinsam mit Lois gelang es ihm jedoch, sie zu trösten. Sie konnte »leichte Sachen« essen, während die Prothese gemacht wurde. Lois kam gleich auf die Idee, mit Mamie ins Hilltop-Heim zu fahren, wo es vermutlich einen Zahnarzt gab oder doch eine Praxis, wo Zahnärzte arbeiten konnten. Doch auch wenn dem so war, als Lois sich telefonisch danach erkundigte, wurde es jedenfalls vom Heim bestritten. So blieb ihr und Herbert nichts anderes übrig, als Mamie nach Hartford zu ihrem eigenen Zahnarzt zu bringen, dreiundzwanzig Meilen entfernt, und die Fahrten schienen kein Ende zu nehmen, obgleich sie Mamie Spaß machten. Erst mußte ein Abdruck vom Unterkiefer gemacht werden, dann von den oberen Zähnen, für den Biß; und gerade als Herbert und Lois, die sich abwechselten, meinten, die Sache sei einigermaßen schnell fertig geworden, kamen die »Anproben«.

»Mit den unteren ist es immer schwieriger als mit den oberen«, sagte ihnen Dr. Feldman bedauernd. »Und meine Patientin da ist auch ziemlich heikel.«

Für die McIntyres lag es auf der Hand, daß Mamie ihnen etwas vormachte hinsichtlich der unteren Zähne, die immer wieder drückten oder nicht richtig saßen, damit sie weitere Ausfahrten mit dem Wagen genießen konnte. Alle zwei Wochen wollte Mamie ihr Haar waschen und einlegen lassen bei einem Friseur in Hartford, den sie für besser hielt als den in der Stadt nahe den McIntyres. Die Sozialversicherung und die Rente, die vom Hilltop-Heim überwiesen wurde, deckten mehr als die Hälfte der Forsterschen Unkosten, aber den Friseur und auch den Zahnarzt bezahlten die McIntyres. Ruth und Pete Mitchell bedauerten die McIntyres persönlich oder am Telefon (wobei sie gleichzeitig aus vollem Halse lachten), als seien alle Plagen Hiobs über die McIntyres gekommen. Und nach Herberts Meinung war es auch so. Herbert lief rot an vor unterdrückter Wut und ohnmächtigem Zorn, wenn ihm Arbeitszeit verlorenging, aber er konnte es nicht mit ansehen, daß Lois mehr Zeit verlor als er, und so übernahm er seinen Anteil und transportierte Mamie hin und her, wie Lois es tat, und beide McIntyres nahmen Bücher ins Wartezimmer des Zahnarztes mit. Zweimal nahmen sie auch Albert mit, weil er es wollte; aber das eine Mal pinkelte er im Wartezimmer, bevor ihm Herbert die nahe Toilette zeigen konnte (dank seiner Taubheit begriff Albert immer nur langsam, was man zu ihm sagte), so daß sich Lois und Herbert schlankweg weigerten, ihn noch einmal mitzunehmen; sie erklärten mitfühlend, aber eigentlich ziemlich grimmig, er dürfe es nicht riskieren, noch einmal eilig zur Toilette zu müssen, wenn er gerade an einem öffentlichen Ort war. Albert riß sein Hörgerät aus dem Ohr, als Lois darüber mit ihm sprach: das war Alberts Art abzuschalten.

Jetzt war Mitte Mai. Die McIntyres hatten vorgehabt, nach Santa Barbara zu fliegen, wo Herberts Eltern ein Haus mit einem Gästehäuschen im Garten besaßen, und dort einen Wagen zu mieten und nach Kanada hinauf zu fahren. Sie besuchten die älteren McIntyres jeden zweiten

Sommer, und immer war es schön gewesen. Das war nun unmöglich. Man konnte unmöglich daran denken, Mamie und Albert das Haus zu überlassen; und es war schwierig, aber vielleicht nicht unmöglich, jemanden zu engagieren, der für die ganze Zeit ins Haus zog und sie versorgte. Lois war ganz sicher: als sie die Forsters zu sich nahmen, waren die sehr viel beweglicher gewesen. Mamie hatte davon gesprochen, daß sie im Garten des Hilltop-Heims gearbeitet habe; doch Lois war es nicht gelungen, Mamie im April an irgendeiner Gartenarbeit zu interessieren, auch nicht an der leichtesten, wie etwa Stillsitzen und zusehen. Sie sprach darüber mit Herbert.

»Ich weiß. Und das wird noch schlimmer und nicht besser werden«, erwiderte er.

»Was meinst du genau?«

»Dieses Bettnässen – Kinder wachsen da raus. Kinder kriegen auch neue Zähne, wenn sie sie verlieren.« Herbert lachte einen Augenblick wie irr. »Aber die beiden werden einfach immer klappriger.« Er betonte das letzte Wort mit bitterem Humor und sah Lois dabei in die Augen. »Hast du gemerkt, wie Albert seinen Stock in den Boden knallt, anstatt ihn aufzusetzen? Sie sind nicht *zufrieden* mit uns. Und sie sitzen fest im Sattel! Wir können diesen Sommer nicht mal Urlaub machen – außer wenn wir sie vielleicht für einen Monat oder so ins Hilltop stecken können. Was meinst du, lohnt es den Versuch?«

»Ja!« Lois' Herz tat einen Sprung. »Vielleicht. Was für eine gute Idee, Herb!«

»Darauf wollen wir eins trinken.« Sie standen in der Küche, gleich wollten sie zu Abend essen, den Forsters hatten sie ihr Essen schon nach oben gebracht. Herbert machte für Lois einen Scotch und füllte sein eigenes Glas von neuem. »Und da wir gerade vom wo hinstecken sprechen«, fuhr er fort und sprach die Worte sehr deutlich aus, wie er es immer tat, wenn er etwas sagen wollte, das ihn leidenschaftlich interessierte, »Dr. Feldman hat heute gesagt, mit Mamies unteren Zähnen sei überhaupt nichts los gewesen, nicht das geringste Anzeichen von Zahnfleischreizung, und sie paßten so gut, daß er sie kaum selber vom Kiefer ziehen konnte. Ha! Ha-ha-haa!« Herbert torkelte in der Küche herum vor Lachen; es hatte ihn am Nachmittag drei Stunden gekostet, mit Mamie zum Zahnarzt zu fahren. »Das war das allerletztemal – heute! Ich hab extra gewartet, es dir zu erzählen.« Herbert hob sein Glas und trank.

Als Lois am nächsten Morgen das Hilltop-Heim anrief, sagte man ihr, alle Zimmer seien mehr als voll, in manchen seien vier Leute untergebracht oder dafür gebucht, weil so viele andere Leute ihre alten Verwandten ins Hilltop brachten, um selber Urlaub machen zu können. Irgendwie glaubte Lois der mechanisch klingenden Stimme nicht, aber was konnte sie machen? Sie glaubte nicht, daß *so* viele Menschen heutzutage mit ihren Eltern oder Großeltern zusammenlebten. Aber wenn nicht, was machte man sonst mit ihnen? Lois sah im Geist einen Volksstamm vor sich, der seine Alten über ein Felsenkliff abschob, und sie schüttelte den Kopf, um den Gedanken loszuwerden, und stand vom Telefon auf. Lois sagte Herbert nichts davon.

Unglücklicherweise verkündete Herbert, der zu Mittag

das Tablett von oben holte, den Forsters mit lauter Stimme, sie würden im Sommer für zwei Monate ins Hilltop zurückkehren. Er stellte den Fernseher leiser und wiederholte es mit strahlendem Lächeln. »Schöner Tapetenwechsel für Sie! Sie können dann ein paar alte Freunde wiedersehen – sie besuchen.« Er blickte sie beide an und sah sofort, daß der Plan sie nicht ansprach.

Mamie wechselte einen Blick mit ihrem Mann. Jeder lag, die Schuhe ausgezogen, auf seinem Bett, in die Kissen gelehnt; vor sich den Fernsehschirm. »*Da* haben wir weiter keine Freunde«, sagte Mamie.

In den scharfen Augen sah Herbert eiskalte Feindseligkeit. Mamie wußte auch, daß man sie nicht wieder zum Zahnarzt oder zum Friseur nach Hartford fahren würde. Herbert erwähnte Lois gegenüber nichts von diesem Gespräch. Aber Lois erzählte Herbert beim Mittagessen, daß das Hilltop-Heim im Sommer keinen Platz habe. Sie hatte Herbert mit der schlechten Nachricht nicht beunruhigen wollen, während er morgens arbeitete.

»Na, dann ist das also im Eimer«, sagte Herbert. »Verdammt, ich möchte so gern mal weg diesen Sommer. Wenn auch nur für zwei Wochen.«

»Nun, das kannst du schon. Dann werd ich – –«

Langsam und bitter schüttelte Herbert den Kopf. »Schichtweise Urlaub? Nein, Schatz.«

Dann hörten sie Alberts Stock – er hörte sich anders an als Mamies –, der die Treppe herunter pochte. Dann kam ein zweiter Stock. Beide Forsters waren auf dem Weg herunter – sehr ungewöhnlich. Lois und Herbert wappneten sich wie für einen feindlichen Angriff.

»Wir wollen nicht ins Hilltop im Sommer«, sagte Mamie. »Sie – –«

»Nein!« sagte Albert und knallte, wo er stehengeblieben war, den Stock auf den Boden.

»Sie hatten zugesagt, daß wir mit Ihnen *zusammen* leben.« Mamie hatte wieder ihr schiefes Ich-armes-Kind-Gesicht aufgesetzt. Alberts Blick war mißtrauisch, die Unterlippe fragend vorgeschoben.

»Nun«, sagte Lois mit einem verlegenen Gefühl des Rückzugs, das sie haßte, »das Hilltop ist besetzt, sie brauchen sich also keine Sorgen zu machen. Es ist alles in Ordnung.«

»Sie haben es aber *versucht*«, sagte Mamie.

»Wir versuchen, etwas *Urlaub* zu machen.« Wegen Alberts Taubheit sprach Herbert sehr laut; am liebsten hätte er dem widerwärtigen alten Bettnässer eine gelangt und ihn, so alt er war, niedergeschlagen. Wie konnte es dieser Wohlfahrtsempfänger wagen, ihn anzustarren, als sei er ein Gauner oder einer, der ihm Übles wollte?

»Wir verstehen das nicht«, sagte Albert. »Haben Sie vor –«

»Sie bleiben ja *hier*«, unterbrach ihn Lois und zwang sich zu einem breiten Lächeln, um die Stimmung zu beruhigen, wenn das möglich war.

Aber Mamie fing von neuem an, und Herbert kochte über. Sie sprachen beide gleichzeitig, Albert fiel ein, und in dem babylonischen Gewirr hörte Lois, wie ihr Mann den Forsters grimmig versicherte, sie blieben *hier*, und wie die Forsters erklärten, die McIntyres hätten nicht gehalten, was sie ihnen und dem Hilltop-Heim versprochen hatten. Wieder und wieder kamen die Worte ». . . nicht *fair*« aus Mamies und Alberts Mund, bis Herbert einen gräßlichen Fluch ausstieß und ihnen den Rücken zukehrte. Es folgte ein so plötzliches Schweigen, daß es Lois' Ohren zum Klingen brachte; dann beschloß Gottseidank Albert, sich umzudrehen und die Küche zu verlassen, aber im Wohnzimmer hielt er inne, und Lois sah, daß er zu pinkeln angefangen hatte. *Ist das nun Absicht,* überlegte sie, als sie auf ihn zustürzte, um ihn auf das untere Badezimmer zuzusteuern, das rechts von der Küche hinter einer Trennwand aus Bücherregalen lag. Sie war mit Albert auf dem Weg, aber bis sie hinkamen, war Albert fertig, und der blaßgrüne Teppich war voller Kleckse zwischen der Küche und der Badezimmertür, die sie noch nicht mal aufgemacht hatte. Sie riß ihre Hand zurück von seinem Arm in der Strickjacke; es war ihr widerlich, daß sie ihn auch nur angefaßt hatte.

Sie ging zu ihrem Mann zurück, an Mamie vorbei. »Mein Gott«, sagte sie zu Herbert.

Herbert stand wie eine Festung, breitbeinig, mit verschränkten Armen und gesenkten Augenbrauen. »Das schaffen wir schon«, sagte er zu seiner Frau. Dann stürzte er sich ins Gefecht, griff sich ein Scheuertuch aus dem Schränkchen unter dem Ausguß, machte es naß und nahm die Kleckse auf dem Teppich in Angriff.

Albert war auf seinem langsamen Weg nach oben, und Mamie begann ihm zu folgen, blieb jedoch stehen und bot Lois noch einmal das verstörte Gesicht dar. Herbert war vornübergebückt und rieb an den Flecken herum, er sah es nicht. Lois wandte sich ab und drehte das Gesicht zum

Herd. Als sie wieder hinsah, kroch Mamie eben hinüber zur Treppe.

Während Herbert immer wieder das Scheuertuch ausspülte – eine Arbeit, die er Lois nicht tun lassen wollte –, murmelte er Pläne vor sich hin. Er wollte selber mit den Hilltop-Leuten sprechen, ihnen sagen, daß er und Lois beide zu Hause arbeiteten und dafür Frieden und Ruhe brauchten, daß sie es deshalb nicht zumutbar fanden – und auch nicht in der Lage waren –, mehr Geld auszugeben für eine Ganztags-Hausangestellte, die alle Mahlzeiten nach oben bringen und außerdem täglich die Bettwäsche wechseln müßte. Als sie die Forsters zu sich nahmen, war von Bettnässen keine Rede gewesen, und beide hatten sich weit besser selber versorgen können, soviel die McIntyres gewußt hatten.

Ohne Voranmeldung ging Herbert am selben Nachmittag gegen drei Uhr ins Hilltop-Heim. Er war in so aggressiver Stimmung, daß er darauf bestand, den Richtigen zu sprechen, und deshalb hatte er es auch für besser gehalten, sich nicht vorher anzumelden. Er wurde schließlich ins Büro eines gewissen Stephen Culwart, Heimleiter, geführt, eines schlanken Mannes mit beginnender Glatze, der ihm ruhig erklärte, die Forsters könnten nicht zurück ins Heim, weil man keinen Platz hatte. Mr. McIntyre könne sich natürlich mit dem Forsterschen Sohn in Verbindung setzen, und man werde dann vielleicht ein anderes Heim finden, aber das Hilltop-Heim war dafür nicht mehr verantwortlich. Frustriert und etwas müde ging Herbert wieder, obwohl er wußte, die Müdigkeit saß nur im Kopf und es wäre besser, sie abzuschütteln.

Lois war in ihrem Arbeitszimmer hinter dem Wohnzimmer bei geschlossener Tür mit Schreiben beschäftigt, als sie ein Klirren von zerbrechendem Glas hörte. Sie ging ins Wohnzimmer und fand Mamie, zitternd, neben der Büchertrennwand vor der Küchentür. Mamie sagte, sie sei gerade unten gewesen und habe die untere Toilette benutzen wollen, und dabei habe sie versehentlich die Vase am Ende des einen Bücherregals angestoßen. Ihre Haltung war eine merkwürdige Mischung aus Aggression und Entschuldigung. Nicht zum erstenmal überlief Lois ein Schauder vor Mamie.

»Und dann möchte ich auch Strickzeug haben«, sagte Mamie mit bebender Stimme.

»Strickzeug?« Lois preßte mit dem Daumen die Seite des Bleistifts, den sie in der Hand hielt, aber nicht so stark, daß er durchbrach. Sie war selber niedergeschmettert beim Anblick der blauen und weißen Glasscherben zu ihren Füßen. Sie hatte diese chinesische Vase, die einmal ihrer Mutter gehört hatte, sehr geliebt; sie war vielleicht kein Museumsstück gewesen, die Vase, aber doch einzigartig und wertvoll. Entscheidend war, daß Mamie es vorsätzlich getan hatte. »Was für ein Strickzeug? Wolle – meinen Sie Strickwolle?«

»Ja! Mehrere Farben. Und *Nadeln*!« sagte Mamie fast in Tränen, wie ein bedauernswerter Bettler, der um Almosen bat.

Lois nickte. »Na schön.«

Mit ihren langsamen und watschelnden Schritten ging Mamie zur Treppe. Aus dem Fernseher oben kam fröhliche Musik, die Kennmelodie einer nachmittäglichen Serie.

Lois fegte die Vase auf; zum Reparieren war sie in zu viele Stücke zerbrochen, wenigstens meinte sie das jetzt. Aber sie hob die Scherben in einer Plastiktüte auf. Gleich darauf kam Herbert und berichtete von seinem Mißerfolg.

»Ich glaube, wir sollten mal mit einem Anwalt sprechen«, sagte Herbert. »Ich weiß nicht, was wir sonst tun können.«

Lois versuchte, ihn mit einer Tasse Tee in der Küche zu besänftigen. Sie könnten nochmal Verbindung mit dem Sohn aufnehmen, meinte Lois. Ein Anwalt kostete viel und hätte womöglich nicht einmal Erfolg.

»Aber daß was im Busch ist, das wissen sie«, sagte Lois und nahm einen Schluck Tee.

»Wieso –? Was meinst du?«

»Ich kann's fühlen. Es liegt in der Luft.« Von der Vase sagte Lois nichts, sie hoffte, er werde es nicht gleich merken.

Lois schrieb an Christopher Forster. Mamie strickte, und Albert pinkelte. Lois und ihre Putzhilfe Rita, die einmal wöchentlich kam, ein rundliches, halb-portorikanisches Mädchen, fröhlich und ein Engel, wuschen die Laken aus und hängten sie im Garten auf die Wäscheleine. Mamie schenkte Lois ein rundes gestricktes Deckchen, hübsch, aber von einem dunklen Purpur, das Lois nicht mochte – oder lag es daran, daß sie auf der ganzen Linie genug hatte von Mamie? Sie lobte Mamie für die Arbeit, sagte, wie gut ihr das Deckchen gefiele, und legte es in die Mitte des Couchtisches. Mamie schien von Lois' Worten nicht recht befriedigt, merkwürdigerweise; sie setzte wieder ihr Stirnrunzeln auf. Danach begann Mamie alles mögliche Zeugs mit verschiedenen Farben und vielen fallengelassenen Maschen zu fabrizieren, vermutlich sollten es weitere Deckchen oder Teewärmer, vielleicht sogar Socken sein. Die Verrücktheit dieser Objekte beunruhigte Lois und Herbert immer mehr. Es war jetzt Mitte Juni. Christopher hatte geantwortet, die Lage in seinem Haus sei angespannter als je, denn sein eigener vierjähriger Enkel verbrachte den Sommer bei ihm und seiner Frau, weil seine Eltern sich wahrscheinlich scheiden lassen wollten; es war daher ganz ausgeschlossen, ausgerechnet jetzt noch seinen Vater und Mamie ins Haus zu nehmen. Herbert investierte in einer einstündigen Beratung mit einem Anwalt, der vorschlug, die McIntyres sollten die Sache, unterstützt von Christopher Forster, mit der Sozialversicherung aufnehmen. Oder Herbert könnte sich nach einem anderen Altersheim umsehen, wo sich aber vielleicht Probleme ergeben würden, weil er kein Blutsverwandter war und erklären müßte, daß er die Verantwortung für die Forsters vom Hilltop-Heim übernommen habe.

Herberts und Lois' Nachbarn scharten sich um sie mit moralischer Unterstützung, mit Einladungen, um ihre Monotonie zu durchbrechen, aber keiner erbot sich, die Forsters auch nur für eine Woche bei sich aufzunehmen. Lois bemerkte das, scherzend, zu Herbert, und beide lächelten bei dem Gedanken: das war wirklich zu viel verlangt, auch von den besten Freunden, und die Tatsache, daß weder die Mitchells noch ihre anderen nahen Freunde, die Lowenhooks, ihnen ein solches Angebot gemacht hatten, verminderte auch keineswegs ihre Wertschätzung für die Freunde. Die Forsters waren eben beide zusammen eine Plage, ein Mühlstein, ein Kreuz. Und jetzt führten die Forsters einen subtilen Krieg. Sachen gingen kaputt. Es war Lois jetzt egal, was mit Alberts Matratze geschah, oder auch mit dem Teppich oben – das hatte sie alles abgeschrieben. Sie erbot sich auch nicht mehr, Alberts Hose zur Reinigung zu bringen; es war ihr egal, in welchem Zustand die Hose war. Sollen die beiden doch im eigenen Saft schmoren: der Satz war ihr durch den Kopf gefahren, laut gesagt hatte sie ihn nicht. Lois fürchtete, daß Herbert bald zusammenbrechen würde. Anfang August hatten sie beide den Punkt erreicht, an dem sie nicht mehr lachen konnten, nicht einmal zynisch.

»Mieten wir doch zwei Studios – Büroräume zum Arbeiten, Lois«, sagte Herbert eines Abends. »Ich habe mich schon umgesehen – in Hartford, an der Barington Street, sind zwei Zimmer frei im gleichen Haus. Vierhundert Dollar monatlich – pro Stück. Das ist es wert – für mich jedenfalls, und gewiß auch für dich. Du hast wirklich die meiste Last gehabt.« Herberts Augen waren rötlich vor Müdigkeit, aber er konnte noch lächeln.

Lois fand das eine großartige Idee. Achthundert Dollar monatlich schien ihr kein überrissener Preis für Ruhe und Frieden, für die Möglichkeit, sich zu konzentrieren. »Ich mach ihnen eine kalte Mahlzeit zurecht, mit Thermosflaschen –«

Herbert lachte; Tränen der Erleichterung schimmerten in seinen Augen. »Und ich bin dein Fahrer für den Achtstunden-Job. Stell dir bloß vor – *Alleinsein* – in unseren eigenen kleinen Zellen!«

Am folgenden Montag richteten sich Lois und Herbert in den beiden Büroräumen in Hartford ein. Sie nahmen Schreibmaschinen, Geschäftsordner, Briefe und Bücher mit, und Lois außerdem das Manuskript, an dem sie arbeitete. Als Lois am Wochenende vorher Mamie von dem Umzug erzählt hatte, hatte Mamie gefragt, wer denn nun ihre Mahlzeiten herrichten werde, und Lois hatte erklärt, sie selber werde da sein und ihnen Frühstück und Dinner servieren, und zum Lunch wäre dann – ein Picknick da, eine Überraschung, mit heißer Suppe in einer Thermosflasche, und ebenso Tee.

»Zur Teezeit –« hatte Albert vage angesetzt, mit einem anklagenden Auge auf Lois.

»Es ist jedenfalls beschlossene Sache«, hatte Lois gesagt, und es war ihr ernst damit, denn sie und Herbert hatten eine Abmachung für sechs Monate unterschrieben.

Mamie und Albert grollten jetzt noch mehr mit den McIntyres. Alberts Bett war jeden Abend naß, wenn Herbert und Lois zwischen sechs und sieben nach Hause kamen, und es war Lois' Pflicht, die Laken zu wechseln, bevor sie ans Kochen ging. Herbert bestand darauf, das oder die Laken selber auszuspülen und sie entweder im Garten oder, wenn es nach Regen aussah, im Keller auf die Leine zu hängen.

»Aus eurem eigenen Haus zu ziehen bloß wegen solchen . . .!« sagte Pete Mitchell eines Abends, als er mit Ruth zu Drinks erschienen war. »Das geht doch reichlich weit, findet ihr nicht?«

»Aber wir können arbeiten«, erwiderte Herbert. »Es *ist* besser. Nicht wahr, Lois?«

»Ja, bestimmt. Liegt doch auf der Hand«, sagte Lois zu den Mitchells; aber sie sah, daß sie ihr nicht glaubten, daß sie meinten, sie bemühe sich nur, so sehr sie konnte. Es war Lois klar, daß sie seit der Ankunft der Forsters vor sechs Monaten wohl nur einmal bei den Mitchells zum Abendessen gewesen waren, weil sie und Herbert die Forsters zu ungern von acht Uhr abends bis vielleicht nach Mitternacht allein ließen. Aber war das nicht eigentlich unsinnig? Schließlich waren die Forsters jetzt täglich von gegen neun bis etwa sechs Uhr abends allein im Haus. Also nahmen Lois und Herbert eine schon oft von den Mitchells ausgesprochene Einladung zum Essen jetzt an, und die Mitchells freuten sich sehr. Die Einladung war für den nächsten Samstag.

Als die McIntyres am folgenden Samstag abend – oder vielmehr am Sonntag früh kurz vor ein Uhr – von den Mitchells zurückkamen, war in ihrem Hause alles in Ordnung. Nur im Wohnzimmer brannte das Licht, so wie sie es gelassen hatten; aus dem Forsterschen Zimmer hörte man Fernsehgemurmel, wie üblich, und bei den Forsters brannte kein Licht. Herbert ging in ihr Zimmer, stellte den Fernseher ab und ging auf Zehenspitzen mit dem Eßtablett hinaus. Er fühlte sich angenehm benebelt, ebenso wie Lois, denn die Mitchells hatten ihnen ein gutes Essen mit Wein vorgesetzt, und die Lowenhooks waren auch da gewesen.

Herbert und Lois tranken noch einen Schlummertrunk in der Küche, und Lois wusch dabei das Eßgeschirr der Forsters ab. Sie schafften es doch, oder? Trotz der Witzeleien von den Lowenhooks heute abend. Was hatten sie gesagt? *Wenn nun Mamie und Albert euch beide überleben?* Herbert und Lois brachten es heute abend in ihrer Küche fertig, herzlich zu lachen.

Am Sonntag fragte Mamie Lois, wo sie gestern abend gewesen waren, obgleich Lois Namen und Telefonnummer der Mitchells bei den Forsters hinterlassen hatte. Das Telefon hatte »ein dutzendmal« geklingelt, sagte Mamie; sie habe es aber nicht schnell genug abnehmen können, bevor das Klingeln aufhörte, und auch Albert habe den Apparat im Schlafzimmer der McIntyres nicht mehr rechtzeitig erreicht, obwohl er es versuchte, als Mamie es schließlich müde geworden war.

Lois glaubte ihr nicht. Wie konnte sie das Klingeln hören, wenn ihr Fernseher so laut lief? »Komisch, daß es heute den ganzen Tag lang nicht geklingelt hat.«

Als Lois und Herbert in der nächsten Woche eines Abends zusammen aus ihrem Büro heimkamen, fanden sie einen großen Topf Zwergrhododendron, der auf dem Fußboden im Wohnzimmer umgekippt war; der Topf war aber nicht zerbrochen. Es war ausgeschlossen, daß jemand einen so großen Topf einfach durch Anstoßen umgeworfen hatte, das wußten sie beide, aber sie sagten es nicht. Herbert machte sich mit Besen und Schaufel an die Arbeit und stellte den Topf wieder auf; er überließ es Lois, das neue Objekt im Wohnzimmer zu bewundern, ein mehr oder weniger sechseckiges gestricktes Ding – wenn es eine Tellerunterlage war, so war sie reichlich groß, fast ein Meter im Durchmesser –, das auf der einen Sofalehne lag. Die Farben waren türkis, dunkelrot und weiß, und die Oberfläche wellte sich.

»Versöhnungsgabe?« fragte Herbert feixend.

Es war an einem Freitag im Frühherbst gegen sieben Uhr, als die McIntyres beim Nachhausekommen Rauch aus einem der Fenster des Forsterschen Zimmers kommen sahen. Das Fenster war oben ganz wenig geöffnet, der Rauch sah dick und ernst aus.

»Um Gottes willen!« sagte Herbert und sprang aus dem Wagen, blieb dann aber stehen, als wisse er sekundenlang nicht, was er tun sollte.

Lois war auf der Beifahrerseite ausgestiegen. Der graue Rauch kräuselte sich nach oben, er stieg höher als die Pappeln. Auch Lois fühlte sich merkwürdig gelähmt. Dann fiel ihr ein unfertiger Artikel ein, die ersten vier Kapitel eines Buches, an dem sie noch nicht arbeitete, aber bald arbeiten würde, sie lagen unten im vorderen Zimmer, unter dem Forsterschen Zimmer, und ein Zwang zum Handeln ergriff sie. Sie warf ihre Handtasche auf den Vordersitz des Wagens. »Wir müssen unsere *Sachen* rausholen!«

Herbert wußte, was sie mit »Sachen« meinte. Als er die Haustür öffnete, ließ ihn der Geruch des Rauches zurücktreten, dann holte er tief Luft und stürzte vorwärts. Er wußte: das Falscheste war, die Tür offen zu lassen, einen Luftzug zu schaffen, aber er machte die Tür nicht zu. Er lief nach rechts auf sein Arbeitszimmer zu, dann fiel ihm ein, daß Lois ebenfalls im Hause war, er kehrte also um und lief zu ihr in ihr Studierzimmer. Er riß ein Fenster auf und warf die Papiere und Ordner und Kästen, die sie ihm gab, nach draußen ins Gras. Das war in Sekunden geschehen. Jetzt stürzten sie durchs Wohnzimmer in Herberts

Arbeitszimmer, das einigermaßen frei war von Rauch, obgleich die Tür offenstand. Herbert öffnete eine Fenstertür, und jetzt flogen seine Kästen und Aktenordner hinaus auf den Rasen, seine zweite Reiseschreibmaschine, Nachschlagewerke, derzeitiger Lesestoff, und fast die Hälfte einer vierzehnbändigen Enzyklopädie. Lois half ihm; mit weit offenem Mund hielt sie schließlich ein, um Atem zu holen.

»Und – oben!« sagte sie keuchend. »Feuerwehr? Ist doch noch nicht zu spät?«

»Laß das verdammte Ding doch brennen!«

»Die Forsters – –«

Herbert nickte schnell. Er sah benommen aus. Er blickte sich im Sonnenzimmer um, ob er irgendwas vergessen hatte, schnappte sich seinen Briefbeschwerer vom Schreibtisch, steckte ihn ein und zog eine Schublade auf. »Reiseschecks«, murmelte er und steckte sie ebenfalls ein. »Vergiß nicht, das Haus ist versichert«, sagte Herbert lächelnd zu Lois. »Wir schaffen's schon. Und es *lohnt* sich!«

»Meinst du nicht – oben –«

Herbert seufzte unruhig auf und ging durchs Wohnzimmer zur Treppe. Rauch rollte herunter wie eine graue Lawine. Er hielt sich einen Teil seiner aufgeknöpften Jacke vors Gesicht und lief zu Lois zurück. »Raus! *Raus,* Darling!«

Sie standen beide draußen auf dem Rasen, als der obere Teil des Fensters im Forsterschen Zimmer einbrach und Flammen herausdrangen, die sich aufwärts zum Dach hin kräuselten. Wortlos sammelten Lois und Herbert die

Sachen ein, die sie auf den Rasen geworfen hatten. Trotz der Eile packten sie ihre Habseligkeiten ganz ordentlich auf den Rücksitz und in den Kofferraum des Wagens.

»*Die* hätten doch die Feuerwehr rufen können, meinst du nicht?« sagte Herbert mit einem Blick auf das flammende Fenster.

Lois wußte – und auch Herbert wußte es –, daß sie oben in ihrem Schlafzimmer auf das Telefon das Wort FEUERWEHR und auch die Telefonnummer geschrieben hatte, falls etwas passierte. Aber jetzt waren die Forsters bestimmt schon vom Rauch überwältigt. Oder ob sie womöglich *im Freien* waren, in der Dämmerung verborgen hinter den Hecken und den Pappeln, und zusahen, wie das Haus verbrannte? Bereit, sich zu ihnen zu gesellen – jetzt? Lois hoffte es nicht. Und sie glaubte es auch nicht. Die Forsters waren da oben und nun schon tot. »Wo fahren wir hin?« fragte sie, als Herbert auf die Straße lenkte, nicht in die Richtung von Hartford. Aber sie wußte es. »Zu den Mitchells?«

»Ja, klar. Von da aus telefonieren wir. Die Feuerwehr – wenn nicht schon ein Nachbar dort angerufen hat. Die Mitchells bringen uns für die Nacht unter. Keine Sorge, Schatz.« Herberts Hände hielten das Lenkrad fest umklammert, aber er fuhr ruhig und vorsichtig.

Was die Mitchells wohl sagen würden? Wahrscheinlich: *Gut so,* dachte Lois.

Die Abenteurerin

Isabella hatte Gesicht und Hals eingeseift und begann nun, sich im Sprühregen von herrlich warmem Wasser auf ihrem Körper zu entspannen, als plötzlich – da war er wieder! Ein häßlich grinsendes Gesicht, keinen Meter von ihrem eigenen entfernt, fixierte sie mit dem Blick, und eine große Faust hielt die eine eiserne Gitterstange gepackt, damit er mit Isabella auf die gleiche Höhe kam.

»Schwein!« sagte Isabella mit zusammengepreßten Zähnen und duckte sich gleichzeitig.

»Schlampe!« war seine Antwort. »Ha-ha!«

Es mußte das drittemal sein, daß derselbe Widerling sie belästigte! Isabella trat, immer noch gebückt, unter der Dusche hervor und griff nach der Plastikflasche mit gelbem Shampoo; sie drückte etwas Shampoo in eine Schüssel, die ein Stück Seife enthielt (die Seife nahm sie heraus), ließ heißes Wasser in die Schüssel laufen und rührte darin herum, bis der Schaum, dicht und süß duftend, in die Höhe stieg. Die Schüssel stellte sie auf den Wannenrand, wo sie sie leicht erreichen konnte, und stieg dann wieder unter die Dusche. Ihre Wut ließ ihren Atem schneller gehen.

Wehe, wenn er's nochmal versuchte! Trotzig aufrecht stehend, seifte sie das Waschläppchen ein und wusch sich die Schenkel. Das in die Wand eingelassene quadratische Fenster lag links von ihrem Kopf, eine quadratische Lücke von Steinen eingefaßt zwischen den blauweiß gekachelten Badezimmerwänden und den starken eisernen Gitterstangen – jede so dick wie ihr Handgelenk – auf der Straßenseite.

»Signora –?« kam die höhnische Stimme von neuem.

Isabella griff nach der Schüssel. Er hielt jetzt die Gitterstangen mit beiden Händen, dazwischen war das Gesicht, unrasiert, die schwarzen Augen starrten, der schlaffe Mund lächelte. Isabella schleuderte den Seifenschaum, wobei sie die Schüssel von unten mit gespreizten Fingern festhielt.

»Uu-uff!« Der Kopf verschwand.

Volltreffer! Der Seifenschaum hatte ihn zwischen die Augen getroffen, und sie meinte zu hören, wie etwas von dem Schaum auf den Boden klatschte. Isabella lächelte und duschte fertig.

Sie freute sich nicht auf den Abend – ein Dinner zu Hause mit dem Ersten Sekretär der Dänischen Botschaft und seiner Freundin –, aber sie hatte schon unangenehmere Abende erlebt, und noch unangenehmere standen ihr in Wien bevor, in der letzten Woche dieses Monats Mai; dann hatte Filippo, ihr Mann, an irgendeiner Konferenz für Menschenrechte und Umweltschutz teilzunehmen, die fünf Tage dauern sollte. Isabella machte sich nichts aus den Wienern – die Frauen fand sie langweilig, sie hatten nichts im Kopf als Kleider, wer was trug und was es kostete.

»Ich glaube, ich ziehe heute abend lieber das Grünseidene an«, sagte Isabella zu Elisabetta, ihrem Mädchen, als sie im Badetuch in ihr Schlafzimmer ging und sah, daß auf ihrem Bett das neue schwarze Kleid bereitlag. »Ich hab's mir anders überlegt«, fügte Isabella hinzu, denn ihr fiel ein, daß sie sich am Nachmittag für das schwarze entschieden hatte. Oder doch nicht? Isabella fühlte sich ein wenig vage.

»Und welche Schuhe, Signora?«

Isabella sagte es ihr.

Viertel vor acht war es jetzt. Die Gäste – zwei Männer, hatte Filippo gesagt, außer dem dänischen Sekretär, der Osterberg oder Ottenberg hieß – sollten nicht vor acht Uhr kommen, und das hieß halb neun oder später. Isabella hatte Lust, hinauszugehen auf die Straße, an einer Bartheke einen Espresso zu trinken, wie irgendein normaler römischer Bürger, außerdem wollte sie nachsehen, ob der Spanner sich da noch herumtrieb. Es gab sogar zwei, der zweite war ein magerer Typ von etwa dreißig, mit knautschigem Regenmantel und dunkler Brille. Das war ein »Greifer«, einer, der Frauen an den Hintern griff; er hatte das bei Isabella ein- oder zweimal getan, als sie auf den Pförtner wartete, der die Tür aufmachen sollte. Auf den Pförtner mußte Isabella immer warten, wenn sie nicht den Schlüssel für die starke Außentür – er war so lang wie ein Männerfuß – mit sich herumschleppen wollte. Der Greifer sah etwas sauberer aus als ihr Badezimmerschnüffler, aber er schien ihr auch unheimlicher, und lächeln tat er nie.

»Ich geh einen caffè trinken«, sagte Isabella zu Elisabetta.

»Sie möchten lieber ausgehen?« fragte Elisabetta, womit sie sagen wollte, daß sie ja einen caffè machen könne, wenn es die Signora wolle. Elisabetta war über vierzig und trug das Haar zu einem ordentlichen Knoten gebunden. Ihr Mann war vor einem Jahr gestorben, und sie war immer noch in Halbtrauer.

Isabella warf sich ein Cape um die Schultern, nickte kurz und ging hinaus. Sie überquerte das Kopfsteinpflaster des Hofs, dessen Steine leicht abwärts gingen bis zum Abfluß in der Mitte, und traf an der Tür einen der drei Pförtner, die rund um die Uhr den Palazzo bewachten, in dem sechs wohlhabende Mieter wohnten. Dieser Pförtner hieß Franco. Er hob den schweren Querriegel und öffnete die große Tür so weit, daß sie durchgehen konnte.

Isabella war draußen auf der Straße. Freiheit! Sie straffte sich und holte tief Luft. Ein halbwüchsiger Junge radelte vorbei und stieß einen Pfiff aus. Eine alte Frau in Schwarz watschelte schwerfällig vorüber, beladen mit einer schweren Einkaufstasche, in der obenauf Zwiebeln und Spaghetti lagen, nachlässig in Zeitungspapier gewickelt. Ein Radio schrillte Jazzmusik durch ein offenes Fenster. Die Luft verhieß einen heißen Sommer.

Isabella blickte sich um, sah aber keinen ihrer beiden Störenfriede und merkte, daß sie leicht enttäuscht war. Aber drüben auf der anderen Straßenseite, etwas nach rechts, lag die Caffè-Bar. Isabella trat ein. Sie war sich bewußt, daß ihre elegante Kleidung und die gepflegte Frisur sie von den üblichen Gästen hier absonderten. Dem jungen Barmann, der sie schon kannte, schenkte sie ein warmes Lächeln.

»Signora! Buona sera! Schöner Tag, nicht wahr? Was wünschen Sie?«

»Un espress', per piacere.«

Isabella war sich klar darüber, daß sie in der Nachbarschaft bekannt war als die Frau eines Regierungsbeamten, der für sein Alter – er war noch nicht vierzig – einigermaßen bedeutend war; sie wußte auch, daß man sie für ziemlich reich hielt, und auch für hübsch. Nun, das letztere konnte man sehen. Und was sonst noch, dachte Isabella, als sie schluckweise ihren Espresso trank. Sie und Filippo hatten eine vierzehnjährige Tochter, die jetzt in der Schweiz zur Schule ging. Susanna.

Isabella schrieb ihr getreulich einmal wöchentlich, und ebenso oft schrieb Susanna an sie. Wie sich wohl Susanna entwickeln würde? Ob sie ihre Tochter, wenn die achtzehn oder zweiundzwanzig war, überhaupt noch *mochte*? Ob Susanna ihre Leidenschaft für Pferde und Reiten (hoffentlich!) aufgab und sich später für etwas intellektuellere Dinge entscheiden würde, etwa Geologie und Anthropologie, für die sie im letzten Jahr Interesse gezeigt hatte? Oder ob sie den üblichen Weg einschlagen würde: heiraten mit zwanzig, bevor sie mit dem Studium fertig war, Kapital schlagen aus ihrem hübschen Aussehen und den »passenden« Mann heiraten, bevor sie festgestellt hatte, um was es im Leben wirklich ging? Um was ging es denn im Leben?

Isabella sah sich um, als ließe sich das feststellen. Isabella hatte zwei Jahre an der Universität von Mailand studiert; sie stammte aus einer recht intellektuellen Familie und hielt sich nicht für die übliche tumbe Ehefrau. Filippo sah gut aus und hatte eine vielversprechende Laufbahn vor sich. Aber Filippos *Vater* war ein prominenter Mann in einem Ministerium, und er hatte Geld. Das dumme war nur, daß die Frau eines Mannes im diplomatischen Dienst ein Kleiderständer zu sein hatte, sie mußte den Mund halten, wenn sie ihn gern aufmachen wollte, sie mußte höflich und liebenswürdig zu Leuten sein, die sie gräßlich oder langweilig fand. Manchmal hatte Isabella große Lust, die ganze Sache sausenzulassen, sich unter das gemeine Volk zu mischen, oder einfach zu lachen.

Sie goß ihren Rest Kaffee herunter, legte einen Fünfhundertlireschein hin und wandte sich um, noch immer im sicheren Schutz des Bartresens. Prüfend überblickte sie die Szene. Zwei Tische waren von Paaren besetzt – vielleicht Liebespaare. Ein blinder Bettler mit weißem Stock war im Begriff einzutreten.

Und da kam ihr dunkeläugiger Spanner! Isabella merkte, daß ihre Augen aufleuchteten, als hätte sie ihren Liebsten erblickt.

Er grinste. Er bummelte, stolzierte fast auf dem Weg hinüber zur Bar bis zu einem Platz, der wenig entfernt von ihr war. Er musterte sie von oben bis unten wie ein Mann, der auf der Straße ein Mädchen aufs Korn nimmt, bevor er sich für Ja oder Nein entscheidet.

Isabella hob den Kopf und verließ die Caffè-Bar.

Er folgte ihr. »Sie sind schön, Signora«, sagte er. »Ich muß es doch wissen, meinen Sie nicht?«

»Behalten Sie Ihre schmutzigen Ideen für sich!« erwiderte Isabella und überquerte die Straße.

»Meine schöne Lady – die Gattin meiner Träume!«

Seine Augen waren gerötet, das sah sie. Gut so! Sie

drückte auf den Klingelknopf für den Pförtner. Jetzt fiel ihr Blick auf eine Gestalt, die von links näher kam. Der Po-Kneifer, der Greifer, der wirklich schräge Kerl! Wieder der Regenmantel, aber heute keine Brille, ein schwaches Lächeln. Isabella drehte sich um und stand ihm gegenüber, mit dem Rücken zu der großen Tür.

»O wie gern möchte ich . . .« murmelte der Greifer, als er an ihr vorbeiging – so nahe, daß sie meinte, die Wärme seines Atems an der Wange zu spüren, und gleichzeitig klapste er sie mit der linken Hand auf die Hüfte. Er hatte Pockennarben und starke Backenknochen, die hart hervorstanden. Ein widerlicher Typ. Und widerliche Worte, die er da gesagt hatte!

Auf der anderen Straßenseite stand der Spanner und sah zu. Isabella sah, wie er in sich hineinlachte und sich auf den Fersen wiegte.

Franco öffnete die Tür. Wenn sie nun Filippo von diesen beiden berichtete? Aber das hatte sie ja schon, das fiel ihr jetzt ein, vor einem Monat oder so. Ja. »Wie würde es *dir* wohl gefallen, wenn dich ein Psychopath fast jedesmal beim Duschen anstarrte?« hatte sie zu Filippo gesagt, und er war in Lachen ausgebrochen, was selten geschah. »Wenn es eine Frau wäre vielleicht, ja, dann würd's mir gefallen!« hatte er gesagt. Und dann hatte er gesagt, sie solle das nicht so ernst nehmen, er werde mit den Pförtnern reden, oder so etwas ähnliches.

Isabella hatte das Gefühl, sie sei erst nach der Dinnerparty richtig aufgewacht, als im Wohnzimmer der Kaffee serviert wurde. Der Geschmack des Kaffees erinnerte sie an die Bar vom Nachmittag, an den dunkelhaarigen

Spanner mit den geröteten Augen, wie er in das Lokal hereinkam und die Impertinenz besaß, sie *wieder* anzureden!

»Wir sind auch in Wien, gegen Ende des Monats«, sagte die Freundin des dänischen Ersten Sekretärs.

Isabella mochte sie ganz gern. Sie hieß Gudrun und sah gesund, offen und unsnobistisch aus. Aber Isabella wußte darauf nichts zu sagen als: »Wie schön. Da freuen wir uns« – einer der Sätze, die sie nach fünfzehn Jahren als Ehefrau-eines-Regierungsangestellten ganz automatisch äußerte. Es gab Augenblicke, Stunden, in denen sie sich so anödete, daß sie meinte, den Verstand zu verlieren. So wie jetzt. Sie war nahe daran, etwas Schockierendes zu tun, etwa aufstehen und schreien, oder erklären, sie wolle jetzt ausgehen (genau, und noch einen Espresso trinken in derselben schäbigen kleinen Bar), schreien, daß *alle* sie anödeten, auch Filippo, der sich jetzt mit gekreuzten Beinen im Sessel räkelte, angetan mit seinem schicken neuen Abendanzug mit Rüschenhemd, vertieft in die Unterhaltung mit den anderen drei Männern. Filippo war lang und schmal wie ein Dressman, das schwarze Haar begann auf distinguierte Art an den Schläfen grau zu werden. Frauen gefiel sein Äußeres, das wußte Isabella. Aber das gute Aussehen machte ihn noch lange nicht zu einem feurigen Liebhaber. Ob die Frauen das wohl wußten, dachte Isabella.

Bevor sie an diesem Abend schlafen ging, mußte Isabella mit Luigi, dem Koch, die Einkaufsliste für die morgige Dinnerparty durchgehen, denn Luigi war früh auf den Beinen, um frischen Fisch zu kaufen. Hatte die

Signora nicht Fisch vorgeschlagen? Und Luigi riet zu Lammbraten an Stelle von Tournedos für den Hauptgang, wenn er etwas sagen dürfe.

Filippo machte ihr ein Kompliment, während er sich auszog. »Osterberg hat gesagt, du seist reizend.«

Sie schliefen beide in demselben großen Bett, das jedoch so breit war, daß Filippo seine Leselampe anschalten und in seinen Papieren und Anweisungen bis in die Morgenstunden weiterlesen konnte – was oft geschah –, ohne daß Isabella gestört wurde.

Zwei Tage darauf stand Isabella abends kurz vor sieben unter der Dusche, als derselbe dunkelhaarige Widerling am Badezimmerfenster hochsprang und lüsterte: »Hallo, Schönste – machst du dich fertig für mich?«

Isabella war nicht zu Schlagfertigkeit aufgelegt. Sie stieg aus der Dusche.

»O Signora, so viel Schönheit darf man nicht verstekken! Versuchen Sie doch nicht – –«

»Ich habe die *Polizei* verständigt!« schrie ihn Isabella an und löschte das Licht im Badezimmer.

Gleich als Filippo an diesem Abend nach Hause kam, sprach Isabella mit ihm. »Es muß etwas getan werden – Milchglas ins Fenster einsetzen –«

»Du hast doch gesagt, das macht das Badezimmer so häßlich.«

»Ganz egal! Es ist abscheulich! Ich hab's den Pförtnern gesagt – oder jedenfalls Giorgio. Der schert sich einen Dreck darum, das ist klar! – Filippo?«

»Ja, meine Liebe. Hör mal, können wir nicht später darüber reden? Ich muß mir wenigstens ein sauberes

Hemd anziehen, wir müßten – jetzt schon da sein.« Er warf einen Blick auf seine Uhr.

Isabella war fertig angekleidet. »Ich will deine Tränengaspistole haben. Du hast sie mir gezeigt, weißt du noch? Wo ist sie?«

Filippo seufzte. »Oberste Schublade in meinem Schreibtisch, links.«

Isabella ging an den Schreibtisch in Filippos Arbeitszimmer. Die Tränengaspistole sah aus wie eine Füllfeder, nur etwas dicker. Isabella lächelte, als sie den Daumen auf den Drücker legte und sich ihren Gegenangriff vorstellte.

»Sei ja vorsichtig mit dem Tränengas«, sagte Filippo, als sie das Haus verließen. »Ich möchte nicht, daß du Schwierigkeiten mit der Polizei kriegst, bloß wegen – –«

»*Ich* Schwierigkeiten mit der Polizei? Auf wessen Seite bist du denn?« Isabella lachte. Sie war jetzt bewaffnet, und ihre Stimmung entsprechend besser.

Am nächsten Nachmittag verließ Isabella gegen fünf Uhr das Haus und ging in die Apotheke. Sie kaufte Kleenex und ein Fläschchen eines neuen Eau de Colognes, das der Apotheker ihr empfahl und dessen Verpackung sie amüsant fand. Dann schlenderte sie hinüber zu der Caffè-Bar und sah sich im Gehen nach den beiden Schnüfflern um. Sie trug keinen Hut, hatte etwas Rouge auf die Lippen gelegt und trug ein neues Sommerkleid. Sie sah hübsch aus und wußte es. Und auf der anderen Straßenseite ging der Regenmantel-Widerling, wieder mit dunkler Brille – jetzt ging er genau an ihrer Tür vorbei – und bemerkte sie gar nicht. Isabella war leicht enttäuscht. Sie trat in die Bar, bestellte einen Espresso und zündete sich, was selten vorkam, eine Zigarette an.

Der Barmann schwatzte drauflos. »War das nicht ein schöner Tag heute? Und die Signora sieht ganz besonders gut aus.«

Isabella hörte ihn kaum, aber sie antwortete höflich. Als sie die Handtasche aufmachte, um ihren Espresso zu bezahlen, berührte sie die Tränengaswaffe, nahm sie in die Hand und ließ sie wieder fallen, bevor sie nach dem Portemonnaie griff.

»Grazie, Signora!«

Sie hatte – wie üblich – ein reichliches Trinkgeld gegeben.

Gerade als sie sich zur Tür wandte, kam der Badezimmerlinser, ihr besonderer Verfolger, herein. Er war unverschämt genug, sie breit anzulächeln und zu nicken, als seien sie gute Freunde. Mit verächtlicher Miene hob Isabella den Kopf höher, und gleichzeitig warf sie ihm einen abschätzenden Blick zu, der möglicherweise auch als Aufforderung gedeutet werden konnte, das wußte sie, und so hatte sie es gewollt. Der Widerling brachte nicht ganz den Mut auf, sie innerhalb der Caffè-Bar anzureden, aber er folgte ihr nach draußen. Isabella vermied es, ihn direkt anzusehen. Nicht mal seine Schuhe waren geputzt. Wovon mochte er wohl leben, dachte sie.

Vor ihrer Haustür tat Isabella so, als suche sie nach ihrem Schlüssel. Sie nahm die Tränengaspistole, hob die Sicherheitskappe ab und hielt sie fest, den Daumen auf dem Drücker.

Er konnte vor Heiterkeit kaum sprechen, als er jetzt sagte: »Bellissima Signora, wann lassen Sie mich mal –«

Isabella hob die große Füllfeder und drückte ab, wobei sie die Waffe so hielt, daß der Sprühnebel ihn auf kurze Entfernung in beide Augen traf.

»Auu! – Auhh – au!« Er hustete, stöhnte, jetzt halb kniend, und hielt sich die Hand vor die Augen.

Auch Isabella roch jetzt das Gas und blinzelte mit tränenden Augen. Ein Mann auf dem Gehweg hatte bemerkt, wie der Spanner aufzustehen versuchte, kam ihm aber nicht eilends zu Hilfe, sondern ging nur auf ihn zu. Jetzt öffnete ein Pförtner die starke hölzerne Tür, und Isabella schlüpfte in ihren Vorhof. »Danke schön, Giorgio.«

Am nächsten Morgen traten sie und Filippo die Fahrt nach Wien an. Es war eine Reise, vor der Isabella graute. Wien war sicher tot nach halb zwölf Uhr abends, nicht mal ein interessantes Kaffeehaus war dann noch geöffnet. Schrecklich! Doch die Tatsache, daß sie in Notwehr – im Angriff – einen Schuß abgegeben hatte, hob Isabellas Lebensgeister.

Und zur Krönung ihrer Zufriedenheit sah sie den Spanner, mit einer dunklen Brille, gerade als sie mit Filippo in den Diplomatenwagen mit Fahrer einstieg, der sie zum Flughafen bringen sollte. Die Gestalt mit der dunklen Brille blieb in etwa zehn Meter Entfernung auf dem Gehweg stehen und betrachtete das Gepäck, das der livrierte Fahrer in die Limousine schob.

Hoffentlich taten ihm die Augen scheußlich weh, dachte Isabella. Sie hatte gesehen, daß eine Schachtel mit vier Patronen für die Tränengaspistole in derselben Schublade lag. Das Ding sollte stets geladen sein, das hatte sie sich vorgenommen. Der Kerl würde ja wohl nicht noch einmal erscheinen! Sie könnte es eigentlich auch mal bei dem Greifer in dem schmutzigen Regenmantel ausprobieren. Ja – der hatte ja nichts dagegen, verdammt nah ran zu kommen!

»Warum trödelst du, Isabella? Was vergessen?« fragte Filippo, der ihr die Wagentür offenhielt.

Isabella hatte gar nicht gemerkt, daß sie noch auf dem Gehweg stand und es genoß, daß der Widerling sehen konnte, wie sie jetzt im Begriff war, sich in den schützenden Panzer des schimmernden Wagens zu begeben und hunderte von Kilometern weit weg zu reisen. »Ich bin fertig«, sagte sie und stieg ein. Sie wollte nicht zu Filippo sagen: »Da drüben steht mein Spanner.« Die Vorstellung ihres heimlichen Krieges mit ihm gefiel ihr. Vielleicht waren seine Augen unheilbar beschädigt. Sie hoffte es.

Ihr kleiner Coup ließ Wien in besserem Licht erscheinen. Zwar fehlte ihr Elisabetta; manche Frauen mit Ehemännern im Staatsdienst reisten mit ihren Mädchen, aber vorläufig war Filippo noch dagegen. »Warte noch ein paar Jahre, bis zu meiner Beförderung«, hatte er gesagt. Jahre. Das Wort Jahr oder Jahre mochte Isabella nicht. Ob sie es aushalten konnte? Zu den langweiligen Dinnerparties, bei denen die Österreicher schlechtes Französisch oder noch schlechteres Italienisch sprachen, nahm Isabella ihre Tränengaspistole in der Handtasche mit, sogar in der kleinen Abendtasche am Galaabend in der Staatsoper. *Der fliegende Holländer.* Isabella saß mit verschränkten Beinen und auch angespannt verschränkten Füßen da und träumte davon, ihren Angriff wiederaufzunehmen, wenn sie nach Rom zurückkam.

Dann, am letzten Abend hatte Filippo eine »Nachtkonferenz« mit vier Männern von der Menschenrechts-Kommission oder wie sie das nannten. Isabella nahm an, er werde spätestens gegen drei wieder im Hotel sein, aber er erschien erst um halb acht; er sah erschöpft und auch leicht angetrunken aus. Sein Kommen hatte sie geweckt, obgleich er sich bemüht hatte, leise mit dem eigenen Schlüssel aufzuschließen.

»Gar nichts, gar nichts«, sagte er grundlos und etwas vage. »Muß jetzt duschen – dann bißchen schlafen. Keine Termine vor – elf heute morgen, und wenn ich da zu spät komme, macht es auch nichts.« Er stellte die Dusche an.

Jetzt fiel Isabella das Mädchen ein, mit dem er abends gesprochen hatte, während er eine gute Zigarre rauchte – jedenfalls hatte Isabella gehört, daß Filippo es »eine gute Zigarre« nannte –, eine lächelnde blonde Österreicherin; sie lächelte so, wie Frauen lächeln, wenn sie sagen wollen: »Was immer du willst, mir ist alles recht. Ich gehöre dir – verstehst du? Jedenfalls für heute nacht.«

Isabella seufzte, drehte sich im Bett um und versuchte, wieder einzuschlafen, aber sie war angespannt vor Zorn und wußte, sie würde nicht wieder einschlafen, bevor es Zeit war zum Frühstück und zum Aufstehen. Ach, zum Teufel auch! Sie wußte, Filippo war in der Wohnung oder im Hotelzimmer des Mädchens gewesen; sie wußte, wenn sie sich die Mühe machte, die Nase an sein Hemd oder auch nur an die Schultern seiner Smokingjacke zu halten, würde sie das Parfüm des Mädchens riechen. Ein gräßlicher Gedanke, sowas zu tun. Schön – sie hatte selber auch zwei – nein drei Liebhaber gehabt, seit sie mit Filippo verheiratet war, aber diese Affären waren so kurz gewesen! Und so diskret! Nicht einer der Dienstboten hatte etwas gemerkt.

Isabella hatte Filippo auch im Verdacht, eine Freundin in Rom zu haben, Sibilla, eine etwas zigeunerhafte Brünette; und wenn Filippo in diesem Falle »diskret« war, so nur deshalb, weil er für das Mädchen nur lauwarme Gefühle aufbrachte. Die Blonde von heute abend war eher sein Typ, das wußte Isabella. Sie hörte, wie Filippo in das Bett fiel, das dicht an ihres herangeschoben war. Er würde jetzt wie ein Stein schlafen und in drei Stunden erstaunlich frisch und munter aufstehen.

Als Isabella und Filippo nach Rom zurückkehrten, erschien Signor Schmerzauge gleich am ersten Abend, während Isabella etwa um halb acht unter der Dusche stand. Es gab doch noch Treue auf der Welt! Kichernd duckte sich Isabella. Das Kichern war hörbar.

Und Schmerzauges Antwort kam sofort: »Ahh – die Dame meines Herzens freut sich! Sie lacht!« Er hatte sich auf die Füße niedergelassen und war nicht zu sehen, doch die Stimme kam klar und deutlich durch die steinerne Nische. »Komm – laß mich noch mehr sehen! *Mehr!*« Hände packten die Gitterstangen; das grinsende Gesicht erschien, die schwarzen Augen glänzten und sahen gar nicht beschädigt aus.

»Hau ab!« schrie sie und stieg aus der Dusche. Sie stand dicht an der Wand, für ihn unsichtbar, und begann sich abzutrocknen.

Der andere Spinner, der Greifer, schien die Gegend verlassen zu haben. Jedenfalls sah Isabella ihn nicht in den drei oder vier Tagen nach ihrer Rückkehr aus Wien. Fast jeden Tag trank sie einen Espresso in der Caffè-Bar gegenüber, und manchmal nahm sie zweimal am Tag ein Taxi und fuhr in die Gegend der Via Veneto, wo ein paar ihrer Bekannten wohnten, oder zur Via Condotti zum Einkaufen. Glanzauge jedoch blieb ihr treu – nicht immer sichtbar, wenn sie aus der großen Tür auf die Straße trat, aber doch meistens.

Isabella malte sich aus – sie malte sich gern etwas aus –, daß er in sie verliebt war, obgleich seine albernen Bemerkungen eher darauf abzielten, sie entweder zum Lachen zu bringen oder, das mußte sie zugeben, sie zu beleidigen und zu schockieren. Aber bei diesen Gedankengängen kam Isabella darauf, den Spanner als Rivalen zu betrachten, und das brachte sie auf eine Idee. Was Filippo brauchte, war ein ordentlicher Schlag!

»Möchten Sie heute abend nach dem Essen zum Kaffee kommen?« murmelte Isabella eines Tages Glanzauge zu und unterbrach damit seinen Strom ordinärer Redensarten. Sie stand auf der Straße vor der Haustür und hatte noch nicht auf den Klingelknopf gedrückt.

Sein Mund klappte auf und ließ weitere verfärbte Zähne sehen.

»Ghiardini«, sagte sie, das war ihr Nachname. »Halb elf.« Sie hatte jetzt auf die Klingel gedrückt, und die Tür wurde geöffnet. »Ziehen Sie bessere Sachen an«, flüsterte sie.

Mit etwas mehr Interesse an ihrem Aussehen kleidete

sich Isabella an diesem Abend an. Sie und Filippo mußten zunächst bei einem »Cocktail-Büfett« im Hotel Eliseo erscheinen. Es interessierte Isabella nicht einmal, welches Land hier der Gastgeber war. Dann, um viertel nach zehn, fuhren sie und Filippo in ihrem Dienstwagen wieder los; zwei andere Gruppen – Amerikaner, Italiener und ein paar Deutsche – folgten ihnen. Isabella und Filippo kamen vor den anderen an, und natürlich hatten Luigi und Elisabetta bereits den langen Bartisch wohl versehen mit Flaschen, Gläsern, Eis und Platten mit kleinen Würstchen, in denen Zahnstocher steckten. Warum hatte sie Glanzauge nicht elf Uhr angegeben?

Aber Glanzauge machte es ganz richtig und kam kurz nach elf. Isabellas Herz klopfte hart, als er durch die Wohnzimmertür trat, die Luigi geöffnet hatte. Der Raum war voller Gäste, die meisten standen mit Drinks in der Hand, waren voll beansprucht, schwatzten und schenkten Glanzauge keinen Blick. Für seinen Drink sorgte Luigi. Wenigstens trug er jetzt einen dunklen Anzug mit ungestärktem, aber weißem Hemd und Krawatte.

Isabella plauderte mit einem breiten Amerikaner und seiner Frau. Isabella sprach sehr ungern Englisch, aber sie konnte sich behaupten. Filippo, das sah Isabella, hatte sich von seinem Diplomatenquartett getrennt und konzentrierte sich jetzt auf zwei hübsche Frauen; er stand vor ihnen, sie saßen auf dem Sofa, wie hypnotisiert von seiner großen eleganten Erscheinung und seinem Strom von Gewäsch. Die beiden Frauen waren Deutsche, Sekretärinnen oder Freundinnen. Fast verzog Isabella höhnisch den Mund.

Glanzauge streichelte seinen Scotch; er stand an der Wand neben dem Bartisch, und Isabella schlenderte hinüber unter dem Vorwand, ihr Sektglas aufzufüllen. Sie warf ihm einen Blick zu, und er trat näher. Für Isabella war er der einzige wirklich lebende Mensch im Raum. Sie hatte nicht vor, mit ihm zu sprechen oder ihn auch nur direkt anzusehen; sie konzentrierte sich darauf, aus einer kleinen Flasche Sekt einzuschenken.

»Guten Abend, Signora«, sagte er auf Englisch.

»Guten Abend. Und wie heißen Sie?« fragte sie auf Italienisch.

»Ugo.«

Isabella wandte sich anmutig auf dem Absatz um und entfernte sich. In den nächsten Minuten war sie die gewissenhafte Gastgeberin, sie ging herum, plauderte und vergewisserte sich, daß jeder hatte, was er oder sie brauchte. Die Leute waren entspannt, lachten jetzt lauter. Noch als sie mit jemandem sprach, blickte Isabella zu Ugo hinüber und sah, wie er gerade eine kleine etruskische Statue einsteckte. Langsam, aber geradewegs schlenderte sie durch den Raum auf Ugo zu.

»Stellen Sie das sofort zurück!« stieß sie zwischen den Zähnen hervor und ließ ihn stehen.

Ugo, nur leicht verlegen, stellte die Statue zurück.

Filippo hatte das letzte davon mitbekommen, daß Isabella zu Ugo sprach. Filippo erhob sich, um noch einen Drink zu holen, erhielt ihn und kam auf Isabella zu. »Wer ist das, der dunkle Typ da drüben? Kennst du ihn?«

Isabella zuckte die Achseln. »Vielleicht der Leibwächter von irgend jemand?«

Der Abend endete ruhig; Ugo schlüpfte hinaus, selbst von Isabella unbemerkt. Als Isabella ins Wohnzimmer zurückkam, wo sie Filippo zu sehen erwartete, war der Raum leer. »Filippo?« rief sie. Vielleicht war er im Schlafzimmer.

Filippo war offenbar mit einigen der Gäste hinausgegangen. Isabella war überzeugt, daß er die eine der Blondinen heute abend noch treffen würde. Isabella nahm sich ein letztes Glas Sekt, was sie sonst selten tat. Sie war doch nicht recht zufrieden mit dem Abend.

Sie erwachte am nächsten Morgen, als Elisabetta mit dem Frühstückstablett an die Tür klopfte, und sah, daß Filippo nicht in seinem Bett neben ihr lag. Elisabetta sagte natürlich kein Wort. Während Isabella ihren caffè latte trank, erschien Filippo. Die ganze Nacht Gespräche mit den Amerikanern, erklärte er, und jetzt müsse er sich umziehen.

»Ist denn die Blonde in dem blauen Kleid Amerikanerin? Ich dachte, sie und die andere Blonde seien Deutsche«, sagte Isabella.

Damit brach der Streit los. Na-wenn-schon, das war Filippos Haltung.

»Und was für ein Leben ist das für *mich*?« schrie Isabella. »Bin ich nichts als ein *Gegenstand*? Bloß eine weibliche Figur im Haus – immer da, um *buona sera* zu sagen – und lächeln!«

»Wo wär ich denn ohne dich? Jeder Regierungsbeamte braucht eine Frau«, erwiderte Filippo, der am Ende seiner Geduld angelangt war. »Und eine gute Gastgeberin bist du wirklich, Isabella.«

Isabella stieß ein Brüllen aus wie eine Löwin. »Gastgeberin! Wie ich das Wort hasse! Und deine Freundinnen – hier in diesem Haus – –«

»Niemals!« gab Filippo selbstbewußt zurück.

»Doch – zwei! Wie viele hast du im Moment überhaupt?«

»Bin ich vielleicht der einzige Mann in Rom mit einer oder zwei Mätressen?« Er hatte seine Kaltschnäuzigkeit zurückgewonnen und war gewillt, seine Rechte zu verteidigen. Schließlich unterhielt er Isabella, und zwar in großem Stil, und ihrer beider Tochter Susanna ebenfalls. »Wenn's dir nicht paßt –« Aber hier stockte Filippo.

An diesem Tag wünschte Isabella mehr als je Ugo zu sehen. Gegen Mittag ging sie aus und trank einen Americano in der kleinen Caffè-Bar. Diesmal nahm sie an einem Tisch Platz. Ugo trat ein, als sie ihr Glas fast geleert hatte. Er war wirklich treu. Oder Gedankenleser – vielleicht auch beides. Sie wußte, ohne ihn anzusehen, daß er sie gesehen hatte.

Sie legte Geld auf den Tisch und ging hinaus. Ugo folgte ihr. Sie ging auf der anderen Straßenseite in entgegengesetzter Richtung zum Palazzo. Sie wußte, er hatte begriffen, daß er ihr folgen sollte.

Als sie um noch eine Ecke gebogen und in Sicherheit waren, wandte sich Isabella um. »Sie haben sich gestern abend nicht schlecht gehalten, außer bei dem Versuch –«

»Ah, tut mir leid, Signora«, unterbrach er sie grinsend.

»Was sind Sie von Beruf – wenn ich fragen darf?«

»Journalist, manchmal. Fotograf. Freiberuflich, wissen Sie.«

»Möchten Sie sich etwas Geld verdienen?«

Er wand sich und grinste noch breiter. »Und es für Sie ausgeben; ja, Signora.«

»Lassen Sie den Quatsch.« Er war wirklich ein unsauberes Stück Mensch, wieder mit den alten Schuhen, schmutzigem Pullover unter dem Jackett, und Gott weiß, wann er zuletzt gebadet hatte. Isabella sah um sich, um festzustellen, ob jemand sie beobachtete. »Einen reichen Mann entführen – würde Sie das interessieren?«

Ugo zögerte nur zwei Sekunden. »Warum nicht?« Die schwarzen Augenbrauen waren hochgezogen. »Also dann – wer ist es?«

»Mein Mann. Sie brauchen einen Freund mit einer Waffe und einem Wagen.«

Ugo erlaubte sich ein weiteres Grinsen, war aber jetzt ganz Aufmerksamkeit.

Isabella hatte sich morgens ihren Plan ausgedacht. Sie erzählte Ugo, daß sie und Filippo außerhalb Roms ein Haus kaufen wollten. Sie hatte die Namen einiger Grundstücksmakler. Mit einem konnte sie zum Beispiel für Freitag morgen um neun eine Verabredung treffen. Sie werde dann an dem Morgen »unpäßlich« sein, so daß Filippo allein gehen mußte. Ugo hingegen müsse mit einem Wagen kurz vor neun am Palazzo sein.

»Die Uhrzeit muß dieselbe sein, sonst schöpft Filippo Verdacht«, erklärte Isabella. »Die Makler sind nie ganz pünktlich. *Sie* müssen aber zehn Minuten früher da sein. Ich werd dafür sorgen, daß Filippo fertig ist.«

Isabella sprach weiter und ging dabei langsam die Straße hinunter; sie meinte, sie würden dann weniger auffallen, als wenn sie stillständen. Konnten Ugo und sein Freund irgendwo draußen mit Filippo übernachten, bis sie eine Nachricht von ihnen erhalten und Zeit gehabt hatte, das Geld von der Regierung zu beschaffen? Konnte Ugo sie telefonisch benachrichtigen oder einem zuverlässigen Überbringer eine schriftliche Nachricht mitgeben? Beides sei einfach, sagte Ugo. Er müsse ja vielleicht, sagte Isabella, Filippo einen Schlag auf den Kopf versetzen, aber ernstlich verletzen dürfe er ihn nicht. Das verstand Ugo.

Nach einigem Feilschen war man sich über die Höhe des Lösegelds für die Entführung am Freitag morgen einig. Morgen war Donnerstag; wenn Ugo mit seinem Freund gesprochen hatte und alles in Ordnung war, dann sollte er Isabella nur einmal zunicken, morgen nachmittag gegen fünf, wenn sie ausging auf einen Espresso.

Isabella war so beschwingt, daß sie am Nachmittag ihre Freundin Margherita aufsuchte, die in einer Nebenstraße der Via Veneto wohnte. Margherita fragte, ob sie einen neuen Liebhaber gefunden habe. Isabella lachte.

»Nein, aber ich glaube, Filippo hat jemand Neuen«, erwiderte Isabella.

Bis Donnerstag nachmittag hatte auch Filippo festgestellt, daß sie sehr fröhlicher Laune war. Donnerstagabend war Filippo zu Hause, nachdem sie das Dinner in einem Restaurant eingenommen hatten, wo sie zu zweit an einem Tisch für zwanzig saßen. Isabella zog die Schuhe aus und tanzte im Wohnzimmer Walzer. Filippo dachte an seine Verabredung mit den Grundstücksmaklern morgen früh und fluchte. Es war schon nach Mitternacht.

Am nächsten Morgen weckte Elisabetta sie um halb

neun mit dem Frühstückstablett. Isabella klagte über Kopfschmerzen.

»Hat keinen Zweck, daß ich hingehe, wenn du nicht mitkommst«, sagte Filippo.

»Du kannst doch wenigstens feststellen, ob das Haus in Frage kommt, oder die Häuser«, meinte sie schläfrig. »Du darfst sie nicht versetzen, sonst machen sie gar nichts mehr mit uns ab.«

Filippo zog sich an.

Isabella hörte den schwachen Klang der Straßentürglocke. Filippo ging hinaus. Jetzt war er wohl im Wohnzimmer oder in der Küche, um sich noch etwas Kaffee geben zu lassen. Es war zwei Minuten vor neun. Isabella stand sofort auf, zog eilig eine Bluse, Slacks und Sandalen an und war jetzt bereit, die Makler zu empfangen, die wohl mindestens zwanzig Minuten zu spät kommen würden.

Das taten sie auch. Elisabetta kam und meldete sie an. Zwei Herren – der Pförtner hatte sie in den Vorhof eintreten lassen. Es schien also alles glatt zu gehen, jedenfalls war Filippo nicht zu sehen.

»Aber ich dachte, mein Mann wäre längst fort mit Ihnen!« Sie erklärte, daß ihr Mann das Haus schon vor einer halben Stunde verlassen hatte. »Mich müssen Sie leider entschuldigen – ich habe heute Migräne.«

Die Herren vom Immobilienbüro zeigten sich enttäuscht, verließen aber schließlich das Haus gutgelaunt, denn die Ghiardinis waren potentiell gute Kunden, und Isabella versprach, sie bald anzurufen.

Isabella ging aus, um vor dem Mittagessen einen Cinzano zu trinken, und war beruhigt, weil von Ugo nichts zu sehen war. Sie war im Begriff, einen Brief von Susanna zu beantworten, der morgens gekommen war, als das Telefon klingelte. Es war Vincenzo, ein Kollege von Filippo. Wo war Filippo? Er hätte um Mittag zu einem Gespräch in Vincenzos Büro kommen sollen, bevor sie mit einem Mann essen gingen, der »wichtig« sei, wie Vincenzo sagte.

»Also heute morgen war es etwas seltsam«, sagte Isabella leichthin mit einem Lächeln in der Stimme. »Filippo ist nämlich um neun mit zwei Hausmaklern weggegangen, jedenfalls dachte ich das, und dann –«

»Und dann?«

»Ja, ich weiß nicht, seitdem habe ich nichts von ihm gehört«, erwiderte Isabella. Sie hatte jetzt sicher genug gesagt. »Von seinen Verabredungen heute weiß ich gar nichts.«

Um vier Uhr etwa ging Isabella aus, um ihren Brief an Susanna in den Kasten zu werfen. Susanna war bei einem flachen Sprung von ihrem Pferd gefallen, auch das Pferd war gestürzt. Ein Wunder, daß Susanna sich nichts gebrochen hatte! Susanna brauchte jetzt nicht nur neue Reithosen, sondern auch einen Fotoband mit Aufnahmen von deutschen Kathedralen, die ihre Klasse diesen Sommer besuchen wollte. Isabella hatte ihr deshalb einen Scheck auf ihre Schweizer Bank gesandt. Als Isabella gerade nach Hause gekommen war und die Tür geschlossen hatte, klingelte das Telefon.

»Signora Ghiardini – –« es hörte sich an wie Ugo, der durch ein Taschentuch sprach. »Wir haben Ihren Mann. Versuchen Sie nicht festzustellen, wo er ist. Wir verlangen hundert Millionen Lire. Haben Sie verstanden?«

»Aber *wo* ist er?« fragte Isabella laut. Sie tat so, als höre Elisabetta oder sonst jemand ihr zu. Aber niemand hörte zu, wenn nicht Luigi im Wohnzimmer den Zweitapparat aufgenommen hatte. Elisabetta hatte heute ihren freien Nachmittag.

»Beschaffen Sie das Geld bis morgen mittag. Lassen Sie die Polizei aus dem Spiel. Heute abend um sieben erhalten Sie Bescheid, wo das Geld abzuliefern ist.« Ugo legte auf.

Das klang ganz richtig! Genau was Isabella erwartet hatte. Jetzt also mußte sie sich an die Arbeit machen, vor allem mit Caccia-Lunghi, Filippos Chef, Vincenzo noch übergeordnet im Amt für Sozialfürsorge und Umweltschutz. Aber erstmal ging sie ins Badezimmer, wo Ugo jetzt bestimmt nicht hereinschauen würde, wusch das Gesicht und machte sich zurecht, um Selbstvertrauen zu gewinnen. Bald würde sie einen Haufen Geld in Ugos Tasche und in die Tasches seines Freundes – wer immer das war – stecken.

Im Geist sah Isabella jetzt Ugo als ihren Sklaven auf lange Zeit. Es stand in ihrer Macht, ihn zu verraten, wenn er sich mißliebig machte. Und wenn Ugo etwa *sie* verraten wollte, dann würde sie einfach alles leugnen, und sie hatte keinen Zweifel, wem von beiden die Polizei dann glauben würde: ihr natürlich.

»Vincenzo!« sagte Isabella mit aufgeregter Stimme ins Telefon (sie hatte beschlossen, doch lieber zuerst Vincenzo anzurufen). »Filippo ist entführt worden! Deshalb ist er heute morgen nicht gekommen. Ich habe gerade eine Nachricht von den Entführern bekommen. Sie verlangen hundert Millionen Lire, bis morgen mittag!«

Sie und Filippo, fuhr sie fort, hätten natürlich nicht so viel Geld auf der Bank. War nicht im Grunde die Regierung dafür zuständig, wo doch Filippo bei der Regierung angestellt war, als Beamter?

Vincenzo seufzte hörbar. »Die Regierung hat genug von solchen Sachen. Versuche es lieber bei Filippos Vater, Isabella.«

»Aber der ist doch so starrsinnig! Der Entführer sprach davon, daß sie Filippo in einen Fluß werfen wollten!«

»Das sagen sie immer. Versuch's mit dem Vater, meine Liebe.«

Und das tat Isabella. Es war fast sechs, als sie ihn endlich erreichte, er war in einer Konferenz gewesen. Isabella fragte ihn zunächst: »Hat Filippo heute mit dir gesprochen?« Nein, das hatte er nicht. Dann erklärte sie, Filippo sei entführt worden und die Entführer verlangten hundert Millionen Lire bis morgen mittag.

»Was? Entführt? Und das verlangen sie von mir? Warum von mir?« blubberte der alte Mann. »Die Regierung – Filippo ist doch bei der Regierung!«

»Ich habe schon Vincenzo Carda gebeten.« Isabella berichtete mit tränenreicher Stimme von der Ablehnung, die sie erfahren hatte, und schmückte ihre Geschichte weitschweifig aus, um Filippos Vater gehörig mit der Notlage des Sohnes zu beeindrucken.

»Va bene, va bene.« Pietro Ghiardinis Stimme klang gebrochen. »Fünfundsiebzig Millionen kann ich beitragen, mehr nicht. Mein Gott, was für eine Katastrophe! Man sollte meinen, Italien – –« Er sprach noch weiter, obgleich er einem Herzanfall nahe schien.

Isabella dankte ihm, aber sie war enttäuscht. Den Rest mußte sie nun aus ihrem und Filippos Bankkonto beisteuern – außer natürlich, sie konnte mit Ugo zu einer Vereinbarung kommen. Der alte Pietro versprach ihr, das Geld werde bis halb elf Uhr am nächsten Morgen geliefert werden.

Wenn sie und Filippo heute abend irgendwo erwartet wurden, so war Isabella das völlig egal, und sie wies Luigi an, alle Leute, die etwa an die Tür kommen sollten, mit der Begründung abzuweisen, es sei eine Krise eingetreten, und das, dachte Isabella, konnte jeder auslegen, wie er wollte. Luigi war verständnisvoll und sehr besorgt, ebenso wie Elisabetta.

Pünktlich um sieben rief Ugo wieder an; und obgleich Isabella allein im Schlafzimmer war, spielte sie ihre Rolle, als höre ihr jemand zu, aber niemand konnte mithören, wenn nicht Luigi das Wohnzimmertelefon aufgenommen hatte. Aus Isabellas Stimme sprach Unruhe, Zorn und Furcht vor dem, was mit ihrem Mann geschehen könnte. Ugo sprach kurz. Isabella sollte ihn morgen mittag auf einem winzigen Platz treffen, von dem sie noch nie gehört hatte – sie kritzelte den Namen auf ein Papier – und zu diesem Treffen hundert Millionen Lire in alten Banknoten zu je zwanzig- und fünfzigtausend Lire in einem Einkaufskorb oder Einkaufsbeutel mitbringen. Gleich darauf werde man Filippo am Außenrand von Rom freilassen. Ugo sagte nicht wo.

»Und Sie kommen *allein*«, sagte Ugo. »Filippo ist wohlauf. Auf Wiederhören, Signora.«

Kurz danach rief Vincenzo an. Isabella berichtete, was

sie tun sollte, daß Filippos Vater fünfundsiebzig Millionen zugesagt hatte, und konnte die Regierung den Rest beitragen? Vincenzo sagte Nein und wünschte Isabella und Filippo viel Glück.

Das war's also. Früh am nächsten Morgen ging Isabella zur Bank und hob fünfundzwanzig Millionen Lire von den Sparkonten ab. Was blieb, war so wenig, daß sie, als sie nach Hause kam, einen Scheck auf ihre Schweizer Bank mit der Anweisung zum Transfer ausstellen mußte. Um halb elf erschien ein Chauffeur in Uniform und Wickelgamaschen und mit einem Wulst unter der Jacke, der vermutlich eine Pistole war. Unter jedem Arm trug er eine Aktentasche. Isabella führte ihn ins Schlafzimmer, wo das Geld aus den Aktentaschen in den Einkaufsbeutel umgepackt wurde – ein schwarzer Plastikbeutel, der Elisabetta gehörte. Isabella hatte keine Lust, die ganzen unsauberen Banknoten nachzuzählen.

»Sind Sie sicher, daß es stimmt?« fragte sie.

Der ruhige und höfliche Chaffeur war ganz sicher. Er füllte den Einkaufsbeutel für sie und verließ dann das Haus mit seinen Aktentaschen.

Isabella bestellte ein Taxi für elf Uhr fünfzehn, denn sie hatte keine Ahnung, wie lange man brauchte bis zu dem kleinen Platz, vor allem wenn sie irgendwo in einen Verkehrsstau gerieten. Elisabetta war beunruhigt und fragte zum zehntenmal: »Kann ich nicht mitkommen, Signora – ich kann ja einfach hinten im Taxi sitzen?«

»Dann denken die, Sie sind ein verkleideter Mann mit einer Pistole«, erwiderte Isabella, dabei nahm sie sich vor, ein paar Straßen entfernt von dem Platz auszusteigen und den Wagen fortzuschicken.

Das Taxi kam. Isabella sagte, sie werde sicher vor ein Uhr zurück sein. Sie hatte den Platz auf ihrer Straßenkarte von Rom nachgesehen und hatte die Karte bei sich, falls der Fahrer nicht ganz sicher war.

»Was für ein Ort!« sagte der Fahrer. »Ich kenne das überhaupt nicht, und Sie eindeutig auch nicht.«

»Die Mutter meines alten Dienstmädchens wohnt dort, der will ich ein paar Kleider bringen«, sagte Isabella, um den dicken, aber nicht sehr schweren Beutel zu erklären.

Der Fahrer ließ sie aussteigen. Isabella hatte gesagt, sie wisse die Hausnummer nicht genau, könne sie aber sicher bei Nachbarn erfragen. Nun war sie allein und hielt ein Vermögen in der rechten Hand.

Da war der kleine Platz, und da war auch Ugo, fünf Minuten vor der Zeit wie sie selber; er saß auf einer Bank und las eine Zeitung. Langsam trat Isabella auf den kleinen Platz. Ein paar ungepflegte Bäume standen da, der Boden war wie ein Pflaster mit quadratischen Steinen belegt. Eine alte Frau saß auf der einzigen besonnten Bank und strickte. Es war eine Arbeitergegend, oder doch eine Gegend, in der hauptsächlich alte Leute wohnten. Ugo stand auf und kam auf sie zu.

»Giorno, Signora«, sagte er leichthin mit höflichem Nicken, als begrüße er eine alte Bekannte, und führte sie dann mit sicheren Schritten auf den Gehweg der Straße. »Geht's Ihnen gut?«

»Ja. Und –«

»Er ist ganz wohlauf. Besten Dank für das da.« Er

blickte auf ihren Einkaufsbeutel. »Sobald wir wissen, daß alles in Ordnung ist, lassen wir Filippo – los.« Sein Lächeln war beruhigend.

»Wohin gehen wir?«

»Gleich hier«, unterbrach sie Ugo und stieß sie nach links, auf die Straße zu, wo ein Wagen geparkt war, dessen Tür plötzlich aufschwang. Der Stoß war nicht heftig gewesen, nur rüde und so unerwartet, daß Isabella einen Augenblick verstört war. Der Mann auf dem Fahrersitz hatte sich halb umgewandt und richtete eine Pistole auf sie, die er unten an der Rückwand des Vordersitzes hielt.

»Nur ganz ruhig, Signora Isabella, dann passiert gar nichts – keinem geschieht was«, sagte der Mann mit der Pistole.

Ugo setzte sich neben sie auf den Rücksitz und schlug die Tür zu. Der Wagen setzte sich in Bewegung.

Es war Isabella nicht einmal in den Sinn gekommen zu schreien, erkannte sie jetzt. Aus dem Augenwinkel sah sie einen Mann mit einer Aktentasche unter dem Arm, der in nur zwei Meter Entfernung auf dem Gehsteig entlangging und die Augen geradeaus gerichtet hatte. Bald waren sie draußen in ländlicher Umgebung. Es gab ein paar Häuser, aber vor allem Felder und Bäume. Der Mann am Steuer trug einen Hut.

»Muß ich nicht *mit* zu Filippo, Ugo?« fragte sie.

Ugo lachte und bat dann den Fahrer, an einem Straßenrestaurant anzuhalten. Hier stieg Ugo aus und sagte, er werde gleich zurück sein. Er hatte einen Blick in den Einkaufsbeutel geworfen und sich überzeugt, daß er wirklich Geld enthielt und nicht teilweise mit Zeitungspapier ausgestopft war. Der Fahrer wandte sich auf dem Sitz um.

»Die Signora wird sich bitte ganz still verhalten«, sagte er. »Es ist alles in Ordnung.« Er hatte den gräßlichen Tonfall eines mailändischen Schlägers, wenn er eine unberechenbare Frau beruhigen will, die womöglich loskreischt, lauter als eine Polizeisirene. In seiner Nervosität kaute er Gummi.

»Wo bringen Sie mich hin?«

Jetzt kam Ugo zurück.

Isabella stellte es bald fest. Sie hielten an einem Bauernhaus, dessen Bewohner das Haus offenbar erst kürzlich verlassen hatten – Wäsche hing auf der Leine, im Ausguß stand Geschirr; aber die einzigen Menschen, die sich im Augenblick im Hause befanden, waren anscheinend Isabella, Ugo und sein Fahrerkumpel, den er Eddy nannte. Isabella betrachtete einen Aschenbecher und erkannte Filippos türkische Zigarettenstummel und auch das Päckchen, das leer und unzerknüllt auf dem Boden lag.

»Filippo ist wieder frei, Signora«, sagte Ugo. »Er hat Geld für ein Taxi, und Sie werden ihn sicher bald zu Hause anrufen können. Nehmen Sie Platz. Möchten Sie Kaffee?«

»Bringen Sie mich nach Rom zurück!« schrie Isabella. Sie wußte Bescheid: die Männer hatten *sie* entführt. »Wenn Sie glauben, es gibt noch *mehr* Geld, dann haben Sie sich gründlich geirrt, Ugo – *und Sie auch*!« fügte sie für den grinsenden Fahrer hinzu, einen alten Schlamper, der jetzt zur Whiskyflasche griff.

»Mehr Geld gibt es immer«, sagte Ugo gelassen.

»Schwein!« sagte Isabella. »Ich hätt's wissen sollen,

schon gleich damals, als Sie in mein Badezimmer starrten. Das ist Ihr wahrer Beruf, Sie Widerling!« Angst vor Gewalt fuhr ihr durch den Kopf, aber nur flüchtig, ihre Wut war jetzt stärker. »Wo ich mich bemüht habe, Ihnen beizuspringen, Ihnen ein bißchen Geld zu verschaffen! Schauen Sie sich das an – all das Geld!«

Eddy saß jetzt auf dem Boden und zählte es, vertieft wie ein Kind mit einem neuen Spiel oder Spielzeug; nur ragte eine große Zigarre aus seinem Mund hervor.

»Setzen Sie sich, Signora. Es kommt alles in Ordnung, wenn wir Ihren Mann anrufen.«

Isabella setzte sich auf ein durchgesessenes Sofa. An ihren Absätzen klebte Schlamm von dem schmutzigen Hof, über den sie eben geschritten war. Ugo brachte aufgewärmten Kaffee. Isabella erfuhr, daß ein weiterer Kumpel von Ugo in einem anderen Wagen Filippo weggefahren und ihn irgendwo abgesetzt hatte, damit er dann allein seinen Weg nach Hause finden sollte.

»Er ist ganz wohlauf, Signora«, beteuerte Ugo. Er brachte einen Teller mit gräßlich aussehendem Lammfleisch in Scheiben und dicken Käsestücken herein. Der andere Mann war auf den Füßen und brachte einen Korb mit Brot und eine Flasche minderwertigen Wein herbei. Die Männer waren hungrig. Isabella aß nichts, sogar Whisky und Wein lehnte sie ab. Als die Männer fertig gegessen hatten, wurde Eddy von Ugo im Wagen fortgeschickt, um irgendwo Filippo anzurufen. Das Bauernhaus hatte kein Telefon. Hätte sie doch bloß die Tränengaspistole mitgenommen, dachte Isabella. Aber sie hatte ja angenommen, sie werde heute unter Freunden sein.

Ugo trank Kaffee, rauchte eine Zigarette und versuchte, Isabellas Zorn zu besänftigen. »Heute abend oder morgen früh sind Sie wieder zu Hause, Signora. Es geschieht Ihnen nichts. Sie haben hier sogar ein Zimmer für sich! Auch wenn das Bett vielleicht nicht so bequem ist wie das, an das Sie gewöhnt sind.«

Isabella lehnte es ab, ihm zu antworten. Sie biß sich auf die Lippen bei dem Gedanken an das schreckliche Dilemma, in das sie sich gebracht hatte. Fünfundzwanzig Millionen Lire hatte sie und Filippo das gekostet, und vielleicht würde es sie weitere fünfzig Millionen (oder was immer sie wert war) kosten, denn Filippos Vater mochte sich sehr wohl weigern, das Lösegeld für sie zu bezahlen.

Eddy kam zurück; er sah enttäuscht aus und berichtete in seinem widerlichen Slang, Signor Ghiardini habe ihm gesagt, er könne ihn am Arsch lecken.

»Was –?« Ugo sprang vom Stuhl auf. »Das versuchen wir nochmal. Wir werden ihm drohen – hast du ihm nicht damit gedroht –«

Eddy nickte. »Er hat gesagt . . .« Und er wiederholte den ekelhaften Ausdruck.

»Mal sehen, wie es heute abend geht, um sieben oder so«, sagte Ugo.

»Wieviel wollt ihr verlangen?« Isabella konnte die Frage nicht länger bei sich behalten. Ihre Stimme war schrill geworden.

»Fünfzig Millionen, Signora«, antwortete Ugo.

»Das haben wir einfach nicht – nicht nach dem da!« Isabella wies mit der Hand auf den Einkaufsbeutel, der jetzt in der Zimmerecke stand.

»Ha-ha.« Ugo lachte leise. »Die Ghiardinis haben keine fünfzig Millionen mehr? Oder die Regierung? Oder Papa Ghiardini?«

Der andere Mann erklärte, er werde jetzt im Nebenzimmer ein Nickerchen machen. Ugo stellte das Radio auf Popmusik ein. Isabella blieb auf dem unbequemen Sofa sitzen. Sie hatte sich geweigert, ihren Mantel abzulegen. Ugo schritt im Zimmer auf und ab, überlegte, redete hin und wieder zu sich selbst, fast trunken von der Erkenntnis, daß da in der Zimmerecke all das Geld lag. Die Pistole lag auf dem Tisch in der Mitte des Zimmers, dicht neben dem Radio. Isabella betrachtete sie und spielte mit dem Gedanken, sie an sich zu reißen und auf Ugo zu richten, aber sie wußte, sie konnte vermutlich nicht beide Männer in Schach halten, wenn Eddy aufwachte.

Als Eddy dann aufwachte und ins Zimmer zurückkam, erklärte Ugo, er werde jetzt versuchen, Filippo anzurufen, und Eddy sollte inzwischen Isabella bewachen. »Keine Dummheiten!« sagte Ugo wie ein Armeeoffizier, bevor er hinausging.

Es war kurz nach sechs.

Eddy versuchte, Isabella in ein Gespräch über revolutionäre Taktiken zu ziehen, über Ugos Vergangenheit als Journalist und auch als Fotograf (was für ein Fotograf, das konnte Isabella sich gut vorstellen). Isabella war zornig, gelangweilt und haßte sich selbst dafür, daß sie, wenn auch nur kurz, auf Eddys idiotisches Geschwafel einging. Er sprach von der Anzahlung auf ein Haus, die er mit dem Geld machen wollte, das er aus Filippos Entführung gewonnen hatte. Auch Ugo werde jetzt ein anständigeres Leben führen, was er auch verdiente, sagte Eddy.

»Er verdient, hinter Gitter gesetzt zu werden, zum Schutz der Öffentlichkeit!« schnappte Isabella zurück.

Der Wagen war zurückgekommen. Ugo kam herein, der schlaffe Mund hing noch schlaffer, in den Augen stand verwirrtes Staunen. »Wir müssen sie loslassen, kann sein, er hat den Anruf ausfindig gemacht«, sagte er zu Eddy und schnippte mit den Fingern, um Eile anzudeuten.

Eddy holte sofort den Einkaufsbeutel und trug ihn hinaus in den Wagen.

»Ihr Mann sagt, Sie könnten sich zum Teufel scheren«, sagte Ugo. »Nicht eine Lira will er bezahlen.«

Isabella fühlte plötzlich, wie die Worte einsanken. Sie erhob sich, sie hatte Angst und kam sich irgendwie nackt vor, obgleich sie über dem Kleid noch ihren Mantel anhatte. »Er macht Witze. Er wird bestimmt –« Aber sie wußte, Filippo würde nicht. »Wo bringen Sie mich jetzt hin?«

Ugo lachte. Er lachte laut und herzlich und wiegte sich dabei zurück, wie er es immer tat, er lachte über Isabella und auch über sich selbst. »Ha-ha – nun hab ich also fünfzig Millionen verloren! Schade, was? Sehr schade! Aber der größte Witz, der sind *Sie*! Hah! Ha, ha, ha! – Nun mal los, Signora Isabella, was haben Sie im Portemonnaie? Mal sehen.« Grob nahm er ihr die Geldbörse aus der Hand.

Isabella wußte, sie hatte etwa zwanzigtausend in ihrer Brieftasche. Die legte Ugo mit großer Geste auf den Tisch in der Mitte des Zimmers und drehte dann das Radio ab.

»Gehen wir«, sagte er lächelnd und wies auf die Tür. Eddy startete den Wagen. Ugos heitere Stimmung schien ansteckend zu sein; auch Eddy lachte über Ugos Bemerkungen. *Die Dame war nichts wert!* Darauf lief es hinaus. *La donna non vale niente,* sangen sie.

»Damit kommen Sie nicht lange durch, Sie Dreckstück«, sagte Isabella zu Ugo.

Weiteres Gelächter.

»Hier! Prima!« schrie Ugo, der wieder mit Isabella auf dem Rücksitz saß, und Eddy fuhr an den Straßenrand.

Wo waren sie? Isabella hatte angenommen, sie seien auf dem Weg nach Rom, aber sie war nicht sicher. Ja. Sie sah mehrere hohe Apartmenthäuser. Ein Lastwagen fuhr vorbei, ganz dicht, als sie – halb gezogen von Ugo – mit ihm ausstieg.

»Die Schuhe, Signora! Ha, ha!« Er stieß sie gegen den Wagen und begann, ihr die Pumps auszuziehen. Sie trat ihn, aber er lachte nur. Sie schwenkte die Handtasche und traf ihn am Kopf damit, aber fast wäre sie selber hingefallen, als er ihr den zweiten Schuh auszog. Mit den Schuhen in der Hand sprang Ugo zurück in den Wagen, der sofort davonbrauste.

Schuhlos in Seidenstrümpfen dazustehen, das war ein übler Schock. Isabella machte sich auf den Weg – nach Rom. Im trüben Zwielicht sah sie hier und da Lichter aufflammen. Per Anhalter ins nächste Lokal an der Straße, dachte sie, dort würde sie nach einem Taxi telefonieren und es bezahlen, wenn sie nach Hause kam. Ein großer Lastwagen fuhr an ihr vorbei, als sei er blind und sähe ihr fieberhaftes Winken gar nicht. Ebenso ging es ihr mit einem Wagen, in dem nur ein einziger Mann saß. Isabella war bereit, sich von jedem mitnehmen zu lassen!

Sie ging weiter, wußte, daß ihre Strümpfe jetzt zerrissen und am Fuß offen waren, und als sie anhielt, um etwas aus dem einen Fuß zu entfernen, sah sie Blut. Mehr als fünfzehn Minuten später erreichte sie unter Schmerzen ein Restaurant auf der anderen Straßenseite, wo sie darum bat, das Telefon benutzen zu dürfen.

Isabella freute sich gar nicht über das Lächeln des jungen Kellners, der sie von oben bis unten musterte und sich offensichtlich seinen Vers auf das machte, was ihr passiert sein mußte: ihr Liebster hatte sie aus dem Wagen geworfen. Isabella rief die Taxifirma an, die der Kellner ihr nannte. Sie werde mindestens zehn Minuten warten müssen, hieß es; so blieb sie vorn im Lokal an der Garderobe stehen, fühlte sich elend und schämte sich mit ihren schmutzigen Füßen und zerrissenen Strümpfen. Kellner gingen vorbei und sahen sie an. Sie mußte dem Besitzer – einem verstockten Kerl – erklären, daß sie auf ein Taxi wartete.

Das Taxi kam. Isabella gab ihre Adresse an, und der Fahrer sah unschlüssig aus, so daß Isabella ihm auseinandersetzen mußte, ihr Mann werde die Fahrt am Ziel bezahlen. Sie war fast in Tränen.

Isabella fiel gegen die Pförtnerglocke, als sei die ihr Zuhause. Giorgio öffnete die Tür. Filippo kam über den Hof, mit finsterem Gesicht.

»Das Taxi –«, sagte Isabella.

Filippo langte in seine Tasche. »Als ob ich noch was hätte!«

Isabella tat die letzten qualvollen Schritte über den Hof bis zur Tür, aus der jetzt Elisabetta gelaufen kam, um ihr zu helfen.

Elisabetta machte ihr Tee. Isabella saß in der Badewanne, ließ die Füße weichen und wusch den Dreck von Ugo und seinem üblen Kumpel ab. Sie rieb die Fußsohlen mit medizinischem Alkohol ein und zog dann saubere weißwollene Bettsocken und einen Hausmantel an. Dem Badezimmerfenster warf sie einen bösen Blick zu: Ugo kam jetzt bestimmt nicht wieder.

Sobald sie aus dem Badezimmer kam, sagte Filippo: »Du wirst ja wohl noch wissen, daß heute abend der griechische Konsul und seine Frau zum Abendessen kommen, und noch zwei andere Herren. Im ganzen sechs. Ich wollte sie schon allein empfangen – mit irgendeiner Ausrede.« Sein Ton war eisig.

Isabella hatte es nicht vergessen, aber irgendwie hatte sie angenommen, das werde alles abgesagt. Nichts wurde abgesagt. Sie erkannte es jetzt: das Leben ging weiter wie bisher, nicht eine einzige Verabredung wurde abgesagt. Sie waren ärmer. Das war alles. Isabella ruhte sich im Bett aus, mit Zeitungen und Illustrierten; dann stand sie auf und begann sich anzuziehen. Filippo trat ein, er hatte nicht mal angeklopft.

»Zieh heute abend das pfirsichfarbene Kleid an – nicht das da«, sagte er. »Die Griechen müssen aufgemuntert werden.«

Isabella begann, das dunkelblaue Kleid abzulegen, das sie angezogen hatte.

»Ich weiß genau, du hast das alles arrangiert«, fuhr

Filippo fort. »Die waren durchaus bereit, mich umzubringen, diese Banditen – jedenfalls taten sie so. Mein Vater rast vor Wut! Ein blödsinniges Arrangement! Aber ich kann auch einiges arrangieren – wart's nur ab!«

Isabella sagte gar nichts. Und was konnte *sie* in Zukunft arrangieren? Nun, sie hatte auch noch einige Möglichkeiten. Sie warf Filippo einen Blick zu. Dann biß sie die Zähne zusammen und zwängte die geschwollenen Füße in die »richtigen Schuhe« für den Abend. Sie stand auf, und beim Gehen mußte sie etwas humpeln.

Vermasselt

Die beiden anderen ledigen jungen Männer im Büro fanden, Harry Rowe habe Glück, aber wirklich. Harry hatte zwei hübsche Mädchen, die ihn beide liebten. Die eine oder die andere holte ihn manchmal von seinem Büro mitten in Manhattan ab, denn Harry mußte oft noch eine halbe Stunde oder länger dableiben nach dem offiziellen Feierabend um fünf oder halb sechs, und das eine Mädchen, Connie, konnte einigermaßen leicht um fünf Uhr aus dem Büro. Das andere Mädchen, Lesley, war Mannequin und hatte keine feste Arbeitszeit, aber sie war auch ein paarmal bei ihm im Büro gewesen. Daher wußten die fünf Männer der Firma Bescheid über Harrys Mädchen. Harry hätte sonst den Mund gehalten und sie nicht mit – na ja, mit allen bekannt gemacht, weil sonst bestimmt einer sich bei der einen über die andere verplappern würde. Daß Dick Hanson die Situation kannte, machte Harry jedoch nichts aus. Dick war fünfunddreißig und verheiratet, ein Mann, dem man zutrauen konnte, daß er diskret war, weil er wohl selber auf diesem Gebiet Erfahrungen gemacht und sogar jetzt eine Freundin hatte, wie Harry wußte. Dick war Seniorpartner der Treuhandfirma Raymond und Hanson.

Harry wußte einfach nicht, welches Mädchen ihm lieber war, und wollte sich Zeit lassen, um zu überlegen und zu wählen. Heutzutage, dachte Harry, hielten viele

Mädchen nichts vom Heiraten, glaubten nicht daran, besonders – wie diese beiden – mit dreiundzwanzig. Aber sowohl Lesley wie Connie waren durchaus interessiert am Heiraten. Sie hatten ihm nicht gerade Anträge gemacht, aber er merkte es. Das stärkte sein Ichgefühl, denn er betrachtete sich als eine gute Partie. (Welcher Mann hätte das nicht getan, unter solchen Umständen?) Dazu gehörte, daß er gut verdiente (was er auch tat), und noch weiter aufsteigen würde, und daß er nicht schlecht aussah, wie er selber sagen müßte (was er ebenfalls tat), und daß er bemüht war, sich so zu kleiden, wie es Mädchen gern hatten, immer ein sauberes Hemd, nicht immer eine Krawatte, wenn die Gelegenheit sie nicht erforderte, anständige Schuhe, auch wenn es informell zuging, verrückte Hemden zuweilen, Safarihosen oder Shorts an den Wochenenden, wenn er etwa samstags mit Lesley und sonntags mit Connie herumbummelte. Harry war beeidigter Wirtschaftsprüfer und außerdem Rechtsanwalt.

Lesley Marker war Fotomodell und verdiente noch mehr als Harry. Sie hatte glatte dunkelbraune Haare, leuchtend braune Augen und den schönsten Teint, den Harry je gesehen hatte, ganz zu schweigen von einer wunderbaren Figur, nicht zu dünn wie so viele Modelle, nach dem was Harry gehört hatte. Lesley war jeden Sonntag zum Lunch mit ihren Eltern und ihrer Großmutter verabredet, sie kam also für sonntags nicht in Frage, aber es gab ja noch die Freitagabende und Samstage. Natürlich hatte die Woche sieben Nächte, und Lesley konnte bei ihm übernachten, oder er bei ihr, wenn sie nicht allzu früh aufstehen mußte. Lesley war immer fröhlich, ohne daraus eine Show zu machen. Für Harry war das wunderbar und erfrischend. Sie hatte Sinn für Humor im Bett. Sie war wonnig.

Connie Jaeger war anders, geheimnisvoller, nicht so offen, und ganz eindeutig launischer als Lesley. Mit Connie mußte Harry behutsam vorgehen, vorsichtig sein, Verständnis aufbringen für ihre Launen, die sie nicht immer mit Worten erklärte. Sie war Lektorin in einem Verlag. Manchmal schrieb sie Kurzgeschichten und zeigte sie Harry. Zwei oder drei hatte sie an kleinere Zeitschriften verkauft. Bei Connie hatte Harry oft das Gefühl, daß sie grübele, daß sie über Dinge nachdenke, von denen sie ihm nichts sagen wollte. Aber sie liebte ihn, oder war doch verliebt in ihn, davon war Harry überzeugt. Connie war interessanter als Lesley, hätte Harry zugeben müssen, wenn ihn jemand gefragt hätte.

Harry hatte an der Jane Street eine Wohnung im vierten Stock, ohne Fahrstuhl. Das Haus war alt, aber die sanitären Installationen funktionierten, Küche und Bad waren hübsch gestrichen, und er hatte eine Terrasse mit einer Art Dachgarten: etwa drei Quadratmeter Erde in einem Holzgeviert und das Wasser lief ab in ein Loch in der Ecke der Terrasse. Harry hatte Liegestühle, Metallstühle und einen runden Tisch angeschafft. Er und Lesley oder Connie konnten dort mittags oder abends essen, und die Mädchen konnten, wenn sie wollten, nackt sonnenbaden, denn in der einen Ecke konnte man sie nicht sehen. Lesley tat das häufiger als Connie; die hatte es nur einmal und dann nicht ganz nackt getan. Er hatte beide Mädchen etwa zur gleichen Zeit kennenglernt, vor ungefähr vier Monaten. Welche mochte er lieber oder liebte er mehr? Noch wußte

Harry es nicht, nur war ihm schon vor Wochen klargeworden, daß seine anderen zwei, drei Freundinnen sich einfach in Luft aufgelöst hatten. Er hatte sie nicht mehr angerufen, um sich zu verabreden, ihm lag nichts mehr an ihnen. Und jetzt liebte er allem Anschein nach zwei Mädchen gleichzeitig. Er hatte schon früher von so etwas gehört und es nie für möglich gehalten. Vielleicht dachten ja Lesley und Connie auch, er habe noch andere Freundinnen, und es konnte gut sein, daß beide Mädchen ab und zu auch mit anderen Männern ins Bett gingen. Aber wenn Harry bedachte, wieviel Zeit sie beide mit ihm verbrachten, so blieben da nicht viel Zeit und auch nicht viele Nächte für andere Männer.

Inzwischen war Harry bemüht, die Mädchen stets getrennt zu halten; immer wechselte er die Bettlaken, die bügelfrei waren und die er auf der Terrasse über eine Leine hängen konnte. Ebenso war er bemüht, Lesleys Shampoo und Connies Eau de Cologne jeweils irgendwo versteckt zu halten. Zweimal hatte er einen von Connies kleinen halbmondförmigen gelben Kämmen im Bett gefunden, als er die Laken abzog; er hatte sie in die Tasche eines seiner Regenmäntel gesteckt und sie Connie beim nächsten Treffen zurückgegeben. Er hatte keine Lust, sich wegen des üblichen – der Klischee-Haarnadel auf dem Nachttisch oder sowas – erwischen zu lassen.

»Ich würde schrecklich gern auf dem Land leben«, sagte Connie eines Nachts gegen elf, als sie nackt in seinem Bett lag, die Decke bis zur Taille hochgezogen, und eine Zigarette rauchte. »Natürlich nicht allzu weit von New York.«

»Ich auch«, sagte Harry. Es war ihm ernst. Er war in

Pyjamahosen, barfuß, und hing in einem Sessel, die Hände hinter dem Kopf. Die Vision eines Landhauses – vielleicht in Connecticut, vielleicht in Westchester, wenn er sich das leisten konnte – trat vor seine Augen: weiß vielleicht, ein kleiner Rasen, alte Bäume. Und mit Connie. Ja, mit Connie. Sie wünschte sich das. Lesley mußte ihre Nächte immer in New York verbringen, dachte Harry, weil sie so häufig morgens um sechs oder sieben aufstehen mußte, wegen der Fotografen. Aber dann: wie lange hielt sich die Karriere eines Fotomodells? Bei diesen Gedanken schämte sich Harry. Er und Connie hatten gerade eine herrliche Stunde im Bett verbracht – wie konnte er jetzt an Lesley denken! Er tat es aber, und er dachte noch weiter an sie. Mußte er sie aufgeben, die bezaubernden braunen Augen, das Lächeln, das glatte braune Haar (immer tadellos geschnitten), das jedesmal, wenn er es sah, so frischgewaschen aussah? Ja – das mußte er aufgeben, wenn er Connie heiratete und jede Nacht in Connecticut schlief.

»Woran denkst du?« Connie lächelte schläfrig. Die vollen Lippen waren süß ohne Rouge, so wie jetzt.

»An uns«, sagte Harry. Es war Sonntag abend. Im gleichen Bett hatte er gestern abend mit Lesley gelegen; und heute morgen war sie fortgefahren zu ihrem sonntäglichen Mittagessen mit den Eltern.

»Dann laß uns mal was dazu tun«, sagte Connie mit ihrer sanften, aber sehr bestimmten Stimme, und drückte ihre Zigarette aus. Sie zog das Laken hoch, doch die eine Brust blieb entblößt.

Harry starrte verwirrt auf die eine Brust. Was sollte er

tun? Beide Mädchen hinhalten, auf unbegrenzte Zeit? Beide genießen und nicht heiraten? Wie lange konnte das weitergehen, bis die eine oder die andere genug hatte? Zwei Monate – einen Monat? Manche Mädchen machten kurzen Prozeß, andere blieben länger. Connie war eher geduldig, aber zu intelligent, um viel Zeit zu verschwenden. Lesley wäre noch schneller weg, falls er ihr beim Thema Heirat zu lange auswich. Lesley würde ihn mit einem Lächeln und ohne Szene verlassen. Darin waren die beiden sich gleich: keine würde ewig warten. Warum nur konnte ein Mann nicht zwei Frauen haben?

Am nächsten Dienstagabend brachte ihm Lesley Blumen mit, in einem Topf. »Eine japanische Dingsbums – ich glaube sie sagten Geranien. Aber im Studio hätten sie sie doch nur weggeworfen.«

Sie gingen zusammen hinaus auf die Terrasse und suchten einen Platz aus für die neue orangefarbene Pflanze. Eine Kletterrose hatte Harry schon, auch einen großen Topf Petersilie, von dem er ein Zweigchen holte, wenn er welche brauchte. Er kniff jetzt einige ab. Zum Dinner hatte Harry Heilbuttsteaks besorgt. Lesley aß gern Fisch. Nach dem Dinner sahen sie sich ein Fernsehprogramm an und lagen dabei Hand in Hand auf Harrys Bett. Das Programm wurde langweilig, das Liebesspiel interessanter. Lesley. Lesley war das Mädchen, das er haben wollte, dachte Harry. Warum noch zweifeln – wozu hin und her überlegen? Sie war mindestens so hübsch wie Connie. Und Lesley war fröhlicher, ausgeglichener. Ob ihn nicht Connies Launen manchmal stören und manches schwierig machen würden, denn Harry wußte nicht, wie er Connie da rausreißen sollte, aus dem langen Schweigen manchmal; es war dann, als brüte sie über etwas, das weit entfernt war oder tief in ihr steckte, aber niemals klärte sie ihn auf, und so wußte er nie, was er sagen oder tun sollte.

Gegen Mitternacht gingen Harry und Lesley in eine Disco, drei Straßen weit weg. Verglichen mit anderen war es ein mäßiges Lokal, wo die Musik einem nicht das Trommelfell zerriß. Harry trank ein Bier, Lesley ein Tonicwasser ohne Gin.

»Beinah, als ob wir verheiratet wären«, sagte Lesley in einem Augenblick, als die Musik nicht so laut war. Sie lächelte ihr frisches Lächeln, und die Mundwinkel hoben sich wie die eines Kindes. »Du bist die Art Mann, mit dem ich leben könnte. Davon gibt's nur wenige.«

»Gutmütig, was? Keine Ansprüche«, erwiderte Harry in spöttischem Ton, aber sein Herz schlug laut vor Stolz. Mehrere junge Männer am Tisch rechts von ihnen blickten mit Neid zu Lesley herüber, obgleich sie ihre Mädchen bei sich hatten.

Einige Minuten später setzte Harry Lesley in ein Taxi. Sie mußte um halb acht schon wieder auf sein, und ihr Kosmetikköfferchen war in ihrer Wohnung. Auf dem Rückweg in die Jane Street wurde sich Harry bewußt, daß er mit den Gedanken bei Connie war. Wenn man sich über Schönheit Gedanken machen wollte, so war Connie *ebenso* schön wie Lesley. Connie verdiente eben nicht ihren Lebensunterhalt damit, wie es Lesley tat. Auch Connie hatte Bewunderer, und sie scheuchte sie weg wie Stechmücken, weil sie ihn lieber hatte. Das hatte Harry gesehen. Konnte er wirklich *Connie* aufgeben? Undenkbar! War er betrunken? Nach zwei Gin-und-Tonics vor dem Essen, und einem Bier? Zwei Bier, wenn man das beim Essen mitzählte. Nein, natürlich war er nicht betrunken. Er konnte bloß nicht zu einer Entscheidung kommen. Zwanzig Minuten nach Mitternacht war es jetzt, und er war müde. Das war ganz logisch. Nach einem Sechzehnstundentag konnte ein Mensch nicht mehr denken. Oder? Denk lieber morgen, sagte sich Harry.

Als er nach Hause kam, klingelte das Telefon. Harry lief hin. »Hallo –?«

»Hallo, Darling. Ich wollte dir nur Gutenacht sagen«, sagte Connie mit ruhiger, schläfriger Stimme. Am Telefon hörte sie sich immer ganz jung an, manchmal wie ein zwölfjähriges Kind.

»Danke, mein Liebes. Geht's dir gut?«

»O ja. Ich lese gerade ein Manuskript, dabei schlafe ich fast ein.« Es klang, als strecke sie sich im Bett lang aus. »Wo warst du?«

»Ich war draußen, Zigaretten und Milch holen.«

»Wann sehen wir uns? Freitag? Ich hab's vergessen.«

»Freitag, klar.« Sagte sie absichtlich nichts von Sonnabend, Lesleys Abend? Hatte sie das schon früher getan? Harry konnte sich nicht erinnern. »Kommst du Freitag zu mir? Um halb sieben bin ich sicher zu Hause.«

Am nächsten Tag – Mittwoch – rief Dick Hanson gegen zehn Harry im Büro an und sagte: »Ich hab was erfahren, das dich vielleicht interessieren wird, Harry. Soll ich mal eben zu dir kommen?«

»Wär mir eine Ehre«, sagte Harry.

Dick kam lächelnd herein, er hielt ein paar Fotos in der Hand, einen Leinenumschlag und mehrere maschinengeschriebene Blätter. »Haus zu verkaufen, oben in meiner Gegend«, sagte Dick, nachdem er die Tür geschlossen hatte. »Wir kennen die Eigentümer, Buck heißen sie. Sieh es dir doch mal an, ob's dich interessiert.«

Harry betrachtete die beiden Fotos: ein Haus in Westchester, weiß, mit einem Rasen und großen Bäumen. Für ihn sah es aus wie sein Traumhaus – das Haus, an das er dachte, wenn er mit Connie oder Lesley zusammen war. Dick erklärte, daß die Bucks, wenn es sich vermeiden ließ, das Haus lieber nicht einem Agenten übergeben wollten. Sie wollten es gern schnell und zu einem angemessenen Preis verkaufen, weil Nelson Buck von seiner Firma kurzfristig nach Kalifornien versetzt worden war und sie nun in Kalifornien ein Haus kaufen mußten.

»Neunzigtausend Dollar«, sagte Dick. »Über einen Agenten würde es hundertfünfzigtausend kosten, das sage ich dir. Es ist fünf Meilen entfernt von uns. Überleg's dir, Harry, bevor es zu spät ist – also in den nächsten zwei, drei Tagen. Ich kenne auch die Leute in der Bank und würde zusehen, daß sie dir mit den Hypotheken entgegenkommen . . . Na, was meinst du?«

Harry war sekundenlang sprachlos gewesen. Konnte er? Sollte er es wagen?

Dick Hansons hellbraune Augen blickten voll freudiger Erwartung auf Harry herab. Harry war zumute, als stände er am Rand eines Swimming-pools oder eines Sprungbretts und zögere noch.

»Hübsch, was? Helen und ich kennen das Haus gut, wir

sind befreundet mit den Bucks. Das Haus ist ehrlich gut. Na ja, und dann . . . man hat so den Eindruck, daß du bald heiraten willst. Ich hoffe, ich habe da nicht ins Fettnäpfchen getreten.« Dick sah aus, als habe er keineswegs irgendwas Falsches gesagt, als könne man im Gegenteil Harry schon jetzt gratulieren. »Welche wird's denn nun – dein Schwein möcht ich haben«, sagte Dick gedehnt und humorvoll. »Aussehen tust du wie die Katze, die grad einen Vogel verschlungen hat.«

Keine Ahnung, welche, dachte Harry die ganze Zeit. Aber er schwieg selbstgefällig, als wisse er es genau.

»Interessiert es dich?« fragte Dick.

»Klar interessiert es mich«, erwiderte Harry. Er hielt ein Foto in jeder Hand.

»Also denk ein paar Tage drüber nach. Nimm die Fotos mit. Ich hab den Umschlag mitgebracht. Du kannst sie ja zeigen – du weißt schon.« Dick meinte, einem der Mädchen zeigen, das wußte Harry. »Wär doch fabelhaft, wenn wir Nachbarn würden, Harry, also wirklich. Wir könnten es lustig haben dort oben – und vielleicht an Wochenenden auch mal ein kleines Geschäft zusammen machen.«

Gegen drei schickte Dick Harry ein Memo in verschlossenem Umschlag mit weiteren Einzelheiten über die Hypothekenbedingungen. Dick fügte noch hinzu, mit diesem Hauskauf könne Harry gar nichts falsch machen, selbst wenn er nicht die Absicht hatte, in naher Zukunft zu heiraten. Ein Haus in hervorragendem Zustand, Baujahr um 1850, mit drei Schlafzimmern und zwei Bädern; der Wert könne nur steigen.

An diesem Nachmittag nahm sich Harry zehn oder

fünfzehn Minuten Zeit. Er rechnete alles durch, mit dem Computer und auch im Kopf mit Papier und Bleistift. Ja, das Westchester Haus war drin, das ging schon. Aber allein dort hinzuziehen, dazu würde er bestimmt keine Lust haben. Ob Lesley dort mit ihm wohnen und weiterhin in die Stadt fahren könnte? Manchmal sehr früh morgens? Das wäre ihr ein Landhaus vielleicht nicht wert. Und Connie? Ja, viel eher. Sie brauchte nicht vor halb zehn oder sogar zehn an ihrem Arbeitsplatz zu sein. Aber man suchte sich seine Frau nicht danach aus, wie leicht sie zum Pendeln bereit war. Das war Unsinn.

Harrys Gedanken gingen zurück zu einem idealen Wochenende (Sonntagmittag bis Montagmorgen), an dem er und Connie die Küche orangerot gestrichen hatten. Wunderbar! Connie in schon farbbekleckster Jeans auf der Leiter, abwechselnd mit ihm auf der Leiter – biertrinkend, lachend, liebend. Herrgott! In dem Haus in Westchester konnte er sich Connie eher vorstellen als Lesley.

Um fünf Uhr war Harry wenigstens zu *einem* Entschluß gekommen. Er wollte sich das Haus ansehen, und zwar sofort, wenn möglich. Er rief Dicks Büro an und erreichte Dick mitten in einem Gespräch mit Raymond, konnte ihm aber sagen: »Ich würde das Haus furchtbar gern mal *ansehen.* Kann ich vielleicht heute abend mal mit dir rausfahren?«

»Aber selbstverständlich. Kannst du bei uns übernachten? Dann könntest du's auch nochmal morgen früh sehen? Ich ruf gleich Helen an. Sie wird sich freuen, Harry.«

Um sechs ging daher Harry mit Dick zu seiner Garage

und stieg zu Dick in den Wagen. Die Fahrt war nett, keine vierzig Minuten; Dick war frohgelaunt und verzichtete darauf, Harry nochmal auszufragen, welches Mädchen es denn nun war. Dick sprach davon, wie angenehm das Fahren und wie angenehm der Weg war, den er nahm. Harry sagte sich, daß er auch einen Wagen anschaffen müßte. Aber das lag immer noch innerhalb seiner finanziellen Möglichkeiten. Seine Eltern in Florida würden ihm ganz sicher einen Wagen zur Hochzeit schenken, wenn er so was andeutete. Kein Problem.

»Dich drückt wohl der Gedanke ans Ehejoch«, bemerkte Dick.

»Nein, nein. Ha-ha.« Er hatte wohl ein paar Minuten lang geschwiegen, dachte Harry.

Sie fuhren zuerst zu den Bucks, weil das Haus am Weg lag, und Dick wollte gern, daß Harry es sich ansah und dann eine Nacht darüber schlief. Er hatte Julie Buck gar nicht erst angerufen, sagte Dick, weil er die Bucks so gut kannte und Julie ganz unkompliziert war.

Julie begrüßte sie mit einem Lächeln auf der weißen Veranda.

Dann traten Harry und Dick in eine große Diele mit einer glatten teppichbelegten Holztreppe; drei schöne Zimmer – das eine war die Bibliothek – gingen von der Diele ab. Julie sagte, sie sei beim Einpacken der Bücher, und es standen auch Bücherkartons auf dem Boden, und einige der Regale waren leer. Der zehnjährige Sohn der Bucks in blauen Jeans mit durchlöcherten Knien folgte ihnen durchs Haus; er spielte mit dem Football, den er in den Händen hielt, und musterte Harry neugierig.

»Sehr gute Apfelbäume. Die Äpfel werden Sie an die Nachbarn verschenken müssen, weil's so viele gibt«, sagte Julie, als sie im zweiten Stock aus einem Fenster blickten.

Von der Rückseite des Hauses fiel der Rasen sanft ab. Julie sagte etwas von einem Bach drüben in der Mulde, der das Grundstück abgrenzte. Die Schlafzimmer oben waren quadratisch und großzügig; die Bäder waren nicht gerade hochmodern, aber für ein Landhaus genau richtig. Die Diele oben hatte je ein Fenster nach vorn und hinten hinaus. Harry war total begeistert, aber er sagte es nicht gleich.

»Es gefällt mir schon. Aber ich muß es mir überlegen«, sagte Harry. »Paar Tage hätte ich Zeit, sagte Dick.«

»Aber ja, natürlich. Sie müssen sich ja auch noch andere Häuser ansehen«, sagte Julie. »Wir lieben es natürlich, dieses hier. Und uns gefällt der Gedanke, daß vielleicht ein Freund der Hansons es übernimmt.«

Bevor sie sich verabschiedeten, mußten sie noch einen Scotch trinken, darauf bestand Julie. Dick und Harry tranken ihn im Stehen im Wohnzimmer, das einen Kamin hatte. Der Scotch war pur und schmeckte wunderbar. Wäre es nicht fabelhaft, dachte Harry, der Herr eines solchen Hauses zu sein? Und welches Mädchen wäre die Hausherrin? Er sah im Geist Lesley durch die Tür von der Diele aus hereinkommen mit einem Tablett mit irgendwas und ihr wunderbares Lächeln lächeln. Und fast gleich darauf sah er Connie hereinschlendern, blond, still und sanft, und mit den blauen Augen zu ihm aufblicken.

Herr im Himmel!

Abends – nach Roastbeef, Käse und Wein mit den Hansons – hoffte Harry auf einen Traum, der ihm wegen Connie und Lesley Klarheit verschaffen würde. Connie oder Lesley. Er träumte gar nichts, oder wenn, so erinnerte er sich nicht daran. Als er die Augen aufschlug, sah er blaugeblümte Tapeten, Ahornholzmöbel und Sonnenlicht, das in sein Zimmer schien, und er dachte, *das* war das Leben, das er wollte. Frische Luft, kein Großstadtdreck.

Um halb neun fuhren Dick und Harry ab, mit guten Wünschen von Helen, die ebensosehr wie Dick hoffte, daß Harry sich für das Bucksche Haus entscheiden werde. In den frühen Vormittagsstunden verliebte sich Harry immer mehr in das weiße Haus. Ein Wort und ein Scheck, und es gehörte ihm. Eine Lösung, dachte er, wäre, mit beiden Mädchen zu sprechen und sie geradeheraus zu fragen, ob sie so ein Haus an so einem Ort mögen würden – und dann sagte vielleicht eine, Lesley oder Connie, Nein darauf. Aus verschiedenen Gründen vielleicht. Lesley mochte es unmöglich finden bei ihrer jetzigen Arbeit. Connie hätte vielleicht lieber ein Haus in Long Island. Harry haßte es, sich so unsicher zu fühlen, aber was konnte er sonst tun? Wie sollte er sich sonst fühlen?

Als Harry in den folgenden Tagen einen Anlauf nahm, es anzupacken, die Frage zu stellen, sah er, daß er es nicht konnte. Er verbrachte eine Nacht in Connies mit Büchern und Manuskripten vollgestopfter Wohnung und brachte die Frage nicht über die Lippen. Das war Donnerstag nacht. Hielt er etwa im Grunde an Lesley fest, weil ihm Lesley doch lieber war? Aber mit Lesley ging es ihm genauso, bei ihrem eiligen Lunch am Freitag. Und heute mußte er eigentlich Dick seine Antwort geben. Die Bucks zogen am Dienstag aus, und Montag war der Tag, an dem sie das Haus zum Verkauf ausschrieben, bevor sie nach Kalifornien abfuhren. Harry hatte daran gedacht, sich in der Gegend noch andere Häuser anzusehen, aber in Anbetracht des niedrigen Preises, den die Bucks verlangten, erschien das unsinnig. Nach einem Blick auf die Zeitungsinserate hatte Harry gesehen, daß das Bucksche Haus, dazu noch mit dem Grundstück, ein ungewöhnlich günstiges Objekt war. Gegen Ende des Essens mit Lesley riß sich Harry zusammen und sagte:

»Ich habe ein Haus gesehen –«

Lesley blickte ihn über ihre Kaffeetasse hinweg an. »Ja? Was für ein Haus?«

»Ein Haus zum Verkauf, in Westchester. In der Gegend, wo Dick Hanson wohnt. Du weißt doch, Dick – bei mir im Büro. Du kennst ihn.«

Sie redeten weiter. Harry erzählte ihr, daß er bei Dick übernachtet habe, das Haus sei spottbillig, etwa fünfunddreißig Minuten von Manhattan, eine Bahnstation zwei Meilen entfernt, ebenso ein Bus.

Lesley schien Bedenken zu haben, oder zu zögern. Sie dachte an die Verkehrsverbindungen. Von Heirat wurde kein Wort gesprochen, vielleicht hielt Lesley das für selbstverständlich, dachte Harry.

»Die Sache ist die: es ist so billig, und deshalb wollen sie jetzt eine Antwort haben. Sonst wird es Montag einem Agenten übergeben und kostet dann viel mehr. Das Haus meine ich.«

Lesley sagte, sie würde das Haus jedenfalls sehr gern sehen, da es Harry offenbar so gut gefiel; könnten sie nicht morgen mal hinfahren? Samstag? Harry sagte, das könne er sicher einrichten, entweder über Dick oder über die Bucks, die gewiß bereit waren, sie beide von der Bahnstation oder der Bushaltestelle abzuholen. Am Nachmittag sprach Harry Dick Hanson auf eine Verabredung mit den Bucks an für Samstag nachmittag. Dick sagte, er werde Nelson Buck in seinem New Yorker Büro anrufen und alles arrangieren. Um halb fünf Uhr nachmittags war mit Nelson vereinbart, daß er Harry von dem Zug abholte, der von Grand Central abfuhr und um halb vier in Gresham, Westchester, eintraf.

Für den Abend war Harry mit Connie verabredet, die zu ihm in die Wohnung kommen sollte. Harry machte ein paar Einkäufe in der Nachbarschaft; er hatte beschlossen, mit Connie nicht im Restaurant, sondern zu Hause zu reden. Er war so nervös, daß ihm eine Flasche Rotwein aus der Hand fiel und auf dem Küchenboden zerbrach, bevor Connie kam. Zum Glück hatte er noch eine Flasche im Ständer, außerdem war es so warm, daß Connie vielleicht lieber Bier trank. Doch es war eine gute Flasche Wein gewesen.

Kurz bevor er am Nachmittag das Büro verließ, war er zu einem verzweifelten und trotzdem nicht ganz klaren Schluß gekommen: er wollte *beide* Mädchen zur Besichtigung des Hauses einladen. Dann sah er wenigstens, welcher von beiden das Haus besser gefiel. Vielleicht kam es zu einer Szene, vielleicht auch nicht. Vielleicht sagten sie beide Nein. Auf jeden Fall schaffte es Klarheit. Harry hatte sich den ganzen Nachmittag nicht konzentrieren können, er hatte mühsam ein Minimum der Arbeit geschafft, die er hätte erledigen sollen. Er hatte sich gesagt: wenn er das Haus jedem Mädchen für sich zeigte, was dann? Vielleicht gefiel es Lesley und Connie gleich gut? Hätte ihm das dann zu irgendeiner Entscheidung verholfen? Nein. Er mußte beide – und sich selbst dazu – gleichzeitig mit dem Haus in Westchester konfrontieren. Da die Mädchen einander nicht kannten, gab es noch ein weiteres Problem: sollte er sie am Bahnhof Grand Central miteinander bekannt machen, und sie fuhren dann alle mit demselben Zug? Nein, undenkbar.

Harry schenkte sich einen Whisky pur ein, nicht groß, und nahm ihn mit zitternder Hand. Es gab Zeiten, wo man eine Stütze brauchte, dachte er, und dies war so eine. Harry fiel ein, daß er heute nach dem Lunch zu Lesley gesagt hatte, er werde sie nochmal anrufen, um auszumachen, wann sie sich morgen treffen wollten für die Fahrt nach Westchester. Er hatte sie aber nicht angerufen. Warum nicht? Na, erstens weil er sehr häufig nicht wußte, wo er sie anrufen sollte, sie war in ihrem Beruf ja dauernd unterwegs. Ob er es jetzt in ihrer Wohnung versuchte? Als Harry noch stirnrunzelnd auf sein Telefon blickte, begann es zu klingeln.

Es war Lesley.

Harry lächelte. »Gerade wollte ich *dich* anrufen.«

»Hast du schon was abgemacht wegen morgen?«

»Ja«, sagte Harry und stotterte etwas wegen des Zuges von Grand Central um drei oder ein paar Minuten früher. Lesley fragte, warum er so nervös sei.

»Weiß nicht«, sagte Harry, und Lesley lachte.

»Wenn du mit den Bucks schon alles verabredet hast, laß es dabei, nur werde ich es bis drei nicht schaffen, das weiß ich«, sagte Lesley. »Werner – du weißt doch, Werner Ludwig, der braucht mich morgen um zwei, und ich weiß, er braucht bestimmt eine Stunde. Aber das gute ist, er wohnt da in der Nähe der Stadt, von der du sprachst.«

»Gresham?«

»Ja, und er hat gesagt, er wird mich gern im Wagen hinbringen. Ich glaube, er kennt sogar das Haus der Bucks. Um vier werde ich also dort sein, meine ich.«

Das Problem war plötzlich gelöst für Harry. Oder verschoben, dachte er, das Zusammentreffen der Mädchen. Wenigstens trafen sie sich nicht am Grand Central.

Sie legten auf, und es klingelte an der Tür. Connie hatte einen Wohnungsschlüssel (Lesley ebenfalls), aber Connie klingelte immer, wenn sie wußte, daß er zu Hause war.

Harrys Nervosität legte sich nicht im Laufe des Abends. Er war ganz munter, brachte sogar einmal Connie zum Lachen, aber er hatte das Gefühl, als zitterten seine Hände. Als er die Hände ansah, zitterten sie nicht.

»Du hast ja schon Herzklopfen, und dabei hast du noch gar nichts unterschrieben«, sagte Connie. »Du mußt doch *dieses* Haus nicht nehmen. Es ist das erste, das du dir da oben angesehen hast, nicht wahr? Kein Mensch kauft das erste, was er sieht.« Connie sprach ernsthaft und logisch, wie immer.

Er taugte nichts im Bett in dieser Nacht. Connie fand das lustig, aber nicht so lustig wie Lesley es gefunden hätte. Connie hatte zwei Manuskripte mitgebracht. Am

Samstag morgen schliefen sie lange (Harry war endlich eingeschlafen, nachdem er es stundenlang versucht und sich bemüht hatte, regungslos still zu liegen, um Connie nicht zu stören), und nach ihrem Brunch las sie eins der Manuskripte, bis es dann Zeit war, zum Grand Central aufzubrechen. Sie nahmen ein Taxi zum Bahnhof. Auf der kurzen Eisenbahnfahrt las sie das zweite Manuskript, vertieft und schweigend. Sie war noch nicht halb damit durch, als sie in Gresham einfuhren, weil sie es – da war Harry sicher – so sorgfältig wie jede Arbeit erledigte.

Am Bahnhof war Dick Hanson, nicht Nelson Buck, wie Harry erwartet hatte.

»Willkommen, Harry!« sagte Dick mit strahlendem Lächeln. »Also ist es –« und er blickte Connie an.

»Connie Jaeger«, sagte Harry. »Du kennst sie, glaube ich. Ich weiß es.«

Dick und Connie begrüßten einander, dann stiegen sie in Dicks Wagen, Harry auf dem Rücksitz, und ab ging's aufs Land. Zwanzig vor vier. Ob Lesley wohl schon vor der Zeit kam? Wäre das schlimmer, als wenn sie fünf Minuten *nach* ihnen bei den Bucks ankam? Nein. Sollte er vielleicht jetzt erwähnen, daß er noch jemanden erwartete? Harry versuchte, sich den ersten Satz einzuprägen, und merkte, daß er schon die ersten Worte nicht herausbekam. Vielleicht schaffte Lesley es doch nicht. Vielleicht hatte Werner einen Platten und verspätete sich? Ja, und was dann?

»Da ist das Haus«, sagte Dick, als er von der Landstraße abbog.

»Oh. Sehr hübsch«, sagte Connie ruhig und höflich.

Connie ließ sich nie für irgendwas hinreißen, sagte sich Harry tröstend.

Harry sah ein Auto vor dem Buckschen Haus, auf dem gebogenen Kiesweg. Und jetzt sah Harry, wie Lesley zusammen mit Julie Buck aus der Haustür auf die Veranda trat.

»Sieh mal, sie haben Besuch«, sagte Dick und zog die Handbremse an.

»Meine Freundin Lesley«, murmelte Harry. War er ein paar Sekunden weggetreten? Er öffnete die Wagentür für Connie.

Viel Reden. Bekanntmachen.

»Connie, dies ist Lesley – Marker. Connie Jaeger«, sagte Harry.

»Freut mich«, sagten die Mädchen gleichzeitig. Jede sah der anderen in die Augen, als versuche sie, sich das Gesicht einzuprägen. Ihr Lächeln war höflich und minimal.

Dick trat von einem Fuß auf den andern, rieb sich grundlos die Hände und sagte: »Jaa – wollen wir nun alle mal reingehen und uns ein bißchen umsehen? Dürfen wir, Julie?«

»Aber natürlich! Dafür sind wir ja hier!« sagte Julie fröhlich. Sie kriegte nicht das geringste mit, wie Harry klarwurde.

Harry fühlte sich, als sei er auf dem Weg ins Fegefeuer, in die Hölle, in ein anderes Leben, oder vielleicht den Tod. Die Mädchen waren stocksteif und sahen ihn nicht einmal an, als sie jetzt alle von Raum zu Raum schritten. Julie machte eine Führung, erwähnte Nachteile und Vorteile, und wie bei vielen solchen Führungen hörten einige

Touristen gar nicht zu, das spürte Harry. Er sah, wie die Mädchen einander mit blitzschnellen Blicken musterten und sich gleich darauf völlig ignorierten. Dick Hanson hatte ein verwirrtes Stirnrunzeln, selbst wenn er zu Harry hinüberblickte.

»Was ist los?« flüsterte er Harry zu, als es einmal ging.

Harry hob die Schultern. Es war eher eine Zuckung, obgleich er sekundenlang verzweifelt versuchte, Dick irgendwas Intelligentes oder Normales zu sagen. Er konnte nicht. Die Situation war grotesk, der Raum, das Haus plötzlich sinnlos, das Treppe-hinunter-steigen so nutzlos wie die Probe zu einem Stück, für das sich niemand interessierte.

»*Vielen* Dank, Mrs. Buck«, sagte Lesley unten in der Diele mit betonter Höflichkeit.

Lesleys Freund, der sie hergebracht hatte, war offenbar schon weggefahren, denn sein Wagen war fort, wie Harry sah. Connie blickte ihn mit ihrem ruhigen wissenden Lächeln an. Es war kein liebes Lächeln – eher ein amüsiertes.

»Harry, wenn du –«

»Ich fürchte, das wird nichts«, wurde Dick von Harry unterbrochen. »Nichts, ja.«

Dick sah immer noch verwirrt aus, ebenso wie die beiden Bucks – Julie vielleicht etwas weniger.

Das Ende, dachte Harry. *Kaputt. Aus.* Er versuchte, sich straffer aufzurichten, aber innerlich lag er am Boden und wand sich wie ein Wurm.

»Vielleicht möchten Sie – ungestört miteinander reden«, sagte Nelson Buck zu Harry und den Mädchen und wies mit einer Handbewegung auf die Bibliothek rechts von ihm, wo jetzt noch mehr Kartons auf dem Boden standen und weniger Bücher in den Regalen. Mit Blick und Handbewegung hatte er Harry und die beiden Mädchen gemeint.

Ob Nelson Buck dachte, er hielte sich einen Harem? dachte Harry.

»Nein«, sagte Lesley kühl. »An Ihnen liegt es nicht, Mr. Buck. Das Haus ist bezaubernd, wirklich. Vielen Dank auch Ihnen, Mrs. Buck. Ich glaube, ich muß jetzt gehen, ich habe heute abend eine Verabredung in New York. Kann ich vielleicht ein Taxi bestellen?«

»Oh, ich kann Sie doch zum Bahnhof bringen«, sagte Nelson.

»Oder ich«, sagte Dick. »Kein Problem.«

Es wurde vereinbart, daß Dick Lesley hinfuhr jetzt. Harry schritt mit ihnen zu Dicks Wagen. Dick ging voraus und öffnete die Wagentür.

»Harry, was sollte das Ganze nun eigentlich?« sagte Lesley. »Sollten wir vielleicht *beide* pendeln?« Sie lachte laut, und Harry hörte in ihrem Lachen ein wenig Bitterkeit, aber auch echte Belustigung. »Ich wußte, daß du eine Freundin hattest, aber das hier – Das geht doch wohl etwas zu weit, meinst du nicht? Bye-bye, Harry.«

»Woher wußtest du?« fragte Harry.

Lesley hatte vorn im Wagen Platz genommen. »Leicht«, sagte sie mit ihrer sorglos-leichten Stimme.

»Kommst du nicht mit, Harry?« fragte Dick.

»Nein – ich bleibe hier mit Connie. Bye-bye, Lesley.«

Harry wandte sich zum Haus zurück, als der Wagen

abfuhr. Hierbleiben mit Connie? Was würde sie nun sagen? Harry trat wieder in die Diele.

Connie und Julie und Nelson Buck plauderten in der großen Diele, Connie eine Hand auf dem Treppenpfosten, ein Bein in Hose und Turnschuh ausgestreckt. Mit lächelndem Gesicht und festem Blick sah sie Harry an. Die Bucks verschwanden, Julie irgendwo hinten im Haus, Nelson im Wohnzimmer rechts von Harry.

»Ich geh jetzt auch«, sagte Connie, ohne sich zu rühren. »Ich hoffe, du wirst glücklich mit Lesley.«

»Lesley?« sagte Harry erstaunt. Das Wort war ihm einfach entfahren. Danach wußte er nichts zu sagen.

Connie lachte stumm und zog die Schultern hoch. »Nett, sie endlich mal kennenzulernen. Daß sie existierte, das wußte ich.«

Waren Harrys Wangen warm vor Scham? Er war nicht sicher. »Woher?«

»Lauter kleine Dinge. Wenn ich sonntags kam, war das Geschirr immer anders gestapelt. Vielleicht anders als mittwochs. Kleinigkeiten.« Langsam holte sie eine Zigarette aus der Tasche ihrer Leinenjacke; die Mappe mit den Manuskripten hatte sie auf den Boden zwischen ihre Füße gestellt.

Harry sprang vor, um ihr die Zigarette anzuzünden, aber Connie drehte sich leicht ab außerhalb seiner Reichweite, und die Zigarette brannte. Er hatte sie verloren, wußte Harry. »Tut mir leid, Connie.«

»Wirklich? Ich weiß nicht. Du hast doch wohl nicht die *Termine* verwechselt«, sagte sie, nicht als Frage und auch nicht ganz wie eine Feststellung – es war irgend etwas dazwischen. Connies ernste, offene blaue Augen, ihr Kopfschütteln gingen Harry durch und durch vom Kopf bis zu den Füßen. Connie war fertig mit ihm, hatte von ihm Abschied genommen, innerlich. »Da ist mein Taxi«, sagte Connie und blickte an Harry vorbei durch die offene Haustür. Sie ging die Diele hinunter, um Julie zu suchen.

Dann ging Connie hinaus zum Taxi und sprach noch kurz durch das offene Wagenfenster mit den Bucks, bevor das Taxi abfuhr.

Die Bucks kamen ins Haus zurück, beide sahen verwundert aus, Julie brachte knapp noch ein schwaches Lächeln zustande, das unter der gerunzelten Stirn absurd wirkte.

»Na dann«, sagte Nelson ein bißchen schwerfällig.

Die Situation wurde entlastet durch das Knirschen von Dicks Wagen auf der Einfahrt. Beide Bucks wandten sich ihm zu wie einem Lebensretter. Wie bald konnte er weg hier, dachte Harry. Gottseidank war Dick da! Dick konnte ihn fortschaffen. Undenkbar, daß Harry mit demselben Zug wie eins der Mädchen – oder beide – gefahren wäre.

»Harry, alter Junge«, sagte Dick und fügte wie Nelson und in dem gleichen Ton, hinzu: »Na dann!«

»Vielleicht möchtet ihr ein paar Worte allein miteinander reden«, sagte Nelson zu Dick und Harry.

»Ich muß gehen«, sagte Harry. »Haben Sie beide vielen Dank – für Ihre Zeit.«

Nach einigen weiteren Höflichkeitsphrasen saß Harry in Dicks Wagen und rollte davon.

»Also Harry, was in Gottesnamen«, begann Dick im

rauhen Ton eines älteren Bruders, eines Mannes von Welt, der selber auch Fehler gemacht, aber daraus gelernt hatte.

»Ich glaube, ich hab's mit Absicht getan«, sagte Harry. Die Worte waren heraus, bevor das Gehirn sie geformt hatte, so kam es ihm jedenfalls vor. »Ich konnte mich nicht entscheiden. Ich mußte – ich mußte sie beide loswerden. Ich liebe *beide*.«

»Blödsinn. Nein, nicht Blödsinn, das war nicht so gemeint. Irgendwas – hätte sich doch machen lassen . . . Aber Herrgottnochmal, Harry, sie beide auf einmal herzubringen! Ich hatte den Eindruck, sie kannten sich gar nicht.«

»Nein, sie kannten sich nicht.«

»Komm mit rüber zu uns und trink was. Kann nichts schaden.«

»Danke, nein«, sagte Harry. Er wußte, sie waren unterwegs zu Dicks Haus. »Ich möchte lieber zum Bahnhof, wenn's dir nichts ausmacht.«

Harry bestand darauf, trotz Dicks Protesten. Dick wollte, daß er bei ihnen übernachte, wollte mit ihm reden. Dick wußte, wann der nächste Zug fuhr, und das war nicht der Zug, den die Mädchen wohl genommen hatten. Es gab mehrere Züge, sagte Dick; die Mädchen waren vermutlich in verschiedenen Zügen gefahren, außerdem gab es reichlich Platz in den Zügen, sie brauchten nicht im selben Wagen zu sitzen. Auf der Fahrt zum Bahnhof fing Dick wieder davon an, daß es doch Möglichkeiten gäbe, sowas zu kitten, sich für eine von beiden zu entscheiden und dann die andere fahrenzulassen oder sie auf irgendeine Weise zu behalten.

»Sie sind beide *reizend*«, sagte Dick. »Ich kann dein Problem gut verstehen. Glaub mir das, Harry! Aber du darfst jetzt nicht aufgeben. Du siehst aus wie ein Mann, der gerade einen Krieg hinter sich hat. Sei nicht blöd. Du kannst das kitten.«

»Nicht mit diesen Mädchen«, sagte Harry. »Nein. Deshalb hatte ich sie ja so gern. Die sind anders.«

Dick schüttelte mutlos den Kopf. Sie hatten den Bahnhof erreicht, Harry kaufte seine Fahrkarte. Dann drückten Harry und Dick einander die Hand so fest, daß Harrys Hand noch minutenlang brannte. Harry ging allein auf den Bahnsteig und wartete; der Zug kam, und er fuhr zurück zum Grand Central. Absichtlich. Er wußte, er hatte es absichtlich getan. Er hatte das tun wollen, irgendwie, alles zerschlagen, aber was war ihm nun geblieben? Die Menschen behaupteten, die Welt sei voll von Mädchen, hübschen Mädchen. Das mochte sein. Aber nicht viele, die so interessant waren wie Lesley und Connie.

Irgendwann in den folgenden Wochen kamen die Mädchen, jede für sich, holten ihre paar Sachen aus Harrys Wohnung in der Jane Street, und jede legte ihren Schlüssel unter die Türmatte.

Der Drachen

Die Stimmen von Walters Eltern drangen als stoßweises Gemurmel über den Flur in sein Zimmer. Um was stritten sie jetzt? Walter hörte nicht hin. Er dachte daran, seine Zimmertür mit dem Fuß zuzumachen, und tat es nicht. Er konnte ja ihren Worten ganz gut seine Ohren verschließen. Walter kniete auf dem Fußboden und war dabei, eine fast drei Meter lange Balsaholzlatte sorgfältig mit Kerben zu versehen. Sie wäre genau drei Meter lang gewesen, aber vor ein paar Minuten hatte er, wie er meinte, eine Kerbe zu tief eingeschnitten, das kleine Stück hatte er dann abgetrennt und nochmal mit der Kerbe angefangen. Dies hier war das lange Mittelstück für den Drachen, den er machen wollte. Das Querstück sollte fast zwei Meter lang werden, er mußte also den Drachen horizontal legen, sonst kriegte er ihn nicht durch die Zimmertür.

»Das hab ich ja gar nicht *gesagt*!« Die schrille Stimme seiner Mutter hatte einen Unterton von Ungeduld.

Jede Woche kam es ein paarmal vor, daß sein Vater murmelnd im Wohnzimmer verschwand und sich dort auf dem Sofa zum Schlafen legte, anstatt im Schlafzimmer bei seiner Mutter. Ab und zu erwähnten sie Elsie, Walters Schwester, doch auch dann hörte Walter nicht mehr zu. Elsie war vor zwei Monaten im Krankenhaus gestorben, an Lungenentzündung. Jetzt bemerkte Walter den

Geruch von gebratenem Speck oder Schinken. Er hatte Hunger, aber was es zum Dinner gab, interessierte ihn nicht. Vielleicht würden sie die Mahlzeit hinter sich bringen, ohne daß sein Vater aufstand und das Zimmer verließ, oder sogar den Wagen nahm und wegfuhr. Es war nicht weiter wichtig.

Wichtig war die Arbeit, die er da vor sich hatte, der große Drachen, und bis jetzt war Walter recht zufrieden. Es war der größte Drachen, den er je zu bauen versucht hatte. Ob er auch fliegen würde? Der Schwanz mußte ziemlich lang werden. Mit der Länge mußte er vielleicht noch einiges ausprobieren. In einer Ecke seines Zimmers stand eine zwei Meter hohe Rolle von rötlichem Reispapier. Er freute sich – aber nicht ohne leichte Angst – darauf, ein einziges großes Stück für den Drachen abzuschneiden. Er hatte das Papier in einer Buch- und Papierhandlung in der Stadt bestellt und hatte vier Wochen darauf warten müssen, weil es aus San Francisco kam. Die acht Dollar dafür hatte er von Erspartem aus seinem Taschengeld bezahlt, und das hieß keine Eiscreme und Hamburger bei Cooper mit Ricky und den andern Freunden aus der Nachbarschaft.

Walter stand auf. Über seinem Bett hatte er einen violetten Drachen angepinnt, der hatte ein Loch im Papier, weil da ein Vogel durchgeflogen war, wie mit Absicht, gleich einem Bomber. Der Vogel war unversehrt geblieben, aber der Drachen war rasch gefallen, während Walter, so schnell er konnte, den Bindfaden aufrollte, um den Drachen zu retten, bevor er sich in einem Baum verfing. Er hatte den Drachen gerettet, oder jedenfalls das, was noch übrig war. Er und Elsie hatten den Drachen gemeinsam gebaut, und Walter liebte ihn.

»Waaally –? Essen!« rief seine Mutter aus der Küche.

»Ich komme schon, Mom!«

Walter war jetzt dabei, die Balsaholzspäne, ganz winzige, in eine Kehrichtschaufel zu fegen. Seine Mutter hatte letztes Jahr den Teppich aus dem Zimmer genommen. Der glatte Holzfußboden war leichter auszukehren und auch leichter zum Arbeiten, wenn er irgendwas klebte. Walter schüttete die Späne in seinen Papierkorb. Er warf einen Blick auf einen kastenförmigen Drachen – blau und gelb –, der von der Decke herabhing. Diesen Drachen hatte Elsie besonders gern gehabt. Den, den er jetzt machte, hätte sie bestimmt auch bewundert. Plötzlich fiel Walter ein, was er auf seinen Drachen draufschreiben wollte: einfach den Namen seiner Schwester, Elsie, in hübschen, geschriebenen Buchstaben.

»Wally?«

Walter ging über den Flur in die Küche. Seine Mutter und sein Vater saßen schon an dem rechteckigen Tisch mit den x-förmigen Beinen. Den Stuhl seiner Schwester – den vierten Stuhl – hatte man nicht entfernt, vielleicht stand er einfach noch da, um das Viererbild zu vervollständigen, dachte Walter: ein Stuhl an jeder Seite des Tisches, auch wenn der Tisch groß genug war für acht Personen. Walter blickte seinen Vater kaum an, denn sein Vater starrte zu ihm herüber, und Walter erwartete irgendeine kritische Bemerkung. Der Vater hatte braunes Haar, dunkler als Walters, und die geraden Augenbrauen, die Walter geerbt hatte. Seit kurzem hatte sein Vater ein amüsiertes Lächeln, dem aber, wie Walter erfahren hatte, nicht zu trauen war. Steve, der Vater, verkaufte Autos, neue und gebrauchte, und trug gern Tweedanzüge; er hatte ein paar, die er besonders gern trug und von denen er behauptete, sie brächten ihm Glück. Selbst jetzt, im Juni, trug sein Vater braune Tweedhosen, aber seine Krawatte hing lose und das Hemd war am Kragen offen. Das blonde Haar seiner Mutter sah lockerer aus als sonst, was bedeutete, daß sie nachmittags im Beauty Parlor gewesen war.

»Warum so still, Wally?« fragte seine Mutter.

Walter verzehrte seinen Reis mit geschmortem Schinken. Links von ihm stand eine Schüssel mit frischem grünem Salat. »Du sagst ja auch nichts.«

Sein Vater lachte leise.

»Was hast du denn gemacht heute nachmittag?« fragte die Mutter.

Walter zuckte die Achseln. Sie meinte, seit er um halb vier aus der Schule gekommen war. »Och – nichts Besonderes.«

»Nun, solange er nicht – du weißt schon.« Steve griff nach seinem Bierkrug.

Walter spürte sein Gesicht warm werden. Sein Vater meinte, ob er wieder auf dem Friedhof gewesen war. Dabei ging Walter gar nicht oft hin, überhaupt haßte er den Friedhof. Zweimal war er vielleicht allein dagewesen, und woher wußten das seine Eltern überhaupt?

»Wally war den ganzen Nachmittag zu Hause, das weiß ich«, sagte die Mutter ruhig.

»Der Wächter da, der hat es erwähnt, Gladys, das weißt du doch?«

»Ja, ist ja gut, Steve, mußt du deshalb –«

Steve biß in sein Knoblauchbrot und blickte seinen Sohn an. »Der Wächter da, Wally. Warum springst du über den Zaun? Wenn du rein willst, brauchst du ja nur bei ihm an der Tür zu läuten, über der Straße. Dafür ist er ja da.«

Walter preßte die Lippen zusammen. Er hatte keine Lust, das Grab seiner Schwester zu besuchen, wenn ein alter Wächter dabei war, Himmel nochmal! »Und wenn schon – *einmal* hab ich das getan«, gab Walter zurück. »Offen gesagt, ich find's da sehr langweilig.« Häßlich und blöd, all die Grabsteine, hätte er noch hinzufügen können.

»Dann geh doch nicht hin«, sagte sein Vater und lächelte jetzt deutlicher.

Erbittert blickte Walter auf seine Mutter, er wußte nicht, was er antworten sollte, und erwartete auch von ihr keine Hilfe.

»Kuckuck! – – Kuckuck! – – Kuckuck! –«

»Und die verdammte Kuckucksuhr hab ich auch satt!« schrie sein Vater und sprang dabei vom Tisch auf. Er hob die Uhr von der Wand und sah aus, als werde er sie gleich auf den Boden schleudern, während der Kuckuck weiter in seinem Häuschen verschwand und wieder herauskam und dabei sieben Uhr verkündete.

»Haha! – – Ha-ha-*haaa-ha*!« Walter lachte laut und versuchte es zu unterdrücken. Er erstickte fast an einem Salatblatt und langte nach seinem Milchglas, in das er hineinlachte.

»Mach sie nicht kaputt, Steve!« rief die Mutter. »Wally, hör auf!«

Walter hörte plötzlich auf zu lachen, aber nicht auf das Geheiß seiner Mutter. Langsam aß er zu Ende. Sein Vater wollte sich jetzt nicht wieder hinsetzen, sie redeten vom Beachcomber Inn, wo sein Vater heute abend hingehen wollte, aber seine Mutter wollte nicht mitgehen und sie fragte Steve, ob er dort irgend jemand zu treffen erwartete – einen oder mehrere, das wußte Walter nicht und es war ihm auch egal. Aber seine Mutter wurde immer gereizter, sie stand jetzt ebenfalls und ließ ihren Bratapfel unangerührt.

Steve sagte: »Ist das vielleicht der einzige Ort in – –«

»Da warst du jedenfalls tage- und nächtelang – damals!« sagte seine Mutter. Es klang atemlos.

Steve blickte zu Walter hinüber, der die Augen senkte und den zur Hälfte gegessenen Nachtisch von sich schob. Er wäre gern aufgesprungen und hinausgegangen, aber sekundenlang saß er da wie gelähmt.

»Das ist nicht *wahr*!« sagte sein Vater. »Aber heute abend gehe ich. Ja!« Er zog eine Sommerjacke an, die über einem Stuhl gehangen hatte.

Walter wußte, sie sprachen von der Zeit, als seine Schwester zu fiebern begann. Etwa eine Woche vorher hatte man Elsie die Mandeln herausgenommen, alles schien in Ordnung, auch wenn sie nicht zur Schule ging und hauptsächlich Eiscreme aß, und dann war ihr Gesicht ganz rot angelaufen. Seine Mutter war gerade nicht zu Hause, weil *ihre* Mutter – Grandma Page – in Denver krank lag, es war irgendwas mit ihrem Herzen, und alle hatten geglaubt, *sie* werde sterben, aber sie war nicht gestorben. Als seine Mutter dann nach Hause kam, war

Elsie schon im Krankenhaus, und der Arzt hatte gesagt, es sei doppelseitige Lungenentzündung, oder doch eine sehr schwere Lungenentzündung. Walter hatte gedacht, daran müsse doch keiner sterben, aber Elsie war daran gestorben.

»Kannst du nicht deinen Bratapfel aufessen, Wally?« fragte seine Mutter.

»Er träumt mal wieder mit offenen Augen.« Steve hatte eine Zigarette im Mund. »In einer Traumwelt lebt er. Fahrräder und Drachen.« Sein Vater war im Begriff, durch die Hintertür in die Garage zu gehen.

»Kann ich jetzt gehen?« fragte Walter und stand auf. »Ich meine, in mein Zimmer?«

»Ja, Wally«, sagte seine Mutter. »Heute abend läuft der Polizeifilm, den du so gern magst. Willst du ihn mit mir ansehen?«

»Weiß noch nicht.« Walter schüttelte unbeholfen den Kopf und ging aus der Küche.

Eine Minute später hörte er, wie der Wagen die Einfahrt hinunterrollte. Walter kam aus seinem Zimmer und ging über den Flur ins Wohnzimmer. Hier standen Bücherregale, der Fernsehapparat, ein Sofa und Sessel. Oben auf einem der Bücherregale standen zwei Bilder von Elsie.

Auf dem größeren Foto hielt Elsie den violetten Drachen leicht zwischen den Handballen – den Drachen, der etwas später am gleichen Tag von einem Vogel durchstoßen worden war. Elsie lächelte auf dem Bild, sie lachte beinahe, und der Wind blies ihr Haar zurück, das Haar, das blonder war als Walters. Das zweite Bild hatte Walter weniger gern, es war letztes Weihnachten in einem Fotoatelier aufgenommen worden: er und Elsie saßen, adrett angezogen, auf einem Sofa. Das Drachenbild hatte sein Vater jetzt vor drei Monaten auf dem hinteren Hof aufgenommen. Und nun war Elsie tot, »heimgegangen« hatte jemand zu ihm gesagt, als wäre er ein kleines Kind, dem man was vorlügen mußte, als werde sie eines Tages »zurückkehren«, wenn sie nur wollte. Tot war tot, und tot sein hieß schlaff sein und nicht mehr atmen, wie die beiden Mäuse, die Walter seinen Vater aus den Fallen unter dem Spülstein hatte herausnehmen sehen. Tote Dinge würden sich nie wieder bewegen oder atmen. Mit ihnen war es aus und vorbei, ohne Hoffnung. Walter glaubte auch nicht an Geister, er stellte sich nicht vor, daß seine Schwester nachts im Haus herumwanderte und versuchte, mit ihm zu sprechen. Nein, bestimmt nicht. Walter glaubte nicht mal an ein Leben nach dem Tode, obgleich der Pfarrer bei dem Trauergottesdienst für Elsie von sowas gesprochen hatte. Hatte eine Maus vielleicht ein Leben nach dem Tode? Wieso sollte sie? Wie konnte sie? Wo war denn das Leben, zum Beispiel? Konnte jemand das sagen? Nein. *Das* war eine Traumwelt, dachte Walter, und eine viel dümmere als die Drachen, die sein Vater Traumwelt genannt hatte. Drachen konnte man anfassen, und sie mußten ganz korrekt gebaut werden, genau wie Flugzeuge.

Als Walter die Schritte seiner Mutter hörte, schlüpfte er über den Flur in sein Zimmer.

Nach zwei oder drei Minuten wollte Walter bereits mit einem rot-weißen Drachen von zwei Fuß Länge und einer Rolle Schnur aus dem Haus gehen. Es war fast acht Uhr, und noch war Tageslicht.

»Wally –?« Seine Mutter war im Wohnzimmer und hatte das Fernsehen eingeschaltet. »Hast du Schularbeiten gemacht?«

»Klar, Mom, heute nachmittag.« Das stimmte. Zögernd trat Wally an die Tür des Wohnzimmers, nachdem er seinen Drachen außer Sicht auf dem Flur abgestellt hatte. »Ich fahr noch 'n bißchen Rad – bloß 'n paar Minuten.«

Seine Mutter saß in einem Sessel und hatte ihre Schuhe abgestreift. »Das Programm, das du gern hast, geht um neun los, weißt du?«

»Oh, bis dahin kann ich ja zurück sein.« Walter nahm seinen Drachen und ging zur Hintertür.

Er holte sein Fahrrad aus der Garage und brachte den Drachen zwischen zwei Lappen in einer der Taschen hinter dem Sitz unter. Er fuhr die Einfahrt hinunter, wandte sich auf der Straße nach rechts und rollte stehend im Freilauf hügelabwärts.

Walters Schulfreund Ricky war dabei, den Rasen vorm Haus zu sprengen. »Willst du zu Cooper?« Ricky meinte den Eiscreme-und-Hamburger-Verkäufer.

»Nee – ich fahr bloß 'n paar Minuten rum«, sagte Walter über die Schulter. Walter hatte im Augenblick kein Geld übrig und hatte auch gar keine Lust auf Coopers Bude mit Ricky.

Der Junge radelte weiter, durch das Einkaufszentrum der Stadt, nach links, und begann stärker zu treten, denn jetzt ging es ein langes Stück aufwärts. Der Wind nahm zu und blies ihm ins Gesicht, als er hügelan fuhr. Es kamen weniger Häuser, dann mehr Bäume, und endlich sah er das mit Spitzen versehene Eisengitter des Friedhofs von Greenhills, wo seine Schwester begraben war. Walter fuhr außen herum nach rechts, dann mußte er sein Rad über einen grasbewachsenen Graben führen und noch ein paar Meter gehen, bis er eine geschützte Stelle fand, die ein starker Baum vor der Straße verbarg. Er lehnte sein Rad ans Gitter, schob Drachen und Schnur zwischen den Eisenstangen durch und kletterte über das Gitter, wobei er die Turnschuhe gegen die Stangen stemmte. Er schwang sich über die Spitzen, ließ sich herunterfallen, hob seinen Drachen auf und begann zu rennen.

Er rannte aus Freude am Rennen und auch, weil er den niedrigen Wald aus meist weißen Grabsteinen rundherum nicht mochte. Er hatte keinerlei Angst und nicht mal Respekt vor ihnen, sie waren einfach häßlich, wie gezackte Felssteine, die den Weg verstellen oder einen zu Fall bringen konnten. Walter lief im Zickzack hindurch, sein Ziel war eine leichte Erhöhung, die etwas nach links lag.

Walter kam zu Elsies Grab, verlangsamte sein Tempo und atmete durch den Mund. Ihr Grab lag nicht ganz oben am Hügel. Der Grabstein war weiß und oben gebogen wegen der Engelsgestalt, die auf der Seite lag und den einen Flügel leicht erhoben hatte. MARY ELIZABETH MCCREARY stand auf dem Stein, und dann ihre Daten, auf die Walter kaum einen Blick warf. Die Daten umfaßten keine zehn Jahre. Darunter irgendwas von einem LAMM IN SEINEM ARM. Was für ein Quatsch! Das Gras auf der Grabstelle war noch nicht zusammengewachsen, er sah noch die Vierecke, die die Spaten der Totengräber in die Erde geschnitten hatten. Einen Augenblick hatte er Lust, etwas zu sagen – »Hei, Elsie, ich versuch jetzt mal den rotweißen. Willst du zugucken?« doch stattdessen preßte er Zähne und Lippen zusammen. Mit den Toten reden zu wollen, das war auch Quatsch. Walter trat mitten auf das kleine Grab und darüber hinweg und ging hinauf bis auf den Kamm des Hügels. Selbst hier war der Boden nicht frei von Grabsteinen, aber wenigstens lagen sie flach auf der Erde, als ob die Besitzer des Friedhofs oder die Leute, die hier das Sagen hatten, nicht wollten, daß sich Grabsteine gegen den Himmel abhoben.

Walter ließ seine Schnurrolle zu Boden fallen, nahm das Gummiband ab von dem Stoffschwanz des Drachens und schüttelte ihn aus. Auch bei diesem Drachen hatte Elsie ihm geholfen. Es hatte ihr Spaß gemacht, das Papier zu schneiden, ganz langsam und vorsichtig, nachdem er es vorgezeichnet hatte. Der Schwanz bestand aus Resten eines alten weißen Lakens, das Walter aus dem Flickensack genommen hatte; er wußte noch, daß seine Mutter ärgerlich gewesen war, denn sie hatte es zum Fensterputzen haben wollen. Walter lief ein Stück gegen den Wind, und der Drachen schoß verheißungsvoll in die Höhe. Walter blieb stehen, ließ die Schnur langsam durch die Hand laufen und gab dem Drachen Leine. Er stieg! Und Walter hatte nicht sehr viel Hoffnung gehabt, denn der Wind war heute nicht besonders. Er ließ mehr Schnur ablaufen und merkte freudig erregt, wie der Drachen an seinen Fingern zu reißen begann, als sei er etwas Lebendiges, das da oben am Himmel schwebte. Ein auffahrender Luftzug ließ ihn schwanken und nahm Walter die Schnur aus der Hand, so daß er schnell danach greifen mußte.

Lächelnd ging Walter rückwärts und er stolperte über eine Wegmarkierung, rollte einmal herum und kam wieder auf die Füße, die Schnur immer noch in der Hand. »Na Elsie, wie findst du das?« Er meinte den Drachen, der hoch oben war. Der Wind blies ihm das Haar über Stirn und Augen. Ein bißchen geniert, weil er laut gesprochen hatte, begann er zu pfeifen – eine Melodie, die er und Elsie immer zusammen gesummt oder gepfiffen hatten, wenn sie Balsastreifen ausmaßen, schnitten und mit Sandpapier abrieben. Die Musik war von Tschaikowsky, seine Eltern hatten die Platte.

Plötzlich hörte Walter auf zu pfeifen und zog den Drachen ein. Der Drachen kam etwas zögernd, ließ sich dann, als gebe er es auf, ein paar Meter abfallen, und Walter spulte schneller auf und lief ein Stück, um ihn zu retten. Er hatte sich nicht in einem Baum verfangen. Der Drachen war unbeschädigt.

Als Walter wieder auf seinem Rad saß, war es fast dunkel, und er machte den Scheinwerfer an. Die Sendung mit den Polizisten, von der seine Mutter gesprochen hatte, lief sicher noch, aber er hatte keine Lust, sie anzusehen. Jetzt fuhr er am Beachcomber Inn vorbei; sein Vater war wohl noch drinnen und trank sein Bier, aber Walter blickte nicht hinüber zu den Wagen, die vorne parkten. Seine Mutter hielt dem Vater vor, er wolle dort jemand sehen oder treffen. Ein Mädchen natürlich, oder eine Frau. Walter dachte nicht gern daran. Ging es ihn etwas an? Nein. Er wußte auch, daß seine Mutter glaubte, der Vater habe seine ganze Freizeit mit »dieser Frau« im Beachcomber oder sonstwo verbracht, als Elsie damals das

Fieber bekam, und sich nicht genug um sie gekümmert. Das alles hatte die Atmosphäre im Haus sehr verfinstert, deshalb verbrachte Walter viel Zeit in seinem eigenen Zimmer und mochte nicht mehr so viel fernsehen.

In der Garage stellte Walter sein Rad an die Wand – der Wagen war noch fort –, machte das Licht aus und nahm den Drachen und die Bindfadenrolle an sich. Er ging leise durch die Hintertür ins Haus und über den Flur in sein Zimmer. Seine Mutter war im Wohnzimmer, wo der Fernseher lief, und hörte ihn nicht, oder wenn doch, so sagte sie nichts. Behutsam schloß Walter seine Tür, bevor er das Deckenlicht anmachte. Er faltete den Drachenschwanz zusammen, legte ein Gummiband darum und stellte den Drachen in eine Ecke, wo schon zwei oder drei andere Drachen standen. Dann schob er den Stuhl näher an den Arbeitstisch, damit er mehr Platz auf dem Boden hatte. Er fegte noch einmal über den Boden und zog die Turnschuhe aus. Er hatte jetzt Lust, das Reispapier für den großen Drachen auszumessen. Barfuß ging er in die Zimmerecke, holte die Rolle hervor, legte sie auf den Boden und rollte ein Stück aus. Reispapier war sehr stark, das hatte Walter in vielen Büchern über Drachen gelesen. Dieser große Drachen mußte natürlich besonders stark werden, weil der Wind auf eine große Oberfläche traf, und ein starker Wind würde Seidenpapier glatt zerfetzen, genauso wie der Vogel es mit dem kleineren Drachen gemacht hatte.

Walter nahm seine Meßliste vom Tisch, ein Metallbandmaß, ein Lineal und ein Stück blaue Kreide. Er maß die rechte Hälfte des Drachens und markierte sie mit Kreide.

Als er die erste lange Gerade von der unteren Spitze bis zum Punkt oben rechts geschnitten hatte, stieg eine Woge des Stolzes und vielleicht auch der Furcht in ihm auf. Vielleicht kam so ein großer Drachen gar nicht vom Boden los, oder kam jedenfalls nicht sehr hoch. Dann würde er versuchen, die Enttäuschung einfach abzuschütteln, und hoffen, daß ihm niemand dabei zuschaute. Inzwischen pfiff Walter vorsichtig vor sich hin, schnitt an der oberen Linie entlang und faltete dann das Dreieck sorgfältig in der Mittellinie, die er mit der blauen Kreide markiert hatte. Dann übertrug er das Dreieck auf die rechte Drachenseite.

Seine Mutter hatte den Fernseher leiser gestellt oder ausgeschaltet und war jetzt am Telefon. »Morgen abend, *bestimmt*!« hörte man ihre hohe Stimme, und dann ein Lachen. »Sieh ja zu, daß du's fertig hast, geheftet und genäht. Ich weiß doch, daß es jetzt richtig ist. – – Was?«

Vermutlich sprach sie mit ihrer Freundin Nancy, die viel nähte. Seine Mutter schnitt viel zu, Stoffe für Kleider und Mäntel. »Ein Zeitvertreib«, so nannte sie es, auch wenn sie sich Geld damit verdiente. *Zuschneiden ist immer das wichtigste,* sagte sie. Daran dachte Walter, als er so genau er konnte an der Mitte seiner Kreidestriche entlangschnitt. Gute Drachen zu bauen machte ihm Freude, und daneben hätte er noch gern ein gutes Gedicht geschrieben, nicht die Art blöder Gedichte, wie sie der Aufsatzlehrer seiner Klasse ab und zu aufgab. »Beschreibt mal einen Spaziergang im Wald . . . einen Sturmregen im Sommer . . .« Nein. Walter wollte etwas Gutes über einen Drachen hoch in der Luft schreiben, zum Beispiel, über seine

Gedanken und über sich selber, wie er da oben flog mit dem Drachen, auch über seine Augen, die auf die ganze Welt herunterblickten und nach oben in den Weltenraum sehen konnten. Drei- oder viermal hatte er versucht, so ein Gedicht zu schreiben, aber wenn er seine Versuche am nächsten Tag durchlas, fand er sie nicht so gut, wie er zuerst angenommen hatte, und deshalb hatte er sie alle weggeworfen. Es war ihm immer, als richte er die Gedichte an seine Schwester, aber das war, weil er sie so gern dagehabt hätte. Es wäre so schön gewesen, wenn sie Freude an seinen Gedichten gehabt und ihn dafür gelobt hätte.

Ein Klopfen an der Tür ließ ihn zusammenfahren. Walter zog die Schere aus dem Papier, lehnte sich auf den Fersen zurück und sagte: »Jaa –?«

Seine Mutter öffnete die Tür, lächelte, blickte auf das Papier auf dem Boden und dann auf ihn. »Ist schon nach zehn, Walter.«

»Morgen ist doch Samstag.«

»Was machst du denn da?«

»Hm-mm – Das ist Papier für einen Drachen.«

»So groß? Für einen Drachen?« Sie blickte von oben nach unten über den ausgeschnittenen Teil, der von der gegenüberliegenden Wand bis fast zur Tür reichte, wo sie stand. »Das wird doch wohl gefaltet.«

»Ja«, sagte Walter obenhin. Er spürte, daß seine Mutter sich im Grunde nicht dafür interessierte und nur Konversation machte. Das eckige Gesicht sah heute abend müde und unruhig aus, obgleich die Lippen weiter lächelten.

»Wo warst du denn heute abend? Bei Cooper?«

Walter wollte schon Ja sagen, doch dann sagte er: »Nein, ich bin bloß so rumgefahren. Nirgendwo.«

»Nun geh mal allmählich ins Bett.«

»Ja. Tu ich, Mom.«

Sie ging. Walter beendete die Schneidearbeit und legte das lange Papier, in der Mitte leicht gefaltet, über seinen Arbeitstisch. Den Rest der Reispapierrolle stellte er in die Ecke. Er freute sich auf morgen, dann wollte er die Balsalatten zusammenbinden und das Papier einkleben, und noch mehr auf Sonntag, denn dann wollte er den Drachen ausprobieren, wenn der Wind günstig war.

Stunden später kam das leise Knirschen von seines Vaters Wagen auf dem Kies und weckte Walter, aber er rührte sich nicht, nur die Augen blinzelten schläfrig. Morgen. Der große Drachen. Ganz egal, ob die Eltern sich zankten, ob seine Mutter und ihre blöden Freundinnen den ganzen Abend im Wohnzimmer über den Schnittmustern saßen – und in Elsies Zimmer hinten gegenüber der Küche, aus dem seine Mutter jetzt ihr Arbeitszimmer machte und es sogar so nannte. Das alles konnte Walter ausschließen.

Sein Vater besah sich den großen Drachen und lachte. »Der wird niemals fliegen. Du meinst, daß der fliegt?«

Es war Samstag, nach dem Mittagessen. Sie standen im Hinterhof.

Walter fühlte, wie ihm Wärme ins Gesicht stieg, und war verwirrt. »Nein, das ist doch bloß – Spaß. Bloß Dekor«, fügte er hinzu, ein Wort, das seine Mutter viel benutzte.

Der Vater nickte mit geröteten Augen, er hielt eine Bierdose in der Hand und ging auf die Tür zu. Dann sagte er über die Schulter: »Mir scheint, du drehst ein bißchen durch mit deinen Drachen, Wally. Wie sieht es denn mit deinen Schularbeiten aus? Hast du nicht bald deine Schlußprüfung?«

Walter, ein Knie auf dem Grasboden, straffte sich. »Ja ... Warum fragst du nicht Mom?«

Sein Vater ging weiter, auf die Hintertür zu. Walter mochte die Schulfrage sowenig wie die Bemerkung über den Drachen. Er war in Mathematik der Erste in seiner Klasse und brauchte sich nicht mal allzusehr anzustrengen, und in Englisch vielleicht der Zweite, gleich hinter Louise Wiley, die schon fast ein Genie war, aber jedenfalls stand er sehr gut in beiden Fächern. Walter nahm seine Klebarbeit wieder auf. Überhaupt: wann hatte sich sein Vater zuletzt sein Zeugnisheft mal angesehen? Er schob den Drachen näher an den Zaun heran. Er arbeitete in einer Ecke, die der Bambuszaun bildete und die am besten vor dem Wind geschützt war. Das Gras war kurz und gleichmäßig, für die Arbeit nicht so gut wie der Fußboden in seinem Zimmer, aber der Drachen war jetzt zu groß, im Zimmer konnte er nicht mehr flach liegen. Walter beschwerte den äußeren Rand des Drachens mit Steinen, die etwa so groß waren wie Orangen und die er von der Abgrenzung des Gartens genommen hatte und wieder hinlegen wollte. Die Sonne und der leichte Wind würden den Leim schnell fest werden lassen, jedenfalls wollte Walter das gern glauben. Er wollte die Bemerkungen seines Vaters vergessen und den Rest des Nachmittags genießen.

Aber es gab noch etwas Unangenehmes: sie gingen zu

Grandma McCleary zum Tee, das hatte Walters Mutter gesagt. Hatte er das vergessen, hatte sie gefragt. Ja, er hatte es vergessen. Diese Grandma hieß Edna, und Walter hatte sie nicht so gern wie seine Grandma Page, die Daisy hieß, das war die, die beinahe an einem Herzanfall gestorben war. Walter mußte sich umziehen, bessere Sachen und auch Schuhe anziehen. Edna wohnte etwa fünfzehn Meilen entfernt in einem Haus direkt an der Küste mit Blick auf das Meer. Gegen vier waren sie dort.

»Du bist ja schon wieder paar Zentimeter gewachsen, Wally!« sagte Edna und machte sich mit dem Teegeschirr zu schaffen.

Walter war gar nicht gewachsen, jedenfalls nicht seit er Edna vor vier Wochen gesehen hatte. Er machte sich Sorgen um seinen Drachen. Er hatte ihn ganz vorsichtig in sein Zimmer nehmen und gegen den Tisch lehnen müssen. Er sorgte sich, daß der Leim noch nicht fest war und daß irgendwas nicht klappen werde, das Papier war vielleicht unbrauchbar, und für einen zweiten Versuch hatte er nicht mehr genug Papier. Diese Gedanken und die allgemeine Unbehaglichkeit im Wohnzimmer seiner Großmutter – überall lagen Zeitschriften herum, nirgends konnte man irgendwas hinstellen – führten dazu, daß Walter seinen Teller von den zusammengepreßten Knien herunterfallen ließ, wobei ein Klecks Vanilleeis auf den Teppich rutschte und das Stück Marmorkuchen nun obenauf anstatt darunter lag.

Seine Mutter stöhnte. »Wally – wie bist du bloß ungeschickt – manchmal.«

»*Entschuldige* bitte«, sagte Walter.

Sein Vater lachte leise. Er hatte vor wenigen Minuten ein Glas genommen und sich ein paar Fingerbreit Scotch eingeschenkt, der auf dem Barwagen stand.

Walter machte sich eifrig mit dem Schwamm an die Arbeit, holte frisches Wasser in dem Schüsselchen, das die Großmutter brachte, und nahm den Fleck noch einmal in Angriff. Alles besser als stillzusitzen.

»Du hast fein geholfen, Wally. Danke schön«, sagte Edna. »Aber das genügt nun wirklich!« Sie nahm ihm den Schwamm und die Schüssel ab. Sie hatte rosig gelackte Fingernägel und benutzte ein süßliches Parfüm, das Walter nicht mochte. Walter wußte, ihr hellblondes Haar war gefärbt.

». . . und seine Schwester fehlt ihm«, hörte Walter seine Mutter mit leisem Zischen sagen, als sie mit Edna in die Küche ging.

Walter schob die Hände in die Taschen und wandte seinem Vater den Rücken zu. Er ging hinüber und starrte auf ein Bücherbord. Eine weitere Portion Eiscreme und Kuchen lehnte er ab. Je eher sie gehen konnten, um so besser. Aber zunächst mußten sie noch hinauszockeln und Ednas Rosenbeet bewundern, frisch umgegraben mit schwarzer, feucht aussehender Erde und gelben, roten und rosa Rosen, die alle kurz vor der Blüte standen. Weitere halblaute Worte, seine Mutter sagte irgendwas von Drachen, und sein Vater ging ins Wohnzimmer und nahm sich noch einen Drink.

Es war schon nach sechs, als sie nach Hause kamen. Walter ging sofort, doch ohne Eile, damit nicht noch mehr Bemerkungen kamen, und sah nach seinem Drachen. Er fand zwei kleine Lücken zwischen Papier und Holz, schmierte etwas braunen Leim hinein und hielt sie minutenlang mit den Fingern fest, wobei er auf seinem Stuhl stand, um oben an die Stellen ranzukommen.

Aus dem Wohnzimmer hörte Walter leises böses Gemurmel, aus dem Ton war zu schließen, daß seine Eltern sich wieder einmal zankten. »Das hab ich gar nicht gesagt!« Diesmal war es sein Vater.

Als Walter annahm, der Leim sei einigermaßen fest, kam er von dem Stuhl herunter, zog wieder Jeans und Turnschuhe an und begann jetzt mit dem Schwanz des Drachens. Acht Fuß lang, das reichte hoffentlich. Auf das Gewicht kam es an, nicht auf die Länge. Er hatte zwei große Rollen Nylonschnur gekauft, leicht und stark, jede dreihundert Meter lang. Er wußte, das war irrsinnig optimistisch gewesen, aber selbst jetzt drängte es ihn, das Ende der ersten Rolle – das er lose im Loch in der Mitte fand – mit dem Anfang der zweiten Rolle zu verbinden. Er konnte sie beide auf dem Fahrrad mitnehmen, in jeder Satteltasche eine. Den Drachen mußte er beim Fahren in einer Hand halten. Walter schnitt vier Stück Schnur ab und band sie an die vier Holzstücke (die er zu diesem Zweck schon eingekerbt hatte) auf der Rückseite des Drachens, knotete die vier Enden zusammen und band sie an den Anfang der ersten Nylonschnur. Er ließ schätzungsweise zweihundert Meter Schnur abrollen, knotete einen kräftigen, vierundzwanzig Zentimeter langen Stock in die Schnur und befestigte ihn mit einem Extrastück Nylonschnur. An diesen Stock wollte er sich hängen, wenn der Drachen sehr hoch war; ein Stock faßte sich auch leichter an als nur Schnur. Er fügte mit Zwischenräumen noch zwei weitere Stücke hinzu und fand dann, das sei genug.

Der Abend sah nach Regen aus. Wolken und Windböen. Aber morgen, wer weiß? Er blickte auf seinen Drachen – er stand jetzt aufrecht, die Spitze berührte fast die Zimmerdecke, obgleich er schräg gegen den Tisch gelehnt war – und biß sich auf die Unterlippe. Die langen Balsastreifen waren schön und sauber. Sollte er jetzt den Drachen umdrehen und mit Wasserfarbe ELSIE darauf schreiben? Nein, das brachte vielleicht Unglück, es so schnell zu tun, als ob er damit angeben wollte. Sein Herz schlug schneller als sonst, und er wandte den Blick vom Drachen ab.

Doch am nächsten Morgen, Sonntag, schrieb Walter, angespornt vom strahlenden Sonnenschein und dem stetigen starken Wind, mit blauer Wasserfarbe ELSIE auf die stärkere Seite des Drachens. In der Nacht hatte es geregnet. Der Wind kam hauptsächlich aus Süden, das sah Walter. Gegen zehn nahm er sein Fahrrad und machte sich auf den Weg. Sein Vater war noch nicht auf. Walter und seine Mutter hatten zusammen gefrühstückt, die Mutter sah noch etwas müde aus, denn Louise und noch eine Freundin waren gestern abend nach dem Dinner noch vorbeigekommen, und sie waren lange aufgeblieben.

»Mensch – das ist aber 'n Mordsvieh!« Ricky war wieder auf dem vorderen Rasen und warf einen Frisbee in die Luft.

In diesem Augenblick mußte Walter absteigen, um den Drachen fester zu fassen. Er hatte aus normaler Schnur eine lose, aber zuverlässige Schlinge gemacht, mit der er den Drachen beim Radfahren festhielt, aber die unterste Spitze tippte ab und zu auf den Boden, und bei der geringsten Brise schwankte das Rad. Walter sagte zunächst nichts zu Ricky, er war etwas verlegen, als er versuchte, die Schnur fester anzuziehen und den Drachen dabei heil zu lassen.

Ricky kam jetzt herüber, um ihm zuzuschauen. Ein Wagen fuhr zwischen ihnen vorbei, dann trat Ricky näher. »Den kannst du ja wohl nicht fliegen lassen. Der geht doch glatt kaputt.«

»Na und?« gab Walter zurück. »Überhaupt, warum soll er kaputtgehen?«

»Nicht stark genug, ganz klar. Auch wenn du ihn hochkriegst, reißt der Wind ihn durch. Du denkst wohl, du verstehst was von Drachen!« Ricky lächelte überlegen. Er war im Stimmbruch und versuchte seit kurzem, Walter wie einen viel kleineren Jungen zu behandeln, jedenfalls fand Walter das.

»Jedenfalls *mein* Problem«, sagte Walter und stieg wieder auf sein Rad. »Auf später dann, Ricky.«

»Hey, Wally, wo willst'n hin?« Ricky wollte mitkommen.

»Weiß ich noch nicht. Vielleicht nirgendwo!« Walter war schon unterwegs und rollte im Freilauf die Straße hinunter zum Einkaufszentrum.

Er wußte, bald mußte er absteigen, zu Fuß gehen und dann den ganzen restlichen Weg mit dem großen Drachen zu Fuß zurücklegen, weil der Drachen so viel Wind einfing, daß er sein Rad nicht halten konnte. In nicht allzu weiter Entfernung gab es nur zwei Anhöhen: Greenhills, wo Walter nicht hin wollte, und den Hügel hinter Cooper, auf den er jetzt zustrebte. Er führte sein Fahrrad am äußersten Straßenrand und hielt den Drachen rechts vom Rad, so daß er vorbeifahrende Wagen sehen und ihnen ausweichen konnte. Ein Fahrer lachte ihm zu und machte eine Bemerkung, die Walter nicht verstand. Endlich kam er unten an den Hügel, den er wollte. Der Fußweg verlor sich im Gras, und Walter senkte den Kopf und stapfte den Rest des Weges hinauf, wobei er immer noch den Drachen nahe ans Rad hielt und das eigene Gewicht in den Gegenwind legte.

Oben auf der Höhe legte Walter sein Rad ins Gras und setzte sich hin, den Drachen legte er flach neben sich ins Gras. Er hielt das rechte Handgelenk mit der linken Hand und blickte zwischen den Knien hinunter auf die herrliche Aussicht: viele kleine weiße Häuser, grüne Rasen, graue, sich windende Straßen und weiter drüben links die Bläue des Pazifik, die im Dunstschleier am Horizont verschwand. Von Norden her näherte sich ein Flugzeug, noch ziemlich hoch, denn es wollte südlich von hier in Los Angeles landen, aber es schob sich schon in den Wind. Der Wind kam von Süden, wie heute morgen. Walter stand auf.

»Hoo-ho! – Hoo-ho!« sagte der Wind in seinen Ohren. Es hörte sich warm und freundlich an, hübscher als eine Menschenstimme.

Er schüttelte die Schnur los und stellte sich so, daß er beim Auflassen des Drachens ein paar Meter laufen konnte, aber das war gar nicht nötig. Der Drachen hob sich sofort und stieg nach Norden. Zuerst schlug der Schwanz ein paarmal wild um sich, die Nase des Drachens war direkt auf Walter gerichtet, als der Drachen flach im Wind segelte, dann zog ihn der Schwanz nach oben, und die Schnur lief durch die Hand.

Er hielt die Schnur mit beiden Händen und ließ sie fast eine Minute lang abrollen. Mensch, konnte der fliegen, der Drachen! Da brauchte er überhaupt nicht nachzuhelfen.

»Hei-jooh-hoo!« schrie Walter in den Wind. Keiner war in der Nähe, der ihn hörte, ihn anstarrte, ihn ärgerte – oder den Drachen bewunderte. Walter legte sein ganzes Gewicht in die Schnur, um dem Ziehen standzuhalten. Der rhombenförmige rötliche Drachen sah jetzt fröhlich aus, er wedelte ein bißchen in der blauen Leere und stieg immer höher. Walter spulte noch mehr Schnur ab, bis er fühlte, wie das erste Querholz ihm in die Hand glitt; daran hielt er sich fest.

Ach, war das schön! Er konnte langsam und stark ziehen, dann fühlen, wie der Drachen noch stärker zog, wie er ihn vorwärts riß, ihn ein paar Fuß hoch vom Boden hob, bis er durch sein Gewicht und die angestrengte Mühe mit dem Stock wieder auf die Erde kam. Er konnte es wohl gerade mit dem Drachen aufnehmen. Ein erregender Gedanke war das.

Ein Hund bellte in der Ferne, drüben, wo die Stadt lag. Der Drachen sah jetzt kleiner aus, wie ein gewöhnlicher Drachen, weil er so hoch war. Walter riß mit aller Kraft an der Schnur und legte sich zurück, bis sein Körper fast den Boden berührte. Dann zog ihn der Drachen langsam und sanft aufwärts und hob ihn von den Füßen. Walter bewegte die Füße, er meinte, er habe Boden unter sich, dann zog ihn der Drachen noch einmal, spielerisch und kräftig, als wollte er ihm zuwinken, und Walter flog.

Er blickte hinter sich und sah, wie die Bindfadenrolle auf dem Boden tanzte und sich abspulte, die zweite Rolle lag dicht daneben, noch bewegungslos. Dann drehte sich die Nylonschnur, der Stock drehte sich um, und Walter sah, wie die Bäume auf dem Hügel unter ihm kleiner wurden, und dahinter sah er ein Tal, von dem er vorher nichts gewußt hatte, eine dünne Schienenspur schlängelte sich hindurch. Sekundenlang hielt Walter den Atem an, er wußte nicht, ob er sich fürchten solle. Die Arme, an den Ellbogen gebeugt, hielten ihn bequem auf dem Querholz, das in die Nylonschnur verknotet war. Unter sich sah er den zweiten Stock, den er in die Schnur verknotet hatte, und er versuchte, ihn mit den Füßen zu erreichen, griff ein paarmal daneben, dann hatte er ihn.

Jetzt wurde er wieder herumgedreht, um und um, er sah im Südwesten die Stadt, wo er wohnte, den runden weißen Klecks von Coopers Bude für Hamburger und Eiscreme auf einer grünen Anhöhe. *Die Stadt, wo er wohnte!* Das war wirklich ein komischer Gedanke, wo er hier oben hoch in der Luft schwebte wie ein Vogel, nein, richtig wie ein Drachen.

»Heeh, nun sieh . . .!« Der Rest war unverständlich, die Stimme war weit weg.

Walter blickte nach unten und sah zwei Gestalten, beides Männer oder jedenfalls beide in Hosen, die nach oben zeigten, auf ihn.

»Was *machst'n* du da?« schrie der eine.

Walter schwieg, als ob er gar nicht antworten könne. Er antwortete nicht, weil er nicht wollte. Er blickte nach oben und zog jetzt gelassen an dem rötlichen Drachen, um ihn, wie er meinte, noch etwas höher zu bringen, steil aufwärts. Walter versuchte ihn etwas mehr nach rechts, nach Osten zu steuern, aber mit seinem Schnurende klappte das nicht. Der Drachen hatte offenbar eigene Vorstellungen von seiner Zielrichtung. Walter sah, wie jetzt einer der Männer unten auf der Erde rannte, er sah aus wie ein Insekt, eine Ameise vielleicht, wie er die graue fadendünne Straße hinauflief. Walter fühlte sich in einer viel schöneren Atmosphäre. Die Nylonschnur summte ab und zu musikalisch im Wind. So ein Flug, der hätte Elsie Spaß gemacht! Walter war nicht so dumm zu denken, Elsies »Geist« sei vielleicht bei ihm, aber immerhin stand ihr Name auf dem Drachen, irgendwie fühlte er sich ihr nahe, und sekundenlang fragte er sich, ob sie vielleicht ahnte, daß er flog, daß ihn ein Drachen trug? Selbst die weißen Wolken schienen ganz nahe zu sein, wenn sie sich überschlugen gleich durcheinander purzelnden Schafen.

Und der Ozean? Als sich jetzt die Schnur drehte, kam in langsamem Schwung ein Stück Meeresbläue in Sicht. Ein schlankes weißes Schiff fuhr nach Süden – vielleicht nach Acapulco! »Wollen wir nach Acapulco, Elsie?« sagte Walter laut und lachte dann. Er zog die Schnur nach Süden, nach Westen, doch der Drachen wollte nach Nordosten. Walter sah Reihen von Obstbäumen, vielleicht Orangen, und ein niedriges rechteckiges Gebäude, dessen silbriges Dach das Sonnenlicht reflektierte. Autos bewegten sich wie Marienkäfer dort unten auf der Straße in zwei Richtungen. Walter sah eine Menschentraube neben etwas, das aussah wie ein Straßenimbißstand. Starrten die zu ihm herauf? Zwei zeigten offenbar auf ihn.

». . . 'n Kind, kein Mann!« sagte einer.

»Heeh! Kannst du das Ding runterbringen?«

Walter sah, daß ein Mann in der Gruppe ein Fernglas hatte und es, nachdem er heraufgestarrt hatte, weiterreichte. Walter schwebte über sie hinweg und weiter, reglos, die Hände auf dem Stock und die Füße in den Turnschuhen auf dem Stock darunter.

»Klar, das ist 'n Kind, keine Puppe! Seht doch bloß!«

Weitere Obstplantagen, und der Drachen hob sich in einer Bö nach oben, nordwärts. Ein Vogel, der aussah wie ein kleiner Adler, strich rechts dicht an Walter vorbei, als sei er auf ihn neugierig, dann kippten die Flügel zur Seite, und er schwang sich in die Höhe und war wieder weg.

Er hörte das Summen eines Motors und dachte zuerst, es sei das Flugzeug, das er vom Nordosten kommen sah, dann wurde ihm klar, daß die Maschine viel zu weit entfernt war, um hörbar zu sein. Das Geräusch war hinter ihm, und er sah sich um. Ein Hubschrauber war hinter ihm, noch fast eine Meile weit weg, schätzungsweise. Walter flog höher. Stolz blickte er auf seinen Drachen. Er war nicht sicher bei dieser Entfernung, aber er meinte, jeder Zentimeter des Papiers mußte am Holz haften, und die Schwanzlänge war auch genau richtig. Sein Werk! Dies war der Augenblick, ein Gedicht für seine Schwester zu machen!

Der Wind singt in deinem Zauberpapier!

Einen Vogel machte ich, den die Vögel lieben ...

»*Hallo* ... du da!« Die Stimme durchschnitt das Brummen des Hubschraubers.

Walter erschrak, als er den Helikopter über sich und gerade hinter sich sah. »Weg da!« schrie er und zog zur Verstärkung die Brauen zusammen, denn er hatte keine Hand frei, um die Leute von sich abzuwehren. Er wollte nicht, daß die Flügel sich in seiner Schnur verfingen und sie womöglich durchschnitten. In dem Helikopter saßen zwei Männer.

»Wie kommst du runter? Kannst du ihn runterbringen?«

»Klar!«

»Wirklich? – Wie denn?« Der Mann trug eine Sonnenbrille. Sie hatten das Glasdach geöffnet und zögerten jetzt. Auf der einen Seite des Helikopters stand etwas wie LUFTWACHT oder so. Vielleicht waren sie die Polizei.

»Ich bin okay! Kommt bloß nicht nahe ran!« Walter hatte plötzlich Angst, als ob er Feinde vor sich hätte.

Jetzt sah der Junge noch mehr Menschen unten auf dem Boden, die nach oben blickten. Er war nun über einer anderen Gruppe, wo vielleicht zwanzig Leute alle nach oben starrten. Walter wollte nicht runterkommen, wollte nicht zurück zu seiner Familie, hatte auch keine Lust, in sein Zimmer zurückzukehren. Die Männer im Hubschrauber riefen ihm etwas zu, sie wollten ihn offenbar runterbringen.

»Laßt mich in Ruhe, ich bin okay!« schrie er verzweifelt, denn er sah jetzt, daß sie etwas herauszogen, stückweise, das aussah wie eine lange Angel. Sicher hatte es an dem einen Ende einen Haken, wie ein Bootshaken, und sie wollten versuchen, damit die Nylonschnur zu sich heranzuziehen. Die Schnur schlenkerte und war unter Walters Füßen nicht mehr zu sehen.

». . . *nach oben*!« kam eine Männerstimme durch den Wind, und eine Sekunde später stieg der Hubschrauber auf, erklomm die Höhe des Drachens oder noch etwas mehr.

Walter war jetzt wütend. Wollten die etwa seinen Drachen angreifen? Abwehrend riß er an der Drachenschnur – aber sie war so lang, daß der rote Drachen kaum schwankte. »Nicht *anfassen*! Nicht *anfassen*!« schrie Walter mit aller Kraft und verwünschte den stoßartig brummenden Motorenlärm, der seine Worte wahrscheinlich verschluckt hatte. *»Idioten!«* schrie er sie an, die Augen jetzt blind vor Tränen. Er blinzelte und blickte weiter nach oben. Ja, sie hantierten da mit dem langen Stock und versuchten, die Schnur etwas unterhalb des Drachens zu fassen, so viel er sehen konnte.

Wenn der Drachen jetzt plötzlich in die Höhe stieg, schlug er auf die Helikopterflügel und würde glatt zerfetzt. Wußten diese Idioten das denn nicht? Der lange Stock reichte bis rechts an den Helikopter und lag schräg nach unten. Sicher war da ein Haken am Ende – zu erkennen war nichts, denn die Sonne schien direkt in Walters Augen. Außer dem abgehackten Motorengebrumm schrien jetzt auch noch die Leute auf dem Boden, lachten und riefen ihm Ratschläge zu. Trotzdem gellte Walter noch einmal:

»Aus dem Weg, *bitte*! Geht *weg*, alle!«

Der Hubschrauber war immer noch oberhalb des Drachens. Der Mann hatte offenbar die Schnur eingefangen und versuchte sie zu sich heranzuziehen. Walter sah, wie er daran riß. Der Drachen schaukelte irre, als sei er ebenso zornig wie Walter. Dann kam ein Aufschrei von den Menschen unten, und gleichzeitig sah Walter, wie der Drachen sich zur Hälfte zusammenfaltete. Das Querholz war durchgebrochen – weil der Idiot so daran gerissen hatte!

»Aufhören!« Ein paar Sekunden lang war der Drachen flach und gefaltet, fast unsichtbar, dann war er offen und spreizte sich, aber falsch herum wie ein Vogel mit gebrochenen Flügeln. Er flappte, wollte sich aufschwingen – noch einmal – und konnte es nicht. Der beige Stock zog die Schnur an den Hubschrauber heran.

Jetzt merkte Walter, daß er vornübergefallen war und daß er jetzt stürzte, schnell. Er packte seinen Stock fester, angsterfüllt. Bäume schossen ihm entgegen, auch der Boden, immer schneller und schneller.

Ein Schrei, ein Ächzen wie ein tiefer Seufzer kam von den Menschen unten auf der Erde, die Walter nun ganz nahe waren, etwas rechts vor ihm. Walter krachte in die Äste eines Baumes, die ihn durchbohrten und ihm das Hemd wegrissen. In panischer Angst schrie er: *»Elsie!«* Mit dem Kopf nach unten schlug er auf einen schweren Ast, der ihm die Schädeldecke zerschmetterte, dann glitt er die letzten Meter hinab auf den Boden, schlaff.

Das schwarze Haus

Schwarz stand ein verlassenes zweistöckiges Haus am Horizont von Canfield, einer mittelgroßen Stadt im Staat New York. Ihre Hauptindustrie war Papierherstellung und Lederverarbeitung, denn es gab einen Fluß, der durch die Stadt floß. Häuser und Rasenflächen in Canfield waren sauber und gut gepflegt, die Bewohner setzten ihren Stolz darein, ihre Rosengärten instand zu halten und die Hecken zu trimmen, auch wenn man bei keinem der Häuser von einer Villa sprechen konnte. Canfield bestand aus achtbaren Mittelstands-Amerikanern; viele Familien waren dort seit zweihundert Jahren ansässig. Fast jeder kannte fast jeden, die Atmosphäre war freundlich, man hielt gute Nachbarschaft, tauschte Pflanzen und Bäume aus den Gärten, Weihnachts- und Geburtstagseinladungen, Rezepte und gegenseitige Gefälligkeiten aus. Sie hatten den Fluß, der früher gelblichen Abschaum von den Fabriken mit sich führte, für erhebliche Kosten gereinigt nach allerhand Kämpfen gegen die Regierungsvorschriften, die die Reinigung verlangt hatten, aber jetzt waren sie stolz: der Fluß sah wieder einigermaßen klar aus und roch jedenfalls nicht mehr sauer oder nach Schwefel bei windigem Wetter, auch wenn es noch keine Fische darin gab.

Doch das schwarze Haus? Die Frauen übersahen es lieber, als sei es ein Schandfleck, an dem doch nichts zu ändern war, aber die Männer machten Witze und erzählten Geschichten darüber. Die Grundstücksverhältnisse waren strittig, Eigentümer war angeblich eine Familie, die jetzt in Ithaca/New York wohnte. Wer war es nun, dem das Grundstück und das Haus tatsächlich gehörten? Keiner in Canfield wußte das wirklich, obgleich die Namen von zwei Vettern rumgeboten wurden, Westbury und MacAllister, doch keiner entsann sich, sie jemals gesehen oder getroffen zu haben. So leer und verfallen hatte das Haus schon gestanden, als die meisten Leute in Canfield noch nicht einmal geboren waren.

»Warum hält nicht mal einer ein Streichholz dran?« lachte bisweilen ein Mann bei einem Whisky oder Bier mit Freunden im White Horse Tavern, einem beliebten Treffpunkt.

»Wieso, es tut doch keinem weh?« antwortete dann ein anderer.

Noch eine Runde Drinks – vielleicht »nach der Kirche« gegen halb eins am Sonntagmittag –, und dann erzählte Frank Keynes eine Geschichte davon, wie er mit vierzehn in ein Mädchen aus seiner Schule verliebt war und sich mit ihr für neun Uhr abends verabredet hatte, am Fuß des Hügels, auf dem das schwarze Haus stand, und wie sie ihn versetzt hatte. »Und stellt euch vor: da kam ein *anderes* Mädchen, das gern bereit war, mit raufzugehen zum schwarzen Haus. *Sehr* gern sogar!«

Lachen der Männer. Stimmte das oder nicht?

Dann sagte vielleicht Ed Sanders, Manager der Guardian Papiermühle: »Letztesmal hast du gesagt, das *erste* Mädchen wär mit raufgegangen. Wo bist du denn, Frank? Zuviel Whisky im Hirn?«

Und dann lächelten alle, während Kindheitsphantasien, angeberische Lügengeschichten wie Rauchwölkchen durch ihre Köpfe schwebten, sich vermischten und wieder verloren. Die Männer hatten ihren Stammplatz an der leicht gekrümmten Mahagonitheke. Ihre Frauen oder Freundinnen saßen an den kleinen Tischen, außer Hörweite, nippten genügsam an ihren eigenen Drinks und schwatzten, bis gewöhnlich Kate Sanders, Eds Frau, den ersten Schritt tat, an die Bar kam und vorschlug, daß sie und Ed nach Hause gingen, zum Mittagessen, das dank ihrem automatischen Herd jetzt fertig sei, obschon sie das alles gar nicht hätte sagen müssen, da Ed Bescheid wußte.

Der jüngste Zuhörer war Timothy Porter, dreiundzwanzig, unverheiratet, ein neuer Angestellter der Lederfabrik, wo er als Buchhalter und Verkaufsleiter arbeitete. Nach seinem Abschlußexamen an der Cornell University hatte er ein Jahr lang sein Glück in New York versucht und dann beschlossen, in seine Heimatstadt Canfield zurückzukehren, jedenfalls für eine Weile. Er war etwa einen Meter achtzig groß, hatte rötlich-blondes Haar und war freundlich, aber zurückhaltend. Da seine Eltern vor einigen Jahren fortgezogen waren, hatte er ein Zimmer bei einem Onkel gemietet. Einmal hatte er ein Mädchen aus Ithaca nach Canfield mitgenommen, sie hatten im White Horse ein Glas getrunken, aber seitdem war das Mädchen nicht wiedergekommen. Timothy war allein, als er eines Sonntags lächelnd zu den Männern an der Bar sagte:

»Als ich so etwa zehn war und hier zur Schule ging, erinner ich mich, da taten wir immer so, als ob im schwarzen Haus ein Menschenfresser lebte. Oder ein Verrückter, den auch die Polizei nicht rausholen konnte, und wenn wir ganz nahe ans Haus herangingen, dann käme er raus und würde uns erwürgen. Ihr wißt ja, wie Kinder sind. Nichts als Phantasien im Kopf. Aber mit zehn, das weiß ich noch, da kam es uns sehr *wirklich* vor.« Tim lächelte breit und trank seinen Rest Bier aus.

»Ja – es *ist* was Merkwürdiges an dem Haus«, sagte Ed Sanders grüblerisch auf einem Barschemel hockend. »Es sieht auch schon aus wie ein Spukhaus, oder? Wie das Dach und der Schornstein sich neigen – als ob sie gleich auf einen runterfallen wollten.« Ed sah seine Frau herankommen, schade. Gerade, wo es ihm solchen Spaß machte, über das schwarze Haus zu reden. Es war, als sei er in einer anderen Welt – als ob er wieder ein Junge wäre, zwölf vielleicht, und nicht ein neununddreißigjähriger Mann mit einer wachsenden Wamme, der seine Erfahrungen im Leben gemacht hatte – mehr als genug.

Sam Eadie – dicklich, blond, mit beginnender Glatze – hatte Eds Frau ebenfalls gesehen und beugte sich dicht zu Ed hin und flüsterte eilig: »Ich sag dir nochmal, es stimmt nämlich: ich hab's da *zum erstenmal* mit einem Mädchen gemacht – als ich fünfzehn war.« Dann straffte er sich und setzte ein Lächeln auf. »Guten Morgen, Kate! Schon der zweite gute Morgen heute, was? Du willst ihn wohl abtransportieren?«

Du bist nicht der einzige, der es gemacht hat, dachte Ed Sanders ärgerlich und stolz, aber laut konnte er es nicht sagen, weil seine Frau dabei war. Er sah nur sekundenlang seinen alten Freund Sam Eadie mit gerunzelter Stirn an.

Timothy Porter ging nach Hause zum Sonntags-Lunch bei seinem Onkel Roger Porter. Onkel Roger war nicht in der Kirche gewesen, aber Timothy ja auch nicht; er war im Wald spazierengegangen, bevor er sich zu den Einheimischen im White Horse setzte. Bei Onkel Roger stand die Sonntagsmahlzeit, die gestern von seiner Teilzeit-Haushälterin Anna vorbereitet worden war, bereit: ein Eintopf aus Schweinefleisch und Reis, den Roger im Herd aufgewärmt hatte. Roger, in Hemdsärmeln, legte letzte Hand an, Timothy deckte den Tisch fertig – Weingläser und seine Serviette, die Roger vergessen hatte –, dann zog Roger ein Tweedjackett an, und sie setzten sich zu Tisch.

»War's schön heute morgen?« fragte Tim und bediente sich, nachdem sein Onkel genommen hatte. Er wußte, der Onkel hatte sich entweder im hinteren Garten zu schaffen gemacht oder Akten aus seiner Kanzlei durchgelesen.

»Ja – nicht übel. Und du?«

»Prima, ja. Ich war im Wald, und danach hab ich im White Horse ein Bier getrunken.«

»Viele da? . . . Na, Ed Sanders bestimmt.« Roger lächelte. »Und Frank Keynes auch.«

Warum gehst du nicht auch mal hin, wollte Tim sagen. Aber mit fünfundfünfzig war sein Onkel älter als die meisten im White Horse, und nach dem Tod von Tante Meg vor drei Jahren auch etwas traurig. Sie fehlte Roger noch immer, und Tim wußte, Roger war froh, ihn im Haus zu haben, auch wenn er nicht der Mensch war, der so etwas in Worte faßte. »Ich dachte«, begann Tim, »warum wohl – –«

»Warum was?«

»Warum die Unterhaltung im White Horse immer auf dieses Haus zurückkommt, das sie das schwarze Haus nennen. Hier – du weißt doch, das verlassene alte Haus oben auf dem Hügel.«

Roger blickte seinen Neffen an und lächelte, er hielt die Gabel nahe an den Lippen in der Luft. »Weil es schon so lange da steht, vielleicht. Es ist unser Schloß.« Er lachte leise und aß.

»Aber sie reden wie Kinder darüber. Ich weiß noch, als ich klein war, da taten alle Kinder so, als hätten sie Angst davor. Aber diese erwachsenen Männer da, die reden ... als sei es verhext oder irgendwie jetzt noch gefährlich. Natürlich haben sie alle schon ein, zwei Gläser intus, wenn sie mit Reden anfangen. Aber ich hab das jetzt schon drei- oder viermal beobachtet.« Tim lachte plötzlich. »Und die alten Daddies geben an und sagen, sie hätten *Mädchen* dorthin genommen! Als Teenager, meine ich. Wirklich irre, was die zusammenschwafeln.«

Roger kaute nachdenklich und blickte in eine Zimmerecke. Das gelichtete braun-graue Haar war sorgfältig gescheitelt, seine Stirn war grüblerisch gerunzelte, doch die Lippen lächelten noch. »Na ja – sie träumen. Sie denken sich Geschichten aus, sicher. Aber mal abgesehen davon, ist ja, vor fünf oder sechs Jahren, dort ein Mord passiert. Ein halbwüchsiger Junge – die Leiche wurde dort gefunden, im Erdgeschoß. Kehle durchgeschnitten. Er hatte drei oder vier Tage dort gelegen. Gräßliche Geschichte.« Roger schüttelte angewidert den Kopf.

»Und man hat nie herausgefunden, wer's war?«

»Das hat man nie herausgefunden. War kein Junge von

hier, er kam aus – ja, Connecticut, glaube ich. Egal.« Etwas munterer fuhr Roger fort: »Als ich acht und neun war, hab ich oft in dem Haus gespielt. Ich weiß noch genau, wie ich und 'ne Menge anderer Kinder – wir sind da die Treppen rauf und runter gelaufen und haben immer gesagt, die Stufen würden unter uns zusammenbrechen, hinter den Türen säße ein Schwachsinniger, und lauter so Zeug. Schon damals war das Haus verlassen, stell dir vor.«

Tim versuchte, es sich vor fünfundvierzig Jahren vorzustellen. »Warum hat sich denn keiner um das Haus gekümmert?«

»Weil nach dem Gesetz niemand das Recht hat, das Grundstück anzurühren, bis die Rechtslage geklärt ist, und da ja keine Feuergefahr besteht da oben auf dem Hügel und auch keine Bäume mehr um das Haus stehen ... Sogar die Bäume sind eingegangen, glaube ich, aus glatter Vernachlässigung.«

Sie sprachen von anderen Dingen. Roger war Rechtsanwalt, der angesehenste Anwalt der Stadt. Er hatte eine eigene Kanzlei, mit zwei Sekretärinnen und einem jüngeren Sozius, der die Kanzlei einmal übernehmen sollte. Roger und Meg hatten keine Kinder gehabt. Tim fragte seinen Onkel nach dem Fortschritt eines schwierigen Falles, der, wie er wußte, Roger Sorgen machte, und Roger antwortete ihm. Doch Tims Gedanken kehrten immer wieder zu dem schwarzen Haus zurück, als berge es irgendein ungelöstes Geheimnis.

»Meinst du, da haben vielleicht Landstreicher übernachtet, damals? Als der Junge ermordet wurde, von dem du sprachst?«

Einen Augenblick schien Roger nicht ganz zu wissen, wovon Tim sprach. »Oh – das schwarze Haus! Nein. Nein, damals nicht. Mag sein, daß da vielleicht mal ein, zwei Landstreicher übernachten, das ist möglich. Ich weiß es nicht. Nein, Tim, wenn du's wirklich wissen willst –« Sein Onkel senkte die Stimme, als könne ihn jemand hören. »Was ich jetzt sage, hat nicht in der Zeitung gestanden, hier nicht und woanders auch nicht. Das Mädchen, das da eine Rolle spielte, erwartete ein Kind von dem Jungen, der umgebracht wurde. Sie und der Junge hatten verabredet, sich noch einmal zu treffen – da in dem Haus. Soweit ich mich erinnere, haben sie sich oft dort getroffen. Es heißt, daß ihr Vater rasend vor Wut war. Und der Junge – also offen gestanden, er war bloß ein Rumtreiber. Der Vater ist nachher mit seiner Tochter aus der Stadt weggezogen.«

Tim war bestürzt. Eine solche Gewalttat, knapp zwei Meilen von der Stelle, wo er jetzt saß! »Soll das heißen, daß der Vater gar nicht verdächtigt wurde?«

Roger lachte und tupfte die Lippen mit seiner Serviette. »Doch, ich glaube schon. Ich glaube, der Richter ließ ihn laufen. Irgendwie – war jeder auf der Seite des Vaters. Das Haus hat was Böses an sich.«

Ein Mord hatte auch was Böses an sich. Eine schwangere Tochter war noch kein Grund, den Freund umzubringen, dachte Tim, denn es schien sich ja keineswegs um eine Vergewaltigung zu handeln. »Ich hätte Lust, nochmal hinzugehen, mir das alles nochmal anzusehen. Das Haus, meine ich. Kann ja nicht viel mehr sein als lauter leere Zimmer.«

»Achch – warum hingehen?« Roger kam gerade mit dem Eis herein, aber er hielt inne und blickte seinen Neffen an. »Was hast du schon davon, wenn du hingehst?« Und als er sich setzte, fügte er noch hinzu: »Der Fußboden könnte unter dir einbrechen.«

Tim lachte. »Ich probier ihn erst aus, mit dem Fuß. Ich hab keine Angst vor dem Haus.«

Roger schüttelte den Kopf. »Das wird dir nichts bringen, Tim.«

Warum blickte ihn Roger so streng an? Tim begann, seine Eiscreme zu essen.

Am nächsten Tag verließ Tim die Lederfabrik in Canfield um Punkt fünf Uhr, zur Schlußzeit, obgleich er gewöhnlich etwas länger blieb. Er wollte unbedingt zum schwarzen Haus fahren und sich dort umsehen, bevor es dunkel wurde. Es war Oktober. Das Haus war gar nicht schwarz, fiel ihm ein, sondern dunkelbraun oder rot. Nur nachts war es schwarz, wie jedes Haus, in dem kein Licht brannte.

Er lenkte seinen tomatenfarbenen Chrysler eine ungepflasterte Straße entlang, an deren Windungen er sich kaum noch erinnerte. An einem Brombeergebüsch, wo der Weg endete, hielt er den Wagen an; hier hatte es vielleicht früher einmal, noch vor Tims Kinderzeit, eine Pforte zum Grundstück gegeben; jetzt sah man nichts mehr von einem Zaun oder einer Pforte. Das alte dunkle Haus schien ihm jetzt, von nahem, größer und stirnrunzelnd auf ihn herabzublicken. Tim wandte die Augen ab und achtete auf den Boden unter seinen Füßen, als er den Abhang hinaufstieg. Etwas hell war es immer noch, er konnte Steinchen und Grashalme erkennen in dem unebenen und ausgetrockneten Rasen zu beiden Seiten des Fußwegs, der zur Haustür führte. Ob man sogar die Pflastersteine gestohlen hatte, die hier doch sicher einmal gewesen waren?

Etwa zehn Meter vom Haus entfernt blieb Tim stehen und blickte auf. Ja, es stimmte, das Haus war gar nicht schwarz, sondern dunkelbraun. Vorn eine Steintreppe, mit Zementpfeilern am Fuß. Eine getäfelte Haustür: der Klopfer war abmontiert oder herausgerissen worden, an seiner Stelle war ein Loch. An jeder Seite der Tür gab es zwei Fenster, die natürlich kein Glas mehr hatten. Ob die Tür unverschlossen war, so daß man sie aufstoßen konnte? Tim lächelte leicht und ging rechts herum; er wollte erst einmal ums Haus gehen, bevor er eintrat.

Er blickte suchend auf den kargen Boden, ob dort Bierdosen, Butterbrotpapier oder sonstige Zeichen von Lustbarkeiten zu finden waren, sah aber nichts. Lächelnd hob er den Blick wieder zu den Fenstern im ersten und dann im zweiten Stock. Die meisten Fenster waren zerbrochen, ließen den Elementen freien Lauf. Innen schwarz. Ob gleich ein Gesicht herausblicken würde, ein Wahnsinniger, der den Wagenmotor oder Tims Schritte gehört hatte? Ein weißes Gespenst?

Tim lachte laut auf. Das Lachen klang tiefer als sonst, was ihn ermutigte. Na klar, es war ein leeres Haus, klassischer Fall, dunkel und alles. Aber wozu Angst haben, wenn man nicht mehr zehn war? Mit flotteren Schritten ging Tim um die andere Seite des Hauses herum bis zur Haustür. Rechts von der vorderen Hausecke sah er dann doch eine weggeworfene Bierdose und mußte lächeln.

Er ging die Stufen hinauf. Selbst der Türknauf war abgenommen worden, wie er jetzt sah, aber wahrscheinlich ließ sich die Tür einfach aufdrücken. Sonst, wenn sie verschlossen war, konnte man rechts durch das Fenster – Nein, das war zu hoch, da konnte man vom Erdboden aus nicht so leicht hineinklettern, obgleich es weit offen klaffte, glaslos. Tim betrachtete die Tür und beschloß, die Finger der rechten Hand in das Loch zu stecken, wo der Türknauf gewesen war, und die Linke gegen die Tür zu halten und zu drücken. Er hob dafür die Hände, zögerte dann, ließ sie wieder sinken und lächelte über sich selbst. Wie sein Onkel gesagt hatte: wozu eigentlich? Was würde er beweisen? Gar nichts, und tatsächlich konnte er sich mit dem ersten Schritt auf einem verfaulten Fußboden ein Bein brechen.

Tim ließ die Schultern sinken, lief die Stufen hinab, wandte sich um und rief zum Haus hinauf: »Haalloo! Ist da jemand? Ha-ha!«

Er trabte den Pfad hinunter zu seinem Wagen, blickte zurück und winkte zum Haus, als winke er jemandem zum Abschied, den er oben am Fenster stehen sah, aber da war niemand.

Es war plötzlich dunkel.

Tim hatte vorgehabt, seinem Onkel Roger zu erzählen, er sei beim »schwarzen Haus« gewesen, sei außen herumgegangen und dann hinein – na, und was weiter? Aber abends genierte er sich ein wenig, weil er nun doch nicht ins Haus hineingegangen war, und deshalb sagte er nichts von seinem Besuch dort in der Dämmerung. Tim wurde sich bewußt, daß er Gedanken, Erinnerungen an ein blondes kleines Mädchen nachhing, in das er sich verliebt hatte, als er neun war, und sie wohl ebenso alt, damals in der Schule. *Verliebt*, in diesem Alter? Absurd. Und doch waren die Gefühle, das wußte er, mit neun weitgehend die gleichen wie mit zwanzig, wenn man verliebt war. Das Gefühl stellte eine Frage, die nicht zu beantworten war: Warum ist eine bestimmte Person für mich von so phantastischer Wichtigkeit? Tim erinnerte sich an seine Phantasien – daß er das kleine Mädchen bitten wollte, sich mit ihm an dem leeren Haus – so nannten es seine Freunde damals – zu treffen. Tat sie das? Natürlich nicht. Was hätten wohl ihre Eltern gedacht, wenn ihre kleine acht- oder neunjährige Tochter nach dem Abendessen gesagt hätte, sie habe eine Verabredung mit einem Jungen am schwarzen Haus, oder am leeren Haus, etwa eine Meile weit weg? Wieder mußte Tim lächeln. Er sah, wie leicht es war, so zu tun, als *sei* sie gekommen, als hätten sie einander heftig geküßt und umarmt – und sonst gar nichts, in diesem Alter. Ja, so leicht, sowas zu erfinden und dann allmählich zu glauben, das, was man erfunden und anderen erzählt hatte, sei wahr. Das war natürlich genau das, was die alten Knaben im White Horse jeden Sonntag nach der Kirche – und vielleicht auch mal Freitag und Samstag abends – taten.

Bis zum folgenden Sonntag hatten Tims Vorstellungen eine andere und realistischere Form angenommen. Er fühlte sich ruhiger und distanzierter, als betrachte er die Situation – auch das schwarze Haus selbst – aus einiger

Entfernung. Er war daher ganz kühl und beherrscht, als er am Sonntag um zwanzig nach zwölf ins White Horse ging. Er trug Wanderstiefel, Baumwollhosen und einen hellblauen Anorak.

Die Jungs waren alle da: Ed Sanders, Frank Keynes, ein paar andere, die Tim ebenfalls mit Namen kannte, sogar ein Bekannter aus der High School, Steve, auf dessen Nachnamen Tim nicht gleich kam – er fing mit C. an. Mit freundlichem Kopfnicken zu Ed hinüber, der – ein Bein über dem Hocker – ihm entgegensah, trat Tim an die Bartheke, wo die Gruppe stand: nicht als wolle er sich anschließen, aber auch ohne absichtlich einen Zwischenraum zwischen ihnen und sich zu lassen. Tim bestellte ein Bier, wie immer.

Bevor eine Minute vergangenen war, wandte sich Frank Keynes, der mit einem weihnachtlich aussehenden Old Fashioned in der Hand an der Bar stand, zu Tim und sagte: »Wieder 'n bißchen gelaufen? Wie geht's denn so, Tim?«

»Danke schön, Sir, sehr gut!« sagte Tim lächelnd. Er sah im Spiegel zwischen den Flaschenreihen sein eigenes Gesicht, rotwangig vom Wandern, und er gefiel sich, war froh, daß er dreiundzwanzig Jahre alt war und daß – im Spiegel sah er in der hinteren linken Ecke des Raumes ein hübsches Mädchen mit kurzen braunen Haaren an einem Tisch sitzen. Er hatte sie schon bemerkt, als er eben hereinkam, aber im Spiegel konnte er sie nach Herzenslust anschauen, ohne daß sie etwas davon merkte. Leider saß sie mit zwei jungen Leuten zusammen. Tim hob sein Bierglas und trank; er rief seine Gedanken zurück zu dem, was er zu dem Mann neben sich sagen wollte. Der richtige

Augenblick kam dann, als er bei seinem zweiten Bier war und in der Unterhaltung, an der sich Tim beteiligt hatte, eine Pause eintrat.

»Ich bin übrigens Freitag abends zum schwarzen Haus gegangen«, sagte Tim.

Kurzes Schweigen. Dann sagte Frank Keynes:

»Tatsächlich? . . . Auch rein ins Haus?«

Tim merkte sofort, daß vier Männer, auch der jüngere Steve, jetzt sehr aufmerksam geworden waren, und er wünschte dringend, er könnte sagen, daß er im Haus gewesen war. »Nein, drinnen nicht. Ich bin die Treppe raufgegangen und hab mich umgesehen, auch rings um das Haus. Ich hab keine Anzeichen von Landstreichern oder sonstigen Leuten gesehen. Bloß eine alte Bierdose, das weiß ich noch.«

»Um welche Nachtzeit war das?« fragte ein hochgewachsener Mann, Grant Dunn, der selten sprach.

»Überhaupt nicht nachts. Kurz vor sechs war es, glaube ich.«

Ed Sanders, mit gerötetem Gesicht und halb geöffnetem Mund, als wolle er etwas sagen, wechselte einen Blick mit Frank, der rechts von Tim stand. Ed sagte nichts, aber Frank räusperte sich und sagte:

»Reingegangen bist du nicht.«

»Nein, nur ums Haus rum.« Tim blickte Frank in die Augen und lächelte, runzelte aber die Stirn dabei. Was sollte das Getue? Ob einem von diesen Männern das Haus *gehörte*? Und wenn schon. »Ich bin bis zur Haustür gegangen, aber – nein, aufgemacht hab ich sie nicht. War nicht mal ein Türknauf dran. Ist es eigentlich abgeschlossen?« Tim sah, daß Sam Eadie, sein Glas in der Hand, zu der Gruppe getreten war.

»Nein, es ist nicht abgeschlossen«, sagte Frank fest. Er hatte graublaue Augen, die jetzt kalt wie Metall waren. Er sah aus, als beschuldige er Tim, Hausfriedensbruch begangen, einen Einbruchsversuch gemacht zu haben.

Tim blickte nach links hinüber zu den Tischen, wo die Frauen saßen. Er fing kurz den Blick einer ihrer Frauen auf – wessen Frau, wußte er nicht.

Auf einmal lachte Ed. »Geh nicht wieder hin, Junge . . . Was willst du denn beweisen?« Er blickte Frank und Grant an, als erwarte er Beifall oder Unterstützung. »Was würde das beweisen?« wiederholte er.

»Ich will gar nichts beweisen«, erwiderte Tim freundlich. Ed ist wieder mal 'n bißchen blau, dachte er und kam sich tolerant und selbstsicher vor, verglichen mit Ed. Anderthalb Bier waren Tim nicht zu Kopf gestiegen. Er ließ sich Zeit, ließ die merkwürdig feindseligen Blicke, die auf ihn gerichtet waren, verblassen und sagte schließlich: »Mein Onkel Roger hat mir von einem Jungen erzählt, der dort umgebracht worden ist.« Er hatte die Stimme gesenkt, wie es sein Onkel getan hatte. Er spürte die Kühle von Schweißtropfen auf seiner Stirn.

»Ja, stimmt«, sagte Frank Keynes. »Interessiert dich das?«

»Ach, eigentlich nicht«, gab Tim zurück. »Ich bin ja kein Detektiv.«

»Dann – halt dich da lieber raus, Tim«, sagte Sam Eadie mit schmalem Lächeln und blickte Tim einen Augenblick scharf an. Er wandte sich an Frank, als wünsche er eine

Bestätigung seiner Worte, zwinkerte ihm kurz zu und gab dann der Runde bekannt: »Ich geh schon mal. Meine Frau da drüben wird ganz ungeduldig.«

Frank und Ed lächelten breiter, sie grinsten fast, als sie Sams rundlicher Gestalt im besten blauen Sonntagsanzug nachsahen, die auf einen Tisch mit vier Frauen zuging.

»Pantoffelheld«, sagte einer der Männer halblaut, und ein paar andere lachten.

»Bist du nie ins schwarze Haus rein – als Junge, Tim?« fragte Ed Sanders, der jetzt einen weiteren Scotch mit Eis vor sich hatte.

»Doch, natürlich!« sagte Tim. »Wir alle, als wir so zehn oder elf waren. Ich weiß noch, zu Halloween, da haben wir erleuchtete Kürbisköpfe genommen und sind damit drum rummarschiert. Manchmal –«

Wieherndes Gelächter unterbrach seinen Satz. Die Männer, die an der Theke standen, wiegten sich auf den Absätzen vor und zurück.

Was war daran so komisch? dachte Tim. Das Donnern des Gelächters gellte ihm in den Ohren.

»Aber später nicht mehr?« fragte Frank Keynes. »Nicht mit sechzehn oder so?«

Nein, daran konnte sich Tim nicht erinnern. »Als ich so alt war, da war ich ein Jahr im Internat, außerhalb.« Das stimmte; er mußte damals in eine richtige Paukerschule, um seine Noten zu verbessern, damit er in Cornell reinkam. Tim spürte und sah, daß die Männer ihn ansahen, als habe er sie enttäuscht, irgend etwas ausgelassen oder bei einem Examen versagt. Vage unbehaglich fragte Tim: »Ist denn da was Geheimnisvolles an der Sache mit dem Jungen, der dort umgebracht wurde? ... Gibt's vielleicht ein Lokalgeheimnis, das ich nicht kenne?« Tim blickte zu dem Barmann hinüber, aber der hatte weiter links allerhand zu tun. »Ich möchte da nicht weiter rumstochern, wenn es ein Geheimnis ist.«

Ed Sanders schüttelte etwas gelangweilt den Kopf und leerte sein Glas. »Nein.«

»Naaein«, sagte Frank. »Kein Geheimnis. Nichts als die Wahrheit.«

Ein Mann lachte, als amüsiere ihn Franks Bemerkung. Tim blickte hinter sich, nach links, denn dort stand der Mann, der gelacht hatte. Für Tim war es ein Fremder, groß, mit glattem schwarzem Haar, er trug einen Kaschmirpullover mit blau-gelbem Seidenschal und gehörte offenbar zu der Gruppe. Tim warf noch einen hastigen Blick zu dem hübschen Mädchen in der vorderen Ecke hinüber, die jetzt lächelte, aber nicht zu ihm. Der schnelle Blick machte ihn nicht froher. Ihm fiel plötzlich Linda ein, seine letzte Freundin, die nicht mehr gekommen war, weil sie jemand kennengelernt hatte, den sie lieber mochte. Tim war nicht allzu sehr verliebt gewesen in Linda, nur ein bißchen, aber als sie ihm sagte, sie werde nicht wieder nach Canfield kommen, da hatte das sein Selbstgefühl verletzt. Er sehnte sich sehr danach, ein neues Mädchen kennenzulernen; sie müßte aufregender sein als die drei oder vier, die er noch aus der Collegezeit kannte und von denen zwei in New York wohnten.

»Ganz klare Geschichte war das ...«

Die Musikbox hatte eingesetzt, nicht sehr laut, aber das Lied war zufällig von der lauten Art, mit Bläsern und

Trommeln. Tim konnte nicht alles verstehen, was die Männer sagten. Jetzt trat eine Frau heran – Eds Frau –, und er verschwand.

»Prima Story!« schrie Frank in Tims Ohr. »Die Story, von der du erzählt hast – dramatisch, verstehst du? Das Mädchen kriegte ein Kind. Vielleicht liebte sie den Jungen. Muß sie wohl – wenn sie da raufging zum schwarzen Haus, um ihn zu treffen.«

Und ihr Vater hatte dem Jungen die Kehle durchgeschnitten. *Davon* wollte Tim jetzt nicht reden, das auch noch in Frage stellen. Sein Onkel Roger hatte ja gesagt, man habe angenommen, daß der Vater den Jungen umgebracht hatte. Jetzt kamen noch zwei Frauen heran, um ihre Männer abzuholen.

Ein paar Minuten später war Tim unterwegs zu seinem Onkel. Er hatte das Gefühl, von den Männern im White Horse nicht ernst genommen und sogar verlacht worden zu sein. Er war zwar nicht in das Haus hineingegangen, das stimmte, aber er hatte ganz gewiß keine Angst gehabt vor dem schwarzen Haus. Es gab da ja auch gar nichts – soweit er sehen konnte – wovor man Angst haben könnte. Was sollte das ganze dramatische Getue, das heute offenbar alle betroffen hatte, von Ed Sanders bis zu dem muffigen Kerl in dem Kaschmirpullover und Schal? War das schwarze Haus vielleicht eine Art Privatklub, den die Männer nicht mehr aufsuchten? Warum nicht reingehen und ihnen das sagen und dadurch Clubmitglied werden?

Tim merkte, er war verärgert, erfüllt von Groll; es war besser, er kühlte erstmal ab und sagte seinem Onkel zunächst kein Wort von der Unterhaltung im White

Horse. Onkel Roger, das wußte er, war auch angehaucht von der mystischen Verehrung, die Ed und Frank und die anderen für das schwarze Haus hegten.

Den ganzen Sonntag behielt Tim daher seine Gedanken für sich. Aber er hielt fest an seinem Vorsatz, ins schwarze Haus hineinzugehen und die zwei Treppen hinaufzusteigen, und zwar an einem Abend dieser Woche. Als es Freitagnachmittag geworden war, fühlte er sich gedrängt, unwiderstehlich gedrängt, das schwarze Haus noch an diesem Abend zu besuchen, obgleich er es sich eigentlich für Samstagabend vorgenommen hatte.

Am Freitagabend war Onkel Roger in ein Fernsehspiel vertieft, das Tim von Anfang an nicht interessiert hatte. Roger achtete kaum darauf, als Tim gegen zehn Uhr sagte, er gehe noch eine Stunde aus. Tim fuhr mit dem Wagen in den Norden von Canfield und dann auf das schwarze Haus zu. Er parkte an der gleichen Stelle wie das letzte Mal, auf dem ungepflasterten Weg, und stieg aus.

Tim hatte eine Taschenlampe mitgebracht. Es war jetzt wirklich dunkel, völlig schwarz ringsum; erst nach einigen Sekunden konnte er Baumgruppen in der Nähe ausmachen, die nicht zum Grundstück des schwarzen Hauses gehörten und dunkler waren als der sternenlose Himmel. Er ließ die Lampe aufblitzen und begann, den steinigen Pfad hinaufzusteigen.

Er ließ den Lichtstrahl nach rechts und links gleiten: nichts als leerer ungepflegter Erdboden. Dann stieg er die Treppenstufen hinauf. Jetzt etwas sicherer als letztesmal, drückte er gegen die Tür, die beim zweiten Stoß aufging. Timothy ließ den Lichtstrahl durch den vorderen Raum wandern; es war offenbar ein großer Wohnraum ohne kleinere Eingangshalle. Leer. Die grauen vernachlässigten Dielenbretter waren etwa fünfzehn Zentimeter breit. Tim setzte den linken Fuß über die Schwelle: der Fußboden trug ihn. Er bemerkte auch – jedenfalls hier – keinerlei Anzeichen von fehlenden Dielen oder von Verfall im Holz. Rechts war eine Diele oder eine Wand, die einen Treppenaufgang teilweise verdeckte. Tim ging vorsichtig darauf zu, blieb stehen, bevor er die weite Türöffnung zur Treppe erreicht hatte, und rief laut:

»Haallooo!« Er wartete. »Ist da jemand?« Er lächelte, als setze er für einen Unsichtbaren ein freundliches Gesicht auf.

Keine Antwort. Nicht mal ein Rascheln deutete an, daß sich oben oder sonstwo jemand bewegte. Tim ging weiter.

Die Treppenstufen knarrten, Geländer und Stufen waren mit ganz feinem weißlichem Staub bedeckt. Aber sie hielten sein Gewicht. Im ersten Stock lag auf dem Flur ein abgetretener Teppich, die eine Ecke war umgeschlagen. Soweit Tim sehen konnte, war dies das einzige Anzeichen einer Einrichtung. Nicht mal ein zerbrochener Stuhl stand in einem der vier Räume im ersten Stock. Die Räume waren fast quadratisch. Eine Schwalbe – nein, zwei Schwalben flüchteten aus der oberen Ecke eines Zimmers, als er eintrat, und suchten mit hörbarem Flattern das Weite durch ein scheibenloses Fenster. Tim lachte etwas nervös, wandte sich um und richtete den Strahl seiner Taschenlampe nun auf die Treppe zum nächsten Stockwerk.

Hier war das Geländer wacklig, und Tim traute ihm

nicht. Er brauchte das Geländer auch nicht, sondern stieg vorsichtig mehr an der Wandseite als in der Mitte die Stufen hinauf, die hier etwas durchgesackt schienen. Hier oben lagen nochmal vier Zimmer und dazu ein ganz kleines ohne Tür, das, wie Tim sah, einmal eine Toilette gewesen war. Die Toilettenschüssel war entfernt worden. Er stand auf der Schwelle eines Zimmer und leuchtete mit der Lampe in alle vier Ecken. Er sah verblaßte rosenfarbene Tapeten mit undefinierbarem Muster, drei Fenster, in denen das Glas zur Hälfte fehlte, und absolut nichts auf dem Fußboden bis auf den überall liegenden blassen Staub. Irgendwie hatte er eine alte Decke oder einen Teppich, vielleicht auch nur ein paar Jutesäcke erwartet. Nichts – nur Raum. Toller Ort, um ein Mädchen einzuladen.

Tim lachte. Er war gleichzeitig amüsiert und enttäuscht.

»Heeh!« schrie er und meinte, ein Echo seiner Stimme zu hören.

Er blickte hinter sich auf die dunkle Diele, auf das dunklere untere Treppenhaus, und einen Augenblick überkam ihn Angst bei dem Gedanken, zwei Treppen hinuntersteigen zu müssen, um nach draußen zu kommen. Er schluckte und richtete sich auf. Er atmete tief die Luft ein, die gewiß frisch war, weil die Fenster offenstanden, aber den Staub konnte er trotzdem riechen.

Wandkritzeleien! Ganz sicher gab es Kritzeleien an den Wänden, wenn man bedachte, was hier wohl alles vor sich gegangen war. Tim richtete den Lichtstrahl auf die Dielenbretter im rosa Zimmer und probierte die Stärke aus, wie er es mit allen anderen Fußböden, die er betrat, getan hatte, und ging dann auf die vordere Zimmerwand zu. Dicht vor der Wand blieb er stehen und führte den Lichtstrahl langsam über eine breite Fläche der sonnenverblaßten Tapete. Er suchte nach Bleistiftzeichen, nach Initialen, fand jedoch nichts. Er prüfte schnell auch die anderen drei Wände, ging dann auf den Flur und betrat mit der gleichen Vorsicht einen hinteren Raum. Hier war die Tapete zum größten Teil abgerissen, Papierspiralen lagen auf dem Boden, und die verbliebenen Flecken waren von schmutzigem Gelb. Tim hob ein zusammengerolltes Stück Tapete auf und glättete es, aus Neugier. Es war nichts darauf zu sehen.

Keine Mütze, kein Handschuh, den jemand vergessen haben könnte, lag auf dem Fußboden. »Keine Socke!« sagte Tim laut und lachte.

Sein Mut floß in ihn zurück. Schön, nun hatte er das Haus gesehen. Die Fußböden hielten noch. Geister gab es nicht, und kein Landstreicher oder Autostopper benutzte das Haus als Unterkunft, obgleich jetzt bald der Winter kam.

Tim schaute oben noch in die anderen beiden Zimmer, die ebenfalls nichts hergaben, und ging dann die Treppen hinunter. Er wäre gern gelaufen, aber er ging mit langsamen Schritten. Es war immer noch möglich, daß eine alte Stufe nachgab, und ein gebrochenes Bein oder Fußgelenk wollte er nicht riskieren. Im Erdgeschoß drehte er sich um und lächelte in den dunklen Treppenhaustunnel.

»Ha-ha!« lachte Tim leise.

Noch ein Blick in den hinteren Raum mit der geschlossenen Tür? Er stellte sich als Rest einer Küche heraus. Ein zerkratzter weißer Spülstein war noch da, aber an der

Wand war kein Wasserhahn mehr. Vier Markierungen auf dem grün-weißen Linoleum zeigten an, wo die Herdbeine gestanden hatten.

Das war genug.

»Haal-*looo*!« rief Tim und ließ die Stimme umkippen, als er die Haustür aufmachte. »Viel Spaß beim nächsten Halloween!« fügte er hinzu.

Behutsam, als beobachte er sich selber, ob er es auch richtig machte, schloß Timothy die Haustür. Er steckte die Finger in das Loch, wo der Türknauf gewesen war; er wollte die Tür so hinterlassen, wie er sie vorgefunden hatte.

Es tat wohl, wieder auf festem Boden zu stehen und Sand und kleine Steine unter den Sohlen der Tennisschuhe zu spüren.

Auf den vertrauten Straßen, die er auf dem Heimweg einschlug, begann er wieder zu lächeln. Hier war er wieder, in Sicherheit! Sicher wovor? Keine einzige Tür im schwarzen Haus hatte geisterhaft geknarrt, kein Luftzug war durch einen Spalt gefahren, den man für das Ächzen eines Gespenstes hätte halten können. Er war stolz darauf, jeden Raum untersucht zu haben, aber er wußte auch, sein Stolz war dumm und kindisch. Am besten vergaß er seine Selbstzufriedenheit und berichtete den Männern am Sonntag einfach, er sei hineingegangen und . . . habe sich das Haus mal angesehen.

Und warum es nicht jetzt gleich erzählen? Auf seiner Uhr sah Tim, daß es noch nicht Mitternacht war. Vielleicht waren noch ein paar im White Horse? Und wenn keiner da war, trank er eben allein ein Glas Bier. Er bog an der nächsten Ecke rechts ab.

Im White Horse war an diesem Freitagabend allerdings was los. Tim hatte den Eindruck, daß überall gelbe Lichter brannten, gelbe Lichtkugeln über den Dachrinnen, gelbes Licht flutete aus der Tür, wenn sie aufging und ein Paar herauskam. Tim parkte den Wagen auf dem gekiesten Vorplatz und trat ein. Die Musikbox, die er draußen nur schwach gehört hatte, tönte jetzt fast so laut wie die einer Disco. Ja natürlich, Freitagabend war nicht Sonntagmittag nach der Kirche! Und da waren sie, die Spezies, die Männer, an ihrem Sonntagmittags-Platz in der rückwärtigen Hälfte der Bar, nur sehr anders angezogen. Frank Keynes hatte Bluejeans an und einen Rollkragenpullover; Ed Sanders trug sogar einen Overall mit Trägern, als hätte er irgendwas angestrichen oder an seinem Wagen gearbeitet, was ja vielleicht auch stimmte.

»'n Abend, Ed!« rief Tim laut durch den Musiklärm, wobei er lächelnd nickte. »Tag, Frank!«

»Timmy!« gab Frank zurück. »In der Stadt gewesen?«

Ed lachte, als habe die Stadt nicht viel zu bieten.

Tim schüttelte den Kopf, und als er den Blick des Barkeepers auffing, bestellte er ein Bier vom Faß.

Jetzt sah Tim, wie Sam Eadie von der Musikbox zurücktrat, wo er offenbar ein paar Münzen eingeworfen hatte, denn er stopfte eine Hand in die ausgebeulte Hose. Er hatte einen Drink in der Hand. Die Tische waren nur halb besetzt, hauptsächlich von jungen Männern und ihren Mädchen.

»Du hast doch keinen Waldspaziergang gemacht, jetzt mitten in der Nacht, Tim?« fragte Ed.

»Naain.« Tim hatte jetzt sein Bier vor sich und trank.

»Nein, tatsächlich bin ich zum schwarzen Haus gegangen, jetzt eben. Nochmal.« Er lächelte und wischte sich mit dem Handrücken etwas Bierschaum von den Lippen.

»Tatsächlich?« fragte Frank.

Tim sah, sie waren sofort aufmerksam geworden, auch Sam Eadie, der nahe genug stand, um ihn zu hören.

»Bist du reingegangen?« fragte Frank scharf, als ob Tims Ja oder Nein von Bedeutung wäre.

Tim wußte, für sie war es von Bedeutung. »Ja. Ich hatte 'ne Taschenlampe mitgenommen. Bin in alle Zimmer gegangen, bis rauf in den dritten Stock. Kein Anzeichen von Landstreichern – oder sonstwas.« Er mußte sehr laut und deutlich sprechen, denn aus der Musikbox tönte ein Lied, irgendwas mit *golden ... golden ... Haar und Augen ... Paradies ...*

Die drei starrten ihn an, Frank mit erstaunt gerunzelter Stirn. Seine Augen waren gerötet, er sah etwas angestochen aus. Vielleicht glaubte Frank ihm nicht.

»Einfach gar nichts. Alles ruhig«, sagte Tim achselzukkend.

»Was soll das – gar nichts? Was heißt das?« fragte Frank.

»Ach laß doch, Frank«, sagte Sam Eadie und zog Zigaretten aus der Tasche. Er hob die Packung an die Lippen.

»Ich dachte bloß«, fuhr Tim über die Musik hinweg fort, »Sie glaubten vielleicht, es wär irgendwo jemand im Haus. Aber es war kein Mensch da. Nicht mal irgendwelche interessanten Kritzeleien an den Wänden, und das bei all den – all den –« Er fand nicht die Worte für das, was er meinte: die Zusammenkünfte mit den Mädchen, das Vögeln – vermutlich auf dem nackten Fußboden, wenn nicht der Mann oder das Mädchen daran dachte, eine Decke mitzubringen. Tim trat von einem Fuß auf den andern und lachte. »*Gar nichts* war da. Völlig leer.« Er sah den drei Männern ins Gesicht und wartete auf ein erwiderndes Lächeln, ein zustimmendes Nicken, weil er bei Nacht durch das ganze Haus gegangen war.

Der Ausdruck war etwas anders in jedem Gesicht, aber in jedem stand Enttäuschung, vielleicht auch eine Spur von Mißbilligung. Tim war nicht wohl zumute. In Sam Eadies Gesicht, so schien es Tim, kam noch Verachtung zur Mißbilligung. Eds langes Gesicht sah traurig aus. In Franks Augen stand ein Glitzern.

»Gar nichts?« sagte Frank. »Dann komm mal mit nach draußen, Junge!«

Ed lachte plötzlich, aber das Stirnrunzeln blieb.

Auch Tim lachte, denn er wußte, was Frank meinte: einen Kampf wegen des Hauses, wegen seinem Ruf, seinem Charisma. Was hätte er denn sonst sagen sollen – daß er dort eine Menge *Erinnerungen* gesehen hatte? Geister oder geisterhafte Gesichter von hübschen fünfzehnjährigen Mädchen? Welches war eigentlich das Zimmer, dachte Tim plötzlich, wo dem Jungen damals die Kehle durchgeschnitten worden war?

Der Barmann erschien, als Sam mit dem leeren Glas auf die Theke klopfte.

Die Musikbox beschloß das Lied mit einem langgezogenen *Paa-raa-diies* . . .

»Komm raus, hab ich gesagt«, wiederholte Frank und zerrte Tim am Ärmel.

Kleiner halbbesoffener mittelalterlicher Knacker! Tim ging mit dem leicht torkelnden Frank auf die Tür zu. Tim lächelte immer noch etwas, einfach weil ihm danach zumute war. Was hatte er getan, daß die drei sich plötzlich gegen ihn stellten, vor allem Frank? Überhaupt nichts.

Sobald Tim, der vor Frank durch die Tür getreten war, sich draußen umwandte, um mit Frank zu reden, schlug dieser ihm die rechte Faust an den Unterkiefer. Tim war darauf nicht vorbereitet, er taumelte und fiel auf den Kiesweg, sprang aber sofort wieder auf. Bevor er ein Wort sagen oder die Fäuste hochbringen konnte, schlug ihn Frank in die Magengrube. Dann folgte ein Stoß vor die Brust und ein lautes Krachen am Hinterkopf.

»Frank, hör auf!« rief eine Stimme.

Tim lag flach auf dem Rücken. Er hörte Schritte auf dem Kies knirschen, und dann weitere Stimmen.

»Der Kopf blutet!«

»O-kay, ich wollt ihn ja gar nicht – gar nicht k. o. schlagen!«

Tim bemühte sich, bei Bewußtsein zu bleiben und aufzustehen, aber er konnte nicht mal die Arme bewegen.

»Bleib ruhig liegen, Junge, wir holen ein nasses Tuch.« Das klang wie Sam Eadie, eine Gestalt, die sich rechts über Tim beugte.

». . . vielleicht 'n Arzt? Oder 'n Krankenwagen?«

»Ja . . . sein Kopf . . .«

Tim wollte sprechen, er wollte sagen: *Ein schönes Haus, ein phantastisches Haus . . . ich sehe noch den elfenbeinfar-*

benen Sims, jetzt ganz voller Staub, und die guten Dielen, die mein Gewicht aushielten. Ich wollte es nicht kränken, das schwarze Haus, ich wollte mich nicht darüber lustig machen. Aber nichts davon brachte er heraus – schlimmer noch, er hörte sich stöhnen, er fühlte Scham und Angst, weil er die idiotischen Laute, die ihm aus der Kehle drangen, nicht kontrollieren konnte.

». . . kommt Blut aus dem Mund, sieh doch!«

Das Heulen einer Sirene stieg und fiel.

». . . das – Haus«, sagte Tim. Blut rann warm über sein Kinn.

Noch viel mehr Füße auf dem Kies.

»Sch-sch – soo – hoch!«

Tims Körper wurde plötzlich hochgehoben, so daß ihm die Sinne schwanden, und er fühlte, wie er ohnmächtig wurde oder auch starb. Wenn er jetzt tot war, so waren seine Gedanken und Träume noch schlimmer als zuvor. Er sah das dunkle Innere eines Zimmers im schwarzen Haus, aus der einen Ecke kam Frank Keynes auf ihn los mit einem großen Stock, der aussah wie ein Knüppel und den er mit beiden Händen hielt, bereit, auf ihn einzuschlagen, grinsend. Auf einem dunklen Flur stand Ed, schwach lächelnd, und hinter ihm – gerade noch erkennbar – stand Sam Eadie, er zog den Gürtel etwas höher über seine Wamme und lächelte ebenfalls wenig freundlich, als werde er gleich etwas mit ansehen, das ihm Spaß machte. *Du hast versagt, Tim,* sagten die Männer, und dann spöttisch: *Gar nichts? Gar nichts?* als habe Tim sein Schicksal besiegelt, als er diese Worte über das schwarze Haus äußerte. Tim sah es jetzt alles ganz klar, als er durch weite Räume fuhr, in die Hölle vielleicht, in irgendein späteres Leben, das ewig dauern mochte.

Jetzt bewegte er sich durch einen brausenden Raum. Die Ohren brausten ihm, er wurde angerempelt auf der Reise. Stimmen drangen durch das Brausen, und er fühlte eine Hand auf seiner Schulter.

»Ich bin's, Ed«, sagte die Stimme. »Frank hat dich nicht so schlimm schlagen wollen, Tim. Er ist ganz kaputt – er konnte nicht mal mit uns fahren jetzt. Er –«

»Ob Sie Ed heißen oder nicht«, sagte eine andere tiefere Stimme, »würden Sie jetzt bitte still sein . . . reine Gefälligkeit, daß Sie hier mitfahren . . .«

Tim konnte nicht sprechen, doch im Kopf strömten ihm die Worte zu. Er verstand. Das war alles, was er sagen wollte. Das Haus war von großer Wichtigkeit, und er hatte es behandelt, als sei es – gar nichts. Er entsann sich, wie Frank eben erst gesagt hatte: »Gar nichts? Gar nichts?« Aber – sterben für diesen Irrtum? War der so schlimm? Die Worte kamen nicht. Tim bewegte die Lippen, die vom Blut zusammengeklebt waren. Die Augenlider fühlten sich so schwer an wie die Arme. Sie hatten mit einer Nadel in seinen Arm gestochen – das war schon lange her.

Jetzt stritten sich die beiden Männer, die bei ihm im Krankenwagen waren, die Stimmen kamen wie Stöße von zornigem Wind, bald einzeln, bald gemeinsam. Und Tim sah jetzt den Knüppel in der Hand des grinsenden Sam Eadie. Sam wollte ihn töten.

Timothy Porter fiel in ein Koma, aus dem er nicht mehr erwachte. Sein Onkel Roger kam und besuchte ihn. Tims

Lippen blieben leicht geöffnet, gesäubert vom Blut, das nun nicht mehr floß, und ein dünnes Röhrchen in einem Nasenloch führte ihm zusätzlichen Sauerstoff zu. Am dritten Tag starb er.

Frank Keynes mußte vor dem Gericht der Stadt erscheinen. Er war schon vorher zu Roger Porter gegangen, hatte sich entschuldigt und Kummer und Reue darüber bekundet, daß er am Tod des jungen Mannes schuld gewesen war. Der Richter sah den Fall als Totschlag an. Frank Keynes erhielt keine Haftstrafe, sondern eine Geldstrafe, die er bezahlte; er durfte sechs Monate lang in der Öffentlichkeit keinen Alkohol zu sich nehmen, sonst, so hieß es, werde ihm der Führerschein für die Dauer von zwei Jahren entzogen. Reuevoll befolgte Frank Keynes Richter Hewitts Anordnungen; allerdings erschien er auch weiterhin im White Horse, nur trank er dort Coca-Cola oder Seven-up, was er beides haßte.

Er hatte das Gefühl, daß seine alten Kumpel ihn jetzt weniger mochten, daß sie sich merkwürdig fernhielten von ihm. Ganz sicher war er aber nicht, denn gleichzeitig versuchten sie, ihn aufzumuntern, erinnerten ihn daran, daß er es ja gar nicht so schlimm gemeint hatte, daß es wirklich Pech gewesen war, als der Junge im Fallen mit dem Kopf irgendwo aufschlug – der Kantstein am Parkplatz bestand aus Steinen, die so groß wie Männerköpfe waren.

Dann kam ein Sonntag im April, an dem Frank nach dem Kalenderdatum wieder trinken durfte. Frank und seine Freunde hatten sich, wie üblich, nach der Kirche an der Bar im White Horse versammelt; die Frauen saßen an den kleinen Tischen. Beim zweiten Whisky – der sich wie der vierte anfühlte, denn Helen, seine Frau, war hinsichtlich Alkohol mit ihm auch zu Hause sehr streng gewesen, fast als ob sein Zuhause zur »Öffentlichkeit« gehörte – sagte Frank zu Ed und Sam:

»Jeder von uns hätt's tun können. Meint ihr nicht auch?«

In der Nähe stand Grant, den Frank in seine Frage einschloß. Frank sah, Ed brauchte eine Sekunde, bevor er begriff, wovon Frank sprach. Dann blickte Ed zu Sam Eadie hinüber.

Niemand antwortete, und Frank sagte: »Warum gebt ihr's nicht zu? Wir waren doch alle an dem Abend etwas – verärgert, genau wie ich.«

Ed lehnte sich zu Frank hinüber, er war im Sonntagsanzug, weißes Hemd, seidene Krawatte. »Jetzt halt mal den *Mund*, Frank«, sagte Ed mit zusammengebissenen Zähnen.

Er will's nicht zugeben. Sie wollen es nicht zugeben, dachte Frank. *Feiglinge!* Aber er wagte kein weiteres Wort. Genauso wie sie mit ihren Frauen sind – genauso feige! Und er gab zu, daß er sich hier mit einschließen mußte. Sprachen sie je mit ihren *Frauen* darüber, was sie alle im schwarzen Haus angestellt hatten, als sie Jungens waren? Nein. Weil die Frauen nicht die Mädchen von damals waren – die meisten jedenfalls nicht, davon war Frank überzeugt –, mit denen die Jungens im schwarzen Haus gewesen waren. Frank begriff einigermaßen: sie waren etwas wie ein Club, vielleicht, und der Club hatte seine Gesetze. Gewisse Dinge, Tatsachen existierten, aber man sprach nicht darüber. Man konnte sogar damit angeben, aber irgendwie nicht darüber reden.

»Okay!« sagte Frank. Er fühlte sich gerügt, doch ungebrochen. Und schon gar nicht eingeschüchtert. Er reckte sich, leerte sein Glas und blickte Ed und Sam und Grant an, bevor er das leere Glas auf die Theke stellte. Sie hatten einen gewissen Respekt für seine Tat, da war er sicher. Aber wie so viele andere Dinge, Tatsachen, würde auch dieser Respekt von keinem von ihnen jemals in Worte gefaßt werden.

Patricia Highsmith im Diogenes Verlag

Leute, die an die Tür klopfen
Roman. Aus dem Amerikanischen von Anne Uhde. Leinen

Keiner von uns
Erzählungen. Deutsch von Anne Uhde
Leinen. Auch als detebe 21179

Die besten Geschichten von Patricia Highsmith
Herausgegeben von Franz Sutter
Diogenes Evergreens

Der Stümper
Roman. Deutsch von Barbara Bortfeldt
detebe 20136

Zwei Fremde im Zug
Roman. Deutsch von Anne Uhde
detebe 20173

Der Geschichtenerzähler
Roman. Deutsch von Anne Uhde
detebe 20174

Der süße Wahn
Roman. Deutsch von Christian Spiel
detebe 20175

Die zwei Gesichter des Januars
Roman. Deutsch von Anne Uhde
detebe 20176

Der Schrei der Eule
Roman. Deutsch von Gisela Stege
detebe 20341

Tiefe Wasser
Roman. Deutsch von Eva Gärtner und Anne Uhde. detebe 20342

Die gläserne Zelle
Roman. Deutsch von Gisela Stege und Anne Uhde. detebe 20343

Das Zittern des Fälschers
Roman. Deutsch von Anne Uhde
detebe 20344

Lösegeld für einen Hund
Roman. Deutsch von Anne Uhde
detebe 20345

Der talentierte Mr. Ripley
Roman. Deutsch von Barbara Bortfeldt
detebe 20481

Ripley Under Ground
Roman. Deutsch von Anne Uhde
detebe 20482

Ripley's Game
Roman. Deutsch von Anne Uhde
detebe 20346

Der Schneckenforscher
Gesammelte Geschichten. Vorwort von Graham Greene. Deutsch von Anne Uhde
detebe 20347

Ein Spiel für die Lebenden
Roman. Deutsch von Anne Uhde
detebe 20348

Kleine Geschichten für Weiberfeinde
Deutsch von W. E. Richartz. Mit siebzehn Zeichnungen von Roland Topor
detebe 20349

Kleine Mordgeschichten für Tierfreunde
Deutsch von Anne Uhde. detebe 20483

Venedig kann sehr kalt sein
Roman. Deutsch von Anne Uhde
detebe 20484

Ediths Tagebuch
Roman. Deutsch von Anne Uhde
detebe 20485

Der Junge, der Ripley folgte
Roman. Deutsch von Anne Uhde
detebe 20649

Leise, leise im Wind
Erzählungen. Deutsch von Anne Uhde
detebe 21012

Als Ergänzungsband liegt vor:
Über Patricia Highsmith
Essays und Zeugnisse von Graham Greene bis Peter Handke. Mit Bibliographie, Filmographie und zahlreichen Fotos. Herausgegeben von Franz Cavigelli und Fritz Senn
detebe 20818